Thomas Schestag
Urs Engeler Editor

PHILO : XENIA

Entwurf einer Zeitschrift

Alle *Sprachen* sind *Fremd*sprachen.

Jede angeboren oder anerzogen, Eigen- oder Muttersprache genannte begegnet nicht nur als eine erste Fremdsprache, sondern bleibt als erste fremde zugleich die fremdeste – *un*heimliche Heimat –, erstbeste Fremde, und Erinnerungsmal (unerinnerbar) der Fremdheit aller Sprachen. Alle Sprachen bleiben – ein*ander* – fremd. Jede Sprache aber, Sprache überhaupt, fremd *sich*. Eigentümliche *Bleibe*. Befremdlich am Fremdsprachigen aller Sprachen ist, daß die (oder das) Fremde der Sprache weder als *Eigen*schaft angehört noch auch *eigentlich* fremd ist. Befremdlich an der Fremdheit aller Sprachen ist das *Sprach*fremde aller Sprachen, die alle *Fremd*sprachen sind. Alle Sprachen sind allen Sprachen –; allen Sprachen alle Sprachen –; fremd. Die Sprachlichkeit der Sprache überhaupt liegt in dieser Fremde, die weder bloß feststeht noch fehlt, brach oder bloß.

Diese Fremde, Sprachfremdheit aller Sprachen, die aus jeder geläufigen, aus jeder abwegigen, und noch aus der exquisitesten Bestimmung von Sprache ausfällt, durchläuft (und trennt) jedes Wort in allen Sprachen (auf). Hier das Wort *fremd* und *Fremde*. Was Franz Kafka 1912 vom Jargon weiß – «Er besteht nur aus Fremdwörtern» –, trifft, genau genommen, auf jedes Wort *als* Wort der ein oder andern Partikular- oder Universalsprache, ihrem Thesaurus einverleibt, zu. Vom Dilemma irritierender Gegebenheit des Fremdworts, also aller Wörter aller Sprachen, durch kein erklärendes Beiwort, das nicht seinerseits erklärungsbedürftig, *Glosse* bliebe, gestützt, zeugt Jacob Grimm im *Deutschen Wörterbuch* unter dem Lemma *Fremdwort*, das keine Erklärung bereithält, sondern nichts als ein fremdes Wort verzeichnet: *vox peregrina*. Über die Grenzen der Sprache als Acker – *per agri* – hinausgehendes, weder bloß ein- noch bloß auswandernd, die Grenzen des bestellten oder brachliegenden Felds der Sprache passierendes streunendes Wort, das nicht nur Ort- und *Wort*- und Heimatlosigkeit verkörpert, sondern die Ort- und *Sprach*- und Heimatlosigkeit des Ackers in Erinnerung ruft. Im fremden Wort – *vox peregrina* – vagabundiert (weder von der einen noch von der andern Sprache verantwortet) das Echo noch eines andern Worts für das Fremde, die Fremde, den Fremden, unter einem andern Winkel:

xenia. Im Griechischen nennt *xenos* nicht nur den Fremden, sondern auch den Gast, *xenia* die Gastfreundschaft.

Alle Sprachen sind allen Sprachen –; alle Sprecher aller Sprachen allen Sprechern aller Sprachen –; fremd. Mit einem andern Wort: *zu Gast*. Diese Gastlichkeit ist keine nachträglich aufgebotene Geste, zu der die Bewohner eines Zeltes oder Hauses, eines Währungs- oder Wirtschaftsraumes, einer Gegend und Sprache sich entschließen, einem Fremden freundlich zu begegnen, anstatt seine Nähe als Bedrohung aufzufassen und den Feind zu vertreiben oder zu erschlagen. Die befremdliche Gastlichkeit, von der hier die Rede sein soll, ist Gastlichkeit im Selbstverhältnis alles dessen, was – im Augenblick der Selbstzuwendung, also jeden Augenblick – *sich* fremd bleibt. Sie bildet, ohne ihn zu *bilden*, einen unerschlossen (weil unumrissen) offenen Hof im Aufriß aller Sprachen – und Sprach*losigkeiten* –, Sprecher, Worte, Orte. Nicht Gastfreundschaft der Einheimischen, allem Fremden gegenüber, sondern Gastlichkeit einer Fremde – ohne Horizont: aussichtslos –, die überhaupt erst den Entschluß ermöglicht, am fremden Ort, im fremden Wort zu wohnen, um den Schein der Eingeborenheit und Ausgestorbenheit (von Sprachen, Sprechern, Worten) zu verbreiten.

Jedes Wort – *Fremd*wort: nicht angestammtes oder eingepflanztes Wort einer andern *eignen* Sprache, sondern jedem Wort eignet – ohne ihm zu eignen, ohne anzugehören, ohne zu gehorchen, fast unhörbar, unüberhörbar – Wort*fremde*. In jedem Wort greift, jedem Wort fremd, über jedes Wort hinaus, eine Gastlichkeit Raum, die es erlaubt, jedes Wort aus der Fassung zum Wort – seines (oder eines andern) Orts – gehen zu lassen. Fassungslosigkeit zeichnet die Gastlichkeit im Selbstverhältnis aller Wörter aller Sprachen aus. Weder der Raum, noch auch die Zeit, die sie einräumt, ein Wort – anders – zu nehmen, kennt einen Rahmen, der nicht bricht.

Das fremdeste Wort aber ist das vertrauteste und innigste, nächste: der Name, *Eigen*name. Im Vorsatz, ein Wort als Namen, *Eigen*namen zu vergeben, anzunehmen, den zufallenden Namen aufzufangen und zu tragen, um als Träger des Namens kenntlich zu werden und kenntlich zu bleiben, wie im Vorsatz, dem zufallenden auszuweichen, ihn auszuschlagen, abzulegen, dem Namen wie *sich* zu entsagen, Unkenntlichkeit zu suchen und finden –; in beiden Gesten spielt die Erfahrbarkeit der Wort*fremde* des Worts, das nicht nur *als* Name aufgeboten wird, sondern *beim Namen* aufgerufen stehen soll, am innigsten: am untragbarsten. Der Name ist das fremdeste Wort, weil im Namen, im Augenblick der Berührung von Träger und Getragenem, nicht nur die Unterbrechung des Übertragens – *metapherein* –, sondern die Untragbarkeit des Wortes überhaupt zur Sprache, zum Tragen kommt.

Aus der Wendung vom *Tragen des Namens* taucht die Frage der *Berührung* auf: Unberechenbarkeit im Verhältnis zwischen Träger und Zutragendem (auch *Aus*zutragendem), Getragenem und Träger, aus der, mit andern Worten, die Erfahrbarkeit der Wort- und Sprachfremde wiederkehrt, die im Augenblick der Berührung nicht nur *zwischen* Träger und Getragenem spielt, sondern *im* Träger wie *im* Getragenen so anbricht, daß zwischen Träger und Getragenem wie über das, was beide teilen, was beide teilt, schlechterdings nicht entschieden werden kann. Befremdliche Gastlichkeit des Augenblicks: *im* Augenblick der Berührung. Jeder Augenblick, nicht zuletzt auch der des Lesens – *legein, legere* –, bildet – *un*gebildet, un*ab*bildbar, bild*los*, *blind*lings – Höfe ins Unumreißbare.

Die Gastlichkeit des Augenblicks der Berührung, sein Befremden, liegt darin beschlossen, daß die Berührung dem Träger des fremdesten Worts wie dem zu tragenden Wort, dem *Eigen*namen, eine *Neige* einträgt, die dem Schein der Gewißheit über den *Stand* alles dessen, was im Augenblick der Berührung (in den Augenblick der Berührung verwickelt) begegnet, Abbruch tut. Augenblick der Abweichung – *clinamen* – alles dessen, von *sich* wie vonein*ander*, was *als* etwas, gleich ob als Subjekt oder Objekt (oder Prädikat) der Begegnung, der Begegnung schon zugrundeliegt oder aus der Begegnung erst noch resultiert. Das Innewerden dieser Neige – es ist das Innewerden einer Wort- und Sprach*fremde* des fremden wie des vertrauten Worts, der fremden wie der einheimischen Sprachen –, im Augenblick der Berührung, löst, zwischen Zu- und Abneigung vag, *Gefallen* aus. Keine Sonne, kein Zentralgestirn der Attraktion, kein Gesetz der Gravitation, dem Gefallen weder zu Grund noch über Haupt gelegen, regelt die Ausrichtung des Gefallens. Dieses Gefallen, ausgelöst durch die Erfahrung der Wort*fremde* des fremdesten Worts, des *Eigen*namens, fällt weder schwer noch leicht: es greift in die Erfahrung der Wort- und Sprachfremde aller Wörter aller Sprachen ein, ohne zustande zu kommen: grundlos und unbegründbar (ohne Stand, ohne Sitz, ohne Stimme) bleibt das Gefallen, weil jedes – im urteilenden Satz – über das Gefallen gefällte, gefallene Wort wiederum dem Gefallen (an der Wortfremde des urteilenden Wortes), das die Gefallenheit des Urteils (über das Gefallen) aufhält und öffnet und höhlt, anheimfällt: dem Gefallen an einer Wahrnehmung, die keine Heimat (auch keine *fremde*) kennt. Der Name, einer der Namen, für dies befremdliche Gefallen an der Sprach- und Wort*fremde*, an der unumreißbar rissigen, unverortbaren Gastlichkeit dieser -fremde, weder bloß trost- noch bloß sorglos, von Wort und Sprache überhaupt, ist *Philologie*. Ein anderer, vielleicht, *philo : xenia*.

Das zusammengesetzte Wort *Philo:logie* nennt nicht, etwa nach dem Vorbild der Theo-, Bio-, Anthropologie, in das Wort *-logie* verkappt, eine Wissenschaft (von Gott, vom Leben, vom Menschen), sondern im Verhältnis beider Wörter zueinander spielt ein eigentümliches Befremden. *Philologie* ist nicht die Wissenschaft – *-logie* – von der Liebe – *philia* –, sondern nennt im *philein* ein Gefallen, das nicht *sich*, nicht Gefallen *an sich* findet und nicht, auf dem Umweg über das verstandene Fremdwort, in sein *Eigen* (als in das abgesteckte Feld einer *Disziplin*). Im *philein* der *Philo:logie* spielt ein Gefallen, das Gefallen *findet*, ohne sich in ihm *zurecht*zufinden. Aussetzendes Gefallen. An der Wort*fremde* – *xenia* – nicht nur des fremden Worts: *-logie*.

Ein Gefallen, das Gefallen findet, ohne Halt am Satz zu suchen, der die Wahrheit über das Gefallen zu sagen, ein Urteil zu fällen beansprucht. Denn im Gefallen, das *Philo*logie eröffnet, ohne zu schließen, lebt die Erinnerung an ein Unterwegs, zwischen allen Sprachen, aus dem auch Sätze – *Kan nit verstan* – als Wörter und Wörter als Eigennamen – *Kannitverstan* –, aus allen Sprachen ausgefällt, in alle eingeschleust, wiederkehren können. Ohne *wieder*zukehren. Aussetzendes Gefallen …

Das Gefallen an der Wortfremde noch des vertrautesten Worts, an der Sprachfremde noch der einheimischsten Mundart, trennt nicht nur das verbindliche Verzeichnis aller Wörter, das *Lexikon* einer gegebenen Partikular- oder Universalsprache auf, sondern auch den verbindlichen Zusammenhang und -stand, die *Syntax* der nach grammatischen Regeln zu Sätzen verknüpften Wörter (im oder außer Gebrauch). Die Einschätzung dieses *philologischen* Gefallens, das die verbindliche Geltung von Satz und Wort, Grammatik und Lexikon aufs Spiel setzt, schwankt zwischen äußerster Nähe zur Sprache Gottes und äußerster Ferne von ihr, zwischen Gott*gefälligkeit* und Gott*losigkeit*; zwischen einer Befürchtung Friedrich Nietzsches in der *Götzen-Dämmerung*: «Ich fürchte, wir werden Gott nicht los, weil wir noch an die Grammatik glauben …», und dem wiederholten Hinweis Gershom Scholems: «Die Sprache Gottes [von der die Kabbalisten sprechen] […] hat keine Grammatik. Sie besteht nur aus Namen». *Sprache Gottes*: die Beziehung zwischen *Gott* und *Sprache* wird, so scheint es, erst in dem Augenblick unterbrochen, wo der *Genitiv* ausfällt, der auf den ersten Blick das verbindliche Verhältnis zwischen Gott und Sprache stiftet. Der Genitiv aber läßt (und bleibt), auf den zweiten Blick, ohne Auskunft darüber, ob zwischen Gott und Sprache ein Besitz-, ein Abstammungs- oder Abhängigkeitsverhältnis herrscht, und also ohne Auskunft darüber, *wieviel Genitive es gibt*: ohne Auskunft über Herkunft und Ausrichtung *des Genitivs*. Das Verhältnis zwischen *Gott* und *Sprache* bricht nicht erst auseinander, wo der *Genitiv* ausfällt, sondern der grammatische, der Regelfall trägt Spuren unvordenklich agrammatikalischen Gefallens, regelloser Abweichung des Falls vom Fall. Nicht nur der Genitiv, der das verbindliche Verhältnis zwischen Gott und Sprache regeln soll, Auskunft entweder über die Abhängigkeit (der Existenz) Gottes von der Grammatik oder über die Agrammatikalität der Sprache Gottes zu geben, fängt im Augenblick seiner Einführung in die Sprache wie in Gott zu fehlen an, sondern das *Selbst*verhältnis Gottes wie der Sprache: Gott und Sprache nehmen im Augenblick der Einführung *des Genitivs* mit jener Fremde Fühlung, an der *Philologie* Gefallen findet: sie hören auf, zu sein.

Dies eigentümlich anfangende Aufhören, der Sprache (Gottes), durchläuft zwei Zeilen eines Gedichts, das Guillaume Apollinaire in die Sammlung *Calligrammes* (1918) aufgenommen hat: «O bouches l'homme est à la recherche d'un nouveau langage / Auquel le grammairien d'aucune langue n'aura rien à dire» [O Münder der Mensch ist auf der Suche nach einer neuen Sprache / Zu der ein Grammatiker, gleich welcher Sprache, nichts zu sagen haben wird]. *O bouches*: eine Sprache, die das *O* im Mund – *bouche* – fast zum Emblem des (offnen) Munds auszeichnet, die das *rien* – fast *nichts* – am und als Ende des Grammatikers – *grammai*rien – vergrößert. Sechs Jahre zuvor, im Februar 1912, umschreibt Franz Kafka im Einleitungsvortrag zu einem Rezitationsabend jiddischer Lieder und Gedichte durch Jizchak Löwy im Festsaal des jüdischen Rathauses in Prag, den Jargon aus der Nähe zur neuen, *kalli*grammatischen, ungefundenen Sprache im Gedicht Apollinaires als «die jüngste europäische Sprache», *und eigentlich noch viel jünger*: «Der Jargon ist die jüngste europäische Sprache, erst vierhundert Jahre alt und eigentlich noch viel jünger. Er hat noch keine Sprachformen von solcher Deutlichkeit ausgebildet, wie wir sie brauchen. Sein Ausdruck ist kurz und rasch. / Er hat keine Grammatiken. Liebhaber versuchen Grammatiken zu schreiben aber der Jargon wird immerfort gesprochen; er kommt nicht zur Ruhe. Das Volk läßt ihn den Grammatikern nicht. / Er besteht nur aus Fremdwörtern». Jünger als die jüngste Sprache, die er ist, geht im Jargon, der nur aus Fremdwörtern besteht, die fremdeste unter allen (europäischen) Sprachen, zwischen *unentstanden* und *entstanden* zögernd, in eine Sprachfremde über, die alle (europäischen) Sprachen durchläuft: «Er besteht nur aus Fremdwörtern. Diese ruhen aber nicht in ihm, sondern behalten die Eile und Lebhaftigkeit, mit der sie genommen wurden. Völkerwanderungen durchlaufen den Jargon von einem Ende bis zum anderen. Alles dieses Deutsche, Hebräische, Französische, Englische, Slawische, Holländische, Rumänische und selbst Lateinische ist innerhalb des Jargon von Neugier und Leichtsinn erfaßt, es gehört schon Kraft dazu, die Sprachen in diesem Zustande zusammenzuhalten». Diese Sprachfremde verkörpert, ohne einen *Körper*, ohne ein *Corpus*, ohne eine Körperschaft zu bilden, in Kafkas Worten, das *Volk*. Die fremdeste unter allen Sprachen, in der alle Sprachen mit einer Fremde in Berührung kommen, die sie nicht beherrschen, ist *Wolken*sprache, Sprache des *Volks*. Ziehende Wolken – siedelndes, fahrendes, fadenscheiniges Volk. Vulgus. An einer Stelle seiner *Journaux intimes* verzeichnet Charles Baudelaire die «Profondeur immense de pensée dans les locutions vulgaires, trous creusés par des générations de fourmis»: das unauslotbar *Un*tiefe des Denkens in sprachlichen Gemeinplätzen – *locutions vulgaires* –, Löcher, die Generationen von Ameisen (in die Sprache der Gemeinplätze) gegraben haben. Das Wimmelnde und Wolkige, die Unverbundenheit und Unverbindlichkeit der *locutio vulgaris*, deren Echo Baudelaires Vertiefung in die *locutions vulgaires* wirft, hält Dante am Eingang seines Traktats *De vulgari eloquentia* fest: «[...] quod vulgarem locutionem appellamus eam qua infantes assuefiunt ab assistentibus, cum primitus distinguere voces incipiunt; vel, quod brevius dici potest, vulgarem locutionem asserimus, quam sine omni regula nutricem imitantes accipimus. Est et inde alia locutio secundaria nobis, quam Romani gramaticam vocaverunt». Die Apologie der Volkssprache, die, den Ammen abgemerkt, lallend, erste tastende Schnitte durchs Verlauten legt, die in den Sprach*losen* – *infantes* –, in Kindern anbricht (ohne aufzuhören), trägt Dante in der lateinischen Sprache vor, und also jener Sprache – indem er sie auseinanderschreibt – ein, die die Römer buchstäblich *grammatische*, Buchstabensprache nannten. Die grammatische entspringt, ohne entsprungen –; entsteht, ohne entstanden zu sein, ohne als Sprache (unter Sprachen) oder als Sprache (überhaupt), *ihres Orts*, zu fußen, aufgehalten vom *Immerfort* immer anderen Umgangs, Umspringens, Zersagens und -singens sprachlicher Gemeinplätze, sprachlichen Gemeinplätzen – *locutiones* –, die im wolkigen, im *Volks*mund auf dem Sprung bleiben, der jedes Wort, jeden Wort*ort*, jede Letter und jede Literatur zur porösen, zu Gestöber präzisiert. «Нет синтаксиса [Es gibt keine Syntax]»: so faßt ein Satz aus Ossip Mandelstams *Разговор о Данте*

[*Gespräch über Dante*], der alles, was in ihm *syntaktisch* verbindlich gesagt und ausgesprochen, mitgeteilt und festgestellt scheint, vor den Kopf stößt, Dantes Entwurf einer *Illiteratur* oder *Alliteratur* (oder anders). Aber nicht zusammen.

Die im Zeichen der *Grammatik* ausgebildete und ausgebaute, syntaktische Verbindlichkeit zwischen Lettern, Wörtern, Sätzen nahelegende, am Ideal der *Ein*heit und *Eigentlich*keit des Sprach*ganzen*, unter Einschluß aller *Fremd*sprachen, orientierte *lingua grammatica* entspringt, ohne entsprungen zu sein, der regellosen, agrammatikalischen Sprach*fremde* dessen, was Dante *locutio vulgaris* nennt. Sie, die unentstandene, und genau aus diesem Grund auch unerinnerbar, *vor*erste Sprache, die es nicht gibt, die – *illokut*, *allokut* – alle Sprachen, die ihr entspringen, mit einem Wort, *alle* Sprachen durchläuft und aus der Reihe, die sie bilden, ausfällt –; die jede Sprache überhaupt zur ausfallenden, ausfälligen präzisiert; ihre Unerinnerbarkeit, und also nicht Fremd*sprachigkeit*, sondern Sprach*fremde* in Erinnerung zu rufen, an jedem vertrauten Wort, und noch am fremdesten, Wort*fremde* wahrzunehmen und die irritierende Spur dieser Wahrnehmung im Aufriß grammatischer Sprachen freizulegen, ist Aufgabe des Schriftstellers, wie Marcel Proust sie in einem Brief an Madame Straus, am 6. November 1908, skizziert: «Cette idée qu'il y a une langue française, existant en dehors des écrivains, et qu'on protège, est inouï. Chaque écrivain est obligé de se faire sa langue [...] La seule manière de défendre la langue, c'est de l'attaquer, mais oui Madame Straus! Parce que son unité n'est faite que de contraires neutralisés, d'une immobilité apparante qui cache une vie vertigineuse et perpetuelle. [...] Hélas Madame Straus il n'y a pas de certitudes, même grammaticales». Die einzige Handhabe, Sprache zu verteidigen, besteht darin, sie anzugreifen. Die Verteidigung der Sprache verteidigt nichts als die Unmöglichkeit der Sprache, sich gegen die Verteidigung ihrer Attackierbarkeit zur Wehr zu setzen, nichts als die Möglichkeit, Sprache, die ein Wehr, ein *Fort* aus Worten bildet, an-, in Sprache einzugreifen – ein An- und Eingriff, der im Augenblick ihrer Anwendung Raum greift –, um in der waffenstarrenden, grammatischlexikalischen Fassade, die sie in jeder Letter, jeder Silbe, jedem Wort aufrichtet, Risse zu vergrößern, die helfen, den Schein ihrer Unbeweglichkeit zu ruinieren und in und zwischen Wörtern, Silben, Lettern freizulegen, was Kafka *Immerfort* (ihrer Gesprochenheit), was Proust schwindelerregende ununterbrochene Lebendigkeit nennt: Sprach*blöße*. In einem 1937 auf Deutsch geschriebenen Brief, an Axel Kaun, situiert Samuel Beckett, einem *Kaum* und *Kauern* nah, was im Zerreißen des grammatischen Geflechts der Sprache, eines Schleiers, *durchzusickern anfängt*, zwischen dahinterliegenden *Dingen* und dahinterliegendem *Nichts*, zwischen dahinterkauerndem «etwas oder nichts», Dinglichkeit und Nichtigkeit: «Es wird mir tatsächlich immer schwieriger, ja sinnloser, ein offizielles Englisch zu schreiben. Und immer mehr wie ein Schleier kommt mir meine Sprache vor, den man zerreissen muss, um an die hinterliegenden Dinge (oder das hinterliegende Nichts) zu kommen. Grammatik und Stil! Mir scheinen sie ebenso hinfällig geworden zu sein wie ein Biedermeier Badeanzug oder die Unerschütterlichkeit eines Gentlemans. Eine Larve. Hoffentlich kommt die Zeit, sie ist ja Gott sei Dank in gewissen Kreisen schon da, wo die Sprache da am besten gebraucht wird, wo sie am tüchtigsten missgebraucht wird. Da wir sie so mit einem Male nicht ausschalten können, wollen wir wenigstens nichts versäumen, was zu ihrem Verruf beitragen mag. Ein Loch nach dem andern in ihr zu bohren, bis das Dahinterkauernde, sei es etwas oder nichts, durchzusickern anfängt – ich kann mir für den heutigen Schriftsteller kein höheres Ziel vorstellen». Das wachsende Befremden an *meiner Sprache* geht einher mit dem Eindruck der *Hinfällig*keit eines Geflechts aus Grammatik und Stil, das ich zu sprechen und schreiben *gehalten* bin. Nicht *Ab*wendung von der hinfälligen *Sprache*, sondern Intensivierung ihrer *An*wendung, Vertiefung des Gefallens an der hinfälligen, so, daß das Tragen des Schleiers in seinen Zerschleiß, die Sprache *im Gebrauch* in deren *Miß*brauch übergeht, der *Ruf*, den sie verbreitet, in *Verruf* gerät, wird der *hinfälligen* gerecht. Den Eindruck der *Un*tiefe des Denkens, seine Unauslotbarkeit, die Baudelaire an den Löchern, die ununterbrochenes Anwenden der *locutions vulgaires* in den

Sprachleib treibt, wahrgenommen hatte, greift Becketts Brief als Vorstellung der Aufgabe des Schriftstellers *heute* auf, die jede Vorstellung übersteigt: «Ein Loch nach dem andern in ihr zu bohren, bis das Dahinterkauernde, sei es etwas oder nichts, durchzusickern anfängt – ich kann mir für den heutigen Schriftsteller kein höheres Ziel vorstellen».

Es sind zwei Kinder, in Gottfried Kellers Novelle *Romeo und Julia auf dem Dorfe*, die diese Erfahrung anfangenden Durchsickerns, vielleicht von etwas, vielleicht von nichts, inmitten eines brachliegenden Ackers, an einer Puppe machen. Sie legen die verlarvte, die verpuppte Sprache brach: «So war der lange Morgen zum Teil vergangen, als von dem Dorfe her ein kleines artiges Fuhrwerklein sich näherte, welches kaum zu sehen war, als es begann, die gelinde Höhe heran zu kommen. Das war ein grün bemaltes Kinderwägelchen, in welchem die Kinder der beiden Pflüger, ein Knabe und ein kleines Ding von Mädchen, gemeinschaftlich den Vormittagsimbiß heranfuhren. [...] außerdem waren da noch verpackt allerlei seltsam gestaltete angebissene Äpfel und Birnen, welche die Kinder am Wege aufgelesen, und eine völlig nackte Puppe mit nur einem Bein und einem verschmierten Gesicht [...]. [...] Die beiden Kinder [...] zogen ihr Fuhrwerk unter den Schutz der jungen Linden und begaben sich dann auf einen Streifzug in dem wilden Acker, da derselbe mit seinen Unkräutern, Stauden und Steinhaufen eine ungewohnte und merkwürdige Wildnis darstellte. [...] ließen sie sich endlich [...] nieder und das Mädchen begann seine Puppe mit den langen Blättern des Wegekrautes zu bekleiden [...] Dann wurde sie hoch in die Stengel der Distel gesetzt und eine Weile mit vereinten Blicken angeschaut, bis der Knabe sie genugsam besehen und mit einem Steine herunterwarf. Dadurch geriet aber ihr Putz in Unordnung und das Mädchen entkleidete sie schleunigst, um sie auf's Neue zu schmücken; doch als die Puppe eben wieder nackt und bloß war [...], entriß der wilde Junge seiner Gefährtin das Spielzeug und warf es hoch in die Luft. [...] Unter seinen Händen aber nahm die fliegende Puppe Schaden und zwar am Knie ihres einzigen Beines, allwo ein kleines Loch einige Kleiekörner durchsickern ließ. Kaum bemerkte der Peiniger dies Loch, so verhielt er sich mäuschenstill und war mit offenem Munde eifrig beflissen, das Loch mit seinen Nägeln zu vergrößern und dem Ursprung der Kleie nachzuspüren. [...] hörte sie plötzlich auf [zu weinen] und schlug ihn einigemal mit der Puppe und er tat, als ob es ihm weh täte und schrie au! so natürlich, daß sie zufrieden war und nun mit ihm gemeinschaftlich die Zerstörung und Zerlegung fortsetzte. Sie bohrten Loch auf Loch in den Marterleib und ließen aller Enden die Kleie entströmen, welche sie sorgfältig auf einem flachen Steine zu einem Häufchen sammelten, umrührten und aufmerksam betrachteten». Weder die *entkleidete* Puppe, nackt und bloß, noch auch deren Verstümmelung, die *entkleite* Puppe, legt die Wahrheit über die verpuppte Sprache an den Tag. Es ist der Einschluß einer großen blauen Fliege in den hohlen, mit Gras verstopften Puppenkopf, und das Horchen auf die summende, in dem Keller eine Sprach*fremde*, die der verpuppten innewohnt, ohne ihr anzugehören, streift: «Die Kinder hielten den Kopf an die Ohren und setzten ihn dann feierlich auf einen Stein, da er noch mit der roten Mohnblume bedeckt war, so glich der Tönende jetzt einem weissagenden Haupte und die Kinder lauschten in tiefer Stille seinen Kunden und Märchen, indessen sie sich umschlungen hielten. Aber jeder Prophet erweckt Schrecken und Undank; das wenige Leben in dem dürftig geformten Bilde erregte die menschliche Grausamkeit in den Kindern, und es wurde beschlossen, das Haupt zu begraben. So machten sie ein Grab und legten den Kopf, ohne die gefangene Fliege um ihre Meinung zu befragen, hinein, und errichteten über dem Grabe ein ansehnliches Denkmal von Feldsteinen. Dann empfanden sie einiges Grauen, da sie etwas Geformtes und Belebtes begraben hatten, und entfernten sich ein gutes Stück von der unheimlichen Stätte». Die unheimliche Stätte legt nicht nur, durch Anzeichen menschlicher Grausamkeit hindurch, Spuren zur Gräbersymbolik der Kinder, die in den hohlen Puppenkopf ein summendes Insekt versargen und *seinen Kunden und Märchen* lauschen, sondern Keller vertieft die ins Lauschen einer fremden *Sprache* Vertieften in Sprach*fremde*: die Kinder lauschten *in tiefer Stille.*

Die Zeitschrift erscheint nicht in regelmäßigen Abständen. Sie taucht *inzwischen*, aus der Erinnerung auch an zwei andre auf, die nie erschienen sind: Hölderlins *Iduna* und Benjamins *Angelus Novus*. Keinem Maß, auch dem der Unbotmäßigkeit und Unzeitgemäßheit nicht, zu entsprechen.

Thomas Schestag
[Paris, Juli 2007]

Bibliographische Hinweise

Franz Kafkas *Einleitungsvortrag über Jargon* ist in einem von Elsa Taussig (Brod) verfertigten Typoskript überliefert, das Max Brod zum erstenmal 1953 in dem Band *Hochzeitsvorbereitungen auf dem Lande und andere Prosa aus dem Nachlaß* unter dem Titel *Rede über die jiddische Sprache* publiziert hat; hier zitiert nach Franz Kafka, *Nachgelassene Schriften und Fragmente I*, hrsg. von Malcolm Pasley, Frankfurt am Main (Fischer) 1993. – Die Aposiopese um Gott und Grammatik aus *Götzen-Dämmerung oder Wie man mit dem Hammer philosophirt* (1889) nach Friedrich Nietzsche, *Sämtliche Werke. Kritische Studienausgabe in 15 Bänden*, hrsg. von Giorgio Colli und Mazzino Montinari, Band 6, München (dtv) und Berlin/New York (de Gruyter) 1980, S. 78. – Gershom Scholems Bemerkung über die Sprache Gottes und Grammatik in ders., *Über einige Grundbegriffe des Judentums*, Frankfurt am Main (Suhrkamp) 1970: «Die Sprache Gottes nämlich hat keine Grammatik. Sie besteht nur aus Namen»; außerdem in dem Aufsatz «Der Name Gottes und die Sprachtheorie der Kabbala» (1970), in *Judaica* 3 (Frankfurt am Main (Suhrkamp) 1973), S. 48 («die Sprache Gottes, das ‹innere Wort›, [...] hat keine Grammatik. Sie besteht aus Namen, die hier mehr sind als Ideen») und S. 63 (»Ich habe bereits bemerkt, daß die Sprache Gottes, von der die Kabbalisten sprechen, keine Grammatik hat»). – Das Apollinaire-Zitat stammt aus dem vorletzten Gedicht – *La victoire* – im letzten Teil – *La tête étoilée* – der Sammlung *Calligrammes. Poèmes de la paix et de la guerre (1913-1916)* (1918), hier zitiert nach Guillaume Apollinaire, *Calligrammes*, Paris (Gallimard) 1966, S. 180. – Das Satzfragment aus Charles Baudelaires *Journaux intimes* wird zitiert nach *Œuvres complètes*, hrsg. von Claude Pichois, Band 1, Paris (Gallimard) 1975, S. 650. – Das Dantezitat aus *De vulgari eloquentia* (vermutlich zwischen 1303 und 1305 entstanden) [*ridotto a miglior lezione, commentato e tradotto da Aristide Marigo, con introduzione, analisi metrica della canzone, studio della lingua e glossario, terza edizione con appendice di aggiornamento a cura di Pier Giorgio Ricci (opere di Dante volume VI)*, Florenz (Le Monnier) 1968]. – Ossip

Mandelstam, *Разговор о Данте / Gespräch über Dante* [geschrieben 1933, zum erstenmal erschienen 1966], russisch und deutsch, übersetzt von Norbert Randow, Leipzig und Weimar (Kiepenheuer) 1984. – Marcel Proust, *Correspondance*, Band 8 [1908], hrsg. von Philip Kolb, Paris (Plon) 1981, S. 276-278 [Brief an Madame Straus vom 6.11.1908]. – Der am 9. Juli 1937 in Dublin an Axel Kaun geschriebene Brief Samuel Becketts ist nur als Entwurf überliefert; zum erstenmal erschienen in Samuel Beckett, *Disjecta: Miscellaneous Writings and a Dramatic Fragment*, hrsg. von Ruby Cohn, New York (Grove Press) 1984, S. 51-54; hier zitiert nach der unkorrigierten Fassung in *The Letters of Samuel Beckett. 1929-1940*, hrsg. von Martha Dow Fehsenfeld und Lois More Overbeck, Cambridge (Cambridge University Press) 2009, S. 512-515. Das Zitat aus Gottfried Kellers Novelle *Romeo und Julia auf dem Dorfe* folgt der Ausgabe der *Sämtlichen Werke*, Band 4 [*Die Leute von Seldwyla*], hrsg. von Thomas Böning, Frankfurt am Main (Suhrkamp) 1989.

Walter Benjamin

Zur «Lampe»

(1932)

Faksimile der Handschrift und Transkription
mit einem Kommentar zum Entstehungskontext
und editorischen Bemerkungen
von Davide Giuriato

Zur „Lampe"

„So erzählen die Schnitte auf dem Boden eines zinnernen Tellers die Geschichte aller Mahlzeiten, denen er beigewo hat, und ebenso enthält die Form jedes Landstrichs, die Gestalt seiner Sandhügel und Felsen, mit natürlicher Schrift die Geschichte der Erde, jeder abgerundete Kiesel, den das Weltmeer auswirft, würde sie einer Seele erzählen, die so an ihn angekettet würde, wie die unserige an unser Gehirn." Soll bei Lichtenberg, Schriften I p. 223 stehen.

Gewiß ist, daß die Kindheit so uns an die Dinge kettet; ja vielleicht durchwandert sie die Dingwelt auf Stationen einer Reise, von deren Ausmaß wir uns nichts ahnen lassen. Könnte es nicht sein, daß sie bei dem Entlegensten den Anfang macht? Zuerst, im Augenblicke der Geburt, dem Fernsten, sich in der tiefsten unbewußten Schicht des eignen Daseins ähnlich macht, um später den Dingen seiner Umwelt Schicht für Schicht sich anzubilden, so daß, was Erziehung und Mencheneinfluß tut, nur eine Kraft im Felde vieler Wirkungskräfte ist, auf die das Kind mit jener Gabe der Mimesis erwidert, die der Menschheit in ihren frühen Zeiten eigen war und heute nur noch im Kinde ungebrochen wirkt. Die Gabe, Ähnlichkeit zu sehn, die wir besitzen, ist ja nichts als ein schwaches Rudiment der ehemals gewaltigen ~~Fähigkeit~~ Zwanges, ähnlich zu werden und sich zu verhalten. Und das verschollene Vermögen, ähnlich zu werden, reichte weit hinaus über die schmale Merkwelt, in der wir noch Ähnlichkeit zu sehen im stande sind. Was der Gestirnstand vor Jahrtausend im Augenblicke des Geborenwerdens ~~hineinwob~~ in einem Menschendasein wirkte, wob sich auf Grund der Ähnlichkeit hinein, kraft deren sich hier die Lebensgeister und -g**G**ewalten nach einem Vorbild formten, das zugleich im Kosmos ihnen vorgezeichnet war. Vielleicht, wahrscheinlich daß die Bildekräfte, die die Spätgebornen kennen, nicht mehr so ins Weite auszugreifen fähig sind. Und irre ich mich, wenn ich meine, daß sie sich in mir den Stühlen, Treppenhäusern, Schränken, Stores, ja einer Lampe angebildet haben, wie ~~sie in meiner Kinderzeit um mich waren.~~ meine Kinderzeit sie um sich hatte.

So muß man damit rechnen, daß im Grunde auch Vorgänge am Himmel von den früher Lebenden nachgeahmt werden konnten. Ein Schatten davon rührt den heutigen Menschen noch an, wenn er durch eine Maske blickt, auch in der Vollmondnacht im Süden, wenn er erstorbene Kräfte einer Mimesis in seinem Inneren sich regen fühlt, indessen, in deren Vollbesitze, die Natur vor seinem Blick dem Mond sich anverwandelt. In eben dieses Kraftfeld aber führt ihn Erinnerung an die Kinderzeit zurück.

Hier steht die Lampe fest. Doch sie war tragbar. Und ungleich unsern ~~durch~~ auf Drähte, Schnüre und Kontakte angewiesenen Beleuchtungsmitteln konnte man mit ihr ~~durch~~ sich durch die ganze Wohnung hinbewegen, begleitet immer von dem Klirren des Zylinders in der Scheide und der Glocke auf ihrem Blechreif und dieses Scheppern gehört dem dunklen Lied der Brandung an, das in der Muschel des Jahrhunderts schläft. Wenn ich sie meinen Ohren nähre, höre ich nicht den Lärm von Feldgeschützen oder die Klänge offenbachscher Ballmusik noch die Fabriksirenen. ~~und~~

Nun ist das neunzehnte Jahrhundert leer. Wie eine große, erstorbne, kalte, Muschel liegt es da. Ich nehme es auf und, ich halte es an mein Ohr. Was höre ich? Ich höre nicht den Lärm von Feldgeschützen oder von offenbachscher Ballmusik; auch nicht das Heulen der Fabriksirenen oder das Geschrei, das mittags in den Börsensälen gellte, nicht einmal das Schmettern des Parademarsches oder den langgezognen Pfiff der Eisenbahn. Vorstellen kann ich mir das alles wohl. Doch was ich höre, wenn ich diese Muschel dem Ohre nähere, ist ein anderes: es ist das Rasseln des Anthrazits, der aus dem Blechbehälter in einen Eisenofen eingeschüttet wird, es ist der dumpfe Knall, mit dem die Flamme des Gasstrumpfs sich entzündet ~~und es ist~~ das Scheppern ists, mit dem die Schlüssel in dem Schlüsselkorb der Mutter durcheinanderfielen, das ~~S~~ Klirren des Zi**y**linders in der Scheide, der Glocke auf dem Messingreifen, wenn die Lampe von einem Zimmer in ein anderes getragen wurde.

---

30 Kinderzeit] Kindheit GS VII/2, 792

35 Muschel] Mühsal GS VII/2, 793

Zur „Loggien“

„Sie erzählten Rätsel..auf dem Lotte, nicht jünger an Jahren die Geschichten aller Weltzeiten, denen er beigewohnt hat; und ebenso enthält die Form jedes Landstrichs, die Gestalt seiner Sandhügel und Felsen, mit natürlicher Schrift die Geschichte der Erde; jeder abgerundete Kiesel, den das Wasser auswirft, würde für einen Kundigen erzählen, die so an ihn angestellt würde, wie die Anfänge an unser Gehirn.“ Doll bei Kastenberg, Sp. [illegible] I p 223 [illegible].

Gewiß ist, daß die Kindheit so anders die Dinge [illegible]; ja vielleicht durchschaut [illegible] für die Dingwelt auf Naturen [illegible] einer Kraft, von deren Ausmaß wir uns nichts ahnen lassen. Könnte es nicht sein, daß sie bei dem [illegible] den Anfang macht: zuerst, im Augenblicke der Geburt, dem Versuch, sich in der kosmischen [illegible] Schicht des eigenen Daseins ähnlich macht, nur später den Dingen seiner Umwelt Schicht für Schicht sich anzubilden, so daß, was Erziehung und Menschenähnlichkeit, nur eine Kraft im Falle dieser Wirkungskräfte ist, auf die das Kind mit jener Gabe der Mimesis erwidert, die der menschlichen [illegible] ihren frühen Zeiten eigen war und heute nur noch im Kinde ungebrochen wirkt. Die Gabe, Ähnlichkeit zu sehen, die wir besitzen, ist gar nichts als ein schwaches Rudiment des ehemals gewaltigen ~~[illegible]~~ Zwanges, ähnlich zu werden und sich zu verhalten. Und das verschollene Vermögen, ähnlich zu werden, reichte weit hinaus über die schmale Merkwelt, in der wir noch Ähnlichkeit zu sehen im Stande sind. Was der Gestirnstand vor Jahrtausenden im Augenblicke des Geborenwerdens ~~[illegible]~~ in ein Menschendasein wirkte, wob sich auf Grund der Ähnlichkeit hinein. Kraft der [illegible] sich hier die Lebensgeister und -Gestalten nach einem Vorbild formten, das zugleich im Kosmos ihrer Vergangenheit war. Vielleicht, wahrscheinlich daß die Bildekräfte, die wir Spätgeborenen kennen, nicht mehr so weit auszugreifen fähig sind. Und wenn ich mich, wenn ich meine, daß sie sich in mir den Möbeln, Tapeten, Schränken, Wänden, ja einer ~~[illegible]~~ meiner Kindheit die Loggien angebildet haben, wie ~~[illegible]~~ um sich hatten.

So muß man damit rechnen, daß im Grunde auf Vorgängen am Himmel, die der frühe Lebensalter nachgeahmt werden konnten. Sie stellen dann nicht der heutigen Menschen [illegible] noch an, wenn er durch seinen Blick, auch in der Vollmondnacht im Süden, wenn er [illegible] Kräften einer Mimesis in seinem Innern sich regen fühlt, in [illegible] Vollbeste, die Natur [illegible] seiner Blick dem Mond sich anverwandelt. Er aber nicht Kraftfeld einer [illegible] Erinnerung an die Kindheit zurück.

[illegible] die Loggien [illegible]. Doch sie aber tragen. Und zugleich unseren ~~[illegible]~~ Kräften, [illegible] und Kontakte [illegible] können wenn ich ihr Kopf sich [illegible] gegen [illegible] beinahe, begleitet immer von dem Klirren des Zylinders in der [illegible] der Glocke auf [illegible] und Teppichklopfen gehört dem dunklen [illegible] an, das in der Mitte des Jahrhunderts [illegible]. Wenn ich sie meinem [illegible] nahe, höre ich nicht den Lärm von Geldgeschichten oder die Klänge [illegible] Ballmusik noch die Teppichklopfer. ~~[illegible]~~

Nun ist das neunzehnte Jahrhundert [illegible] einen großen [illegible], Katz, Muschel [illegible]. Ich nehmen [illegible] ~~[illegible]~~, ich halte das wenig [illegible]. Was höre ich? Ich höre nicht [illegible] den Lärm von Geldgeschichten oder der [illegible] Ballmusik; auch nicht das [illegible] der Teppichklopfer oder des [illegible], das mittags in den [illegible] gellte; nicht einmal das [illegible] der [illegible] oder den langgezogenen Pfiff der [illegible]. [illegible] ist eine mir das allerwacht. Ich weiß ich hör, wenn ich diese Muschel an mein Ohr setze, ist ein [illegible]: es ist das Rasseln des Anthrazits, der aus dem Kohlenbehälter in einen [illegible] eingeschüttet wird, es ist der dumpfe Knall mit dem die Flamme des [illegible] ~~[illegible]~~ des [illegible], mit dem die Schüssel in der [illegible] sich entzündet, das ~~[illegible]~~ Klirren des Zylinders in der [illegible] der Mutter [illegible], und der Glocke auf [illegible], wenn die Loggien von einem Zimmer [illegible] ich wie [illegible] getragen würde.

Hat diese Lampe je gebrannt? ~~Der~~ Die kleine Kapsel, die ich ~~auf~~ oben über die Öffnung des Zylinders gestülpt sehe, sollte darauf schließen lassen. Denn sie war als ein Schutz gedacht, ~~der~~ welcher das Zimmer vorm Ruß der Flamme, wenn sie ~~blackt~~ blakte, zu bewahren hatte.

Ich habe sie gewiß mit größerer Freude gemalt als alles andere. Denn ich ~~selbs~~ selber hatte sie – und wieder lange ehe ~~ich~~ sie ~~Modell~~ mir ~~Modell~~ zum Modell wurde –, der Großmutter ~~auf~~ zu irgend einen ihrer Geburtstags- oder Weihnachts~~tische~~[?]feste zugedacht. Die obere Platte war mit bunter Wolle erst von mir ausgenäht und dann mit Leim auf ihrem Pappgrunde befestigt worden. Doch eben weil sie ein Geschenk war, hatte man vielleicht durch eine Stelle sie geehrt, an welcher sie sich zeigen konnte, ohne die Kränkung des Gebrauches zu erdulden. Und so verrät das Bild so wenig wie vom Ort, an dem die Lampe sich befand, ~~vom Dienst~~ von Diensten, welche sie geleistet hat/oder von denen sie enthoben war. ~~Denn~~ Und sicher kann der Schein, der durch die Glocke aus gepreßtem Glas mit den geflammten Ornamenten drang, nur trüb und schwach gewesen sein.

Das Jagen dieser Lampe und das Jagen der Cakesbüchse. Vögel auf Zweigen mit goldnem Sonnenball. – Biskuit, ~~Cl~~ Cloisonné, Intarsien.

Die Gabe, Ähnlichkeit zu sehn, die wir besitzen, ist nichts als nur ein schwaches Rudiment des ehemals gewaltigen Zwanges, ähnlich zu werden und sich zu verhalten. Noch unsere Eltern übten ihn auf uns. Niemals so peinlich wie beim Photographen. Dort standen wir in einer Lodenjacke ■ vor einem Leinwandhintergrund, auf den die ~~Alpen nachgepinselt~~ Alpenwelt gepinselt war und unsere ~~Hand, die die Gabe nie~~[?] Rechte, die ein Gemsbarthütlein erheben mußte, warf den Schatten auf die Wolken und die Firnen des Prospekts. Davon blieb nichts. Denn das gequälte Lächeln, mit dem der kleine Älpler uns entgegensieht, betrifft uns nicht mehr. Anders ~~der~~ jener Blick, der aus dem ernsten Antlitz, das im Schatten der Zimmerpalme liegt, sich in uns senkt. Ich stehe barhaupt da; in meiner Hand ein großer Strohhut, den ich lässig ~~xxxx~~, mit einstudierter Grazie halte; ängstlich stützt sich mein Ellenbogen auf die Kante des Mahagonitischchens. Hinter mir, jedoch in weitem Abstand, neben der Portiere, steht die Mutter, eingeschnürt in eine enge Taille, welche ~~eng~~ gut zu ~~dem entwürdigen~~ meinem Jäckchen paßt, ~~in dem ich selbst, auf meinem~~ in dessen Latz ~~mit den~~ Emblemen der Marine eingestickt sind.

Denn das war die Tortur: daß wir uns selbst dort ähnlich zeigen sollten, während doch⌠ und gerade dort ~~im gleichen Augenblick~~ nichts ferner lag ~~und~~ sodaß wir uns vielmehr eher ~~jed~~ dem straminbestickten ~~Sofak~~**K**issen ~~der~~, das ~~vor uns auf der Erde lag~~ das man uns hergeschoben hatte oder dem Ball, den man uns in die Hand gegeben hatte, ähnlich machten als einem Augenblicke unseres wirklich gelebten Lebens.

---

28 Emblemen] Embleme GS VII/2, 794

… diese Lampe zu gebrauchen! Die kleinen Kugeln, die ich oben über die Öffnung [illegible]
[illegible] gestülpt sehe, sollte darauf schließen lassen. Wenn sie aber erst ein Netz gedacht, [illegible]
[illegible] des Zimmers vom Kreis der Flammen, wenn sie blakten, zu bewahren hatte.
[illegible] sie gewiß mit größerem Rechte gemeint als die andern. Wenn ich selber
[illegible] sie – und wieder lange [illegible] sie mir [illegible] zum Modell [illegible] der
[illegible] zu irgend einem Geburtstags- oder Weihnachtsgeschenk zugedacht. Die aber
[illegible] aber mit bunter Wolle erst, dann mit [illegible] mit [illegible] auf [illegible]
[illegible] befestigt werden. Doch eben weil sie ein Geschenk war, hatte man [illegible]
eine Stelle für gesucht, an welcher sie sich zeigen konnte, ohne die Benutzung des
[illegible] zu erinnern. Und so [illegible] das Bild so wenig wie vom Ort, an dem die
[illegible] sich befand, das [illegible], welche sie gelöscht hatte, [illegible]
[illegible] war. Und sicher kam der Schein, der durch die Glocke aus geschliffenem
[illegible] mit dem geflammten Ornament drang, vom Laub und [illegible] hin.
[illegible] das Jagen dieser Lampe und des Jägers der [illegible]. Vogel auf Zweigen [illegible]
[illegible] ball. – [illegible], [illegible], Interieur.

Die Gabe, Ähnlichkeit zu sehen, die wir besitzen, ist nichts als nur ein schwaches Rudiment
des ehemals gewaltigen Zwanges, ähnlich zu werden und sich zu verhalten. [illegible]
[illegible] ich auf und [illegible] so zeitig wie beim Photographen. Dort standen wir in einer
[illegible] vor einem Leinwandhintergrund, auf den die [illegible]
[illegible] war und dessen [illegible], die ein Gemälde [illegible]
[illegible], [illegible] auf die Wolken und die Zinnen des [illegible]
[illegible] des [illegible], und wenn der kleine [illegible] entgegen [illegible], [illegible]
[illegible] mehr, als [illegible] jenen Blick, der auf den [illegible], der im [illegible] des Zimmers
[illegible]. Ich stehe barhäuptig da; in meiner Hand ein großer Sombrero, den
[illegible], mit einstudierter Grazie halte; ängstlich stützt sich mein Ellenbogen auf die
[illegible], [illegible] in weitem Abstand, neben der [illegible],
[illegible] Hinter [illegible] in [illegible], [illegible] gut zu [illegible]
[illegible], [illegible] Lehmbrunnen der [illegible]
[illegible] geht, [illegible]
[illegible] sind.

[illegible]: daß wir uns selbst [illegible] ähnlich zeigen sollten [illegible], so
[illegible] nicht [illegible] und [illegible], [illegible] in die
[illegible] zugeschoben hatte oder dem [illegible], [illegible] gehabt haben.
[illegible] hatten, ähnlich machen als einem Augenblicke [illegible]

Walter Benjamin, *Zur «Lampe»* (1932) Entstehungskontext und editorische Bemerkungen

Zur «Lampe» ist erstmals im Rahmen von Walter Benjamins *Gesammelten Schriften* unter den kommentierenden Nachträgen zum Doppelessay *Lehre vom Ähnlichen* und *Über das mimetische Vermögen* ediert und publiziert worden.[1] Wie sich den begleitenden Äußerungen im Apparatteil entnehmen läßt, gehört der kleine Text über die Lampe zu den autobiographischen Entwürfen der *Berliner Kindheit um neunzehnhundert* und soll der Absicht der Herausgeber zufolge Benjamins brieflich überlieferte Aussage dokumentieren, wonach die «neue Sprachtheorie» zu Beginn des Jahres 1933 als eine Art Nebenprodukt aus der Niederschrift von *Die Mummerehlen* hervorgegangen ist (GS VII/2, 791). Gleichsam wird die Entstehung der «Mimesis-Theorie» aus dem Geiste der Kindheit belegt und die textgenetische Verwandtschaft des *Mummerehlen*-Stücks, das die *Berliner Kindheit* in einer Version aus dem Jahr 1933 als programmatischen Anfang eröffnet, mit den sprachtheoretischen Versuchen deutlich gemacht.

Obwohl in der Sache nicht zu widersprechen ist, muß darauf hingewiesen werden, daß der *Lampe*-Text nicht in seinem originären Kontext abgedruckt worden ist und sinnigerweise zum Kindheitsbuch gehört hätte. Die editorische Praxis der *Gesammelten Schriften* birgt so die Gefahr, daß zwei Mißverständnisse eintreten: Erstens könnte *Zur «Lampe»* als Zwischenstufe auf dem Weg von den Kindheitserinnerungen zur *Lehre vom Ähnlichen* aufgefaßt werden. Zweitens suggeriert die Verbannung in den Apparat, daß die im Hauptteil der Edition wiedergegebenen Texte *Die Mummerehlen* und *Lehre vom Ähnlichen* bzw. *Über das mimetische Vermögen* im Unterschied zum unfertigen Entwurf als abgeschlossen zu gelten

1 Walter Benjamin, *Gesammelte Schriften*, unter Mitwirkung von Theodor W. Adorno und Gershom Scholem hrsg. von Rolf Tiedemann und Hermann Schweppenhäuser, Band VII/2 (*Nachträge*), Frankfurt am Main (Suhrkamp) 1989, S. 792-794. Im Folgenden zitiert mit der Sigle GS.

haben. Wie sich aus der archivarischen Recherche ergeben hat, entsprechen diese beiden Annahmen nicht dem entstehungslogischen Kontext des *Lampe*-Textes. Daher ist es nötig, hier die Überlieferung neu zu beschreiben und zu dokumentieren.

Die unmittelbare handschriftliche Umgebung von *Zur «Lampe»* läßt klar erkennen, daß es sich um einen der vielen Entwürfe zur *Berliner Kindheit um neunzehnhundert* handelt. Die Aufzeichnung ist von verschiedenen Teilen eines längeren Stücks unter dem Titel *Zum «Bett»* gerahmt, das eine von mehreren überlieferten Vorstufen zum späteren *Das Fieber* darstellt und von Benjamins kindlichen Krankheitserfahrungen, u.a. auch von einer Lampe und vom Lampenlicht (GS IV/1, 272), erzählt. *Zur «Lampe»*, das auf den im Walter Benjamin-Archiv (Akademie der Künste, Berlin) aufbewahrten Manuskriptseiten Ms 900v und Ms 901r steht, erscheint so regelrecht eingebettet: *Zum «Bett»* ist nämlich um den *Lampe*-Text herum auf Ms 900r, Ms 901v und Ms 902r verteilt. Daß diese Entwürfe zudem in unmittelbarer Nähe der Arbeit an den *Mummerehlen* stehen, bezeugt der Umstand, daß auf Ms 902v unter dem Titel *Studien zur Mummerehlen* eine Reihe von Aufzeichnungen zu diesem Stück zu finden ist.

Auf der Grundlage der Dokumentation dieser – mit Ausnahme von *Zur «Lampe»* – noch nicht publizierten und lange Zeit unbekannten Aufzeichnungen läßt sich schließen, daß die Entwürfe aus einer frühen Arbeitsphase an der *Berliner Kindheit* stammen und vermutlich zwischen Ende August und September 1932 niedergeschrieben worden sind.[2] Aus dieser Zeit ist ein Notizzettel überliefert, auf dem Benjamin erste *«Stichworte zur ‹Mummerehlen›»* festgehalten hat und der für die Entstehung des *Lampe*-Textes überaus erhellend ist. Da steht im Hinblick auf die Abfassung der *Mummerehlen* – gleichsam als lichtspendender Wegweiser für das

---

2 Vgl. für eine ausführliche Dokumentation von Benjamins Arbeit am autobiographischen Projekt: Davide Giuriato, *Mikrographien. Zu einer Poetologie des Schreibens in Walter Benjamins Kindheitserinnerungen*, München (Fink) 2006, S. 223-299, hier S. 239-242.

im Dunkeln tappende Schreiben: «Mit der ‹Lampe› beginnen» und «Einfluß Lichtenbergs Wort».[3]

Daraus ergibt sich ein völlig neues Bild über den Stellenwert von *Zur «Lampe»*. Der Entwurf, der tatsächlich mit einem Lichtenberg-Zitat einsetzt, ist weder eine Zwischenstufe zwischen der Kindheitserinnerung und der *Lehre vom Ähnlichen*, noch der Entwurf zu einer gleichnamigen, selbständigen Miniatur, sondern der geplante erste Teil des *Mummerehlen*-Stücks. In der Folge hat Benjamin bei der weiteren Arbeit an diesem Text den ersten Teil zur Lampe – so muß man schließen – nicht mehr in Betracht gezogen und weggelassen. In diesem Sinne ist *Zur «Lampe»* als der im September 1932 entstandene erste Entwurf zu *Die Mummerehlen* zu betrachten, den Benjamin später verworfen hat.

Aus dieser Tatsache läßt sich allerdings nicht ableiten, daß der *Lampe*-Text als mißratenes Nebenprodukt unwichtiger als die Miniatur der *Berliner Kindheit* und die sprachtheoretischen Arbeiten über das mimetische Vermögen wäre. Denn in gewisser Weise ist die Art seiner Überlieferung durchaus paradigmatisch für den textuellen Stellenwert der mit ihm verstrickten Arbeiten. Sowohl *Die Mummerehlen* als auch die *Lehre vom Ähnlichen* und *Über das mimetische Vermögen* sind nämlich keine von Benjamin zu Ende gebrachten Arbeiten, sondern zeitlebens unabgeschlossen geblieben. Was die Miniatur aus dem autobiographischen Buchprojekt betrifft, so hat Benjamin – auch nachdem sie am 5.5.1933 im *Unterhaltungsblatt der Vossischen Zeitung* erschienen ist – daran weiter geschrieben, ohne je eine definitive Form zu finden. Die Arbeit am sprachtheoretischen Versuch hingegen ist stets vom Zweifel begleitet gewesen, daß die Entwürfe nicht reif für die Publikation seien, und hat sich in einem ebenso unabgeschlossenen Schreibprozeß verlaufen (vgl. GS II/3, 950-960). Alle diese Entwürfe sind nicht als Texte im Sinne abgeschlossener Einheiten, sondern als durchaus unverbindliche Möglichkeiten zu einem Text zu verstehen.

---

3 Ebd., S. 286.

Das zeitlebens unbeendet gebliebene Projekt der *Berliner Kindheit um neunzehnhundert* gibt eine verzettelte Dynamik der Produktion zu erkennen und hat ein – beim heutigen editorischen Stand – noch kaum überschaubares Konglomerat von mehr oder weniger zusammenhängenden Handschriften, Typoskripten und Drucken hinterlassen. Am Mini-Komplex *Zur «Lampe»*, *Die Mummerehlen* und *Lehre vom Ähnlichen/Über das mimetische Vermögen* ist immerhin zu erahnen, daß der Benjaminsche Schreibprozeß nicht in linearer Weise und in nur eine Richtung voranschreitet, sondern als Verkettung von wuchernden Nebenprodukten zu betrachten ist.

Vor dem Hintergrund dieser Entstehungslogik begründet sich die Entscheidung, die Handschrift von *Zur «Lampe»* hier nicht als bereinigten Text, sondern als Faksimile mit diplomatischer Umschrift wiederzugeben. Auch um das Unfertige von Benjamins Hinterlassenschaft zu veranschaulichen, werden im Unterschied zum konstituierten Text der *Gesammelten Schriften* alle im Manuskript vorhandenen Streichungen und Überschreibungen wiedergegeben. An wenigen Stellen wird zudem eine neue Lesart vorgeschlagen und diejenige der *Gesammelten Schriften* im Variantenverzeichnis angegeben.[4] Für die Transkriptionen sind folgende diakritische Zeichen verwendet worden:

Text	*Buchstabenfolge*
~~Text~~	*durchgestrichene Buchstabenfolge*
~~Text~~[Text]	*durchgestrichene und darübergeschriebene Buchstabenfolge*
Tes**xt**	*überschriebene Buchstabenfolge*
xxxx	*nicht entzifferte Buchstabenfolge*
Text[?]	*unsichere Lesart*
∫	*Einfügungsschlaufe (im Fließtext)*
[Text]	*Editortext*

4 Für die punktuelle Hilfe beim Entziffern bedanke ich mich bei Hans-Walter Gabler (München). Der Abdruck erfolgt mit freundlicher Genehmigung des Benjamin Archivs (Adk, Berlin) und des Suhrkamp Verlags.

Thomas Schestag

Interpolationen

Benjamins Philologie

Comment taire?

Ich übersetze, dies ist ein Kommentar: *wie schweigen?* Und wiederhole: *comment taire*? Nicht *schweigen* überhaupt, als Gegensatz zum *Sprechen* aufgefaßt, sondern: wie *etwas* verschweigen? Wie also *von* etwas schweigen; wie schweigen, so, daß *etwas* und nicht einfach *nichts* verschwiegen wird? Diese Fragen gehen davon aus, daß das *Schweigen* als ein Vermögen oder eine Eigenschaft des Sprechenden bestimmt ist. Ich kann sprechen – ich kann schweigen; kann *etwas* versprechen – kann *etwas* verschweigen. Aber wie kann ich so schweigen, daß nicht dem Schweigen und also vielleicht dem Vergessen anheimfällt, daß *ich* schweige: daß ich den Entschluß gefaßt und verwirklicht habe, nicht zu sprechen, sondern zu schweigen, *etwas* zu verschweigen, und jederzeit den Entschluß fassen könnte, das Schweigen, nämlich *mein* Schweigen, zu brechen? Wie so schweigen, daß, indem *ich* schweige, nicht ein *anderer* schweigt, nicht das Schweigen eines andern in mein Schweigen einbricht, oder schlicht *Schweigen*, ohne Herkunft und Ausrichtung, überhandnimmt und ich die Kontrolle über das Schweigen, *mein* Schweigen, über mich und also *mich*, verliere? Wie verschweigen, daß, indem ich schweige, ich mich im Schweigen nicht zurecht-, nicht wiederfinde? Wie also schweigen, gleichgültig, *was* ich im Einzelnen verschweige (ein Wort oder einen Sachverhalt), wenn es unmöglich bleibt, zu verschweigen, daß, indem *ich* schweige, vielleicht nicht *ich* oder ein Anderer, ein anderes *Ich* schweigt? Wie kann *ich* schweigen, wenn ich das *Schweigen* nicht beherrsche? Wie kann ich schweigen, wenn ich nicht verschweigen kann, daß vielleicht nicht *ich* schweige? Wenn offen bleibt, ob das Schweigen – schweigt; und was Schweigen heißt?

Sie merken, daß alle diese Fragen, die bisher das Schweigen und den Schweigenden, die Verschwiegenheit des Schweigenden, auf der Grenze zwischen Vermögen und Unvermögen, betreffen, die vom Schweigen sprechen, auch auf das Sprechen, auf Sprache bezogen werden können. Wenn nicht einfach *ich* es bin, der spricht, wenn ich *spreche*, und nicht *ich* schweige, wo ich *schweige*, wenn *im* Sprechen und Schweigen nicht einfach – nämlich *diegetisch* – auf ein *Ich* als Auslöser, für Sprechen und Schweigen verantwortlich, verwiesen werden kann; welches Verhältnis *zum* Sprechen wie *zum* Schweigen ist dann *im* Sprechen wie *im* Schweigen, *zwischen* Sprechen und Schweigen, am Werk? Wie spricht, was aus dem Schweigen spricht? Wie schweigt, was nicht *ver*schweigt, nicht verschweigen *kann*, daß offen bleibt, ob dort, wo Schweigen eintritt, überhaupt *jemand* schweigt, oder nicht vielleicht die Schweigenden in die Stille horchen, offen?

Diese Fragen tauchen, in eine Beschreibung ihres Erzählers verwickelt, am Eingang der *neuen Melusine* auf, wie Goethe sie in ihrer letzten publizierten Fassung (1829) den *Wanderjahren* eingetragen hat. Der Erzähler, ein Mitglied der Gesellschaft der *Entsagenden*, wird als «ein derber Wundarzt» und «als Bartkünstler» eingeführt: «Da nun aber diese Beschäftigung [des Barbiers]», so fährt Lenardo fort (der den Erzähler vorstellt), «gewöhnlich eine große und oft lästige Geschwätzigkeit mit sich führt, so hat er sich zu eigner Bildung eine Bedingung gefallen lassen; wie denn jeder der unter uns leben will sich von einer gewissen Seite bedingen muß, wenn ihm nach anderen Seiten hin die größere Freiheit gewährt ist. Dieser also hat nun auf die Sprache Verzicht gethan, insofern etwas Gewöhnliches, oder Zufälliges durch sie ausgedrückt wird; daraus aber hat sich ihm ein anderes Redetalent entwickelt, welches absichtlich, klug und erfreulich wirkt, die Gabe des Erzählens nämlich».

Irritierendes Portrait: der Erzähler wird eingeführt als einer, der auf die Sprache – Milieu und Mitte des Erzählens – verzichtet hat, und zwar, insofern etwas Gewöhnliches oder Zufälliges durch sie zum Ausdruck kommt. Das *Gewöhnliche* deckt den Bereich des Unzufälligen, Berechenbaren, Regelhaften ab; das *Zufällige* den Bereich des Ungewöhnlichen und Unberechenbaren. Der Verzicht auf Sprache betrifft also alles, was durch Sprache *gewöhnlicherweise* überhaupt ausgedrückt und mitgeteilt werden kann: alles Zu- und Unzufällige, Gewöhnliches und Ungewöhnliches zumal. Der Barbier, indem er sich diese Bedingung gefallen läßt, und offenbar Gefallen daran findet, hat nichts mehr zu sagen. Er verstummt. Aus dem Schweigen aber entwickelt nicht *er*, sondern entwickelt *sich ihm* – ein anderes Redetalent: *die Gabe des Erzählens nämlich*. Als wäre dies, daß ich nichts mehr zu sagen habe, die Bedingung dafür, alles erzählen zu können.

Der Barbier hat, insofern er weder mehr Gewöhnliches noch Zufälliges mitteilt, nichts mehr zu sagen, habe ich gesagt. Doch durch das *Zufällige* in dieser Paarung geht eine eigentümliche Neige: denn Zufälle sind, in einer Welt, die von Gewohnheiten regiert wird, als das Ungewöhnliche, das sie sind, nichts ungewöhnliches. Sie gehören zum Gewohnten wie die Ausnahme zur Regel. Die Ausgewogenheit dieses Verhältnisses gerät aber durch die Überlegung aus dem Gleichgewicht, daß alles, was zur Gewohnheit geworden ist, sich bloß *zufällig*, also grundlos zur Gewohnheit entwickelt hat: daß alles Gewöhnliche nicht nur Zufällen entspringt, sondern Zufällen ausgesetzt, zufällig und ungewöhnlich bleibt. Alles Wohnen im Gewöhnlichen verdankt sich einer Täuschung, die blind für das Zufällige im Aufriß des Gewohnten bleibt. Das Gewöhnlichste und sozusagen Bewohnteste im hier erörterten Zusammenhang ist aber die *Sprache*, in der – nach Maßgabe gewohnten und vertrauten Umgangs mit ihr – sowohl Gewöhnliches wie Zufälliges zum Ausdruck kommt. Auf das Sprechen aus Gewohnheit – auf der Schwelle zum (Abschied vom) Geschwätz – tut der Barbier Verzicht. Aus der Preisgabe beider, des *gewohnten* wie – nach Maßgabe der Gewohnheit – *zufälligen* Umgangs mit Sprache, sich auf sich als auf ein wahlweise sprechendes oder schweigendes *Ich*, das über Sprache und durch Sprache über *sich* verfügt, zu verlassen, entwickelt sich dem Verlassenen, der nichts mehr zu sagen hat, *durch Schweigen genöthigt*, wie es gleich heißen wird, die Gabe des Erzählens. Denn so fährt Lenardo in der Beschreibung des Erzählers fort: «Sein Leben ist reich an wunderlichen Erfahrungen, die er sonst zu ungelegener Zeit schwätzend zersplitterte, nun aber durch Schweigen genöthigt im stillen Sinne wiederholt und ordnet». Der kommende Erzähler der *neuen Melusine* wird nicht nur *ins* Schweigen genötigt, sondern das Schweigen nötigt ihn zum *stillen Sinn*. Von dort, in ihm, her aber entwickelt sich ihm ein anderes als gewöhnliches oder zufälliges Verhältnis nicht nur zu den Erfahrungen seines Lebens, sondern zur Sprache: *ein anderes Redetalent*.

Er hört auf, seine Erfahrungen, der Gewohnheit nach, unter Gewöhnliches und Zufälliges zu rubrizieren: zu zersplittern. Er nimmt nicht nur an ihnen und, sofern es wunderliche Erfahrungen *seines Lebens* sind, nicht nur an ihm, sondern an Sprache, vom stillen Sinn her, das Unzufällige und Ungewöhnliche wahr. Das andere Redetalent, die Gabe des Erzählens, entwickelt sich aus dem Hinblick auf das unzufällig Ungewöhnliche oder ungewöhnlich Unzufällige, an ihm nicht weniger als an Sprache. Unzufällig mag heißen: unausweichlich oder unumgehbar; ungewöhnlich aber: weglos oder unerfahren. Erzählend ordnet, wer auf Sprache verzichtet hat, alles Erfahrene, das alle *sprachlichen*, alle Erfahrungen *mit Sprache* einschließt, auf eine Schicht in Sprache wie im Leben, die keiner gewöhnlichen (oder zufälligen) Auffassung von Sprache wie vom Leben entspricht, in der alles, was *als* Sprache, was *als* Leben gilt, aussetzt. Der Erzähler öffnet, indem er das Wort ergreift, die gewohnte gewöhnliche Sprache – er greift auf sie zurück und in sie ein – auf das unumgehbar Ungewöhnliche in ihr: auf die Unverfügbarkeit der Sprache. Zwar steht der Erzähler zur Verfügung und kommt der Aufforderung zu erzählen nach, doch um die Unverfügbarkeit beider, des erzählten Lebens wie der erzählenden Sprache zur Sprache zu bringen. Das Erzählen spricht nicht, es hat nichts zu sagen, weder Zufälliges noch Gewöhnliches, sondern bricht im stillen Sinn an und von dort her in Sprache (wie ins Leben) ein: in die Sprechenden, die verstummen und lauschen.

Was aber hat es mit dem *stillen Sinn* auf sich, in dem das abbrechende Sprechen in die Entwicklung der Gabe des Erzählens übergeht? In dem alles, was gewöhnlich und zufällig schien, ins Ungewöhnliche, Unzufällige spielt? Die Rede vom *Redetalent*, das dem Barbier sich aus dem Verzicht auf Sprache entwickelt, gibt einen Wink zur Herkunft des stillen Sinns. Sie liegt in der *Rhetorik*. An einer Stelle im dritten Buch der Abhandlung *De oratore*, die in fingierten Wechselreden, an denen Crassus und Antonius, die beiden größten Redner Roms (vor Cicero) teilnehmen, der Suche nach dem vollendeten Redner (*orator perfectus*) (I,32-34), den es nicht gibt, gewidmet ist, geht Cicero der Frage nach, wie ein Redner dahin kommt, durch seine Rede die Aufmerksamkeit der Hörer zu fesseln. Durch die Ungewöhnlichkeit der Rede. Kann aber der Eindruck des Ungewöhnlichen, das die Hörer fesselt, die Wirkung einer Kunst, also einer Behandlung der Sprache nach Regeln sein? Kann der Redner zur Gewohnheit finden, in den Hörern der Rede den Eindruck des Ungewöhnlichen zu wecken? Und zwar so, daß er *verschweigt*, zur ungewöhnlichen Wirkung durch Anwendung einer Regel gelangt zu sein? Die *Kunst* des Redners läge also nicht nur darin, den Eindruck der Regellosigkeit, die fesselt, durch Regeln zu erzeugen, sondern den Schein der *Natürlichkeit* des Ungewöhnlichen zu verbreiten. Der Redner muß genau das können wollen. Das ist seine Aufgabe. Die Lösung dieser Aufgabe liegt aber nicht in der Wortwahl. Für den Redner ist belanglos, *was* er sagt. Er hat nichts zu sagen. Die Lösung der Aufgabe liegt nicht in der Sprache, gewöhnlich aufgefaßt, nicht in den Worten als Bedeutungsträgern. Sie liegt in der Verwendung, fast könnte man sagen im *freien Gebrauch*, metrischer Vorgaben: «Ihr wechselnder Gebrauch (*vicissitudines*) bewirkt, daß weder die Zuhörer ein Gefühl der Übersättigung empfinden (Übersättigung der Ohren nämlich: *aurium satietate* (III,192)), aus Überdruß an Ähnlichem (*fastidio similitudinis*), noch wir den Eindruck machen, das, was wir tun, planmäßig und bewußt zu tun» (III,194). Das Ziel der Fesselung der Hörer durch Verbreitung des Eindrucks der Ungewöhnlichkeit der Rede wird durch Übung und Gewohnheit (*exercitatione et consuetudine*) erreicht. In dieser Empfehlung liegt zugleich die Schwierigkeit wo nicht Unmöglichkeit, der Aufgabe des Redners. Denn der Redner, der auf *Übung* und *Gewohnheit* – also auf tastende Wiederholungen, aufmerksam für Abweichungen – angewiesen ist, kann von keiner Regel ausgehn (und geht vielleicht auf keine Regel zu). Der Grund für den Eindruck der Ungewöhnlichkeit der Rede liegt nicht im Redner, insofern er redet, nicht in der Rede, insofern sie *etwas* sagt, sondern im Hören – oder Horchen –, aus der Stille, auf Stillstellen, Pausen und Zäsuren, in der Rede. Um zur Regel der Insertion des Eindrucks von Regellosigkeit im Aufriß der Rede zu gelangen, muß der Redner auf das Hören der Hörer horchen; er muß, weil keine Regel vorliegt, und auch die *metrischen Vorgaben*, aus dem Hören auf die Stille in und zwischen Worten bloß nachträglich, aber provisorisch, resultieren, sein Ohr für das Kunst- und Regellose im Verhältnis zwischen Sprechen und Schweigen öffnen.

«Niemand soll sich darüber wundern (*admiretur*)», läßt Cicero den Crassus unmittelbar anschließend an die Empfehlung, auf der Schwelle zu etwas allerdings Unerhörtem und Wunderlichen sagen, «wie das ungelehrte Volk beim Hören solche Dinge wahrnimmt». Denn vom Hören des Volkes (*vulgus*) auf die Rede heißt es, in der Übersetzung von Harald Merklin: «Denn alle unterscheiden unbewußt ohne System und Theorie, was in den einzelnen Gebieten und Disziplinen richtig und verkehrt ist». Was Merklin durch das Wort *unbewußt* übersetzt und dadurch fast unter die Wahrnehmungsschwelle zurücksetzt, nennt im lateinischen Text, unter einer tastenden Wendung, die unschlüssig über dessen Namen bleibt, den Ort, von dem her die Hörer das Angemessene und Abweichende der Rede beurteilen, zwischen Falsch und Richtig unterscheiden (*diiudicant*): «Omnes enim tacito quodam sensu [...] diiudicant»: Denn alle urteilen oder unterscheiden durch einen gewissen stillen Sinn (*sensus tacitus*); *tacitus* mag aber, außer *still*, unter anderm auch *verschwiegen, schweigsam, schweigend, lautlos* sagen wollen. Ich übersetze, oder kommentiere, also meinerseits: «Denn alle urteilen oder unterscheiden (*diiudicant*) durch einen gewissen stillen Sinn (*tacito quodam sensu*), ohne jede Kunst und Kenntnis (*sine ulla arte aut ratione*) über Richtig und Falsch (*recta ac prava*) in den Künsten und Erkenntnisweisen» (III,195). Das Kriterium für den Erfolg der Rede, den die Abhandlung *De oratore* sucht, liegt im *stillen Sinn* der Hörenden. Es ist der *stille Sinn*, der ohne Kunst und Kenntnis über Falsch und Richtig in den Künsten und Erkenntnisweisen richtet. Der *stille Sinn* als Richter urteilt kunst- und regellos. Sein Urteil fällt nicht innerhalb der Sphäre des Rechts. Das Angemessene der Rede des Rhetors an die Hörenden ist Angemessenheit an keine Regel und an kein Gesetz, die sie einhält oder bricht, sondern Angemessenheit an nichts als an ein unverortbares *Gefallen*. Der Sinn, den Cicero *tacitus* nennt, und den er nicht verortet, für den es vielleicht keinen rechten Namen gibt – er heißt *quidam*, also gewissermaßen, *tacitus* –, ist nicht Sinn für die strenge Distinktion in *Falsch* und *Richtig*, sondern Sinn für die Wahrnehmung unmerklicher Abweichungen vom gewohnten – oder ungewöhnlichen – Gebrauch der Sprache, wie für das Gefallen an ihnen, das noch Gefallen an der Mißfallensbekundung einschließt: «Wie groß ist denn der Anteil derer, die die Kunst der Metren und der Modi kennen? Doch kommt in dieser Hinsicht nur der geringste Verstoß vor, etwa durch Kontraktion eine Kürzung oder durch Dehnung eine Überlänge, so protestiert das ganze Theater» (III,196).

Der stille Sinn, den Cicero von Gnaden der Natur, die er groß und *incredibilis*: unermeßlich heißt, allen Menschen eingepflanzt nennt, geht nicht vom Wort als Bedeutungsträger aus und richtet sich nicht auf die Form des Wortes, sondern nimmt unmerkliche Längen und Kürzen, Pausen und Zäsuren in und zwischen Worten wahr. Der *stille Sinn* ist, vielleicht stumm, Sinn für die Stille, die das Wort skandiert und bricht.

Auf diesen eigentümlichen Sinn kommt Cicero noch einmal, in seiner letzten Abhandlung über Rhetorik, unter dem schlichten Titel *Orator – Der Redner* –, zurück. An der Stelle im *Orator*, die den *stillen Sinn – sensus tacitus* –, diesmal ohne Zögern über seinen Namen, noch einmal aufbietet, geht es, in Ciceros Worten, um den eigentlichen Kern der Redekunst – *artis intimae* (179) –: um das, was diese Rede, ungebundene Prosa, im Gegensatz zur metrischen des Verses, im Innersten zusammenhält. Der Vers ist, so heißt es weiter oben, nach Maßgabe der Ohren – *terminatione aurium* – und durch aufmerksame Beobachtung – *observatione prudentium* – gefunden, beziehungsweise, genauer, *er*funden worden – *inventus est* – (178). Der Ursprung der Dichtung – Verse als Verse wahrzunehmen und Gefallen an ihnen zu finden – liegt im Ohr. Welcher Rhythmus oder Takt aber – *numerus* – zeichnet die Prosarede aus? Cicero vermutet seinen Ursprung unter anderm in den Pausen – *intervallis* – zwischen Silben, Wörtern, Perioden (181). Daß es in der Prosarede überhaupt einen gewissen Takt – *numerum quendam* – gebe, sei nicht schwierig zu erkennen, denn über den Takt, über das *Da* des Taktes urteilt ein Sinn, dessen Urteil – *iudicium* – über das, was zufällt (über den Takt als Sinneseindruck), nicht anzunehmen unbillig wäre, auch wenn uns die Einsicht in den Grund dessen, was zufällt und den Eindruck des Takts, wie das Gefallen oder Mißfallen an diesem Eindruck auslöst, verschlossen bleibt (183). Der fragliche Sinn urteilt über das *Da* des Takts aus unerfindlichen Gründen: über diesen Sinn, der urteilt, von dem alles Urteilen überhaupt ausgeht, kann (ohne Zuhilfenahme eben dieses Sinnes) nicht geurteilt werden. Im Urteilsvorgang – der nicht Entscheidungen fällt, sondern Unterschiede wahrnimmt – fällt das Urteil über die Herkunft des Urteilens, über die Herkunft der Urteils*kraft*, aus. Das einzige Kriterium für die Annahme oder Ablehnung des Urteils, das der Sinn über das, was zufällt, fällt, ist das Gefallen oder Mißfallen am Urteil: an der wahrgenommenen Unterscheidung, am wahrgenommenen Takt. Auch der Vers, der Eindruck gebundener metrischer Rede, ist nicht dem Verstand, nicht der *ratio* und ihrem Kalkül entsprungen, sondern die Annahme der Möglichkeit metrischer Rede, von Dichtung überhaupt, verdankt sich wiederum dem Sinneseindruck (und seinem Urteil, seinem Vermögen zu teilen oder zu unterscheiden), also noch einmal, weil Cicero ein akustisches Geschehen beschreibt, dem *Ohr*.

Weiter unten faßt Cicero die Untersuchung über den Rhythmus in der ungebundenen Rede, die nur dem Anschein nach ungebunden spricht, so zusammen: «Wenn man nun fragt, welcher der Rhythmus der Prosarede (*oratio*) ist, so kommt ein jeder in Betracht, aber der eine ist besser geeignet als der andere». Das Kriterium für diese Eignung oder Angemessenheit ist kein allgemeines Maß, keine Regel, kein Gesetz, dem zu gehorchen wäre, sondern es sind wiederum die Ohren, die aus der ungebundenen Rede den ein oder andern Takt heraushören und billigen oder verwerfen. «Fragt man», so Cicero, «nach seinem Ort», nach dem Ort des Rhythmus, also dem Eindruck von Verbindlichkeit im Aufzug ungebundener Rede, «so findet er sich in jedem Teil der Worte», also allenthalben: nicht nur *zwischen*, sondern durchaus auch in den Worten, die zu Silben, verhalten um Zäsuren oder Pausen, auseinandertreten können. Fragt man nach dem Ursprung des Rhythmus, so findet Cicero ihn im Ohr. Der Ur- ist Ohrsprung. Und zwar entspringt der Rhythmus nicht einfach den Ohren, sondern in Ciceros Worten: *ex aurium voluptate*: der Lust oder Wollust der Ohren. Das einzige Kriterium für die Annahme des *Da* oder *Fort* rhythmisierter Rede und weiterhin für das Gefallen oder Mißfallen am Da oder Fort des Rhythmus ist, was Cicero *voluptas* nennt. Der Grund für das Worumwillen der Wahrnehmung des Taktes in der Rede, ist die Wollust. Ciceros Antwort auf die Frage, wann er vorkommt, ist: *Immer*; die Möglichkeit seiner Wahrnehmung kann jeden Augenblick, kann jedem Augenblick entspringen. Sie ist an keinen Ort der Rede gebunden, sondern entspringt, nach Maßgabe der Ohren, im Hinblick auf die Wollust, allenthalben: *in tota continuatione verborum*: der Eindruck des Takts entspringt als Unterbrechung des sprachlichen Kontinuums der Rede, im Ohr, das im Kontinuum der Rede Unterbrechungen, Pausen, Zäsuren wahrnimmt oder überhört, an denen es Gefallen findet. Und auf die entscheidende, die letzte Frage in diesem Katalog aus Fragen und Antworten, was die Wollust der Ohren auslöst und bewirkt, antwortet Cicero: dasselbe, wie im Fall der Verse: zwar legt die Kunst das Maß des Taktes fest, sie schreibt das ein oder andre Metrum, auf das sie zurückgreift, vor, doch diese Vorschrift kommt nur im Nachhinein zustande, die *Kunst* der Anwendung von Versmaßen verdankt sich, nachträglich – und also immer bloß vorläufig –, einem kunst- und maß- und regellosen Sinn. Die Kunst des Versmaßes, wie des Takts, entspringt am kunstlosen Ort. In der Maß- und Taktlosigkeit. In Ciceros Worten: *aures ipsae tacito eum sensu sine arte definiunt*. Die Ohren selbst bestimmen, *ohne Kunst* – ohne *ratio* oder Berechnung –, sie bestimmen unbestimmt und unberechenbar, ohne Rückgriff auf ein Maß oder ein Gesetz, im *stillen Sinn* – *sensu tacito* – den Takt: den durchbrochenen Aufriß der Rede. Der Gehörsinn, einer der sogenannten *fünf* Sinne, bestimmt über das Da oder Fort, wie über das Gefallen oder Mißfallen, über den Eindruck der *Wollust* im Hören auf Worte, nicht aus sich *selbst*, nicht *ohne weiteres*, sondern das *Selbst* der Ohren, zwar vielleicht in ihnen, dort aber einem andern Sinn überlassen, in einem andern Sinn, den Cicero *sensus tacitus* nennt, im *stillen Sinn* beschlossen. Die Wahrnehmung von Sprache als gesprochener, das deuten die Zeilen um den *stillen Sinn* an, der den Aufriß des einen, des Gehörsinns, und also den Eindruck umstandsloser Gegebenheit und verbindlicher Separation der *fünf* Sinne spaltet; das Gefallen an Sprache wie deren Wahrnehmung entspringt keinem der fünf Sinne, sondern einem Sinn, der weniger Sinn *für* Sprache, *für* verlautbarte Worte und Silben als Sinn für deren Unterbrechung, Sinn für die Stille, die Sprache – in jedem Sinn des Wortes – unterbricht, heißen mag. Das Gehör gehört, aufgrund des stillen Sinns, dem es entspringt, sich selbst nicht an. Im *stillen Sinn* stößt Cicero auf einen Sinn, von dem offen bleibt, ob er als ein überzähliger, sechster oder siebter Sinn angenommen und verzeichnet werden, oder jedem der fünf Sinne (insgeheim) eingelassen gelten muß. Cicero stößt im *sensus tacitus* (dem Berührsinn – *tactus* – nah, den Aristoteles als einen der fünf Sinne – *haphé* – zugleich zum Sinnesinbegriff, zum Inbegriff der Wahrnehmungswahrnehmung auszeichnet, der in der stoischen Philosophie *entos haphé* heißen wird, ins Lateinische durch *intimus tactus* übersetzt) auf einen Sinn, der offen bleibt, und die Offenheit aller Sinne für mehr (oder weniger) als das, was gemeinhin Hören, Sehen, Schmecken, Riechen oder Fühlen heißt, verantwortet. Dieser Sinn, für Sprache und Sprachwahrnehmung, dessen Inbegriff nicht in Erkenntnis, sondern in der Wollust liegt (die Möglichkeit *kunst-* und *regel*mäßigen Erkennens überhaupt aber entspringt der Erfahrung kunst- und regelloser *Wollust*); dieser Sinn, dem kein *Begriff* von Sprache entspricht, kein im engeren Sinn *sprachlicher* Sinn (in den Augenblick des Sprechens und also Sprechen-, wie *Sich*-sprechen-, *-hörens* verkapselt), legt den Sprach*ursprung*, andeutungsweise, in die *Stille*.

In Lenardos Portrait des kommenden Erzählers der *neuen Melusine* wird der stille Sinn als ein Ort des Übergangs, im Schweigen gelegen, umrissen, an dem das gewöhnliche Sprechen als zersplitterndes Geschwätz gegen das ordnende Wiederholen der Erfahrung als Inbegriff der Gabe des Erzählens abgesetzt wird. Das Sprechen aus der Stille dessen, der nichts zu sagen hat, bietet aber nicht das gefügte gegen das versprengte Wort auf, sondern bringt die zweischneidige Erfahrung einer Stille, *die das Wort bricht* – nämlich den Schein der

Einheit des Worts wie den Schein der Einheit der Stille –, zur Sprache. Im stillen Sinn geht das mitteilsame Sprechen ins teilnehmende Sprechen, das ins mitteilende eingreift, über. Die Erzählung aber, die der Wundarzt und Barbier zum Besten gibt, *Die neue Melusine*, ist nicht eine unter andern Erzählungen des Erzählers, sondern die eine – unerhört –, die nichts anderes als das Innewerden des stillen Sinns, den Ursprung der Gabe des Erzählens – erzählt. Diese Erzählung – und Erfahrung – des Überganges ragt, wie der Erzähler auf der Schwelle zur Erzählung unterstreicht, unabgeschlossen in die Gegenwart des Erzählens, des Erzählten, wie der Hörenden: «heute aber darf ich sagen daß ich eine zu erzählen habe, welche die bisherigen weit übertrifft, und die, wiewohl sie mir schon vor einigen Jahren begegnet ist, mich noch immer in der Erinnerung unruhig macht, ja sogar eine endliche Entwicklung hoffen läßt. Sie möchte schwerlich ihres Gleichen finden».

Walter Benjamin ist der Philologie immer ausweichend begegnet. An einer Stelle seiner Dissertation *Der Begriff der Kunstkritik in der deutschen Romantik*, im Kontext der Erörterung dessen, was Benjamin Friedrich Schlegels «mystische Terminologie» nennt, heißt es: «die Begriffe des Romantischen und der Arabeske […] können hier nur ganz kurz, wieder andere, wie z.B. der der Philologie, gar nicht behandelt werden». Und Benjamin fährt fort: «Dagegen ist der romantische Begriff der Kritik selbst ein exemplarischer Fall mystischer Terminologie, und aus diesem Grunde ist denn auch diese Arbeit nicht Wiedergabe einer romantischen Theorie der Kunstkritik, sondern die Analysis ihres Begriffs. Diese kann hier noch nicht seinen Gehalt, sondern nur seine terminologischen Beziehungen treffen. Sie führen über die engere Bedeutung des Wortes Kritik als Kunstkritik hinaus, und es muß daher ein Blick auf die merkwürdige Verkettung fallen, durch welche der Begriff der Kritik zum esoterischen Hauptbegriff der Romantischen Schule, neben jenem Terminus, der ihr den Namen gibt, wurde» (I/1,50-51). Die Ausgrenzung des Begriffs der Philologie zugunsten einer Analyse des Begriffs der Kritik ist umso erstaunlicher, als Friedrich Schlegel 1805, in einer seiner *Kölner Vorlesungen*, auf der Suche nach einem Begriff der Philologie, deren Inbegriff in das Wort *Kritik* zusammenzieht. Aus dem Wort *Philologie* taucht für Schlegel dort die Frage nach dem «allgemeinen Begriff», den man «von derselben haben muß», auf. Und Schlegel führt aus: «Die Philologie hat verschiedene Teile und auch verschiedene Namen [...]. – Man nennt die Philologie auch oft Kritik». Und nachdem Schlegel die verschiednen Namen hat Revue passieren lassen, kommt er zu dem Schluß: «Kritik ist insofern der allgemeine Name für das ganze Studium. [...] Ja sogar die Grammatik und alle Teile der Philologie können mit diesem Namen benannt werden». Es verdient, betont zu werden, daß Schlegel an dieser Stelle von *Kritik* nicht mehr als von einem *allgemeinen Begriff*, sondern einem *allgemeinen Namen* spricht, mit dem nicht nur *alle Teile der Philologie* benannt werden können, sondern der, so will es scheinen, Philologie beim Namen nennt.

Was Benjamin aus der Analysis des Begriffs der *Kritik* ausblendet, die für ihn nicht nur «einen exemplarischen Fall mystischer Terminologie» darstellt, sondern den «esoterischen Hauptbegriff der Romantischen Schule», ist die Analyse desjenigen Worts, dessen Inbegriff Schlegel in die *Analyse des Begriffs* zusammenzieht und dem er – versuchsweise, aber nachdrücklich – den Namen *Kritik* (als Eigennamen) zuschreibt: *Philologie*. Daß Benjamin die Behandlung des Begriffs der Philologie in der Dissertation, die auch den Titel tragen könnte: *Der Begriff der Kritik in der Kritik*, aus der Dissertation ausgrenzt (*Philologie* also durch erklärten Ausschluß einschließt), mag einen Grund darin, haben, daß Benjamins Untersuchung ihrerseits, insgeheim, als eine philologische angelegt ist, der Analyse desjenigen Begriffs gewidmet, in den Schlegel den Vorgang der Begriffsanalyse zusammenzieht: *Kritik*. Der Titel von Benjamins Arbeit müßte demnach (genau genommen) lauten (im verschwiegenen Revers ihres offiziellen Namens): *Der Begriff der Kritik (als Begriff für Begriffskritik) in der Kritik*. Der einzige Gegenstand von Benjamins Dissertation wäre, bei genauerem Hinsehn, *Philologie*, und seine Vorgehensweise: *philologisch*. Daß Benjamin in der Dissertation dem *Begriff* der Philologie ausweichend begegnet, mag heißen, daß für ihn *Philologie* kein Begriff ist und daß es von ihr keinen Begriff gibt.

Von Benjamins ausweichenden Begegnungen mit Philologie zeugt auch ein Brief an Gershom Scholem, am 5.3.1924, in dem Benjamin, auf der Schwelle zur Abfassung des Buchs, das er *Ursprung des deutschen Trauerspiels* nennen wird, dessen Gliederung skizziert: «Anfang und Schluß werden (als ornamentale Randleisten gewissermaßen) methodische Bemerkungen zur Literaturwissenschaft bringen, in denen ich so gut es geht mit einem romantischen Begriff von Philologie mich vorstellen will» (2,436-437). Diese Enden hat Benjamin nie geschrieben. Ein Grund für den Ausfall von Anfang und Ende mag in der Wendung *so gut es geht* liegen. Unter dieser Wendung geht das Echo eines Satzes um, den Sie sich unter wechselnden Betonungen vorgetragen vorstellen können: *Von der Philologie machst Du Dir keinen Begriff.* Es geht nicht gut, geht vielleicht überhaupt nicht, einen *Begriff* von Philologie vorzustellen. Und sich mit ihm. Walter Benjamin ist dem *Begriff* der Philologie immer ausweichend begegnet.

Zwischen *Philologie* und *Begriff* waltet eine Spannung, auf die Benjamin an einer einzigen Stelle seiner Schriften unumwunden eingegangen ist. Drei Jahre vor den eben zitierten Zeilen um die Wendung *so gut es geht*, im Februar 1921, wiederum in einem Brief an Scholem, schreibt Benjamin: «Über Philologie habe ich», und ergänzt in Klammern «(auch damals in der Schweiz)», nämlich um 1918, in den Monaten der Abfassung seiner Dissertation, «mir einige Gedanken gemacht». Diese Gedanken faßt er, im Brief, zur Definition zusammen: «Ich definiere Philologie nicht als Wissenschaft oder Geschichte der Sprache sondern in ihrer tiefsten Schicht als *Geschichte der Terminologie*, wobei man es dann sicher mit einem höchst rätselhaften Zeitbegriff und sehr rätselhaften Phänomenen zu tun hat» (2,137). *Philologie* nicht als eine unter andern *Wissenschaften*, nicht als *-logie* zu definieren heißt, erstens, daß es von der Philologie keinen Begriff gibt, nicht etwa, weil es ihn vielleicht *noch* nicht gibt, sondern weil man sich von ihr schlechterdings keinen Begriff machen *kann*; und zweitens, daß sie über keine eigne *Ter-*

minologie verfügt. *Terminologie* ist der einzige Gegenstand philologischer Aufmerksamkeit. Aus diesem Grund kann Philologie auch nicht als *Geschichte der Sprache* definiert werden, weil die Analysis des *Begriffs* der Geschichte zu ihren Aufgaben zählt. Und dennoch hält Benjamin an dieser Stelle irritierend an *Geschichte* fest: «Ich definiere Philologie nicht [...] als Geschichte der Sprache sondern in ihrer tiefsten Schicht als *Geschichte der Terminologie*». *Philologie* ist nicht Geschichte, sondern – in ihrer tiefsten Schicht – *Geschichte*. Die Wiederholung des Wortes *Geschichte* setzt Benjamin kursiv, wie um eine unmerkliche Abweichung zwischen Geschichte und *Geschichte* anzudeuten. Denn die zwischen Geschichte und *Geschichte* eingefügte (oder freigelegte) *tiefste Schicht* trennt *Geschichte* um das Wort *-schicht-* in ihr auf und läßt *die* Geschichte in *das* Geschichte übergehn, ohne den Übergang zu schließen. *Philologie* ist kein Begriff und sie hat keine *Terminologie*; in ihrer tiefsten Schicht ist sie *Geschichte*: ihre tiefste Schichte ist keine zuunterst gelegene erste oder letzte, sondern Schicht aus Schichten. Ihrem Gestus, der zwischen Schicht und Schacht, zwischen Überlagerung und Freilegung innehält – und aufbricht –, ist kein *Terminus* und kein *Termin* gesetzt, sondern ihr einziges *Sujet* ist Vertiefung in – offen zwischen *die* und *das* – *Geschichte der Terminologie*: mit einem andern Wort, das Wort als *Terminus* (allen voran das Begriffsbegriffswort *terminus*) und Sprache als *Termin*sprache.

Daß dieser Definition der Philologie ein «höchst rätselhafter Zeitbegriff» einwohnt, mag daran liegen, daß Geschichte in diesen Zeilen nicht chronologische Linearität nennt, und keinem Zeit*begriff* folgt, sondern aus dem Vorgang der Sedimentierung als ein *Geschicht* aus Wortablagerungen resultiert, ohne in ein Resultat zu münden, weil die Freilegung einer zuoberst wie zuunterst gelegenen Schicht fraglich bleibt. Die *Zeit* im Aufriß dessen, was Benjamin *Geschichte der Terminologie* nennt, ist die Zeit der Verästelung oder Verrottung von *Begriffen*: sie schließt den Zeit*begriff*, die unberechenbare Mutation des Wortes *Zeit* – in mehr als einer Sprache – ein. Was im *Unter*grund, in ihrer tiefsten, unscheinbarsten Schicht, der *Philologie*, anbricht, nennt Benjamin in einer jener Notizen, die der Brief an Scholem auf das Jahr 1918 datiert, *Verwandlungsgeschichte*: «Die Philologie ist Verwandlungsgeschichte, ihre Einsinnigkeit beruht darauf daß die Terminol<ogie> nicht Voraussetzung sondern Stoff einer neuen usf. wird. In der Philologie hat der Gegenstand die höchste Kontinuität» (VI,94). Daß man es in der tiefsten Schicht der Philologie nicht nur «mit einem höchst rätselhaften Zeitbegriff», sondern auch mit *sehr rätselhaften Phänomenen* zu tun hat, legen die zitieren Zeilen in den Spannungsbogen zwischen *Verwandlungsgeschichte* und *höchster Kontinuität* des Gegenstandes auseinander. Das *Phänomen* par excellence, dem Philologie in der Geschichte der Terminologie als *Verwandlungs*geschichte begegnet, ist das *Wort*. Seine *höchste* Kontinuität liegt nicht in unwandelbarer Gegenständigkeit beschlossen, sondern bricht im Perpetuum der Wandelbarkeit seiner Erscheinung an. Beständig am Wort ist einzig seine Unbeständigkeit. Weil aber die *höchste* Kontinuität des Worts in der Unterbrechung des Scheins seiner Gegenständigkeit liegt, klafft dort, wo man die Erscheinung des Wortes *selbst* erwartet, eine Lücke. Es ist die Lücke, aus der die Gegenstands*losigkeit* des Worts zur Sprache kommt. Sie nennt – vielleicht –, ohne ihn beim Namen zu nennen, den Ort des *stillen Sinns*.

Anschließend an diese irritierende Definition der Philologie, die ihr Begrifflichkeit abspricht, um ihre einzige Aufgabe, in ihrer tiefsten Schicht, in die Analysis von *termini* zu legen, fährt Benjamin, in demselben Brief an Scholem, ungleich tastender fort: «Ich ahne auch, ohne es ausführen zu können, was Sie andeuten, wenn ich nicht irre, daß Philologie der Geschichte von Seiten der Chronik nahe steht. Die Chronik ist die grundsätzlich interpolierte Geschichte. Die philologische Interpretation in Chroniken bringt an der Form einfach die Intention des Gehalts zum Vorschein, denn ihr Gehalt interpoliert Geschichte» (2,137). Diese Formulierungen um *Philologie – Geschichte – Chronik – Interpolation* greifen in einen verloren gegangenen Brief Scholems, den Benjamin im Augenblick der Niederschrift offenbar vor Augen hat (denn weiter unten heißt es: «Ich sehe eben noch einmal in Ihren Brief»), *interpolierend* ein. Benjamin sagt an dieser Stelle, in die ich nun meinerseits interpolierend eingreife: ich ahne auch, was Sie andeuten, wenn ich nicht irre, was Ihr Brief *intendiert*, ich bringe an der *Form* Ihres Briefes, Wort für Wort, indem ich in seinen Wortlaut eingreife, einfach die Intention seines Gehalts zum Vorschein, das ist meine Intention, und die *Form* meines Briefs, für Interpolationen offen, denn was ich ahne, *ahne* ich nur, *ohne es ausführen zu können*, legt Zeugnis ab von dieser Intention. Was Benjamin in diesem Brief, *wenn ich nicht irre*, durch interpolierende Eingriffe in einen andern Brief intendiert, ist Aufschluß über die Interpolation als Inbegriff der Philologie, erläutert an der Spannung zwischen *Chronik* und *Geschichte*. Chroniken resultieren aus Eingriffen in ein (geschichtliches) Geschehen, aus dem sie das ein oder andere Datum, den ein oder andern Namen herausgreifen, und verzeichnen. Die Intention des Eingriffs liegt darin, an der verzeichneten Form den intendierten Gehalt der Geschichte zum Vorschein zu bringen. Die verzeichnete Form aber, aufgeboten, eine Lücke im Geschichtsverlauf zu schließen, bleibt für Interpolationen offen. Als Zeugnis der Interpolation (aus Interpolationen) bleibt die Chronik – darin liegt das Rätsel ihrer *Achronie* beschlossen – offen für das, woraus sie resultiert. Jede Einschaltung mehr, bislang übersehener Daten und Namen, deren Intention auf die Herausbildung eines Kontinuums aus Zahlen und Erzählungen zielt, den Gehalt der Geschichte zur Sprache zu bringen, legt diskontinuierliche Züge im Aufriß der Chronik, des Zählens und Erzählens an den Tag. Der interpolierende Gestus oszilliert zwischen dem Füllen und Reißen von Lücken: indem er, durch Insertion eines Details, eine Lücke füllt, reißt er (wenigstens) zwei neue. Auf diese eigentümliche Dazwischenmengung, die den Schein der Herausbildung eines Geschichts*kontinuums*, wie den Schein gegebner Einheit eines Textes, in dem Form und Gehalt zur Deckung kommen, aufsprengt, legt Benjamin in diesen Zeilen den Akzent.

Eigentümlich an der Interpolation in diesem Sinne aber bleibt, daß sie den Schein, den sie unterbricht, zugleich verbreitet. Die Terminologie historischer Rechtswissenschaft verzeichnet *Interpolation* in diesem, vom eben angedeuteten leicht abweichenden Sinn. Im Zusammenhang mit der umfassenden Kodifizierung des römischen

Rechts durch Justinian (6. Jhdt.), aus der die Kanonisierung des abendländischen Rechts im *Corpus Iuris Civilis* resultierte, wurde eine Kommission unter Leitung des oströmischen Juristen Tribonian eingesetzt, deren Aufgabe darin bestand, das überlieferte Material anhand *interpolierender* Techniken zu sichten und zu ordnen. «Die tribonianische Kommission ist [...] mit umfassenden Vollmachten zur Textbereinigung und -verknappung ausgestattet: Überflüssiges ist zu kürzen, Wiederholungen sind zu vermeiden und Widersprüche zu glätten». Das *Corpus* Iuris Civilis nimmt erst aufgrund interpolierender Eingriffe, also aufgrund von Ellipsen, Tilgungen, durch das Reißen von Lücken in den überlieferten Textbestand, den Schein eines organisch Ganzen an. Spuren solcher Eingriffe aufzuspüren, und die Interpolation durch Rekonstruktion des getilgten Schriftbruchstückes rückgängig zu machen, ist seit dem 17. Jahrhundert Aufgabe der *Interpolationsforschung*. Vor diesem Hintergrund tragen Benjamins Hinweise zur Interpolation *antitribonianische* Züge, beabsichtigen aber darum nichts weniger als *Re*konstruktion. Die Kehrseite der durch Exzision und Kürzung verfahrenden Interpolation Tribonians, nämlich durch stillschweigende Einschaltung, aus freien Stücken, zusätzlicher Worte und Zeilen in einen vorliegenden Text, findet sich an einer Stelle aus den Kinderjahren des nachmaligen Schulmeisterlein Wuz (einen Text, den Jean Paul zurecht *Eine Art Idylle* nennt) vermerkt: «Ja er griff seinen eigenen Vater an, aber nachmittags; denn wenn er diesem *Cobers* Kabinettprediger vorlas, war's seine innige Freude, dann und wann zwei, drei Worte oder gar Zeilen aus eignen Ideen einzuschalten und diese Interpolation mit wegzulesen, als spräche Herr Cober selbst mit seinem Vater».

Gleichgültig, ob die *Interpolation* durch Subtraktion oder Addition verfährt: immer wird die Lücke durch den interpolierenden Gestus, der sie schließt, geöffnet. Aus diesen nicht bloß irritierenden, sondern *unheimlichen* Zügen im interpolierenden Gestus hat Tertullian, in kirchengeschichtlichen Zusammenhängen, einschneidende Schlüsse gezogen. Bei ihm taucht *interpolatio* nicht nur zum erstenmal in terminologischer Hinsicht als Begriff für literarische Fälschung – nämlich Fälschung der Heiligen Schrift – auf, sondern er legt den Inbegriff dessen, was der Teufel tut, in dieses Wort: *Diabolus Interpolator* heißt der Satan bei Tertullian, der dem *Interpolator* Unterbrechung und Dazwischenmengung, Zerwürfnis und Verwirrung der Heilsgeschichte anlastet, mit einem Wort den Aufschub der Wiederkehr des Messias, der die Geschichte unterbricht (und vollendet).

Was philologische Interpretation in Chroniken als Interpolation geschichtlicher Form (unter Einschluß noch der Heilsgeschichte) heißen könnte, welcher Art dieses Arbeiten, deutende Freilegung des intendierten Gehalts geschichtlicher – *sprachlicher* – Form durch Dazwischenmengung oder Überlagerung einer *Form*, die ihrerseits für Interpolationen offen bleibt, sein könnte, deutet Benjamin im Brief an Scholem durch Hinweis auf ein literarisches Werk an: «Welcher Art dieses Arbeiten sein könnte ist mir jetzt an einem Werk lebendig geworden, das mich aufs tiefste ergriffen und zur Interpolation angeregt hat. Es ist ‹Die neue Melusine› von Goethe. Kennen Sie es? […] Sollten Sie es kennen, so kann ich vielleicht einiges drüber andeuten» (2,137). Das Werk, von dem Benjamin sich aufs tiefste – in seiner tiefsten Schicht – ergriffen nennt, das in ihn eingreift und erschüttert, das mit einem Wort *interpoliert* und ihn zur Interpolation anregt, ist ein Werk, an dem ihm das *Wie – comment* – interpolierender Vorgehensweise lebendig geworden ist. Von den Andeutungen aber, die Benjamin in Aussicht stellt, fehlt jede Spur. Nicht deshalb, weil Scholem *Die neue Melusine* nicht gelesen hat, sondern weil vielleicht die Andeutungen weniger den mitgeteilten *Inhalt* noch auch bloß die *Form* der Mitteilung, sondern ein Drittes betreffen. Ein Brief Benjamins an Jula Radt-Cohn, 1926, deutet das an: «Du siehst – ich bin, seit einer Woche ungefähr, wieder in die Periode kleiner Schrift gekommen, in der ich nach langen Abständen doch immer wieder eine Art Zuhause finde, in das ich Dich überredend einladen möchte. Erkennst Du dieses Kästchen als wohnlich an, so hindert Dich nichts, Prinzessin in ihm zu sein». Und Benjamin ergänzt in Klammern, um sich einer Kenntnis zu versichern, die die Erkenntnis über dieses Kästchen erst erschließt: «(Du kennst die ‹neue Melusine› doch?)» (3,171). Der Brief lädt die Adressatin weniger dazu ein, aus der Schrift die ein oder andre Mitteilung abzulesen, als vielmehr (oder weniger) ins Schriftbild wie in ein Kästchen sich zu vertiefen, dort zu wohnen. Dies Kästchen aber ist, wer *Die neue Melusine* kennt, weiß das, ein winziger Palast. Die Intention des Briefes, *Intention seines Gehalts*, um eine Wendung aus Benjamins Brief an Scholem aufzugreifen, liegt nicht im Hinweis auf Inhalte, die aus der Form des Briefes zu entschlüsseln wären, und nicht im Hinweis auf die *Form* des Briefs, sondern die Intention seines Gehalts zielt einzig und allein darauf, das Schriftbild als ein Kästchen wahrzunehmen, im Kästchen aber (auf dem Umweg über die Erinnerung an *Die neue Melusine*) einen Palast, in seinen Falten zu wohnen. Die Handschrift aber soll nicht erst der Adressatin *eine Art Zuhause* bieten, sondern ist es, *immer wieder*, auch und zuvor, dem Schreibenden. Der Schreibende erschreibt sich in der Handschrift, nicht nur dieses Briefs, *eine Art Zuhause.* Wenn Benjamin fünf Jahre zuvor an Scholem schreibt, die *neue Melusine* habe ihn angeregt zur Interpolation, dann bezieht die interpolierende Geste hier sich aufs Schrift*bild* der Manuskripte des Schreibenden, der die kleine Schrift als ein graues oder blaues Kästchen anlegt, das dem, der lesend – also allen anderen zuvor, der diese Zeilen schrieb – in das Schriftbild, ins Kleinere und Kleinste, der kleinen Schrift sich vertieft, einen Palast erschließt. Die Verschwiegenheit des Schriftbilds eröffnet der Leserin, die die freundliche Einladung – l'invitation *polie* – annimmt, eine Flucht aus Stiegen und Gemächern, Kammern, Ein- und Ausblicken, Winkeln und Verliesen. Dies Verschwiegene streift der Brief am Ende, das Bezug aufs Briefpapier und seine Berührung nimmt: «Über Dein Briefpapier wollte ich Dir auch noch Gutes sagen: ich habe aus seiner Berührung manches entnommen, womit der Brief mehr zurückhielt» (3,173): das Gute, das ich sagen wollte, das aus dem Fühlen oder Tasten des Papieres sich ergab, wird nicht gesagt: es geht vor alles, womit der Brief zurückhielt, zurück und eröffnet so noch einmal, unter einem andern Winkel, die Anlage des Schriftbilds, das die schreibende Hand verantwortet, als eine verwinkelte und verschwiegene, verschlüsselte und zurückhaltende, genau aus diesem Grund aber zum Bleiben einladende Architektur.

Zwei Jahre zuvor, im Januar 1924, geht Benjamin, in einem Brief an Hugo von Hofmannsthal, genauer auf die architektonischen Züge im *Wie* der Auseinandersetzung mit *Terminologie* ein. Auch diese Zeilen, in Form eines *Credo* oder einer *Konfession* des Schriftstellers Walter Benjamin vorgetragen, kennzeichnet äußerste Zurückhaltung. «Es ist von hoher Bedeutung für mich», schreibt Benjamin, «daß Sie die Überzeugung, welche in meinen literarischen Versuchen mich leitet, so deutlich herausheben und daß Sie sie, wenn ich recht verstehe, teilen». Ich wünsche mir, daß Sie aus allem, *was* Sie von mir lesen, das *Wie* meiner literarischen Vorgehensweise so unverstellt wie möglich zu Tage fördern und teilen. Meine Texte sind nicht einfach *in* der Sprache verfaßt, sondern sie zeugen von einem bestimmten Verhältnis *zur* Sprache; dies *Wie* meiner Auseinandersetzung mit Sprache, aus dem meine Texte entspringen, sollen Sie aus den Texten lesend herausheben und teilen. «Jene Überzeugung nämlich, daß jede Wahrheit ihr Haus, ihren angestammten Palast, in der Sprache hat, daß er aus den ältesten λογοι errichtet ist und daß der so gegründeten Wahrheit gegenüber die Einsichten der Einzelwissenschaften subaltern bleiben, solange sie gleichsam nomadisierend, bald hier bald da im Sprachbereiche sich behelfen, befangen in jener Auffassung vom Zeichencharakter der Sprache, der ihrer Terminologie die verantwortungslose Willkür aufprägt» (2,409). *Wie* muß man diese Worte lesen, um aus ihnen das *Wie* von Benjamins Verhältnis zum Wort herauszuheben? Sprache faßt Benjamin *architektonisch*, als ein Haus und genauer als einen Palast auf, in dem jede Wahrheit ihren angestammten Platz hat. Wahrheit hat ihren Ort nicht jenseits, sondern in der Sprache, in der sie wohnt. Die Wahrheit wohnt im Haus der Sprache, die das Haus der Wahrheit ist. Benjamin aber schreibt nicht, daß *die* Wahrheit ihren angestammten Ort im Haus der Sprache hat, sondern *jede* Wahrheit. Die Wahrheit über die Wahrheit ist die, daß es mehr als eine gibt und *jede* Wahrheit, die jede andre ausschließt, ihren angestammten Ort im Haus der Sprache hat. Wahr ist, daß es *die* Wahrheit nicht gibt. Wahr aber auch, daß *jede* Wahrheit im Haus der Sprache wohnt. *Wie* ist das zu verstehn? Wie also Benjamins Verhältnis zur Sprache als Haus aus Wahrheiten? Wie wohnen alle Wahrheiten, die einander alle ausschließen, in ein und demelben Haus – Sprache? Dies Haus der Sprache, ein Palast, ist aus den ältesten *logoi*, aus Worten errichtet: aus Worten – *logoi* – wie Steinen – *lithoi*. Die *logoi* sind *lithoi*; Worte – Steine. Und die *Literatur*, genau genommen, *Lithoratur*. Die im Brief an von Hofmannsthal skizzierte Philologie ist *Philolithie*. Baut also jeder literarische Versuch *seiner* Wahrheit ein Haus aus Worten wie aus Steinen, die als ein verbindliches – syntaktisches – Gefüge aus Verweiszusammenhängen die Wahrheit – im Satz – zur Sprache bringen? Offenbar nicht, denn ein solches Bauen kennzeichnet die Einzelwissenschaften, die, indem sie *nomadisierend* im Sprachbereiche sich behelfen, also zwischen Steinen stöbern, um brauchbares Material für ihre terminologischen Architekturen zu sammeln, die Worte – *logoi* –, nämlich Steine – *lithoi* –, die sie finden, als *termini*, als Grenz- und Grundsteine, Grenz- und Grund*worte* – *terminologoi* – zu verwenden suchen. Die Einzelwissenschaften *nomadisieren* im Sprach-, also im Steinbereich, um über Worte als über Grund- und Grenzsteine zu verfügen und unzerstörbare Gebäude auf abgesteckten Feldern zu errichten. Sie nomadisieren zwischen Steinen, um über die Entwendbarkeit der verwendeten Steine, auf deren Unentwendbarkeit als *termini* sie pochen, hinwegzutäuschen. Der terminologische Umgang mit Sprache zeugt von nichts als von Willkür und Verantwortungslosigkeit den Stein-Worten, mit einem andern Wort der Sprache gegenüber. «Demgegenüber», so fährt Benjamin fort, und bietet jetzt gegen das terminologische *Wie* der Einzelwissenschaften das *Wie* nicht des *philologischen*, sondern *philosophischen* Verhältnisses zur Sprache auf, «demgegenüber erfährt die Philosophie die segensreiche Wirksamkeit einer Ordnung, kraft welcher ihre Einsichten jeweils ganz bestimmten Worten zustreben, deren im Begriff verkrustete Oberfläche unter ihrer magnetischen Berührung sich löst und die Formen des in ihr verschlossenen sprachlichen Lebens verrät. Für den Schriftsteller aber bedeutet dieses Verhältnis das Glück, an der Sprache, welche dergestalt vor seinen Augen sich entfaltet, den Prüfstein seiner Denkkraft zu besitzen». Philosophie greift auf die ältesten *logoi* nicht als auf Baumaterial für die ein oder andre Terminologie zurück, sondern wird von einzelnen, ganz bestimmten, das heißt zu *Begriffen* gefaßten Worten – also Steinen – angezogen, als wären die Steine *Magnet*steine, deren *verkrustete Oberfläche* unter ihrer Berührung aufbricht. Für die Philosophie sind die ältesten *logoi* nicht Bau-, sondern Bruchsteine, und genauer *Petrifikationen*: weniger Steine als Versteinerungen. Gleichsam Steinschatullen oder -kästchen, die unter der philosophischen Berührung die Formen des in sie verschlossenen sprachlichen Lebens verraten: andeuten. Die Wahrheit über den Plural *Wahrheiten* liegt darin: sie wohnen nicht im Haus der Sprache als in einem Haus *aus* Wörtern wie Steinen erbaut, sondern *jeder* Stein ist, jedes Wort – bewohnt. Jeder Stein verschließt – aber entfaltbar – eine Wahrheit, aber keine Wahrheit *über*, sondern eine, die Wendung *sprachliches Leben* deutet das an, durch und durch *sprachliche* Wahrheit, von ihrem *sprachlichen Charakter* unablösbar, eine Wahrheit also, die vielleicht nicht nur keiner andern Wahrheit, sondern auch sich selbst nicht gleicht, weil sie, aber diesen Weg von der Philosophie zur Philologie legt Benjamin im Brief an von Hofmannsthal nicht mehr zurück, wandelbar, nämlich offen bleibt für *Interpolationen*.

Dennoch legt – oder läßt – der Brief Spuren vom verschlossenen zum entfaltbaren Steinwort, die nicht mehr im Namen der Philosophie zurückgelegt – oder -gelassen – werden. «Für den Schriftsteller», schreibt Benjamin, nicht: für den *Philosophen*, «aber bedeutet dieses Verhältnis das Glück, an der Sprache, welche dergestalt vor seinen Augen sich entfaltet, den Prüfstein seiner Denkkraft zu besitzen». Es handelt sich um einen eigentümlichen *Besitz*. Denn die Denkkraft des *Schriftstellers* zielt nicht nur darauf, die verkrustete Oberfläche des Worts, das den Schein terminologischer Fassung und Fassungskraft verbreitet, aufzubrechen, also die Form des Steinworts zu verletzen; sondern auch darin, davon abzulassen, das sprachliche Leben, das sich aus dem zerbrechenden Wort entfaltet, zu begreifen und in Begriffe zu fassen. Der Schriftsteller hat sein Glück an dieser Fassungs*losigkeit* des Worts, das in die begriffliche Fassung des Worts – unfaßbar für den Begriff – verkapselt lag.

Im Brief an Hugo von Hofmannsthal ist davon die Rede, daß *jede Wahrheit* – aufgrund ihres *sprachlichen Charakters*, wie Benjamin in der *Erkenntniskritischen Vorrede* zum *Ursprung des deutschen Trauerspiels* (I/1,218) vermerkt – «ihr Haus, ihren angestammten Palast, in der Sprache hat». Aber nicht in der Sprache als in einem aus Wörtern wie Steinen errichteten Gebäude, sondern unscheinbarer so, daß jede Wahrheit in einem Wort – *logos* –, das von außen, zum Begriff verkrustet, einem Stein gleicht, als in einem Haus, ja unerhörter noch, weil mit dem Anblick eines bloßen Steines, eines bloßen Wortes unvereinbar, als in einem Palast lebt. Jeder Stein, der zum Hausbau verwendet, ein winziger Teil des ganzen Hauses scheint, birgt selber nicht nur ein Haus, sondern – verschlossener und unerhört – ein Schloß. Die zum Begriff verkrustete und zugleich abgegriffene Oberfläche des vereinzelten Worts, eines Steines – *lithos* – so aufzubrechen, daß die Risse durchs Wort Blicke in das verschlossene «sprachliche Leben» des Palastes erlauben, ist Aufgabe und Glück des Schriftstellers als *Lithograph*: Steinschneider. Das Glück des Schreibenden liegt darin, Worte – wie Steine – behutsam aufzuschneiden. Die Anspielung auf einen Palast, der unter der abgegriffenen verkrusteten Oberfläche eines Wortsteinkästchens verborgen liegt, hat selber etwas Beiläufiges, Unscheinbares und bleibt leicht verschlossen. Der Brief an Scholem über Philologie, drei Jahre zuvor, aber hilft, dem «sprachlichen Leben», das Benjamin in die Anspielung auf ein Schloß verschließt, näherzukommen.

Die *lithographische* Vorgehensweise des Schreibenden, der, indem er Worte aufschreibt, genau genommen in die aufgeschriebenen einschneidet und deren begriffliche Fassung lockert, präzisiert, was Benjamin in jenem Brief an Scholem *Interpolation* nennt: die Interpolation deutet ein eingreifendes Schreiben – oder Lesen – an, das den Schein unwandelbarer Gegebenheit und Verbindlichkeit vorliegender Worte aufbricht. «Die Chronik», so merkt Benjamin im Brief an Scholem an, «ist die grundsätzlich interpolierte Geschichte. Die philologische Interpretation in Chroniken bringt an der Form einfach die Intention des Gehalts zum Vorschein, denn ihr Gehalt interpoliert Geschichte. Welcher Art dieses Arbeiten sein könnte ist mir jetzt an einem Werk lebendig geworden, das mich aufs tiefste ergriffen und zur Interpolation angeregt hat. Es ist ‹Die neue Melusine› von Goethe. Kennen Sie es?»

Dieses Arbeiten: das sind die interpolierenden Eingriffe in Geschichte, aus denen *Chroniken* als Unterbrechung narrativer Zusammenhänge – weil sie, genau genommen, nichts als *Namen* verzeichnen – hervorgehn; darüber hinaus aber greift dieses Arbeiten, wiederum durch Interpolation, in die aus Namen – Orts- und Personennamen, aber auch aus Jahreszahlen als Zahl*namen* – komponierten Chroniken ein und trennt den Schein der Geschlossen- und Verschlossenheit der Namen – die als *Worte* vorliegen – auf. *Wie* aber, genau? *Wie* greift Philologie, in ihrer tiefsten Schicht *Geschichte der Terminologie*, in diese tiefste Schicht ein? *Welcher Art* dieses Arbeiten sein könnte, das ist Benjamin *jetzt* «an einem Werk lebendig geworden, das mich aufs tiefste ergriffen und zur Interpolation angeregt hat». *Die neue Melusine* nennt Benjamin ein Werk, das ihn *aufs tiefste* ergriffen hat. Dies Werk hat, heißt das, interpolierend in den Lesenden eingegriffen und ihn in seiner tiefsten Schicht ergriffen: es hat angefangen, diese Schicht aus Schichten, den *sprachlichen Charakter* des Lesenden (ein *Geschicht aus Terminologien*) aufzutrennen. Der interpolierende Eingriff der *neuen Melusine* in den Lesenden aber hat ihn zur Interpolation angeregt, und zwar zur Interpolation *in dieses Werk*. In der *neuen Melusine* begegnet Benjamin nichts Geringeres als die *lebendige* Verkörperung des Inbegriffs philologischer Verfahrensweise: die *Interpolation*.

Das Lebendige oder Belebende der *neuen Melusine* rückt Benjamin in eine eigentümliche Nähe zu der aus Interpolationen in Geschichte resultierenden – ohne Resultate zu zeitigenden – *Chronik*. Benjamin hat (wenigstens) zwei Texte verfaßt, die das Wort *Chronik* im und als Titel tragen. Auf den zweiten, eine Rezension des Romans *Die Rettung* von Anna Seghers, den Benjamin 1938 unter dem Titel *Eine Chronik der deutschen Arbeitslosen* in der Zeitschrift *Das Wort* publiziert, komme ich später zurück. Den ersten, eine lose zusammenhängende Reihe von Prosafragmenten unter dem Titel *Berliner Chronik*, hat Benjamin nie publiziert. Die *Berliner Chronik*, geschrieben 1932, stellt die erste Fassung jener Prosa-Miniaturen dar, die Benjamin (ab Anfang 1933) unter dem Titel *Berliner Kindheit um neunzehnhundert* sammelte, zum Teil in Zeitschriften und Zeitungen veröffentlichte, aber im Hinblick auf ein Buch, das nie zustande kam, immer wieder umschrieb und anders ordnete. Das Wort *Chronik* der ersten Fassung wird in der zweiten durch die Wendung *Kindheit um neunzehnhundert* ersetzt (Benjamin schreibt die Jahreszahl 1900 zum Zahl*wort* auseinander, um einen *Namen* zu verzeichnen). Die Chronik soll durch interpolierendes Eingreifen in das, was als Geschichte narrativ und plan, nämlich in lückenloser Linearität faltenlos vorzuliegen scheint, zu Namen verdichten, die weniger ein geschichtetes Geschehen als ein belebtes, architektonisch angelegtes, verwinkeltes winziges Inneres bergen. Die Aufgabe der *Berliner Chronik* liegt darin, «den Raum des Lebens – Bios –», wie Benjamin an einer Stelle der *Berliner Chronik* festhält, «graphisch in einer Karte zu gliedern»: die Erinnerungen an eine Berliner Kindheit um neunzehnhundert in die Stadt, und genauer in den Stadt*namen*, in das Wort *Berlin* einzutragen, und zwar durch Verzeichnung von Namen ins Stadtinnere, wobei Benjamin den Grund der Karten *grau* und die verzeichneten Namen *farbig* nennt. «Lange, jahrelang eigentlich, spiele ich schon mit der Vorstellung, den Raum des Lebens – Bios – graphisch in einer Karte zu gliedern. [...] Ich habe mir ein Zeichensystem ausgedacht und auf dem grauen Grund solcher Karten ginge es bunt zu, wenn die Wohnungen meiner Freunde und Freundinnen, die Versammlungsräume der mancherlei Kollektiva von den ‹Sprechsälen› der Jugendbewegung bis zu den Versammlungsorten der kommunistischen Jugend, die Hotel- und Hurenzimmer, die ich für eine Nacht kannte, die entscheidenden Tiergartenbänke, die Schulwege und die Gräber, deren Füllung ich beiwohnte, die Stellen, an denen Cafés prangten, deren Namen heute verschollen sind und uns täglich über die Lippen kamen, [...] wenn all das dort deutlich unterscheidbar eingetragen würde» (VI,466-467). All *das*, will sagen: alle diese *Namen*. Anstelle der Ausführung dieses Plans, das Innere des Ortsnamens – *Berlin* – mit Namen zu versehen, erinnert Benjamin an das Buch eines französischen Autors, dessen Titel dem entspricht, was Benjamin im besten Fall sich von einer *Berliner Chronik* verspricht: «das ist der Franzose Léon Daudet, beispielgebend mindestens in dem Titel seines Werkes, der genau umfaßt, was ich bestenfalls hier geben könnte: Paris vécu. Gelebtes Berlin klingt weniger gut, ist aber gleich wirklich». Die Wendung *gelebtes Berlin* als der andre Titel oder Name, der genau umfaßt, was unter dem Titel *Berliner Chronik* zu geben wäre, spielt auf die Wendung vom *sprachlichen Leben* im Brief an Hugo von Hofmannsthal an, das im Augenblick einschneidenden Schreibens aus den Rissen durch das aufbrechende Wort scheint. Benjamin aber verlegt im folgenden den Akzent vom Adjektiv *vécu* auf *Paris*, aus *Paris* aber kehrt die Erinnerung an einen andern, und genau genommen an zwei andre Namen wieder, an *Marcel Proust* und an das Werk von Marcel Proust, *À la recherche du temps perdu*; ein Titel, der die beiden andern, *Gelebtes Berlin* und *Berliner Chronik*, den in die beiden andern Titel verschlossenen Anspruch aus der Tiefe unterhält: «Und nicht nur um diesen Titel [nämlich *Paris vécu*] handelt sichs hier, sondern in der Tat ist Paris in der Reihe der freiwilligen oder unfreiwilligen Geleiter [auf dem Weg zur Abfassung einer *Berliner Chronik*] [...]. Soll ich es mit einem Wort sagen, was ich Paris für diese Betrachtungen verdanke, so ist es: der Vorbehalt. Kaum wäre es mir möglich, dem Hin und Wieder dieser Erinnerungen an mein frühestes Stadtleben mich zu überlassen, stünden nicht von Paris her streng umschrieben die beiden einzigen Formen vor mir, in denen das auf legitime Art, das heißt mit der Gewähr auf Dauer geschehen kann [...]». Benjamin nennt aber nur die erste dieser beiden Formen: «Die erste Form ist geschaffen im Werke von Marcel Proust und der Verzicht auf jedes Spielen mit verwandten Möglichkeiten wird schwerlich eine bündigere Gestalt finden, als in der Übersetzung, welche ich ihr zu geben vermocht habe». Benjamin erinnert in diesen Zeilen an die seit 1926 gemeinsam mit Franz Hessel unternommene Übersetzung der *Recherche* ins Deutsche, unter dem Titel *Auf den Spuren der verlorenen Zeit*. Übersetzung als Verzicht auf jene Form der Erinnerung, als Eingedenken, die Prousts *Recherche* für Benjamin verkörpert. Übersetzung aber kann auch

Anverwandlung jener Intention bedeuten, aus der Proust die *Recherche* entwickelt. Sie betrifft ein eigentümliches Verhältnis zum *Namen*, damit aber die Mitte dessen, was Benjamin in das Wort *Chronik* faßt. Daß Benjamin die Erinnerung zunächst an *Léon Daudet* weckt, sodann an Prousts *Recherche*, verweist nicht einfach vage auf Prousts Werk, sondern zielt verschwiegen in eine Passage auf den ersten Seiten des Bandes *Le côté de Guermantes*, von Benjamin durch Zusammenzug auf den Namen in diesem Titel übersetzt: *Guermantes*. Diesen Band der *Recherche* hat Marcel Proust Léon Daudet gewidmet. Der zweiten Seite eben dieses Bandes findet sich, das ist eine der zentralen Stellen der *Recherche*, eine Betrachtung über Namen eingetragen, und zwar im Zusammenhang mit dem Vorsatz, zu beschreiben, und diese Beschreibung erstreckt sich genau genommen über die mehr als 500 Seiten von *Le côté de Guermantes*, welche Erinnerungen aus der einschneidenden – schreibenden – Vertiefung in den zum Wort erstarrten Namen – *Guermantes* – sich entfalten. Warum gerade Namen es sind, aus denen, durch Verletzung der Oberfläche (also einer Wort*form*), ein eigentümliches und eigentümlich maßloses sprachliches Leben sich entfaltet, und was *Name* – dieses Wort – für Proust bedeutet, halten die folgenden Zeilen – hier aus Benjamins Übersetzung zitiert – fest: «In dem Alter, in dem die Namen uns Bilder des Unkennbaren [*l'image de l'inconnaissable*], das wir in sie gelegt haben, darbieten und uns zugleich wirklich vorhandene Orte bezeichnen, zwingen sie uns, Bild und Ort zu identifizieren. So kommt es, daß wir in einer Stätte [*cité*: oder Innenstadt] eine Seele suchen, die sie gar nicht enthalten kann, aber wir können sie eben nicht mehr aus ihrem Namen vertreiben. Und darum geben die Namen nicht nur Städten und Flüssen eine Individualität (in der Art allegorischer Malerei), nicht nur das physische Universum malen sie bunt und vielfältig aus und bevölkern es mit Wundern, sondern auch das soziale: jedes Schloß, jedes berühmte Haus oder jeder Palast [*alors chaque château, chaque hôtel ou palais fameux*] bekommt seine Dame, seine Fee, wie die Wälder ihre Genien haben und ihre Gottheiten die Gewässer». Das ist die Stelle, auf die Benjamin, ohne sie zu nennen, im Brief an

Hugo von Hofmannsthal anspielt, wo er sein literarisches *Credo* in die Worte faßt: «Jene Überzeugung nämlich, daß jede Wahrheit ihr Haus, ihren angestammten Palast in der Sprache hat». Das *sprachliche Leben* der singulären, unverallgemeinerbaren Wahrheiten, die im Namen (nicht nur von Schlössern, Häusern und Palästen) *wie in* Häusern und Palästen wohnen, präzisiert Proust an dieser Stelle zum Leben einer *Fee* (in ihrem Namen): «Tief im Innersten ihres Namens [*cachée au fond de son nom*] verwandelt die Fee sich bisweilen, da sie dem Leben unserer Phantasie, von welchem sie sich nährt, gefallen will [...]». Diese Fee kann aber auch vergehn, und den Namen als ein verlassnes Haus, ein ödes Steinwort (eine hohle Muschel) übriglassen, wie im Fall jener Fee, an die Proust unter dem Namen *Mélusine* erinnert: «Allein die Fee vergeht, wenn wir uns der wirklichen Person nähern, der ihr Name entspricht, denn nun beginnt der Name die Person widerzuspiegeln, und die enthält nichts von der Fee; die Fee kann aufleben [*renaître*], wenn wir uns von der Person entfernen; bleiben wir aber, so stirbt die Fee endgültig und mit ihr der Name, wie die Familie Lusignan an dem Tag erlöschen muß, an dem die Fee Melusine verschwindet». Die *Fee*, also das, was Proust *Bild des Unkennbaren* nennt, das wir in die Namen gelegt haben (also kein *Unbekanntes*, das wir *als* Unbekanntes kennen, sondern Bild des *Unkennbaren*, das – weder bekannt noch unbekannt – nur so wiederkehrt, nur so aus dem Palast des Namens auftaucht, daß es im Augenblick der Wiederkehr beide, den Glauben an das Wissen um Bekanntes wie um Unbekanntes, unterbricht), ist vor Verschwinden aus dem Namen nicht *gefeit*. «Der Name», so fährt Proust (in Benjamins Übersetzung) fort, «unter dessen vielen Übermalungsschichten wir schließlich als das eigentliche das schöne Bild einer Unbekannten hätten finden können, die wir nie kennen lernen [*Alors le Nom, sous les repeints successifs duquel nous pourrions finir par retrouver à l'origine le beau portrait d'une étrangère que nous aurons jamais connue*], ist dann nur noch die einfache Paßphotographie [*la simple carte photographique d'identité*], die wir uns nur vergegenwärtigen, um festzustellen, ob wir eine Person, der wir begegnen, grüßen müssen oder nicht». Der Name, durch allmähliche

Überlagerung von Schichten, *Übermalungsschichten*, die im und als Ursprung des Namens, in seiner *tiefsten Schicht*, das *schöne Bild einer Unbekannten* (und genauer *einer Fremden*: *d'une étrangère*), die wir nie kennen lernen, allmählich in Vergessenheit geraten lassen und die weibliche Silhouette des *Unkennbaren* aus dem Namen drängen (oder in den Namen, ins äußerste Innen des Namens verdrängen) –; der Name wird zum Gegenstand *willkürlichen Eingedenkens* oder, in Prousts Worten, der *mémoire volontaire*: Erinnerungsstütze im sozialen Rahmen oder Raum. Dennoch bricht die zum Wort, zur Kennmarke verkrustete Oberfläche des Namens zu Zeiten unvorhersehbar auf. Das ist der Augenblick, in dem das willkürliche Eingedenken aufs unwillkürliche Eingedenken *sprachlichen Lebens*, auf jene Unerkennbarkeit der Fremden (im Palast des Namens) hin durchbrochen wird. Und Proust beschreibt, nicht anders als Benjamin in der *Berliner Chronik*, wo er vom Plan berichtet, den Wortort oder Namen *Berlin* zum Erinnerungsraum aufzubrechen, diesen Übergang als Verlangsamung und Unterbrechung der durch die geschichtliche oder Lebenszeit taumelnden und fortgerissnen Namen, vom Eindruck *grauen* Aussehens des abgegriffnen Wortes zum Eindruck uneinsammelbarer *Farbig*keit in der anfangenden Entfaltung seiner Facetten, des Namens: «Haben die Namen auch im taumelnden Wirbel des laufenden Lebens, wo sie nur noch rein praktisch gebraucht werden, alle Farben verloren, wie ein prismatischer Kreisel, der sich zu schnell dreht und grau aussieht –, wenn wir träumend nachdenken [*quand, dans la rêverie, nous réfléchissons*] und, um uns ins Vergangene zurückzufinden, die beständige Bewegung, die uns mitreißt, zu verlangsamen, aufzuheben versuchen [*à suspendre*], dann sehn wir nach und nach nebeneinander [*juxtaposées*], doch alle deutlich unter sich geschieden, die Farbtöne [*les teintes*] auftauchen, die im Lauf unseres Daseins, einen nach dem andern, ein und derselbe Name uns darbot». «Auf dem grauen Grund solcher Karten», in die der Name *Berlin* im Zuge des Erinnerns entfaltet werden müßte, «ginge es», so Benjamin, «bunt zu». Der *graue* Grund des durch die Geschichte fortgerissnen Namens – *Berlin* – würde durch den Eintrag von Orts- und Personennamen (in diesen Namen wie in eine Karte), die aus meiner Erinnerung an *Berlin*, an das Berlin meiner Kindheit *um neunzehnhundert* wiederkehren, zu einem farbigen Mosaik unterbrochen und eröffnete im erinnerten Namen einen eigentümlich faltenreichen *Zeit-Raum*, dem kein Begriff von *Zeit* und dem kein *Raum*begriff entspricht. Den Erinnerungsvorgang als eingreifende Unterbrechung in einen ergrauten, weil in geschichtlichen, nämlich narrativen Zusammenhängen «nur noch rein praktisch» gebrauchten Namen –; den Erinnerungsvorgang als Eingriff in den Geschichtsverlauf (in dem das Erinnerte, hier eine Berliner Kindheit um neunzehnhundert, seinen angestammten Ort zu haben schien), beschreibt Walter Benjamin an derselben Stelle der *Berliner Chronik* in Worten, die als Interpolation in die zitierte Passage um den Namen (als Feenhaus oder Palast) in Prousts *Guermantes* angesehen werden können. Sie handeln vom Erinnerungsvorgang als einem Vorgang interpolierenden Eingreifens in ein *Geschicht* (aus Falten), in einen *Fächer* der Erinnerung: «Was Proust so spielerisch begann, ist ein atemraubender Ernst geworden. Wer einmal den Fächer der Erinnerung aufzuklappen begonnen hat, der findet immer neue Glieder, neue Stäbe, kein Bild genügt ihm, denn er hat erkannt: es ließe sich entfalten, in den Falten erst sitzt das Eigentliche: jenes Bild, jener Geschmack, jenes Tasten um dessentwillen wir dies alles aufgespalten, entfaltet haben; und nun geht die Erinnerung vom Kleinen ins Kleinste, vom Kleinsten ins Winzigste und immer gewaltiger wird, was ihr in diesen Mikrokosmen entgegentritt. So das tödliche Spiel, mit dem Proust sich einließ [...]» (VI,467-468). Der interpolierende Gestus, den Benjamin in diesen Zeilen andeutet, entfaltet den Fächer der Erinnerung nicht im Hinblick auf ein Ziel, nicht im Hinblick auf Hebung eines in die faltige Erinnerung versunknen Souvenirs, eines Erinnerungs*stücks*, nicht, um in der Mitte der Erinnerung einen unspaltbaren Kern – jenes Bild, jenen Geschmack, jenes Tasten – aufzuspüren und dingfest zu machen; sondern der Fund, der sich zum Fund*stück* nicht ohne weiteres umreißen läßt (die Erinnerung an den *Geschmack* und an das *Tasten* streift das), wird seinerseits zum *Stoff* interpolierender Vertiefung: «und nun geht die Erinnerung vom Kleinen ins Kleinste, vom Kleinsten ins Winzigste». Das Interpolieren dringt in und zwischen die Falten des Erinnerungsfächers oder, aus der Nähe zum Französischen: *l'interpolation interpole dans les plis, les entre-plis de la mémoire*. Daß Benjamin an dieser Stelle das Nomen *Falten* und das Verb *entfalten* aufbietet, mag aus der akustischen und schriftbildlichen Erinnerung des lateinischen Verbs *interpolare* wie der entsprechenden einfachen Verbform *polire* an das französische Nomen *pli* – Falte – und das Verb *plier* – falten – sich ergeben haben. Das Verb *polire* erinnert daran, daß durch den *interpolierenden* Gestus als Entfaltungsvorgang Züge einer eigentümlichen Reinigung oder Bereinigung, mit einem andern Wort fast *kathartische* Züge gehn.

Daß Benjamin jahrzehntelang mit dem Plan umgeht, der *neuen Melusine* einen Kommentar zu widmen, kommt noch in einem seiner letzten Briefe, sechzehn Jahre später, im Januar 1940, an Gretel Adorno zur Sprache. Hier zur französischen: «Un sujet sur lequel il nous faudra revenir, c'est la réduction (Verkleinerung) comme artifice de la fantasmagorie» (6,385). Benjamin bezieht sich an dieser Stelle auf eine Passage in Adornos *Fragmenten über Wagner*, Teile eines Buchs, das später unter dem Titel *Versuch über Wagner* erschienen ist. Im sechsten Kapitel dieser *Fragmente*, unter dem Zwischentitel *Phantasmagorie*, schreibt Adorno: «Wagners Opern tendieren zum Blendwerk [...]: zur Phantasmagorie. [...] Die großen Phantasmagorien, die immer wieder im Wagnerschen Werk auftreten, in denen die Bewegung der Werke einsteht und aus denen alle Bewegung zugleich entspringt, sind aufs Medium des Klangs bezogen». Das akustische Blendwerk verdichtet sich für Adorno in der «Idee des ‹fernen Klanges›»: «des Klingens, in welchem Musik verräumlicht innehält, Nähe und Ferne so trugvoll verschränkend wie die tröstende Fata Morgana, die Städte und Karawanen aus ihrer Ferne als Naturschauspiel in die Nähe rückt». Als Beispiel führt Adorno die Venusbergmusik im *Tannhäuser* an: «Der phantasmagorische Charakter der Venusbergmusik [...] schafft sich seinen eigentümlichen Klang durchs Mittel der Verkleinerung [...]. Es ist ein musikalisches Elfenreich [...]». Adorno spricht an dieser Stelle vom *Mittel der Ver-*

kleinerung, das den phantasmagorischen Charakter der Musik, den Eindruck der Nähe eines *fernen Klanges*, den Eindruck also einer eigentümlichen Verschränkung von nah und fern, einer Fernennähe oder *Fata Morgana* auslöst, der sich zuletzt als trügerisch, als ein Blendwerk erweisen, sich – in nichts auflösen soll. Die *Fata Morgana* erinnert von fern, aus einer allerdings naheliegenden Ferne, an die *Fee Melusine*, die Proust auf den ersten Seiten von *Le côté de Guermantes* «tief im Innersten ihres Namens» wohnen läßt. Das mittellateinische Nomen *fata* (aus lateinisch *fatum* – Geschick, Los, Anteil, Schicksal – abgeleitet) wandert ins Altfranzösische *fae* und *feie*, ins Englische *faye*, ins Mitelhochdeutsche *fei* und *feie* wie ins Neufranzösische *fée* ein; das entsprechende mittellateinische Verb *fatare* bedeutet den Vorgang des Verzauberns. Die Herleitung aus *fatum* aber mischt die Verzauberung (durch eine *Fee*) (als Ablenkung vom rechten Weg) mit der schicksalhaften Bestimmung der Ausrichtung eines Menschenlebens, woran das deutsche Verb *feien* im Sinne der Festigung oder Immunisierung gegen magische Versuchung erinnert. Die meist selbdritt in Erscheinung tretenden Schicksals- oder Gabenfeen der romanischen (vor allem italienischen und französischen) Märchen erinnern an die Herleitung des Feenglaubens als Verehrung der *Tria Fata* – der drei Feen –, seit der Spätantike, aus der antiken Überlieferung der drei Parzen oder Moiren, die als Spinnerinnen den Schicksalsfaden ziehen, flechten und zerschneiden. Ihre Attribute – Wollsieb, Faden, Spindel – kehren aus dem Märchen in zahlreichen Ab- und Umwandlungen wieder. Eine dieser Feen aber ist die Fee – oder Fata – *Morgana* (die zentrale Feengestalt des Mittelalters). «In der bretonischen und italienischen Folklore ist die Geschichte der Melusine, die im Zusammenhang mit dem verbreiteten Typus der Liebe zu Nixen oder Meerjungfrauen steht, auf die Tochter der Fee Morgane übertragen worden». Aus der *Fata Morgana* in Adornos Passage zur Phantasmagorie kehrt das Echo der *Fee Melusine* wieder.

Benjamins Bemerkung im Brief an Gretel Adorno, man müsse (irgendwann, eines nahen oder fernen Tages) auf das *sujet* oder Thema der Verkleinerung als Kunstgriff oder List der Phantasmagorie zurückkommen, deutet eine von Adorno leicht abweichende, in Adornos Einschätzung abweichend – also *interpolierend* – eingreifende, Auffassung von Verkleinerung an. Für Adorno war Verkleinerung das Mittel, um den Effekt der Phantasmagorie hervorzurufen, die als ein Blendwerk oder als Fata Morgana sich zuletzt als nichtig erweist. Für Benjamin ist die Verkleinerung ein Kunstgriff der Phantasmagorie; nicht die Phantasmagorie, sondern Verkleinerung ist jetzt die Wirkung einer durch die Phantasmagorie (die Benjamin fast allegorisiert, fast verkörpert in Erscheinung treten läßt) ins Werk gesetzten List. «Ce passage», also diese Passage in Adornos *Fragmenten über Wagner*, so fährt Benjamin im Brief an Gretel Adorno fort, «m'a rappelé un de mes projets les plus anciens dont tu te souviens peut-être m'avoir entendu parler: je veux dire le commentaire de la Nouvelle Melusine de Goethe (Diese Passage hat mir eines meiner ältesten Projekte in Erinnerung gerufen, von dem Du mich, Du erinnerst Dich vielleicht daran, hast sprechen hören: ich meine [ich will sagen] den Kommentar zur Neuen Melusine von Goethe)». Diesem Kommentar ist Benjamin immer nur ausweichend begegnet. Er hat ihn nie geschrieben. Hat er ihn also verschwiegen? Wie aber schweigen? Die Frage liegt an dieser Stelle, so weit hergeholt sie scheinen mag, näher als nah. Denn in das französische Nomen *commentaire*, dem im Deutschen das Fremd- oder Lehnwort *Kommentar* entspricht, kann interpolierend so eingegriffen werden, daß das Wort zum Satz, zum Fragesatz auseinandertritt: *Comment taire*? Wie schweigen? Und genauer: wie *etwas* verschweigen, nämlich in diesem Fall nichts andres als den *Kommentar* zur *neuen Melusine*? *Comment taire le commentaire*? Was genau also heißt: «je veux dire le commentaire», wenn in das Wort *commentaire*, vom Wortlaut kaum abweichend, durch Eintrag einer Pause – oder Zäsur – zwischen *comment* und *taire*, so eingegriffen werden kann, daß die Wendung auch besagt: «je veux dire le comment taire»: ich will sagen, wie zu schweigen sei? Und zwar im Zusammenhang mit meinem Kommentar zur *neuen Melusine*, den ich nie geschrieben habe. Die Frage nach dem verschwiegenen Kommentar liegt an dieser Stelle, bezogen auf die *neue Melusine*, umso näher, als dem Motivbereich des Melusinenmärchens, also der Feenliebe, das Tabu «als Verbot des Redens und Rühmens», des Fragens und Nennens beim Namen, aber auch des Schauens, vertraut sind. «Besonders das Redetabu (Schweigen als Voraussetzung für Glück oder Erlösung)» spielt nicht nur in der *neuen Melusine*, sondern schon in der Vorstellung ihres *Erzählers* eine große, wo nicht die einzige, entscheidende Rolle.

«Cela», so fährt Benjamin im Brief an Gretel Adorno fort, nämlich die Assoziation der Verkleinerung als Kunstgriff der Phantasmagorie (also nicht nur der *Fata Morgana*, sondern auch der *Fee Melusine*) mit meinem (ungeschriebnen) Kommentar zur *neuen Melusine*, «cela pourrait être d'autant plus à propos que Melusine appartient sans doute au genre des créatures ondinesque dont il est parlé vers la fin (diese Assoziation ist umso naheliegender, als Melusine zweifellos der Gattung der Undinen zugehört, wovon die Rede gegen Ende ist)». Benjamin bezieht sich hier auf das Ende von Adornos *Fragmenten über Wagner*; dort, unter dem Zwischentitel *Chimäre*, kommt Adorno auf den Fluchtpunkt oder auf das Ziel des durchs Mittel der Verkleinerung beherrschten phantasmagorischen Charakters von Wagners Musik zu sprechen. Er lokalisiert diesen Fluchtpunkt im *Nichtigen*, und genauer im *nihil* oder *Nichts*: «Blendwerk ist Wagners Phantasmagorie als Erscheinung des Nichtigen». Dies *Nichtige*, dies *Nihil* oder *Nichts* ist bei Wagner, so Adorno, kein absolutes, sondern relativ: es ist immer das Nichts von etwas. Dem Nihilismus der Geschichte sieht Wagner durch die Natur, in der Vernichtung die Wiederkehr des Lebens bedingt, Einhalt geboten: «Kein Nichts wird in Wagner vorgestellt, das nicht die überlebende Natur verhieße. Als deren Zeichen tragen die Rheintöchter jubelnd den zurückgewonnenen Ring heim in die Tiefe. Am Bild der Tiefe aber gewinnt die Wagnersche Figur des Nichts ihre Bestimmung. In den letzten Jahren seines Lebens hat seine Betrachtung insistierend den Zwischenwesen der Tiefe, den widerscheinenden, nichtigen und hoffnungsarmen gegolten; den Blumenmädchen, der Goetheschen Mignon, den Undinen, den Seelenlosen [...]. Sie sind die Boten des Nichts ans Etwas, und sie will ihrer tiefsten Absicht zufolge seine Musik erretten». In ihrer tiefsten, also der phänomenalen, dem Auge nahen Oberfläche alles dessen, was als Etwas in Erscheinung tritt, entferntesten Schicht, die Wagner durchs Mittel der Verkleinerung als Schicht des Nichtigen, verkörpert in den Blumenmädchen und Undinen – und also auch in Melusine – zur Erscheinung bringt, sollen die der Verkleinerung entspringenden Phantasmagorien, also die Zwecke der Verkleinerung, ihrerseits zum Mittel umschlagen: eine Boten- oder Mittlerrolle übernehmen. Die Nichtigen und Wichte werden nicht der Vernichtung überlassen, sondern zur Wichtigkeit vergrößert. Als «Boten des Nichts ans Etwas» bietet Wagner sie *im Namen* des Nichts als negativem Inbegriff von allem, was als Etwas in Erscheinung tritt, gegen die Erfahrung regelloser Teilbarkeit noch des Nichtigsten auf. Wenn Benjamin, oben, in der Verkleinerung nicht das Mittel, sondern den Inbegriff der Phantasmagorie sieht, dann begegnet er auch hier unten der Stillstellung und Einordnung der Phantasmagorie als Mittel oder Mittler, der im Namen des Nichts als Etwas – und sei das noch so fadenscheinig – in Erscheinung treten soll, ausweichend. Für Benjamin mündet die Erfahrung der Verkleinerung nicht in den terminalen Punkt des Umschlags als Umkehr, oder – mit einem griechischen Wort – in den Augenblick der *Katastrophe* von Nichts zu Etwas, von Etwas zu Nichts. Die anfangende (aber unaufhörliche) Erfahrung der Verkleinerung (aufspaltender Eingriffe ins Kleinere und Kleinste) dessen, was als etwas in Erscheinung tritt, ist die eigentümliche Erfahrung einer unscheinbaren Reinigung: des Abschieds vom Willen zur Katastrophe. Die Interpolation ist keine strophische – und keine metrische – Erfahrung, sondern sie setzt, was *als* Strophe wie als *Gegen*strophe und als Metrum (oder Maßgabe) Geltung beansprucht, setzt noch die Gesten, in die der kleinste Schritt zerfällt – Arsis und Thesis –, der Spaltbarkeit aus: in ihr steht die Katastrophe der Umkehr (zwischen Anfang und Ende gespannt) zur Disposition. Sie bricht (jeden Augenblick) – unscheinbar – auf: auseinander. Im Kontext dieser Überlegung gewinnt das Wort *revenir* am Anfang der zitierten Stelle aus dem Brief an Gretel Adorno besonderes Gewicht: «Un sujet sur lequel il nous faudra revenir»: das Thema oder *sujet*, auf das hier, im Zusammenhang der *neuen Melusine* zurückzukommen ist, ist das *sujet* der Unmöglichkeit, umzukehren und zurückzukommen: ich komme, so besagt diese Stelle (unausdrücklich) auch, immer wieder auf die *neue Melusine* zurück, um an ihr die Unmöglichkeit – *a limine* – einer Sprache der Umkehr, im Kommentar zur *neuen Melusine* eine von strophischen und katastrophischen Verfahrensweisen bereinigte Sprache, eine unbekannte, unerhörte Prosa, zur Sprache zu bringen. Walter Benjamin ist der neuen Melusine immer ausweichend begegnet. Den Kommentar – «je veux dire le commentaire» – zur *neuen Melusine* hat er nie geschrieben.

Die Interpolation dringt ins Erinnern ein. Sie ist ein Aufspaltungs-, Entfaltungsvorgang, der ins *Innre* geht und das Erinnern zuinnerst – oder zutiefst – betrifft: sie trennt das Innere, das ins Innere Erinnerte und den Vorgang des Erinnerns auf. Was sie spaltet und entfaltet, sind die Spalten und Falten, Risse und Verwerfungen, die im Verlauf dieses Vorgangs, der Vorgang des *Ent*innerns heißen mag, zutage treten. Benjamin nennt ihn, an einer Stelle der *Berliner Chronik*, «das tödliche Spiel».

Die Interpolation ist in Erinnerung vertieft: versunken in Erinnerungen, die versinken. Ihr Interesse liegt darin, das Erinnern, indem sie Fühlung mit dem Grund, dem *Un*grund des Erinnerns nimmt, dessen Inbegriff darin liegt, etwas *aufzuheben*, aufzuhalten, und das Aufgehobene zu heben. In einem Brief, den Goethe im März 1781 an Charlotte von Stein schreibt, hat Erinnerung – in der Stille – die Form eines *Kästchens* angenommen: «Übrigens ist's in mir so still wie in einem Kästgen voll allerley Schmucks, Gelds und Papiere das in einen Brunnen versinckt. Adieu es soll alles für sie aufgehoben seyn».

Dieses Kästchen bildet, Jahre später, ohne sie zu *bilden*, die Mitte der *neuen Melusine.*

Das Unvergleichliche dieser Erzählung liegt, noch einmal, darin, daß sie nicht nur nicht allen andern, sondern auch sich selbst nicht gleicht. Sie erzählt nicht einfach eine unter andern «wahrhaften Geschichten», nicht einfach vom Ursprung des Erzählens im Erzähler der *neuen Melusine*. Was sie zu erzählen hat, den Grund dafür zur

Sprache zu bringen, warum der Erzähler der Erzählungen, die er erzählt, überhaupt erzählen kann, das kann sie nicht erzählen. *Die neue Melusine* hat davon zu erzählen, wie im Erzähler der *neuen Melusine*, damals, als er noch kein Erzähler war, aus der Begegnung mit der neuen Melusine «die Gabe des Erzählens», durch Verzicht auf Sprache, «insofern etwas Gewöhnliches, oder Zufälliges durch sie ausgedrückt wird», sich entwickelt hat. Was diese eine Erzählung, die alle andern übertrifft, zum Besten geben muß, ist keine Erzählung, sondern das Geben der Gabe des Erzählens. Sie muß so erzählt werden, daß sie zunächst vom Sprechen spricht, vom Sprechen zum Verzicht auf Sprache übergeht und den Anfang des Erzählens, das Innewerden der Gabe des Erzählens – im stillen Sinn – nicht erzählt, sondern – gibt. *Die neue Melusine* muß so erzählt werden, daß sie weder bloß spricht noch bloß erzählt, sondern den stillen Sinn zur Sprache bringt. Wie gibt der Erzähler die Gabe des Erzählens, die nicht er, sondern die sich ihm – in ihm – entwickelt hat, *wieder*? Die Wiedergabe der Gabe des Erzählens (in ihrem Ursprung): das ist die Aufgabe der *neuen Melusine*.

Die Erzählung setzt so ein, daß sie aus der Jugend des kommenden Erzählers berichtet, also von einem, der nicht erzählt, sondern spricht, nämlich so, daß er an der Sprache, «insofern etwas Gewöhnliches, oder Zufälliges durch sie ausgedrückt wird», hängt. Die Sprache ist ihm Gewohnheit, er wohnt in ihr, fühlt sich in ihr zuhause. Mit der Sprache aber, die er bewohnt, ist er unterwegs. Sie ist ihm Zelt oder Wanderbühne, die er an wechselnden Orten aufschlägt. «Ich war in meiner Jugend kein guter Wirth und fand mich oft in mancherlei Verlegenheit». Der, von dem hier berichtet wird, ist außerstande, hauszuhalten, außerstande, Maß zu halten. Mit der Sprache, die er gewohnt ist, geht er verschwenderisch um. Er ist ein Schwätzer. Er zählt auf sie, nicht um sie wie ein Rechnungsbuch zu führen, in dem zwischen Soll und Haben säuberlich geschieden wird, sondern er zählt auf sie, um zu verführen. In der Welt und mit der Sprache lebt er auf zu großem Fuße: *auf Kredit*: «Als ein lebhafter Bursche hatte ich von jeher die Gewohnheit, sobald ich in ein Wirthshaus kam, mich nach der Wirthin oder auch nach der Köchin umzusehen und mich schmeichlerisch gegen sie zu bezeigen, wodurch denn meine Zeche meistens vermindert wurde». Außerstande hauszuhalten, läßt er sich aushalten. Auf die Sprache zählt er, ohne es genau (ohne jedes Wort beim Wort) zu nehmen: er zählt auf Sprache so, daß er sich verzählt (ohne die Wirkungen des Sich-verzählens in Kauf nehmen zu wollen). Sein loses, lockeres Verhältnis zur Sprache liegt darin beschlossen, daß er den Worten nicht zutraut zu halten, was sie versprechen. Im Versprechen und im Überschuß, den das Versprechen unmittelbar erwirkt, erschöpft sich ihm das Sprechen. Sein Selbstverhältnis, wie sein Verhältnis zur Sprache, oszilliert zwischen Un- und Übermut.

Eines Abends aber, «als ich in das Posthaus eines kleinen Städtchens trat und eben nach meiner hergebrachten Weise verfahren wollte», wird die Gewohnheit unterbrochen. Und zwar durch das Eintreffen jener Frau, in der Erzählung heißt sie *Frauenzimmer*, die der Erzählung den Titel *Die neue Melusine* gibt, obwohl von ihr weder unter diesem noch unter einem andern Namen die Rede ist. Schon der erste Augenblick der Begegnung legt Risse durch die Gewohnheit des Protagonisten. Denn indem er sich umwendet, fällt sein Blick auf «ein Frauenzimmer allein, ohne Kammerfrau». Das Frauenzimmer ohne Zimmerfrau trägt der «schönen Gestalt», auf der Schwelle zur Verlassenheit (als wäre das Zimmer von der Frau verlassen), eine eigentümliche Offenheit ein: «Bei'm Aussteigen zeigte sich eine schöne Gestalt, und ihr liebenswürdiges Gesicht war, wenn man es näher betrachtete, mit einem kleinen Zug von Traurigkeit geschmückt». Und von Anfang an interveniert in das Verhältnis, das der junge Mann zu der schönen Frau zu knüpfen sucht, ein Drittes: *das Kästchen*: «Ich fragte nochmals, ob ich ihr in etwas dienen könne. – O ja! sagte sie, wenn Sie mir mit Sorgfalt das Kästchen das auf dem Sitze steht herausheben und hinauftragen wollen». Die Frau, ein Zimmer – allein –, ohne Kammerfrau, entsteigt einem beweglichen Zimmer oder Kasten, einem Kutschkasten, in Begleitung eines Kästchens, betritt das Gasthaus, ein verschachteltes Ineinander aus Kammern und Zimmern, und gelangt, in Begleitung des Mannes, der das Kästchen trägt, auf ihr Zimmer. Dort wird die

Wendung vom *Frauenzimmer allein* abweichend wiederholt: «Nun waren wir allein in dem Zimmer». Der Rede vom *Alleinsein* aber wohnt eine seltsame Unzählbar- und Unwägbarkeit inne. Zwar waren wir, ich und das Frauenzimmer, das allein, ohne Kammerfrau reist, allein in dem Zimmer (das Kästchen ausgenommen), doch was *Alleinsein* heißt, bleibt offen. Es zögert zwischen vertraut und unvertraut, zwischen Drei- und Zwei- und Einsamkeit und legt, aus diesem Grund, Risse durch das Zählen. Der Satz, der mit den Worten *Nun waren wir allein* beginnt, zieht diesen Riß (aus Rissen) durchs *Alleinsein*, denn er fährt fort: «und als ich an einigen ihrer Bewegungen merkte, daß sie allein zu sein wünschte, empfahl ich mich [...]». Das Kästchen aber, «am Platze der dritten Person», wie es weiter unten an einer andern Stelle heißt, steht fortan zwischen den beiden Modi des Alleinseins (im Alleinsein), indem es den Zugang des Mannes zur Frau eröffnet, aber auch verwehrt. In ihm greifen die Nähe zur geliebten Frau wie die Ferne von ihr eigentümlich ineinander.

Das Versprechen nahen Glücks, das dem Burschen, der, zwischen unmutigen und übermutigen Gesten hin und her geworfen, in den Besitz der schönen Frau, des Frauen*zimmers* zu gelangen sucht, in Gestalt der Schönen entgegentritt, kann «erst nach einigen Prüfungen ergriffen werden». Diese Prüfungen sind an das Kästchen geknüpft: «Wollen Sie sich meinem Dienste widmen, so hören Sie die Bedingungen! Ich komme hierher eine Freundin zu besuchen, bei der ich einige Tage zu verweilen gedenke; indessen wünsche ich, daß mein Wagen und dieß Kästchen weiter gebracht werden. Wollen Sie es übernehmen? Sie haben dabei nichts zu thun als das Kästchen mit Behutsamkeit in und aus dem Wagen zu heben; wenn es darin steht, sich daneben zu setzen und jede Sorge dafür zu tragen. Kommen Sie in ein Wirthshaus, so wird es auf einen Tisch gestellt, in eine besondere Stube, in der Sie weder wohnen noch schlafen dürfen. Sie verschließen die Zimmer jedesmal mit diesem Schlüssel, der alle Schlösser auf- und zuschließt und dem Schlosse die besondere Eigenschaft gibt, daß es niemand in der Zwischenzeit zu eröffnen im Stande ist». Drei Prüfungen sind es, die der junge Mann zu bestehen hat. Die Schöne kommt auf sie unter den Worten *Wein und Spiel, Wein und Weiber, Wein und Zorn* zu sprechen. Sie stehen allesamt im Zeichen der *Haushaltung*, denn am Anfang jeder der drei Prüfungen wird der Bursche von der Frau erneut mit Gold versorgt. Alle drei Prüfungen scheitern, und alle drei führen den Protagonisten, unter wechselnden Winkeln, als einen vor, der auf *Geschichte* setzt und aufs *Zählen* zählt. Zu Beginn der ersten Prüfung (oder Episode) heißt es: «Daß ich nun bei guter Muße diese Geschichte hin und her überlegte, das Geld zählte, mancherlei Entwürfe machte und immer gelegentlich nach dem Kästchen schielte, können Sie leicht denken». Mit beiden aber, mit der *Geschichte*, in die er sich verstrickt, wie mit dem Zählen (des Geldes) und Zahlen, kommt er nicht zurande: über die Geschichte, über seine Rolle wie über die Rolle der schönen Frau in ihr, verliert er bald den Überblick und mit dem Geld hält er nicht Haus: er verzählt sich. Die erste Prüfung scheitert, weil er es «nicht gewohnt [war] ohne Gesellschaft zu leben». Er hält das *Alleinsein* (mit dem Kästchen) nicht aus, und nicht die aus dem Alleinsein auftauchende Zeit, die anfängt, lang zu werden und den Eindruck dessen zu verbreiten, was *Langeweile* heißt. Er ist gewohnt, die Zeit in Groschen zu zerschlagen, die von Kurzweil zu Kurzweil führen, und die zerschlagenen aufs Spiel zu setzen: alles zu verlieren: «Eine Weile konnte ich mich mit dem Andenken an sie beschäftigen, aber gar bald wurde mir die Zeit lang. Ich war nicht gewohnt ohne Gesellschaft zu leben; diese fand ich bald an Wirthstafeln und an öffentlichen Orten nach meinem Sinne. Mein Geld fing bei dieser Gelegenheit an zu schmelzen, und verlor sich eines Abends völlig aus meinem Beutel, als ich mich unvorsichtig einem leidenschaftlichen Spiel überlassen hatte. Auf meinem Zimmer angekommen, war ich außer mir». Ich war, auf meinem Zimmer angekommen, nicht bei mir, nicht in meinem Zimmer, sondern außer mir: in meinem Zimmer aus meinem Zimmer, aus mir, ausgeschlossen; ich war, auf meinem Zimmer angekommen und *allein*, nicht bei mir. Alleinsein heißt, in diesem (und vielleicht nicht nur in diesem) Fall, nicht nur «von Geld entblößt», sondern auf der Schwelle zur Verlassenheit von sich – zu sein. *Außer sich*: mit einem andern Wort: zu *existieren*. Auszusetzen. Außer mir – verlassen von allem, worauf ich hätte zählen können – von ihr, von mir, vom Geld –, einsam im Zimmer, trat ich in zwei auseinander, die sich zunächst ein Wortgefecht lieferten und dann handgreiflich wurden: «ging ich in dem Zimmer auf und ab, sprach mit mir selbst, verwünschte mich, warf mich auf den Boden, zerraufte mir die Haare und erzeigte mich ganz ungebärdig». Mir gegenüber: ohne Anhalt, für wen ich mich halten sollte. Aus jeder Bindung und Verbindlichkeit, auch mir gegenüber, entlassen.

In diesem Augenblick äußersten Zweifels, jenseits der Schwelle, auf der Verzweiflung und Entzweiung überhand nehmen, taucht die Schöne aus dem verschlossenen Nebenzimmer auf; sie fordert eine zweite Prüfung, versieht den Geprüften abermals mit Geld und mahnt zur Haushaltung: «Hier ist noch mehr Gold, sagte sie, und hinreichend, wenn ihr einigermaßen haushalten wollt. Hat euch aber dießmal Wein und Spiel in Verlegenheit gesetzt, so hütet euch nun vor Wein und Weibern, und laßt mich auf ein fröhlicheres Wiedersehen hoffen». Auch diese Hoffnung wird zerschlagen. Was die Haushaltung diesmal über den Haufen wirft, ist nicht das *Spiel*, sondern die Bekanntschaft «mit liebenswürdigen Frauenzimmern». Diese zweite Episode folgt dem Schema der ersten, hält sich aber ausführlicher über dem Zahlen und Zählen auf: «dachte ich abermals nicht an meinen Beutel, sondern zahlte und spendete immerfort [...]. Wie groß war daher meine Verwunderung und mein Vergnügen, als ich nach einigen Wochen bemerkte, daß die Fülle des Beutels noch nicht abgenommen hatte, sondern daß er noch so rund und strotzend war wie anfangs. Ich wollte mich dieser schönen Eigenschaft näher versichern, setzte mich hin zu zählen, merkte mir die Summe genau und fing nun an mit meiner Gesellschaft lustig zu leben, wie vorher». In dem Augenblick aber, in dem der Held über der Unzählbarkeit des Geldes stutzt, sich des Geldes zu versichern und sich einen Überblick über die Summe zu verschaffen, also die Mahnung der Schönen ernst zu nehmen anfängt und hauszuhalten sucht, um mit der Gesellschaft, die durch nichts als durch das Geld vor Auseinanderfall geschützt wird, zu leben anzufangen wie vorher, fängt das Ende an: «Nun bedurfte es aber keiner großen Aufmerksamkeit, um gewahr zu werden, daß der Beutel wirklich abnahm, eben als wenn ich ihm durch mein verwünschtes Zählen die Tugend unzählbar zu sein entwendet hätte. Indessen war das Freudenleben einmal im Gange, ich konnte nicht zurück, und doch war ich mit meiner Baarschaft bald am Ende». Der Glaube anzufangen – auf einen Anfang zu setzen und zu zählen – führt das Ende – des Zählens (wie des Glaubens an Anfang und Ende – einer Geschichte –) – herbei. Diesmal entzweit der Held sich nicht allein auf seinem Zimmer, sondern gerät in Streit mit einem andern (um eine dritte Person: ein Frauenzimmer) und wird «mit mehreren Wunden halbtodt nach Hause getragen»; die Schöne taucht wieder aus einem «Seitenzimmer» auf, und der Protagonist gerät diesmal, weil in der zweiten Prüfung alles gesteigert erscheint, *ganz außer sich*: er setzt, weil sie zögert, ihm diesmal angehören und sich mit ihm verbinden zu wollen, sein Leben aufs Spiel: «Als sie zaudernd mit einer Erklärung zurückhielt, gerieth ich ganz außer mir, riß den doppelten und dreifachen Verband von den Wunden, mit der entschiedenen Absicht mich zu verbluten. Aber wie erstaunte ich, als ich meine Wunden alle geheilt, meinen Körper schmuck und glänzend und sie in meinen Armen fand».

Das Wunder, das die Wunden heilt – kein Wort gibt Aufschluß darüber, wie die offenen sich schlossen –, löst eine Epoche trauter Zweisamkeit der Liebenden (auf Reisen) aus, einzig aufgehalten durch «das Kästchen [im Kutschkasten] gegen uns über, am Platze der dritten Person». Dies Kästchen war nicht nur bisher nicht von dem jungen Mann ins Gespräch gezogen worden, sondern «auch jetzt fiel mir's nicht ein davon zu reden, ob es uns gleich vor den Augen stand und wir durch eine stillschweigende Übereinkunft beide dafür sorgten». Die Übereinkunft, die das Kästchen betrifft, geht in der Stille, ohne Worte – zwischen den Liebenden – vor sich. Das Kästchen hält den Vorsatz (den es nährt), das Geheimnis – des Kästchens –, in Worten, zu erschließen, auf: unter Verschluß.

Die dritte, schwerwiegendste Prüfung, im Zeichen von *Wein und Zorn*, an deren Anfang nicht nur «das glücklichste Paar von der Welt», sondern auch die Dazwischenkunft eines Dritten, die Schwangerschaft der Geliebten steht –«und ich dachte nicht daran, daß sie mich wieder verlassen könnte, um so weniger, als sie sich seit einiger Zeit entschieden guter Hoffnung befand, wodurch unsere Heiterkeit und unsere Liebe nur noch vermehrt wurde» –, setzt wieder mit dem Verschwinden der Frau ein: «Aber eines Morgens fand ich sie leider nicht mehr». Mit Geld, das diesmal aus zwei Taschen fließt, reichlich versorgt, macht der Held mit seinem Kästchen sich wieder auf den Weg. Doch was diesmal dazwischenkommt, ist ein Riß, der durch das Kästchen geht, und also durch den Ort der dritten Person; seine Entdeckung löst im Reisenden einen unerhörten Chock aus. Der Riß wird das Verhältnis des jungen Mannes zur geliebten Frau wie zu sich selbst, zur Sprache wie zur Welt unumkehrbar und unheilbar vertiefen: der Held macht in dieser Episode an seinem Kästchen die Erfahrung der *Interpolation*. Der Augenblick dieser Entdeckung fällt in die tiefste Nacht: «Weil ich, um von der Stelle zu kommen, Tag und Nacht zu reisen gewohnt war, so geschah es daß ich oft im Finstern fuhr und es in meinem Wagen, wenn die Laternen zufällig ausgingen, ganz dunkel war. Einmal bei so finsterer Nacht war ich eingeschlafen, und als ich erwachte sah ich den Schein eines Lichtes an der Decke meines Wagens. Ich beobachtete denselben und fand, daß er aus dem Kästchen hervorbrach, das einen Riß zu haben schien, eben als wär' es durch die heiße und trockene Witterung der eingetretenen Sommerzeit gesprungen. [...]. Ich rückte mich so gut ich konnte zurecht, so daß ich mit dem Auge unmittelbar den Riß berührte. Aber wie groß war mein Erstaunen, als ich in ein von Lichtern wohl erhelltes Zimmer hineinsah [...]. Ich hielt den Athem an mich und fuhr fort zu beobachten. Indem kam von der andern Seite des Saals ein Frauenzimmer mit einem Buch in den Händen, die ich sogleich für meine Frau erkannte, obschon ihr Bild nach dem allerkleinsten Maßstabe zusammengezogen war. Die Schöne setzte sich in den Sessel an's Kamin um zu lesen, [...] wobei ich deutlich bemerken konnte, das allerliebste kleine Wesen sei ebenfalls guter Hoffnung». Die Szene unterhält ein schütteres Kalkül der Schachtelung: der Erzähler, in einen fahrenden Kutschkasten eingeschlossen, legt das Auge auf den Riß durch ein Kästchen, das den Blick in ein *möbliertes Zimmer* freigibt, in das ein *Frauenzimmer* tritt, in einem Buch zu lesen: und von der Schönen, die ich, obwohl ihr Bild ins unermeßlich Kleine verdichtet war, *für meine Frau erkannte*, heißt es, daß sie «guter Hoffnung» war: durch jedes Kästchen – darin liegt das Entzücken nicht weniger als das Erschrecken – geht ein Riß. Die Risse durchlaufen zwar alles Erblickte, doch um nichts weniger den Blickenden, der *mit dem Auge unmittelbar den Riß berührte*. Diese Szene, um Risse durch alles Erblickte wie durch das Auge und das Selbstverhältnis des Blickenden, die also Risse durch das gewohnte Leben legt, löst ein Erstaunen, ja Erschrecken, einen Chock aus, dem jedes Maß abgeht. «Aber wie groß war mein Erstaunen, als ich in ein von Lichtern wohl erhelltes [...] Zimmer hineinsah»: *wie* groß mein Erstaunen war, wird nicht gesagt: es geht über alles Große und Übergroße hinaus; an ihm bricht sich die Gewohnheit, eine Maßgabe zwischen groß und klein zu setzen und sich an das gesetzte Maß zu halten. Weiter unten wird die Maßlosigkeit dieses Augenblicks noch einmal unterstrichen: «Wie erstaunt, ja erschrocken ich war, läßt sich begreifen». Begreifen läßt sich nur, daß dieser Augenblick unbegreiflich bleibt, also auch das Erstaunen jeden Begriff von ihm übersteigt. Dieser Augenblick, in dem ich mit dem Auge unmittelbar den Riß berührte, also unvermittelt der Erfahrung der Entzweiung ausgesetzt wurde; dieser Augenblick legt Risse auch durch das gewohnte Verhältnis zur Sprache: «Ich machte mir tausend Gedanken über diese Entdeckung und konnte doch eigentlich nichts denken». Nur das bisher für undenkbar Gehaltene, das Ungedachte – also das, wofür ich keine Worte habe, wofür mir die Worte fehlen – durchläuft in diesem Augenblick meine Gedanken und also das Denken, an das ich gewöhnt war und in dem ich wohnte: die Entdeckung entblößt mein Denken, sie deckt das Dach vom Haus des Denkens ab und setzt alles bisher Gedachte der Obdachlosigkeit aus. Das Erstaunen verschlägt nicht nur das Denken, sondern genau genommen – zum erstenmal – das bewegliche Haus, das handliche Kästchen dessen, was Sprache für den Burschen bisher war. Der Riß aus Rissen dringt ins Auge dessen, der «zu reisen gewohnt war» ein; er trennt das Denk- und Erinnerungsvermögen – trennt die Sprache, «insofern etwas Gewöhnliches oder Zufälliges durch sie ausgedrückt» und festgehalten wird – des kommenden Erzählers auf.

Wohin diese Erfahrung anfangender Vertiefung ins rissige Wort wie in Risse durchs Erinnern führt, deutet eine andere, nicht weniger entscheidende Passage der *neuen Melusine* an. Sie präludiert, im Nachhinein, denn sie findet sich erst gegen Ende der Erzählung, dem Ende der dritten Prüfung oder Episode. Sie ist um Musik verhalten. Ein Geständnis des Erzählers führt sie ein: «Ich will nur gestehen, daß ich mir aus Musik niemals viel habe machen können, ja sie hatte vielmehr auf mich eine unangenehme Wirkung». Das Unangenehme dieser Wirkung setzt der Erzähler weiter unten auseinander. Er findet sich mit der Schönen in deren Welt, *in diese kleine Welt* – der Zwerge – versetzt, und von Heirat ist die Rede: «Wie schrecklich ward mir auf einmal zu Muthe, als ich von Heirath reden hörte: denn ich fürchtete mich bisher davor fast mehr als vor der Musik selbst, die mir doch sonst das Verhaßteste auf Erden schien. Diejenigen, die Musik machen, pflegte ich zu sagen, stehen doch wenigstens in der Einbildung, unter einander einig zu sein und in Übereinstimmung zu wirken: denn wenn sie lange genug gestimmt und uns die Ohren mit allerlei Mißtönen zerrissen haben, so glauben sie steif und fest, die Sache sei nunmehr auf's Reine gebracht und ein Instrument passe genau zum andern. Der Capellmeister selbst ist in diesem glücklichen Wahn, und nun geht es freudig los, unterdeß uns andern immerfort die Ohren gellen. Bei dem Ehestand hingegen ist dieß nicht einmal der Fall: denn ob er gleich nur ein Duett ist und man doch denken sollte zwei Stimmen, ja zwei Instrumente müßten einigermaßen übereingestimmt werden können, so trifft es doch selten zu [...]. Und also, da mir die harmonische Musik zuwider bleibt, so ist mir noch weniger zu verdenken, daß ich die disharmonische gar nicht leiden mag». Harmonische Musik ist nicht das Gegenteil der disharmonischen, sondern Täuschung darüber, zwei Stimmen könnten zur Übereinstimmung finden und den Eindruck des *Zusammen*klangs verbreiten. Disharmonische Musik ist bloß das ohnmächtige Eingeständnis dieses Unvermögens; sie geht – und kommt – ihm nicht auf den Grund. Der kommende Erzähler aber bleibt außerstande, das Auseinander im Zusammenklang der Stimmen zu überhören. Was er nicht überhören kann und was ihm die Ohren zerreißt, ist der Glaube der Musiker, durch Stimmen der Stimmen oder Instrumente – «wenn sie lange genug gestimmt [...] haben» – ließe sich die *Sache*, und an dieser Stelle kommt das entscheidende Wort zur Sprache, *auf's Reine* bringen. Was Musik, gleichgültig ob sie harmonisch oder disharmonisch heißt, indem sie dem glücklichen Wahn gehorcht, durchs Stimmen von Stimmen Übereinstimmung zu erzeugen, und läge die im *Miß*klang, der zumindest *mit sich* übereinstimmt, zu Gehör zu bringen außerstande bleibt, heißt hier das *Reine*. Was es mit dem Reinen auf sich hat, deutet jene Stelle an, die mit dem Satz beginnt: «Zum erstenmal sprach die Musik mich an». Die *Wunderschöne* singt: «die erste Strophe, die sie sang, war ein freundlicher Abschied an die Gesellschaft, wie sie sich noch zusammen fühlen konnte. Bei der folgenden Strophe floß die Societät gleichsam aus einander, jeder fühlte sich einzeln, abgesondert, niemand glaubte sich mehr gegenwärtig. Aber was soll ich denn von der letzten Strophe sagen? Sie war allein an mich gerichtet, die Stimme der gekränkten Liebe, die von Unmuth und Übermuth Abschied nimmt». In der ersten Strophe nimmt die Stimme Abschied von der Gesellschaft, in der zweiten dringt sie in die Gesellschaft ein und löst das Gefühl der Vereinzelung, des Abschieds aller von allen aus, in der dritten Strophe aber dringt die Stimme *der gekränkten Liebe* in das vereinzelte Ich ein und nimmt in ihm von beiden, vom Unmut der gekränkten wie vom Übermut der Liebe Abschied: sie nimmt von sich, nimmt Abschied von der abschiednehmenden: scheidet die abschiednehmende, das Abschiednehmen, ab, von sich. Es ist die Stimme, die aufhört, mit sich übereinzustimmen: die vom Stimmen bereinigte Stimme – auf der Schwelle zur Stille – (ohne Stimme). Sie ist es, die den kommenden Erzähler anspricht. Von ihr bleibt vielleicht nichts zu sagen: «Aber was soll ich von der letzten Strophe sagen?» Als tauchte aus der Frage eine andre auf: *Oder soll ich von ihr schweigen?* «Sie war allein an mich gerichtet».

Das eigentümliche *Bereinigen* der Stimme, vom Vorsatz, mit sich wie mit allen andern Stimmen übereinzustimmen, wird unter der

Wendung vom *Abschiednehmen* zum *Scheide*vorgang präzisiert. *Scheidung* ist nicht nur Inbegriff der bereinigten Stimme, sondern auch der Heirat. Erst der Abschied vom glücklichen Wahn, mit sich wie mit einem andern übereinzustimmen, erschließt das innigste Verhältnis als eines, das nicht nur nicht *eines*, sondern gewissermaßen *keines* ist. Dies Reinigen als Abspaltungs- und Scheidevorgang liegt auch dem Entschluß zugrund, den die Schöne dem Erzähler aus den Chroniken des Zwergenreiches mitteilt – der Erzähler der *neuen Melusine* geht an dieser Stelle, in der Mitte der Erzählung, dazu über, von ihr als von der Erzählerin und von sich als ihrem Hörer zu erzählen –; dies Reinigen liegt dem Entschluß zugrund, der zur Begegnung der Schönen mit dem kommenden Erzähler der *neuen Melusine* führt: «Da nämlich auf der Welt nichts ewig bestehen kann, sondern alles was einmal groß gewesen, klein werden und abnehmen muß, so sind auch wir [Zwerge] in dem Falle, daß wir seit Erschaffung der Welt immer abnehmen und kleiner werden, vor allen andern aber die königliche Familie, welche wegen ihres reinen Blutes diesem Schicksal am ersten unterworfen ist. Deßhalb haben unsere weisen Meister schon vor vielen Jahren den Ausweg erdacht, daß von Zeit zu Zeit eine Prinzessin aus dem königlichen Hause heraus in's Land gesendet werde, um sich mit einem ehrsamen Ritter zu vermählen, damit das Zwergengeschlecht wieder aufgefrischt und vom gänzlichen Verfall gerettet sei». Gegen das Fatum unausweichlicher Verkleinerung der Welt von Anfang an, wovon vor allen andern, weil «von dem ältesten Geschlecht der Welt», die Zwerge betroffen sind, unter ihnen aber, ihres *reinen* Blutes wegen, die Mitglieder der königlichen Familie, bieten die Weisen des Zwergenreichs nicht einfach die Vergrößerung nämlich Vermählung einer Zwergenprinzessin mit einem Menschen auf, der hier *Ritter* heißt, sondern was sie aufbieten ist Verunreinigung des *Reinen*, dessen also, was dem Vorgang der Abnahme und Verkleinerung als Vernichtung wehrlos ausgesetzt ist, mit einem *Ritter*. Sie suchen, durch Verunreingung der Reinen mit einem Ritter in den Vorgang der Verkleinerung *interpolierend* einzugreifen, um das, was in den Worten der Prinzessin *gänzlicher Verfall* heißt, aufzuhalten: dem, was die Abschiedlichkeit der Welt – der Erscheinungen – unterhält, auf die Spur zu kommen. Was an diesem Bericht der Erzählerin den kommenden Erzähler am meisten irritiert, ist das Wort *Ritter*: «Indessen meine Schöne diese Worte ganz treuherzig vorbrachte, sah ich sie bedenklich an, weil es schien als ob sie Lust habe, mir etwas aufzubinden. Was ihre niedliche Herkunft betraf, daran hatte ich weiter keinen Zweifel; aber daß sie mich anstatt eines Ritters ergriffen hatte, das machte mir einiges Mißtrauen, indem ich mich denn doch zu wohl kannte». Das Bekenntnis, sich zu wohl zu kennen, ragt aus der erzählten Vorvergangenheit in die Gegenwart des Erzählers. Die Irritation über den Reinigungsvorgang als Interpolation in den unausweichlich scheinenden Vorgang der Verkleinerung der Welt, verdichten diese Zeilen in das Wort *Ritter*. Vergreift sich nicht die Schöne, indem sie in dem kommenden Erzähler einen *Ritter* zu ergreifen glaubt? Und verhört sich nicht, wer an dieser Stelle den Ritter für bare Münze nimmt? *Ritter* nennt nicht nur den Mann, mit dessen Hilfe die Prinzessin dem Vorgang des Verkleinerns wehrt, sondern in dem Wort spielt eine unmerkliche Abweichung, das mhd. *riter*, nhd. *Reiter*; der Erklärung des *Deutschen Wörterbuches* nach: «*zunächst ein grobes sieb, ursprünglich siebartiges geflecht, durch welches das ausgedroschene korn gereinigt wird*». Neben andern Reinigungswörtern wird *die Reiter*, wird *das Reitern*, wie das latenische Wort *cribrum* und das englische *riddle* – Sieb –, «*zu* kri *in* κρι – νειν [...] *gestellt*». Die Intervention der Schönen in die Welt der Menschen, um den gänzlichen Verfall der Welt, nicht nur der Zwerge, aufzuhalten, findet in dem kommenden Erzähler der *neuen Melusine* eine *Reiter*, *a riddle*, ein Sieb. Wer erzählt, ist in den *kritischen* Vorgang des Siebens vertieft: die Sprache von allem, was ein identifizierbares *Ich* durch sie hindurch an Gewöhnlichem oder Zufälligem zum Ausdruck bringt, zu reinigen. Was aber ist ein *entstellter* Text? Was eine Welt im Stande der Entstellung? Und was eine entstellte Sprache? Was wäre ein durch *Interpolationen* von korrupten Stellen befreiter, ein in jedem Sinn des Wortes *bereinigter* Text? Was: eine bereinigte Welt – und Sprache?

Was am Verlauf der Geschichte, in ihrer ersten Hälfte, so, wie sie erzählt wird, überrascht, ist der Umstand, daß das dreimalige Scheitern des Probanden, das dreimal gebrochene Versprechen nicht das Verschwinden der Schönen auslöst, sondern beide einem immer innigeren, aber auch rissigeren und offeneren Verhältnis zuein*ander* aussetzt. Es ist, als habe die Aufgabe der Schönen aus dem Zwergenreich darin bestanden, auf ihrem Weg in die Welt (der Menschen) auf einen Mann zu stoßen, der nicht *haushält*, und genau diesen Mann zu *freien*. Ihre Wahl fällt, indem sie auf den kommenden Erzähler der *neuen Melusine* fällt, auf einen, der nicht haushält, der, indem er zählt, sich verzählt, der nichts für sich behalten kann. Er allein, so scheint es, hat einen Sinn dafür, das Kästchen so wahrzunehmen, daß an ihm der Wille zur Ökonomie – gewohnte Sprache, gewohntes Denken, gewohnte Welt- und Selbstwahrnehmung – zerbricht. Die Gabe des Erzählens entspringt dort – im stillen Sinn –, und zwar im Augenblick – aus Atemlosigkeit und Stille, in der Nacht, die die Naht der Undurchsichtigkeit auftrennt –, der anfängt, Risse durch den Willen zur Ökonomie – die das Kästchen zugleich verkörpert und verletzt – wahrzunehmen.

Die Eröffnung über die wahren Umstände des Kästchens findet sich in der zweiten Hälfte der Erzählung, wie Goethe sie auf die beiden Ausgaben, 1817 und 1819, des *Taschenbuchs für Damen* verteilt hatte. Die erste Folge schließt mit den Worten, die den Augenblick der Eröffnung (über den eigentlichen Status des Kästchens) fest-, genau genommen aber vorenthalten: «Vernimm also: —». Die zweite Folge beginnt mit denselben Worten, die das Versprechen der Eröffnung eigentümlich brechen, weil sie die Eröffnung des Versprochenen, zu vernehmen, wie es sich mit dem Kästchen verhält, zurückhalten, nichts Vernehmbares verlauten, sondern Stille walten lassen, die sie versiegeln: «Vernimm also, was ich dir lieber bis in die spätesten Zeiten verborgen hätte». Die Schöne übernimmt an dieser Stelle die Rolle der Erzählerin, der kommende Erzähler der *neuen Melusine*, die er eine *wahrhafte Geschichte* nennt, lauscht dem, was sie erzählt. Was sie erzählt aber sind Auszüge aus der wahrhaften Geschichte: «ich bin aus dem Stamm des Königs Eckwald, des mächtigen Fürsten der Zwerge, von dem die wahrhafte Geschichte so vieles meldet». Die wahrhafte Geschichte ist keine, die der Phantasie oder Einbildungskraft der Erzählerin entspringt. Die Erzählerin hat nichts zu sagen. Was sie erzählt, davon hat sie gehört: die wahrhafte Geschichte *meldet*: sie ist anonym, ihr Ursprung verliert sich in der Zeitenferne. Sie kommt aus der Ferne und geht in die Ferne, von der Stimme der Erzählerin, die selber aus der Ferne kommt und in die Ferne geht, wird sie getragen und *geteilt*. Sprechend greift die Stimme in die überlieferte Geschichte ein, sie liefert sie nicht einfach, nicht umstandslos aus. Eines besondern Umstands erwähnt die Fürstentochter im Zuge der Auszüge aus der *wahrhaften Geschichte*, die sie zum Besten gibt. Bevor sie aber zum Bericht von diesem Umstand übergeht, wird die Erzählung unterbrochen: «Da sie einen Augenblick inne hielt, ersuchte ich sie um fernere Eröffnung dieser wundersamen Geheimnisse, worin sie mir denn auch sogleich willfahrte». Die Pause, die sie ins Erzählen legt, ist offen für Unterbrechungen, für Interpolationen ins Erzählte. Eine Zäsur, die die Erfüllung der Bitte um *fernere Eröffnung* eigentümlich entfernt und – kaum merklich – unter Verschluß hält: die ins *Innehalten* für einen Augenblick, also in die Stille interpolierte Bitte fortzufahren, verkörpert und vergrößert den Aufschub, der den Fortgang der Erzählung aufhält. Der besondere Umstand im Bericht der Erzählerin wiederholt die Lücke, die durchs Innehalten der Erzählerin entstand, im Aufriß der Erzählung noch einmal, anders. Der eben entstandenen Lücke im Erzählen entspricht eine Lücke im Erzählten: «Man hätte vielleicht noch lange gezaudert, eine Prinzessin wieder einmal in das Land zu senden, wenn nicht mein nachgeborener Bruder so klein ausgefallen wäre, daß ihn die Wärterinnen sogar aus den Windeln verloren haben und man nicht weiß wo er hingekommen ist». Die fernere Eröffnung mündet in den Bericht von einem Ausfall, einer *unerhörten* Lücke im genealogischen und bruchlosen Überlieferungszusammenhang der *wahrhaften Geschichte* – oder des Buchs *Genesis* – des Zwergenreichs. Der kommende Thronfolger war so klein ausgefallen, daß er unter die Wahrnehmungsschwelle zurück- und nicht nur aus der Geschichte ausfiel, sondern den Zerfall des narrativen Zusammenhangs der Geschichte auslöste: «Bei diesem in den Jahrbüchern des Zwergenreichs ganz unerhörten Falle versammelte man die Weisen, und kurz und gut, der Entschluß ward gefaßt, mich auf die Freite zu schicken». Die unerhörte Unterbrechung des geschichtlichen Überlieferungszusammenhangs, dessen Möglichkeit «von unsern Ahnherren [gleichwohl] vorgesehen» worden war, die also vorausgesehen hatten, daß die Augen eines (fernen) Tages das jüngste Glied im Überlieferungszusammenhang aus den Augen würden verlieren können, führt zum *Entschluß*. Die Schöne taucht also aus der Unterbrechung und *als* Unterbrechung der *wahrhaften Geschichte* (des Zwergenreichs) unter den Menschen auf und unterbricht den genealogischen und bruchlosen Überlieferungszusammenhang des Menschenreichs. Und mehr noch. Denn was die Erzählerin erzählt, sind nicht einfach Auszüge – Exzerpte – aus der *wahrhaften Geschichte* des Zwergenreichs, sondern sie erzählt den Auszug – Exodus – der Erzählerin aus dem Zwergenreich, in dem sie eine Lücke hinterläßt, und Einbruch in das Menschenreich, in das sie eine Lücke reißt. Sie ist zwischen beiden Reichen oder Welten, der kleinen und der großen, der Zwergen- und Menschenwelt unterwegs, gehört also beiden, und das heißt, genau genommen, weder der einen noch der andern, also weder der wahrhaften Geschichte des Zwergenreichs noch der wahrhaften Geschichte des Menschenreichs an: ihr Unterwegs unterbricht den narrativen Zusammenhang beider Geschichten, von Geschichte überhaupt. Indem sie auftaucht, fällt der verbindliche Zusammenhalt von Geschichtlichkeit schlechthin auseinander. In dieses Unterwegs, in diesen Auseinanderfall, nimmt sie den kommenden Erzähler der *neuen Melusine* mit.

Daß ihr Erzählen nicht nur dort aussetzt, wo sie – und sei es für einen Augenblick – innehält, sondern allenthalben von Pausen und Zäsuren durchsetzt erscheint, kommt an einer andern Stelle ihrer Erzählung zur Sprache: «Wie es mir auf meiner Wallfahrt erging, ehe ich dich fand, davon hätte ich viel zu erzählen. Genug, ich prüfte manchen, aber niemand als du schien mir werth [...]». Diese Pausen wandern auch in die Stimme des Erzählers, die nicht eins ist, sondern die Stimme der Erzählerin *rezitiert* –; diese Pausen, die erzählten wie die Erzähl- und Atempausen wandern aus der Stimme und Erzählung der Erzählerin in die Stimme des Erzählers der *neuen Melusine* ein, der den Augenblick seiner Verkleinerung, des Übergangs von der Menschen- in die Zwergenwelt so erzählt, daß dort, wo die Erzählung des Übergangs, eine Brücke zwischen Menschen- und Zwergenwelt erwartet wird, eine Lücke klafft: «Ich that einen gewaltigen Schrei und griff unwillkürlich um mich her nach meiner Schönen, die aber verschwunden war. Wie mir indessen zu Muthe gewesen, dafür wüßte ich keinen Ausdruck zu finden, auch bleibt mir nichts übrig zu sagen, als daß ich mich sehr bald in kleiner niedriger Person neben meiner Schönen in einem Wald von Grashalmen befand». Die Gewohnheit, zwischen Un- und Übermut hin- und hergerissen unterwegs zu sein, setzt in diesem Augenblick aus. Der übrige Mut bildet aber kein Maß, kein Mittelmaß, keine goldne ausgewogne Mitte zwischen Un- und Übermut, sondern für das *zu Muthe*, dafür, wie ich mich fühlte, für das Selbstverhältnis, das *Mehr oder Weniger*, das ich im Augenblick der Verkleinerung gewann oder verlor, fehlt jeder Ausdruck. Dieser *Mut* ist, wie der Rest des lateinischen Wortes *mutus* – stumm –, bloß ein Stummel dessen, was das Wort *stumm* zum Ausdruck bringt: in ihm verstummt noch das Wort *stumm*. Dieses eigentümliche *zu Muth*, ein zerstreutes Echo des lateinischen *mutus*, bleibt als eine Zumutung für Sprache übrig, die an ihm bricht, mit ihm nicht zu Rande, nicht zum Ausdruck kommt. Ich ging in diesem Augenblick mir, jeder Vorstellung von mir, jedem Wort, das eine Vorstellung von mir zum Ausdruck hätte bringen können, verloren. Und dennoch fand oder befand «ich mich sehr bald in kleiner niedriger Person»: ich befand mich wie in eine kleine niedrige Person – verkappt oder verkapselt. Daß der Vorsatz, zwischen Trennung und Vereinigung, zwischen Verlust und Gewinn in diesem Augenblick zu scheiden, aussetzt, also der Vorsatz, eine Sprache für diesen Augenblick zu finden, kommt in den Worten des Erzählers so zur Sprache: «Die Freude des Wiedersehens nach einer kurzen und doch so seltsamen Trennung, oder wenn ihr wollt, einer Wiedervereinigung ohne Trennung, übersteigt alle Begriffe». Der

Augenblick der Trennung von mir ist Augenblick der Wiedervereinigung mit einer unvordenklichen Erfahrung: uneins zu sein. Kein Wort für das *zu Muthe* im Augenblick des Übergangs von einer Welt zur andern, von einem Wort zum andern Wort, von dem einen zu dem andern – zu finden. Diese unvordenkliche Erfahrung liegt darin beschlossen – oder offen –, daß das, was in der Sprache der Gewohnheit, in der gewohnten Sprache *Übergang* heißt, eine *Unterbrechung* freilegt: die Unterbrechung des Willens zum Übergang. Der Verlust des Wortes, aller Worte und Zeichen (in diesem Augenblick), kommt einem (eigentümlichen) Fund gleich: dem Fund einer Stille, die jeden Begriff (auch von Stille) übersteigt: sie bleibt hinter jedem Begriff, der von ihr (für sie) aufgeboten wird, zurück.

Dieser Augenblick, das Erzählen zu unterbrechen und von nichts als von der Unterbrechung des Erzählflusses zu berichten, pflanzt sich in die Erzählung von den Vorkommnissen im Zwergenreich fort: «Von allen Festlichkeiten, worunter der Tag hinging, mag und kann ich nicht erzählen: [...] Laßt mich von allen Ceremonien schweigen; genug wir waren verheirathet». Diese Stelle mündet in den Bericht – über ihm suspendiert der Erzähler *Die neue Melusine* – von einer unerhörten beispiellosen Begegnung oder *Selbst*begegnung des kommenden Erzählers, deren Schilderung wieder durch eine Pause oder Atempause, nämlich dadurch aufgehalten wird, daß der Erzähler ihre Ankündigung interpoliert: «und mir begegnete was mir noch niemals begegnet war; was aber und wie, das sollt ihr vernehmen». Der Satz, der das Kommen der Begegnung annonciert, dadurch aber aufschiebt, wirft in seinem letzten Wort das Echo der Unterbrechung zwischen dem ersten und zweiten Teil der Erzählung, wie Goethe sie in zwei Ausgaben des *Taschenbuchs für Damen* zerschnitten hatte: *Vernimm also:* — Als eröffnete dieser Einschub (der einen Aufschub nach sich zieht) einen dritten Teil: die *Engführung* der Erzählung vom Ursprung des Erzählens.

Was dem Protagonisten der Erzählung da begegnet, und zwar in ihm selber, aus ihm her – er ist der Ort des Aufeinandertreffens –, ist das Innewerden eines Mißverhältnisses zwischen «meiner gegenwärtigen Gestalt», im Zwergenreich, wo zwar alles *völlig gemäß* und *proportionirt* ist, «ja wenn man will, verhältnismäßig besseres Maß als bei uns» herrscht –; und der Erinnerung an die eigene Gestalt vormals, im Menschenreich. Denn «ich [hatte] [...] meinen vorigen Zustand nicht vergessen. Ich empfand in mir einen Maßstab voriger Größe, welches mich unruhig und unglücklich machte. Nun begriff ich zum erstenmal, was die Philosophen unter ihren Idealen verstehen möchten, wodurch die Menschen so gequält sein sollen. Ich hatte ein Ideal von mir selbst und erschien mir manchmal im Traum wie ein Riese». Meine gegenwärtige Gestalt, die nicht identisch mit mir war, sondern in der ich mich befand, war kleiner als die aus der Erinnerung auftauchende Gestalt vormals. Die Gestalt aber, unter der ich mir manchmal im Traum erschien, war größer als die unvergessliche Gestalt des Menschen: *wie ein Riese*. Das Beispiel- und *Maß*lose dieser Begegnung liegt darin, daß sie Risse durch den Glauben an das unvordenkliche und unverrückte Da eines Maßstabs, einer Maßgabe, eines *Menschen*maßes legt. In ihr geht der Glaube an ein Maß für das Verhältnis zwischen Groß und Klein verloren. Nicht nur das Verhältnis (also der Übergang) zwischen Groß und Klein ist maßlos (unermesslich), sondern schon das *Selbst*verhältnis dessen, was sich zu Zeiten als *klein*, zu Zeiten als *groß* empfindet, und sich unter wechselnden Perspektiven einmal als Zwerg, ein andermal als Riese, und abermals anders, als Mensch – oder Gott – wahrnimmt; mit andern Worten: immer anders.

In der Zwergenwelt, so heißt es, war ich «unruhig und unglücklich», weil ich in mir einen Maßstab voriger Größe empfand; in der Menschenwelt, in die ich, nachdem der Ring zerbrochen war, aufschoß, «stand ich nun wieder [da], freilich um so vieles größer, allein, wie mir vorkam, auch um vieles dümmer und unbehülflicher»: weder mehr in der einen noch in der andern Welt zuhaus, die doch ein und dieselbe Sprache teilen. Der kommende Erzähler, der «endlich», das ist der letzte Satz der *neuen Melusine*, «obgleich durch einen ziemlichen Umweg, wieder an den Herd zur Köchin, wo ihr mich zuerst habt kennen lernen», kam, ist nicht wiederzuerkennen. Er hat nicht nur den Glauben an das umstandslose Da der ein oder andern Welt, des ein oder andern Selbstportraits, sondern auch den Glauben ans umstandslose Da (oder Fort) des ein oder andern Wortes *selbst* verloren. Was ihn zum Erzähler prädestiniert, ist das Innewerden dessen, daß es kein Maß gibt, kein Maß dafür, wie ein Wort zu nehmen, zu vernehmen sei. *Vernimm also:* — : das ist nicht nur die Signatur des kommenden Erzählers (der *neuen Melusine*). Es ist die Signatur der *Interpolation.*

Walter Benjamin ist der neuen Melusine immer ausweichend begegnet. Den Kommentar – «je veux dire le commentaire» – zur *neuen Melusine* hat er nie geschrieben. An einer Stelle seiner Schriften aber nennt er ihren Namen. Er zitiert ihn dort aus einem andern Text, in dem er, in ihren Namen verwickelt, auch der *Interpolation* auf den Grund geht. Ende 1937 war, in Ungarn gedruckt und von Amsterdam aus vertrieben, der Roman *Die Rettung* von Anna Seghers erschienen. Anfang 1938 hat Benjamin eine seiner längsten Rezensionen diesem Buch gewidmet. Unter einem Titel, der verdeutlicht, daß *Die Rettung* ihn zur Interpolation angeregt hat: *Eine Chronik der deutschen Arbeitslosen.* Benjamin nennt Anna Seghers nicht Autorin, sondern *die Erzählerin*, und genauer: *die Stimme der Erzählerin.* Sie spricht nicht, sondern «sie erzählt mit Pausen wie einer, der auf die berufenen *Hörer* im Stillen wartet und, um Zeit zu gewinnen, manchmal innehält». Das Wort *Hörer* setzt Benjamin kursiv. Das Buch spielt «in einem Montandorf in Oberschlesien und erzählt von dem, was sich dort nach der Stillegung seiner Grube abspielt». Der Bericht davon «ist eine Chronik. Anna Seghers ist die Chronistin der deutschen Arbeitslosen. Die Grundlage ihrer Chronik ist eine Fabel, die, wenn man so will, den romanhaften Einschlag des Buches bildet. Am neunzehnten November 1929 werden unter 53 Verschütteten sieben, die noch am Leben sind, aus einem Stollen geborgen. Das ist ‹die Rettung›. Sie stiftet den Verband, den diese sieben bilden» (III,533). Im Haus eines dieser sieben, Bentsch, ist eine, in Benjamins Worten, «befremdliche Kreatur, Bentschs Stieftochter» zu Gast. Er führt sie weiter oben mit folgenden Worten, die sie beim Namen nennen, ein: «Das erfahren die Leser aus dem Buche, die Betroffenen aus dem Munde einer Katharina, die als das Mädchen aus der Fremde durch die Erzählung geht. Sie ist von auswärts in mehr als einem Sinn» (III,534). Benjamin zitiert an dieser Stelle, unausdrücklich, ein Gedicht von Friedrich Schiller, der *Das Mädchen aus der Fremde* als eine Allegorie der Dichtung Sammlungen seiner Gedichte vorangestellt hat. Benjamin aber führt sie unter dieser Wendung ein, um sie von der Fremde, aus der Schiller das Mädchen aus der Fremde kommen läßt, abzusetzen. Im Anschluß an den Satz «von der befremdlichen Kreatur», Katharina, die in Bentschs Haus zu Gast ist, fährt Benjamin fort: «Aber nicht behauster als Melusine, wenn sie auf eine Weile bei einem Manne wohnt. Es zieht sie in den Palast zurück, der auf dem Grunde der Quelle errichtet ist. So zieht es Katharina nach Haus» (III,536). Benjamin nennt diese Katharina die Schwester einer andern Katharina, des *Katherlieschen,* «mit der das Märchen so schön zu verstehen gibt, welche Verheißung die klugen Leute an den törichten Jungfrauen haben. Ihr Lächeln ist mit der Welt nicht stimmig, und sie sind es auch nicht mit sich. Ihnen eilt nicht, bei sich zu Haus zu sein, solange das Herz in der Welt nur eine Zuflucht ist, nicht die Mitte». Mit diesen Worten nimmt Benjamin auf das Ende des Märchens *Der Frieder und das Catherlieschen* aus den Kinder- und Hausmärchen der Brüder Grimm Bezug: «Als sie wieder zu Haus waren, sprach der Frieder: ‹Catherlieschen, nun mußt du aber auch fleißig sein und arbeiten.› ‹Ja, Friederchen, will's schon tun, will ins Feld gehen, Frucht schneiden.› Als Catherlieschen im Feld war, sprach's mit sich selber: ‹Eß ich, eh ich schneid, oder schlaf ich, eh ich schneid? Hei, ich will eh'r essen!› Da aß Catherlieschen und ward überm Essen schläfrig» – und in diese Schläfrigkeit vertieft, geht das Catherlieschen über zur Interpolation, denn das Märchen fährt so fort: «und fing an zu schneiden und schnitt halb träumend alle seine Kleider entzwei, Schürze, Rock und Hemd». Es schneidet nicht nur Korn und alle seine Kleider, sondern auch den Glauben an ein ungeteiltes Ich entzwei, und fällt in Schlaf: «Wie Catherlieschen nach langem Schlaf wieder erwachte, stand es halb nackigt da und sprach zu sich selber: ‹Bin ich's oder bin ich's nicht? Ach, ich bin's nicht!› Unterdessen ward's Nacht, da lief Catherlieschen ins Dorf hinein, klopfte an ihres Mannes Fenster und rief: ‹Friederchen?›

‹Was ist denn?› ‹Möchte gern wissen, ob Catherlieschen drinnen ist.› ‹Ja, ja›, antwortete der Frieder, ‹es wird wohl drin liegen und schlafen.› Sprach sie: ‹Gut, dann bin ich gewiß schon zu Haus›, und lief fort». Mit den nächsten Zeilen aber kommt das Märchen, indem es den Schauplatz auf ein andres Feld verlegt, noch eimal auf die Interpolation zurück: «Draußen fand Catherlieschen Spitzbuben, die wollten stehlen. Da ging es bei sie und sprach: ‹Ich will euch helfen stehlen.› Die Spitzbuben meinten, es wüßte die Gelegenheit des Orts und waren's zufrieden. Catherlieschen ging vor die Häuser und rief: ‹Leute, habt ihr was? Wir wollen stehlen.› Dachten die Spitzbuben: ‹Das wird gut werden›, und wünschten, sie wären Catherlieschen wieder los. Da sprachen sie zu ihm: ‹Vorm Dorfe hat der Pfarrer Rüben auf dem Feld, geh hin und rupf uns Rüben.› Catherlieschen ging hin aufs Land und fing an zu rupfen». Was das Catherlieschen hier, auf dem Feld des Pfarrers, mit den Rüben tut, ist *Interpolation* im Sinn der tribonianischen Kommission, aber auch im Sinn Tertullians, wo er von den Fälschern – *interpolatores* – spricht, die sich am Text der Heiligen Schrift zu schaffen machen. Es überrascht deshalb nicht, wenn das Märchen folgendermaßen fortfährt und schließt: «Da kam ein Mann vorbei, sah's und stand still und dachte, das wäre der Teufel, der so in den Rüben wühlte. Lief fort ins Dorf zum Pfarrer und sprach: ‹Herr Pfarrer, in Eurem Rübenland ist der Teufel und rupft.› ‹Ach Gott›, antwortete der Pfarrer [über dies *Ach Gott* und seine Nähe zum *rupfenden Teufel* wäre viel zu sagen]‹ ich habe einen lahmen Fuß, ich kann nicht hinaus und ihn wegbannen. ‹Sprach der Mann: ‹So will ich Euch hockeln›, und hockelte ihn hinaus. Und als sie bei das Land kamen, machte sich das Catherlieschen auf und reckte sich in die Höhe. ‹Ach, der Teufel!› rief der Pfarrer, und beide eilten fort, und der Pfarrer konnte vor großer Angst mit seinem lahmen Fuße gerader laufen als der Mann, der ihn gehockt hatte, mit seinen gesunden Beinen».

Der Gestus der andern Katharina, in Anna Seghers *Rettung*, weicht von dem Catherlieschen um ein Geringes ab. Sie legt in dem, was sie tut, etwas von dem, was ihr Name zur Sprache bringt, bloß. Das griechische Verb *kathairein* nennt nicht nur den Vorgang des Heilens und Siebens (von Korn), sondern auch den Vorgang des Reinigens und Klärens. Die Beschreibung dessen, was Katharina tut, war Benjamin so wichtig, daß er sie zweimal, in der Mitte und am Ende seiner Rezension, zitiert. Sie putzt die Fenster. «Gestern hatte sie», so kommt die Stimme der Erzählerin auf diesen Vorgang zu sprechen, «ihre Mutter zu Bentsch sagen hören: ‹Dieses Mädchen tut ganz gut, was man ihm sagt, aber es tut nie was von selbst.› Also muß man wohl etwas von selbst machen, dachte Katharina [...]. Was konnte sie schnell noch selbst dazu machen? Wäsche einweichen? Fenster putzen? Ihr war es freilich eins, ob diese Fenster verspritzt oder blank waren, die Fenster einer Herberge. [...] Sie rieb dann fest und ausdauernd. Sie bereute ein wenig, dass sie sich diese Arbeit ausgesucht hatte. Eine leichtere hätte den Zweck auch erfüllt: etwas von selbst zu machen». Und dann folgt der Satz, den Benjamin zweimal zitiert: «Wo waren denn die Scheiben, die man nicht blank genug haben konnte, damit ein klares, aber nicht grelles Licht in alle Winkel der Stube schien, in der der Tisch gedeckt, das Bett bereit steht, nicht hastig und zum Notbehelf, sondern von jeher und für immer [...]». Was Katharina in diesen Zeilen tut, legt nicht nur eine Schicht in ihrem Namen, sondern die innerste, zutiefst gelegne Schicht der Interpolation bloß. Das Verb *interpolare* stammt aus der Terminologie der Färber- und Walkersprache. Ein etymologisches Wörterbuch der lateinischen Sprache verzeichnet seine Bedeutungen: «‹stutze auf, stutze zu, richte zu, frische auf› (*togam*, *picturam*, *veteratores*); urspr. als ‹kratze dazwischen [wieder] auf›». Plautus hat es von dort in seine Komödien übernommen, wo es, zwischen Aufkratzen und Überlagern offen, die Färbung des Gesichts (durch Schläge wie durch Schminke) nennt; auch bei Tertullian trägt das Wort, als Umfärbung von Kleidern und *make up*, noch Spuren dieser Herkunft, bevor er es zum Vorgang der Fälschung (heiliger Schriften) verengt und, substantiviert, zum Inbegriff des Teufels zustutzt. Das Verb wird abgeleitet aus *polire*, «‹glätte, putze, tünche ab, feile›, das gleichfalls aus der Walkersprache stammt, wo *polire vestimenta* sowohl vom Appretieren (Bürsten, Scheren) wie vom Rauhen, Aufkratzen gebraucht wurde».

Katharina putzt die Fenster. Sie *poliert* sie nicht, sondern *interpoliert* in das Polieren. Was sie, indem sie putzt, mit ihren (Händen und) Augen zu klären sucht, sind «Scheiben, die man nicht blank genug haben konnte». Ihren *Interpolationen* ist nicht an der Bereinigung von Schriften oder der Welt gelegen, sondern an etwas, das die Stimme der Erzählerin *durchsichtig* nennt: «Katharina drückte den zusammengequetschten Lumpen gegen die Scheibe, statt zu reiben. Sie sah in der schräggestellten Fensterscheibe ihr eigenes Gesicht, als ob es durchsichtig wäre». Nicht als Allegorie der Dichtung, sondern befremdlicher, geht Katharina, als eine befremdliche Verkörperung dessen, was, in ihrer tiefsten Schicht, der Philologie, *interpolare* heißen mag, durch diese Chronik.

An einer Stelle der kleinen Schrift *In der Sonne*, Jahre zuvor, die ein Echo dessen wirft, was Katharina in dem zweimal zitierten Satz tut, hat Benjamin das Sehen, an dem der Interpolation gelegen ist, angedeutet: «Es gibt bei den Chassidim einen Spruch von der kommenden Welt, der besagt: es wird dort alles eingerichtet sein wie bei uns. Wie unsre Stube jetzt ist, so wird sie auch in der kommenden Welt sein; wo unser Kind jetzt schläft, da wird es auch in der kommenden Welt schlafen. Was wir in dieser Welt am Leibe tragen, das werden wir auch in der kommenden Welt anhaben. Alles wird sein wie hier – nur ein klein wenig anders» (IV/1,419). Dieses *wird sein* ist im *Schon-da* dessen, was ihre Augen sehn, *Durchsichtigkeit*.

Ist: *als ob es durchsichtig wäre.*

BIBLIOGRAPHISCHE HINWEISE

Geschrieben im März 2009 für einen Vortrag am *Seminar für Allgemeine und Vergleichende Literaturwissenschaft* der *Universität Zürich*, am 8. Mai 2009. Hier um einige Passagen aus einer Vorlesung erweitert, die im Sommersemester 2009 an der Universität Bonn unter dem Titel *Benjamins Philologie* gehalten wurde.

Zitate aus *Die neue Melusine* (in *Wilhelm Meisters Wanderjahre oder die Entsagenden*, Drittes Buch, Sechstes Capitel) nach *Goethes Werke. Weimarer Ausgabe*, hrsg. im Auftrage der Großherzogin Sophie von Sachsen, 1. Abteilung, Band 25/1, Weimar (Böhlau) 1895, S. 129-165. Aus Ciceros Abhandlungen über Rhetorik, *De oratore* und *Orator,* wird zitiert nach Marcus Tullius Cicero, *De oratore*, Lateinisch/Deutsch, übers. und hrsg. von Harald Merklin, Stuttgart (Reclam) 1976 (römische Ziffern geben den Band, arabische den Abschnitt an); und ders., *Orator*, Lateinisch/Deutsch, übers. und hrsg. von Harald Merklin, Stuttgart (Reclam) 2004 (arabische Ziffern verweisen auf den Abschnitt). Merklins Übersetzung, in *De oratore*, von *tacito quodam sensu* (III,195) durch *unbewußt* folgt einer aus dem 19. Jahrhundert stammenden Kommentartradition; so heißt es in einer Anmerkung zu Cicero, *De oratore*, für den Schulgebrauch erklärt von Dr. Karl Wilhelm Piderit, sechste Auflage (bearbeitet von O. Harnecker), Drittes Heft: Buch III, Leipzig (Teubner) 1890, S. 490: «*tacito* unbewußt». Die entsprechende Stelle in Ciceros *Orator* (203), wo *sensus tacitus* noch einmal auftaucht – von Merklin durch *stillschweigendes Empfinden* übersetzt –, erläutert Piderit (*Ciceros Orator ad M. Brutum*, für den Schulgebrauch [...], zweite Auflage, Leipzig (Teubner) 1876, S. 137): «*tacito* durch ein stummes, d.h. unbewußtes Gefühl». Das Zögern zwischen *unbewußt – stillschweigend – stumm* deutet die Schwierigkeiten an, dem Adjektiv *tacitus* zu entsprechen. An einer Stelle ihrer (aus dem Nachlaß von Ronald Beiner edierten) *Lectures on Kant's Political Philosophy* (Chicago (Chicago University Press) 1982, S. 63-64) übersetzt Hannah Arendt die Wendung *tacito quodam sensu* ins Englische durch *by some silent sense.*

Die Übersetzung dieser Vorlesungen aus dem Amerikanischen ins Deutsche, durch Ursula Ludz (Hannah Arendt, *Das Urteilen. Texte zu Kants Politischer Philosophie*, München (Piper) 1985, S. 86) widmet der Wendung folgende Anmerkung: «Für das vom deutschen Übersetzer (H. Merklin) hier gewählte Wort ‹unbewußt› steht im lateinischen Original: ‹tacito quodam sensu›, was Hannah Arendt im Englischen mit ‹by some silent sense› wiedergibt und im Deutschen, wörtlich, etwa lauten müßte: mit einem gewissermaßen stummen / schweigenden Sinn». Dieselbe Schwierigkeit wird hier, noch einmal, durch Eintrag des Wortes *etwa* in die Rede von der *Wörtlichkeit* und durch das Zögern zwischen *stumm* und *schweigend* unterstrichen. – Zur Geschichte der Verortung und Erörterung des Tastsinns als Inbegriff der Wahrnehmungswahrnehmung, seit Aristoteles, siehe Daniel Heller-Roazen, *The Inner Touch. Archaeology of a Sensation*, New York (Zone Books) 2007.

Zitate aus Schriften Walter Benjamins nach *Gesammelte Schriften*, 7 Bände, hrsg. Rolf Tiedemann und Herman Schweppenhäuser, Frankfurt am Main (Suhrkamp), 1972-1991 (römische Ziffern geben den Band, die erste arabische den Teilband, die zweite arabische die Seite an); Briefzitate folgen der Ausgabe der *Gesammelten Briefe*, 6 Bände, hrsg. von Henri Lonitz und Christoph Gödde, Frankfurt am Main (Suhrkamp), 1995-2000 (die erste arabische Ziffer gibt den Band, die zweite arabische die Seite an). Friedrich Schlegels Suche nach einem «allgemeinen Begriff» der Philologie und dessen Zusammenzug in den Namen «Kritik» in der Kölner Vorlesung von 1805 – *Propädeutik und Logik* – zitiert nach Friedrich Schlegel, *Philosophische Vorlesungen [1800-1807]*, Zweiter Teil, hrsg. von Jean-Jacques Anstett, in *Kritische Friedrich-Schlegel-Ausgabe*, hrsg. von Ernst Behler, Band 13, Paderborn (Schöningh) 1964, S. 183-186. – Das Zitat zur Aufgabe der tribonianischen Kommission bei Cornelia Vismann, *Akten. Medientechnik und Recht*, Frankfurt am Main (Fischer) 2000, S. 107; im selben Zusammenhang siehe auch das Kapitel «The Last Jurist» in Tony Honoré, *Tribonian*, London (Duckworth) 1978, S. 243-256. Das Zitat aus Jean Paul, *Leben des vergnügten Schul-*

meisterlein Maria Wutz in Auenthal. Eine Art Idylle (geschrieben 1790/91, erschienen 1793 als Anhang zu *Die unsichtbare Loge*) nach der Ausgabe Stuttgart (Reclam) 1977, S. 4. Zur Einführung der Wendung *diabolus interpolator* bei Tertullian siehe den aufschlußreichen Aufsatz von Jacques Fontaine, «Sur un titre de Satan chez Tertullien: *Diabolvs Interpolator*», in *Studi in onore di Alberto Pincherle* (= *Studi e materiali di storia delle religioni* 38), Band 1, Roma (Edizioni dell'Ateneo) 1967, S. 197-216. – Zitate aus *Le Côté de Guermantes* nach Marcel Proust, *À la recherche du temps perdu*, Band 2, hrsg. von Jean-Yves Tadié, Paris (Gallimard) 1988, S. 307-312; Zitate aus Marcel Proust, *Guermantes*, übersetzt von Walter Benjamin und Franz Hessel, nach Walter Benjamin, *Gesammelte Schriften. Supplement III*, hrsg. von Hella Tiedemann-Bartels, Frankfurt am Main (Suhrkamp) 1987, S. 7-10. – Zitate aus Adornos *Versuch über Wagner* (geschrieben 1937-1938, in Auszügen unter dem Titel *Fragmente über Wagner* 1939 in Heft 1 und 2 der *Zeitschrift für Sozialforschung*, als Buch zuerst 1952) nach *Gesammelte Werke in 20 Bänden*, Band 13 (*Die musikalischen Monographien*), Frankfurt am Main (Suhrkamp) 2003, S. 82-83 und 140-141. – Die Hinweise und Zitate zu den *Tria Fata*, zur *Fata Morgana*, wie zum Redetabu im Motivbereich des Melusinenmärchens aus dem von Friedrich Wolfzettel verfaßten Artikel *Fee, Feenland* in *Enzyklopädie des Märchen*, hrsg. von Kurt Ranke, Band 4, Berlin / New York (de Gruyter) 1984, Sp. 945-964.

Das Zitat aus Goethes Brief an Charlotte von Stein, am 10. März 1781, folgt der Ausgabe *Goethes Briefe an Charlotte von Stein*, Erster Band / Zweiter Teil, hrsg. von Julius Petersen, Leipzig (Insel) 1923, S. 324. Der Hinweis auf das Lemma *Reiter* im *Deutschen Wörterbuch* (von Jacob und Wilhelm Grimm), Band 8, Leipzig (Hirzel) 1893, Sp. 780-781. *Die neue Melusine* erschien zum erstenmal, mit einem *Vorwort* und einer von der Fassung in den *Wanderjahren* abweichenden Einleitung in zwei Teilen: im *Taschenbuch für Damen auf das Jahr 1817*, Tübingen (Cotta'sche Buchhandlung) 1816, S. 1-24, und im *Taschenbuch für Damen auf das Jahr 1819*, Tübingen (Cotta) 1818, S. 19-36. Der erste Teil bricht ab über dem Wort *Vernimm also:* —

Anna Seghers, *Die Rettung*, Amsterdam (Querido) 1937 (die Passage um Katharina und das Fensterputzen S. 118-119). Das Märchen *Der Frieder und das Catherlieschen* als Nr. 59 in den *Kinder- und Hausmärchen* der Brüder Grimm, hier zitiert nach einem Reprint der Ausgabe letzter Hand (1857), hrsg. von Heinz Rölleke, Band 1, Stuttgart (Reclam) 2001, S. 304-311. Die Hinweise zur Etymologie der lateinischen Verben *interpolare* und *polire* bei A. Walde / J.B. Hofmann, *Lateinisches Etymologisches Wörterbuch*, Band 1 (3. Auflage), Heidelberg (Winter) 1938, S. 710. – In der Komödie *Amphitruo* von Plautus verspricht Merkur (in der Gestalt des Sosias) im Selbstgespräch (von dem er weiß, daß Sosias es belauscht), den Sosias nicht nur zu verprügeln, sondern ihm durch Prügel eine neue Gestalt zu verpassen, worauf Sosias mit den Worten reagiert: «illic homo me interpolabit meumque os finget denuo (Dieser Mensch wird mich entstellen und macht mir ein Ersatzgesicht)». Und Merkur fährt fort: «exossatum os esse oportet quem probe percusseris (Ausgebeint muß ein Gesicht sein, das man durchgewalkt hat)» (317-318). An dieser Stelle ist von Interpolation nicht nur die Rede, sondern die Homonymie der Substantive *os* (*oris* – Mund, Gesicht –) und *os* (*ossis* – Knochen –) läßt beider Oberfläche aufgerauht erscheinen: ohne das Gesicht (oder Skelett) des Wortes anzutasten, tauchen beide, *os* und *os*, entstellt aus diesen Zeilen auf. Das Verfärben, durch aufrauhende abkratzende Tendenz im Interpolieren, droht in diesen Zeilen bis zur Vernichtung eines Gesichts (einer gegebenen Gestalt, *forma*) zu gehn; eine andere Komödie von Plautus, *Mostellaria*, unterstreicht die gegenläufige Tendenz im Vorgang der Interpolation: Entstellung – wiederum eines Gesichts – durch Auftrag von Farben. Es ist, vor einem Haus in Athen, der Wortwechsel zwischen Philematium, einer ehemaligen Sklavin (in Erwartung ihres Geliebten) und Scapha, ihrer Dienerin, von der sie fordert: «tum tu igitur cedo purpurissum (Gib mir denn die rote Schminke)», was die Dienerin zu tun sich weigert: «non do. [...] nova pictura interpolare vis opus lepidissimum? (Keineswegs. [...] Mit Überpinselung willst Du das schönste Werk entstellen?)» (261-263). Die älteste erhaltene Worterklärung des Verbs *interpolare* findet sich in der Schrift *De com-*

pendiosa doctrina per litteras ad filium (34,1) von Nonius Marcellus, einem afrikanischen Grammatiker des 3. oder frühen 4. Jahrhunderts: «*Interpolare* est inmittere et interponere et novam formam e vetere fingere. [...] Et est tractum ab arte fullonia, qui poliendo diligenter vetera quaeque quasi in novam speciem mutant (*Interpolieren* bedeutet, ausgehend von einer alten Form, durch Eingriffe und Einschübe, eine neue Form fingieren. [...] Das Wort stammt aus dem Färberhandwerk: durch sorgfältiges Appretieren (*poliendo*) aus alten Kleidern gleichsam neue machen)». Aus dem Umkreis der Walker- und Färberterminologie entlehnt, legt Tertullian an einer Stelle seiner Schrift *De cultu feminarum* (I,8,2-3) das Wort *interpolator* dem Teufel bei: «2. Quis enim est uestium honor iustus de adulterio colorum iniustorum? Non placet Deo quod non ipse produxit; nisi si non potuit purpureas et aerinas oues nasci iubere. Si potuit, ergo nam noluit; quod Deus noluit utique non licet fingi. Non ergo natura optima sunt ista quae a Deo non sunt, auctore naturae. Sic a diabolo esse intelleguntur, ab interpolatore naturae. 3. Alterius enim esse non possunt, si Dei non sunt, quia aemuli sint necesse est quae Die non sunt. Alius autem praeter diabolum et angelos eius aemulus Die non est (2. Wie denn sollen Kleider durch betrügerische Mischung unrechter Farben rechtmäßige Wertschätzung erlangen? Nichts, was er nicht selbst geschaffen hat, findet Gottes Wohlgefallen; er hätte ja auch purpurrote oder himmelblaue Schafe erschaffen können. Er war dazu imstande, doch er hat es nicht gewollt; was Gott aber nicht machen wollte, das darf man auch nicht machen. So sind auch von Natur die Dinge nicht am besten, die nicht von Gott sind, dem Schöpfer der Natur. Es leuchtet demnach ein, daß sie vom Teufel sind, dem *Interpolator* der Natur. 3.Wenn sie von Gott nicht sind, dann müssen sie von ihm sein, weil alles, was nicht Gottes ist, notwendig von seinem Widersacher stammt. Denn außer dem Teufel und seinen Engeln gibt es keinen Widersacher Gottes)». Weiter unten in derselben Schrift (II,6,3) wehrt Tertullian das Färben der Haare, um jünger zu erscheinen, mit den Worten ab: «occasio grauitatis interpolatur (Die Gelegenheit, Ernst an den Tag zu legen, wird verschmiert)». Von *Interpolation* im engeren Sinn literarischer Fälschung (heiliger Schriften), durch Abzug, Zusatz und Umstellung von Worten (*detractione uel adiectione uel transmutatione*) handelt Tertullian im Traktat *De praescriptione haereticorum* (38,4-5) und wiederholt in den fünf Büchern seiner Schrift *Adversus Marcionem.*

Thomas Schestag

Porzellan

An einer Stelle der *Erkenntniskritischen Vorrede* zum *Ursprung des deutschen Trauerspiels*, unter dem Zwischentitel *Das Wort als Idee*, bringt Walter Benjamin die Wahrheit zur Sprache, die Wahrheit über die Wahrheit, ihren *sprachlichen Charakter* (I/1,218) zu Wort. Die Sprachlichkeit der Wahrheit, ihr sprachlicher Charakter liegt, buchstäblich erkenntnis*kritisch* darin, daß sie den Willen zur Erkenntnis der Wahrheit auftrennt, spaltet, teilt. Die Wahrheit ist die *Krisis* – mit einem Wort Walter Benjamins, der *Tod* – der *Intention* (auf Erkenntnis der Wahrheit). Die Wahrheit *teilt*, aber nichts *mit*. Sie ist gegenstandslos, weil sie die Gegenstandslosigkeit des Wortes als Begriff, der auf Erkenntnis der Wahrheit – im Urteil – zielt, betrifft. In den Worten Walter Benjamins: «Wahrheit tritt nie in eine Relation und insbesondere in keine intentionale. Der Gegenstand der Erkenntnis als ein in der Begriffsintention bestimmter ist nicht die Wahrheit. Die Wahrheit ist ein aus Ideen gebildetes intentionsloses Sein. Das ihr gemäße Verhalten ist demnach nicht ein Meinen im Erkennen, sondern ein in sie Eingehen und Verschwinden. Die Wahrheit ist der Tod der Intention» (I/1,216). Das dem Sein der Wahrheit gemäße *Verhalten* – keine Relation, und also kein *Verhältnis*, insbesondere kein gewolltes oder gesuchtes, kein intentionales –, ist nicht das Sein zum Tod der Intention (auf Erkenntnis der Wahrheit), sondern bricht, *verhaltener*, im Innewerden ununterbindbarer Teilbarkeit noch dessen an, was *als* Tod unumgehbar da, nämlich *benannt* und also gegeben, vorzuliegen schien. Das dem Sein der Wahrheit gemäße Verhalten ist nicht intentional, sondern *attentional*: geteilte, teilbare Aufmerksamkeit auf das Wort in der Mitteilung. Die zitierten Sätze der *erkenntniskritischen Vorrede* teilen die Wahrheit (über die Wahrheit) nicht mit, sondern (und auf diesem *Sondern*, auf dem *Gefallen* an diesem Sondern liegt in ihnen der Akzent), sondern einzig und allein, daß die Wahrheit über die Wahrheit nicht *mit*geteilt werden kann und daß genau darin, im Abbruch des Willens zur *Mit*teilung des *sprachlichen* Charakters der Wahrheit die Wahrheit über die Sprachlichkeit der Sprache verkapselt liegt. Die Wahrheit, wo sie zur Sprache kommt, öffnet jedes Wort – und diese Öffnung, Eröffnung beschreibt Benjamin unter der Wendung vom Abbruch relationalen und intentionalen Gebarens oder Gebrauchs der Wortsprache –; die Wahrheit, wo sie zu Wort kommt, öffnet jedes Wort, das sie zu sagen oder mitzuteilen scheint, kaum wahrnehmbar, um einen *Spalt* (um die Unterbrechung der Intention auf Sag- und Aussagbarkeit).

Die Wahrheit, nämlich über die Sprachlichkeit der Sprache, über ihren *sprachlichen* Charakter, liegt in einer Spaltbarkeit beschlossen oder brach, die jedes Wort, das auf begriffliche Erkenntnis der Wahrheit (in Wahrheit immer auf das Begreifen des auf Wahrheitserkenntnis zielenden Wortes) zielt, öffnet, aber auf keinen Ort in ihm, sondern um nichts als um die unausrichtbare Spaltbarkeit des Worts. Die *Gewalt*, die jedem in Erscheinung tretenden, jedem *als* Wort wahrnehmbaren Wort in Wahrheit diesen Riß, anders wiederholt, seinen sprachlichen *Charakter* – Risse durch den Aufriß seines Gepräges, ein eigentümliches Gebrechen, ununterbindbare Zerbrechlichkeit – einträgt, ist die Gewalt des *Namens*: «Nicht als ein Meinen, welches durch die Empirie seine Bestimmung fände, sondern als die das Wesen dieser Empirie erst prägende Gewalt besteht die Wahrheit. Das aller Phänomenalität entrückte Sein, dem allein diese Gewalt eignet, ist das des Namens. Es bestimmt die Gegebenheit der Ideen. Gegeben aber sind sie nicht sowohl in einer Ursprache, denn in einem Urvernehmen, in welchem die Worte ihren benennenden Adel unverloren an die erkennende Bedeutung besitzen». Die Wahrheit besteht als prägende Gewalt des Namens. Sie prägt jedem erscheinenden Wort, indem es erscheint, Risse durch den Aufzug seiner phänomenalen, relationalen und intentionalen Ausrichtung ein. Dies Gepräge – sein durchbrochener Charakter – öffnet jedes Wort nicht auf ein anderes, ein wahres Wort, in ihm, sondern um den Bruchcharakter des Worts, mit einem andern Wort auf die *Idee*: «Die Idee ist ein Sprachliches, und zwar im Wesen des Wortes jeweils dasjenige Moment, in welchem es Symbol ist». Die Idee ist der *Spalt*, der jedes Wort – anders – auf den *Namen*, nämlich um das *Vernehmen* regelloser Spaltbarkeit des Wortes öffnet. Das Wort nimmt, im Augenblick des Abbruchs intentionaler Ausrichtung, im Moment seiner Verwandlung zum Symbol, nicht Fühlung mit dem Namen als mit einem Wort, zu dem es in ein Verhältnis treten könnte, sondern erlaubt die Erinnerung an das, was Benjamin ein *Urvernehmen* nennt. Die Sprachlichkeit der Sprache liegt in jedem Wort der Sprache so brach, verschlossen oder bloß, daß sie die Aufmerksamkeit auf kein Wort keiner Sprache lenkt, sondern auf ein eigentümliches *Vernehmen* dessen – oder Hören auf das –, was *als* etwas gegeben schien. Das Wort als Symbol intendiert also nicht Ergänzung eines gegebenen Halbparts um einen in Vergessenheit geratenen, verschollenen, auf den das Urvernehmen – ganz Ohr – zu stoßen verspricht, das Ziel der Restitution einer Ursprache vor Augen. Sondern das Wort als Symbol symbolisiert den Abbruch des Willens zur Ergänzung. Das Wort symbolisiert, jeden Augenblick, nichts als unausrichtbare *Diabol*isierbarkeit des Worts: die Wahrnehmung irritierender Dazwischenmengungen, mit einem andern Wort, ziel- und herkunftslose *Interpolationen* – das lateinische Verb *interpolare* entspricht, fast wörtlich, dem griechischen *dia-ballein* – in den Ort des Wortes, das als sprachliche Form für die Speicherung und den Transport semantischer Gehalte im Dienst eines erkennenden Bewußtseins verantwortlich zeichnet. Die Idee, das Innewerden des *rissigen* Worts, erlaubt, im Augenblick des Abbruchs der Intention aufs Wort als Bedeutungsträger, die Erinnerung an ein Vernehmen – oder Hören –, *attentional* mag es heißen, «in welchem die Worte ihren benennenden Adel unverloren an die erkennende Bedeutung besitzen». Im Augenblick anfangenden Hörens auf das *benennende* Wort fängt das Hören auf das*selbe*, auf das Wort *als* Bedeutungsträger, das den Besitz der Wahrheit durch deren Erkenntnis verspricht, an, aufzuhören. Die *Gegebenheit* der *benennenden* Wörter wie die Gegebenheit ihres *Besitzes* entspricht nicht dem Besitz, den die *erkennenden* versprechen. Sie ist nicht *gegeben*, um vernommen und dem Vernehmen nach in ihrer Gegebenheit bloß bestätigt zu werden, sondern im *Vernehmen* zeichnet sich die Gegebenheit der benennenden Wörter immer nur erst ab, ohne zustande zu kommen. Der Adel benennender Wörter, den Benjamin ihnen als Besitz zuschreibt, ist Adel der besitzlosen. Weder besitzen sie, noch werden sie besessen. Die benennenden Wörter sind die unbenannten, unerschienen, unscheinbar, wort*los*, Wort *ohne Wort* und Wohnort. Fremde, *wort*fremde Wörter. Was sie besitzen ist nichts als das Vorrecht, anonym zu bleiben: sie tragen das Gepräge des *Namens*: rückhaltloser Zurückhaltung. Das benennende Wort fängt zu nennen, und also vernommen zu werden, und also gegeben zu sein, immer nur erst an, das bedeutende Wort sucht, seine Genanntheit und Mitgeteiltheit immer schon vernehmlich gemacht, vernommen, bestätigt, vorausgesetzt zu haben. Das benennende – intentionslose – Wort *ent*nennt: es fällt dem genannten Wort, das in Erscheinung tritt, im Augenblick, in dem das bedeutende um das nennende, um jene Spaltbarkeit, die es durchläuft und auftrennt, aufbricht, – unscheinbar und absichtslos –, ins Wort. Je benennender und also wort*loser* ein Wort, desto unvernommener und also vernehm*barer* bleibt es; und umgekehrt: je vernehm*barer*, desto unfeststellbarer zum Träger der ein oder andern Bedeutung.

Wahrheit, war oben gesagt worden, «tritt nie in eine Relation und insbesondere in keine intentionale». Wahrheit tritt in kein Verhältnis. Gegen Ende desselben Abschnitts, *Das Wort als Idee*, kommt aber zur Sprache, daß die Wahrheit, die in kein Verhältnis tritt, nichts als ein Verhältnis, *tönendes* Verhältnis ist: «Das tönende Verhältnis solcher Wesenheiten [*benennender* Worte] ist die Wahrheit» (I/1,218). Es fällt schwer an dieser Stelle, im Vernehmen der Wendung vom *tönenden Verhältnis*, nicht einvernehmlich ausdrücklich Klänge, und womöglich Sphärenharmonie, herauszuhören. Sie hörten aber, wenn Sie sich aufs Vernehmen solchen Tönens, auf die ein oder andere *Bedeutung* des Tönens verließen, vielleicht auf, zu hören. Vielleicht auf, zu nehmen. Im tönenden mag durchaus auch ein *färbendes* Verhältnis spielen. Zumal der vorausgehende Satz besagt: «Jede Idee ist eine Sonne und verhält sich zu ihresgleichen wie eben Sonnen zueinander sich verhalten». Durch das *tönende* Verhältnis der Wahrheit geht ein Riß. Die tönende Wahrheit, so sehr sie *klingt*, *färbt* das Licht, das Worte als Ideen werfen. Wahrheit färbt die entzündete Sonne des brennenden, benennenden Worts. Sie tönt sein Licht. Und teilt, unscheinbar, das entzündete um die Vorerinnerung an das verlöschende Wort: das erklingende um die Vorerinnerung an das verstummende. Die Bestimmung des nennenden Wortes liegt, aus der Erinnerung an das, was Benjamin *Vernehmen* nennt (in dem das Hören auf ein Ohr, das Hören auf sein Hören, wie das Hören auf das, was es nicht hört, nistet), weder darin, erklungen, noch darin, verstummt, weder darin, entzündet, noch darin, erloschen zu sein.[1]

---

1 In einer vor die Niederschrift der *Erkenntniskritischen Vorrede* zurückgehenden Reihe von Aufzeichnungen, die nach Vermutung der Herausgeber der *Gesammelten Schriften* aus der Zeit zwischen Ende 1920 und Frühjahr und Sommer 1921 stammen, über drei aus einem Notizblock herausgetrennte Blätter verteilt, die Benjamin *Sprache und Logik I, II* und *Sprache und Logik III* überschreibt, finden sich verschiedene Formulierungsansätze, die später zum Teil, kaum abweichend, in den Abschnitt *Das Wort als Idee* der *Erkenntniskritischen Vorrede* zum *Ursprung des deutschen Trauerspiels* übernommen worden sind. Das zweite der drei Blätter setzt mitten im Satz ein: «<…> so sind die Charaktereigenschaften im Menschen fremd disparat zu einander zu stellen, so ertönt die Harmonie der Sphären aus ihren nicht sich berührenden Umläufen. Jedes Wesenhafte ist eine Sonne und verhält sich zu seinesgleichen dieser Sphäre, wie eben Sonnen zu einander sich verhalten. Dies gilt auch im Bereich der Philosophie, in der allein die Wahrheit zur Erscheinung kommt, nämlich mit einem der Musik verwandten Tönen. Eben diesen harmonischen Begriff von Wahrheit gilt es zu gewinnen, damit das falsche Merkmal der Dichtigkeit, welches ihrem Trugbild eignet, aus dem echten Begriff der Begriff <sic> der Wahrheit schwinde. Die Wahrheit ist nicht dicht. Vieles, was man in ihr zu finden erwartet, fällt in ihr aus» [VI, 23]. Undicht ist in diesen Zeilen das Wort Tönen. Zwar ist oben vom Ertönen der Sphärenharmonie die Rede, die Wahrheit aber kommt, gegen ihr Trugbild – nämlich das Scheinen bloßen Lichts – abgesetzt, allein im Bereich der Philosophie zur Erscheinung. Daß die Wahrheit nicht erscheint, sondern zur Erscheinung kommt, mag heißen, daß sie alles, was erscheint und scheint (wie Sonnen scheinen), dadurch, daß ihr Trugbild bricht, tönt. Die Verwandtschaft des optischen Tönens und akustischen Ertönens liegt darin, daß beide, Klänge und Strahlen, brechen. Zwischen Tönen und Ertönen offen, eignet der Wahrheit, die nicht dicht ist, ohne ihr zu eignen, nicht zuletzt auch etwas Tönernes: Risse durch den Ton (der ein andres ihrer Trugbilder in die Nähe der Plastik, eines Kruges etwa, rückt). Nicht

Weder entzündet noch erloschen, war eben vom *nennenden* Wort, vom Vernehmen des nennenden, gesagt worden. Und in der Tat findet sich das *adamitische Namengeben*, das Benjamin aus dem *Urvernehmen* der benennenden Worte in den Namen, die der Mensch den Dingen und *seinesgleichen* gibt, hervorgehen sieht, in dem acht Jahre zuvor geschriebenen sogenannten ersten Sprachaufsatz, *Über Sprache überhaupt und über die Sprache des Menschen*, an die Rede vom *Licht* und seiner eigentümlichen Brechung gebunden. Das *adamitische Namengeben*, in dem, so Benjamin 1924, «der paradiesische Stand sich als solcher bestätigt, der mit der mitteilenden Bedeutung der Worte noch nicht zu ringen hatte» (I/1,217), *gibt* Namen nur, weil Adam nennende Worte *vernimmt*, die nichts zu vernehmen geben als unausrichtbare Teilbarkeit dessen, was *durch* sie *mit*geteilt und bedeutet scheint. Dieses *Vernehmen* heißt im ersten Sprachaufsatz *Empfängnis*, und sie zögert dort zwischen der Inempfangnahme gebrochenen *Lichts* und eines gebrochenen, brechenden *Worts*: «Alle menschliche Sprache», so weiß der Text von 1916, «ist

---

unverwandt vielleicht dem Kästchen, durch das der kommende Erzähler der *Neuen Melusine* eines Nachts, auf Reisen, einen Riß gehn sieht: «Weil ich, um von der Stelle zu kommen, Tag und Nacht zu reisen gewohnt war, so geschah es daß ich oft im Finstern fuhr und es in meinem Wagen, wenn die Laternen zufällig ausgingen, ganz dunkel war. Einmal bei so finsterer Nacht war ich eingeschlafen, und als ich erwachte sah ich den Schein eines Lichtes an der Decke meines Wagens. Ich beobachtete denselben und fand, daß er aus dem Kästchen hervorbrach, das einen Riß zu haben schien, eben als wär' es durch die heiße und trockene Witterung der eingetretenen Sommerzeit gesprungen. Meine Gedanken an die Juwelen wurden wieder rege, ich vermuthete daß ein Karfunkel im Kästchen liege und wünschte darüber Gewißheit zu haben. Ich rückte mich so gut ich konnte zurecht, so daß ich mit dem Auge unmittelbar den Riß berührte. Aber wie groß war mein Erstaunen [...]». Nicht unverwandt vielleicht diesem Kästchen, denn unmittelbar anschließend an die Sätze um die Wahrheit, die nicht dicht ist, schreibt Benjamin auf dem zweiten der drei Blätter: «Die Beziehung dieser Dinge auf die Form des Systems bleibt zu untersuchen. S.a. über die ‹verschleiernde Macht des Wissens› in den Notizen zur ‹Neuen Melusine›».

nur Reflex des [schöpferischen] Wortes [Gottes] im Namen [den Adam gibt]» (II/1,149). Was die Namen, die der Mensch – weil und wie er die nennenden Worte vernimmt – gibt, *reflektieren*, ist das Wort Gottes, von dem es weiter unten heißt, daß es *hervorstrahlt*: «Im Namen ist das Wort Gottes nicht schaffend geblieben, es ist an einem Teil empfangend, wenn auch sprachempfangend geworden. Auf die Sprache der Dinge selbst, aus denen [...] lautlos [...] das Wort Gottes hervorstrahlt, ist diese Empfängnis gerichtet» (II/1,150). Das Wort Gottes strahlt, es *bricht* – lautlos – aus den Dingen, die Gott durchs Wort geschaffen hat, hervor. Der Reflex oder die Brechung des lautlos, schon gebrochen, weil aus den geschaffenen Dingen *hervor*-, -strahlenden Strahlens des Worts, das Benjamin Wort Gottes nennt, durchläuft die Namen, die der Mensch, der sie vernimmt, den Dingen und seinesgleichen gibt. Worauf aber *reflektiert* das Vernehmen, worauf die Empfängnis des nennenden, aus den Dingen hervorstrahlenden Wortes, im Namen? Sie reflektiert, so könnte man versucht sein zu antworten, auf das Innewerden unabgelenkten, ungebrochenen Strahlens des Gottesworts, das einer jener Sonnen gleicht, denen Benjamin in der *Erkenntniskritischen Vorrede* die nennenden Worte – Ideen – vergleicht. Die nennenden Worte strahlen – *lautlos* –, ihr Verhältnis zueinander, mit einem Wort die Wahrheit, nennt Benjamin aber *tönend*. Die Überblendung beider Stellen, zwischen *lautlos* und *tönend*, öffnet einen Spalt, der zur Interpolation einlädt: die Wahrheit über das – lautlos strahlende – Wort Gottes *tönt*, sie *färbt*, oder anders wiederholt, sie *bricht* sein Strahlen (unscheinbar). Die Wahrheit über das Wort Gottes beruht darin, daß das Wort Gottes, weil und insofern es *strahlt*, *bricht*: wortbrüchiges Gotteswort. Das lautlos strahlende Wort Gottes, dessen erstes Wort, dem Bericht der Genesis nach, sagt und besagt, es werde Licht, gleicht einer – entzündeten – Lampe. «Auf die Sprache der Dinge», heißt es in *Über Sprache überhaupt*, «aus denen [...] lautlos [...] das Wort Gottes hervorstrahlt, ist diese Empfängnis [das Vernehmen des nennenden Worts] gerichtet». Die einzige Dingsprache aber, über der Benjamin im ersten Sprachaufsatz sich aufhält, ist die *Sprache der Lampe*. Von ihr heißt es in einer Notiz: «Die Sprache dieser Lampe da vor mir teilt nicht die Lampe mit; denn das geistige Wesen der Lampe, das die Sprache ja mitteilt, ist nicht die Lampe an und für sich. [...] Wir können die Lampe nicht erkennen weil wir ihre Sprache nicht sprechen» (VII/2,788). Die Sprache der Lampe ist die einzige Sprache, die Gott –, ist Sprache des einzigen Dings, das Gott –, dessen Wort *strahlt*, der also in der Sprache der Lampe spricht, ohne Aufschluß über sie zu gewinnen, verschlossen bleibt. Die Sprache Gottes, aber sie gehört Gott nicht an, die Sprache, *in* der Gott spricht, die Sprache der Lampe, bleibt dem Schöpfergott, der nur das strahlende Wort, nicht das erloschene im Auge hat, verschlossen. Ein Hinweis auf diese Seltsamkeit findet sich in eine Stelle der ersten Spracharbeit verkapselt, wo es von der «reinen Sprache des Namens» im paradiesischen Stand adamitischen Namengebens heißt, daß sie «selig in sich selbst ruht» (II/1,153). Diese Wendung aber wirft das Echo, kaum entstellt, der letzten Zeile von Mörikes Gedicht *Auf eine Lampe*: «Was aber schön ist, selig scheint es in ihm selbst». Es liegt nah, die Sprache der Lampe *Übersprache überhaupt* zu nennen: Über- oder Aber-, Außer-, *Un*sprache überhaupt. In der Lampe bricht Sprache überhaupt an, aber ab: auseinander. Das Wort Gottes dependiert von einer Lampe, die ohne Aufschluß darüber läßt, und bleibt, ob ihre Bestimmung darin liegt, zu leuchten und zu strahlen, oder darin, zu verlöschen. Die Sprache der Sprache, so schreibt Benjamin an einer Stelle *Über Sprache überhaupt*, ist der Name. Der Name des Namens aber: *Lampe*.

Wenn allen Wörtern aller Sprachen, die im empirischen Vernehmen die profane Bedeutung profanen Bedeutens angenommen und zu feststehenden Bedeutungsträgern sich zersetzt haben, deren einzige Aufgabe darin besteht, die Bedeutung alles dessen, was durch sie zum Ausdruck gebracht und mitgeteilt erscheint, festzustellen; wenn allen Wörtern aller Sprachen außer dem empirischen *Vernehmen* – über das Einvernehmlichkeit erzielt und zu herrschen scheint – noch ein anderes, mehr oder weniger verborgenes Nehmen und Vernehmen (des Vernehmens) eignet, nämlich der Spalt, der in die Erfahrung regelloser Spalt*bar*keit alles *Mit*geteilten wie der *mit*teilenden Worte einführt, dann ist die Erörterung dieses anderen

Vernehmens, das nicht bedeutende Worte, sondern beim Namen aufgerufene – *zitierte* –, nennende Worte vernimmt, an die Frage nach dem Namen des Namens und also daran geknüpft, wie die Lampe, wie *Lampe* – dies Wort, beim Namen genannt, ins Nennen und Nehmen des nennenden entlassen – zu nehmen, zu vernehmen sei. Denn die Lampe nennt nicht ein beliebiges Ding unter andern, sondern teilt die Aufmerksamkeit um die Frage des Vernehmens überhaupt: *Was höre ich* (wenn ich aufs Hören zu horchen, das Nehmen zu vernehmen, und also die Lampe wahrzunehmen suche)*?* Genau diese Frage taucht aus der Mitte einer Notiz vom Herbst 1932, *Zur «Lampe»* (*Lampe* in Anführungszeichen, also *zitiert*) überschrieben auf, aus der Benjamin nicht nur die erste Fassung seiner späten Theorie des Lesens – oder *Nehmens* –, *Lehre vom Ähnlichen*, sondern auch das erste Stück der *Berliner Kindheit um neunzehnhundert – Die Mummerehlen* – entwickelt hat.

Was die *Erkenntniskritische Vorrede* zum *Ursprung des deutschen Trauerspiels* unter dem Wort *Urvernehmen* einführt, präzisiert die Notiz *Zur «Lampe»* zum *Ähnlichen*, wenn Sie unter diesem Wort versuchsweise nicht ein substantiviertes Adjektiv, sondern den substantivierten Infinitiv eines Verbs, und also einen Vorgang, das *Ähnlichen* oder Ähnlich*werden* zu vernehmen suchen. Die Lehre vom Ähnlichen, deren Skizze die Notiz *Zur «Lampe»* in ihren ersten Zeilen vorlegt, ist nicht nur (und vielleicht überhaupt nicht) Lehre von dem, was ähnlich *ist* (oder *scheint*), sondern vom *Ähnlichen*: und Sie merken, daß die Ähnlichkeiten – nämlich Abweichungen – zwischen beiden Überschriften, zwischen der *Lehre vom Ähnlichen* und der *Lehre vom Ähnlichen*, kaum zu hören sind. Das Ähnlichen oder Ähnlichwerden ist anfängliche, voranfängliche Erfahrung – Benjamin knüpft ihren Ursprung an den Augenblick des Geboren*werdens*, nicht des Geboren*seins* – unmerklicher Entstellbarkeit alles dessen, was *als* etwas, sei das ein Wort oder Ding, im Vernehmen unter- oder aufzutauchen, sich ein- und auszuprägen anfängt. Und genau genommen ist diese Erfahrung der Erfahrbarkeit des Ähnlichens keine des Menschen, keine der Sprache des Menschen, sondern des *Kindes*, in dem allein, so Benjamin, sie «heute [...] noch [...] ungebrochen wirkt»: *ungebrochen* – uneingeschränkt und ungemildert – wirkt im Kind das Vernehmen von Brechungen, wie das Gefallen an ihm, an ihnen, allenthalben. Das unumrissene, rissige, von unstillbarer Lust an Rissen durchwobene Areal des Ähnlichens nennt Benjamin ein *Kraftfeld* und erinnert daran, daß «in eben dieses Kraftfeld [...] Erinnerung an die Kindheit zurück[führt]». Dieser Satz steht auf der Schwelle, auf dem Sprung, zur Erinnerung an eine *Lampe* (auf die ich gleich zurückkomme). Die Notiz *Zur «Lampe»* aber setzt ein mit der Erinnerung an eine andere Erinnerung: an *Schnitte*: und genauer an die Rede von erzählenden Schnitten, buchstäblich oder *vor*buchstäblich *Charakteren*, «auf dem Boden eines zinnernen Tellers», die die «Geschichte aller Mahlzeiten» erzählen, «denen er beigewohnt hat». Die zitierten Schnitte stammen aus einer Notiz von *Lichtenberg*, dessen Name – kaum entstellt – ein Echo des Wortes *Lampe* wirft. Und Benjamin schließt an: «Gewiß ist, daß die Kindheit so» – nämlich durch nichts als durch Schnitte, nichts als die Vertiefung in Schnitte wie in die Lust am Vernehmen von Schnitten, durch Worte wie Dinge – «uns an die Dinge kettet». An einer andern Stelle, der *Mummerehlen*, später, verwandelt Benjamin den zinnernen, von Schnitten durchsetzten Teller Lichtenbergs unter der Hand in einen Teller aus *Porzellan*, auf dessen Grund ein essendes Kind zuhält.

In dieses Kraftfeld, nicht in die *Erinnerung* an dieses Kraftfeld, bruchloser Überlassenheit an die Lust an der Vertiefung in mehr oder weniger unscheinbare Brechungen, Erschütterungen, Schnitte durch das, was gegebenes Wort oder Ding, und festgestellt und festzustehen scheint, führt das Erinnern an die Lampe ein, und auseinander: «Hier steht die Lampe fest. Doch sie war tragbar. Und ungleich unsern auf Drähte, Schnüre und Kontakte angewiesenen Beleuchtungsmitteln konnte man mit ihr sich durch die ganze Wohnung hinbewegen, begleitet immer von dem Klirren des Zylinders in der Scheide und der Glocke auf ihrem Blechreif und dieses Scheppern gehört dem dunklen Lied der Brandung an, das in der Mühsal des Jahrhunderts schläft». Die Einführung ins Kraftfeld des *Ähnlichens* zerschlägt, denkbar behutsam, die Lampe in Bestandteile, setzt den Bestand der Teile aber einem leisen Beben, Klirren oder Scheppern aus, das nicht der Lampe angehört, sondern einem Lied, keinem gehörten oder gesungenen, und vielleicht keinem Lied, das irgendeinem Volk oder Buch angehört, sondern einem hör*baren*, unerhörten dunklen Lied der *Brandung*, dessen Hörbarkeit nichts als *Brechungen* bereithält: das Vernehmen unverwahrbarer Schnitte (durch alles, was ich höre, wie durch alles, was ich nicht höre), die das Jahrhundert der Mühsal, in deren Bann es lag, vielleicht hätten überheben können. Das Zerschlagen der Lampe, die hier feststeht, in die Unfeststellbarkeit noch ihrer Bestandteile, mündet in eine Geste, die sie meinen Ohren nähert: «Wenn ich sie meinen Ohren nähre, höre ich nicht den Lärm von Feldgeschützen oder die Klänge offenbachscher Ballmusik noch die Fabriksirenen». Alles kommt an dieser Stelle, in diesem Augenblick, auf das Hören eines Liedes an, das schläft, das nicht der Lampe, sondern dem die Lampe, und weniger die Lampe, als das Beben ihrer zerbrechlichen Bestandteile angehört. Genau durch diese Stelle aber, in den Augenblick des Übergangs vom Hören auf das, was ich nicht höre, zum Hören auf das, was ich höre, legt Benjamin einen Schnitt. Er löst die *Lampe*, die ich meinen Ohren nähere, durch eine *Muschel* ab: «Nun ist das neunzehnte Jahrhundert leer. Wie eine große, erstorbne, kalte Muschel liegt es da. Ich nehme es auf, halte es an mein Ohr. Was höre ich? Ich höre nicht den Lärm von Feldgeschützen oder von offenbachscher Ballmusik; auch nicht das Heulen der Fabriksirenen oder das Geschrei, das mittags durch die Börsensäle gellte, nicht einmal das Schmettern des Parademarsches oder den langgezognen Pfiff der Eisenbahn. Vorstellen kann ich mir das alles wohl. Doch was ich höre, wenn ich diese Muschel dem Ohre nähere, ist ein anderes: es ist das Rasseln des Anthrazits, der aus dem Blechbehälter in einen Eisenofen eingeschüttet wird, es ist der dumpfe Knall, mit dem die Flamme des Gasstrumpfs sich entzündet, das Scheppern ists, mit dem die Schlüssel in dem Schlüsselkorb der Mutter durcheinanderfielen, das Klirren des Zylinders in der Scheide, der Glocke auf dem Messingreifen, wenn die Lampe von einem Zimmer in ein anderes getragen wurde». Die *Lampe*, das Klirren ihrer Teile – Zylinder,

Scheide, Glocke, Messingreifen – gehört dem dunklen Lied unerhörter Brechungen an, die in der *Muschel* schlafen. Das Scheppern aber, in das Benjamin oben alle Geräusche der Lampenbestandteile zusammenzog und dem schlafenden Lied angehörig nannte, erscheint jetzt von der Lampe abgelöst, der Mutter nah: «das Scheppern ists, mit dem die Schlüssel in dem Schlüsselkorb der Mutter durcheinanderfielen». Weder aber gehört das Scheppern der Lampe, noch den Lampenteilen, noch auch der Mutter, noch auch ihrem Schlüsselkorb an, und auch, genau genommen, nicht der Muschel, sondern alles, was ich höre, wenn ich die eine Muschel dem Ohr, und also einer andern Muschel, der Muschel meines Ohres nähere, dem hörbar ungehörten und unzugehörigen Lied unerhörter Brechungen, das in der leeren Muschel schläft: (das Lied gehört) weder der einen noch der andern Muschel ganz. Warum aber löst Benjamin die *Lampe*, die er seinen Ohren –, durch die *Muschel*, die er seinem Ohr nähert, ab?

Zu beiden Seiten dieses Spalts taucht, unterm Hören auf das, was ich nicht höre, auch ein Name auf: *offenbachsche* Ballmusik. Aus dem Namen aber, *Offenbach*, den ich höre, obwohl – oder *weil* – ich den Lärm oder die Klänge offenbachscher Ballmusik nicht höre (und höre, daß ich sie nicht höre), als gehörte der Name dem schlafenden Lied der Brandung an, taucht, einem unscheinbaren Umbruch im Augenblick seines Vernehmens überlassen – der das schlafende Lied leise weckt –, der Name *Bachofen* auf. In seiner letzten, Fragment gebliebenen Schrift, *Römische Grablampen*, 1890 in Basel erschienen, führt Bachofen, aus dem Zusammenhang der «bisher betrachteten Lampenbilder», die «das Muttertum in der Ausübung seines Liebesberufs gegenüber der Neugeburt» zeigen, abgelöst, zu einer im Anhang abgebildeten Lampe aus: «Unverkennbar ist die Nachbildung des weiblichen Geschlechtsorgans auf der Handhabe der Lampe [...]. Außerhalb des Gebiets der Lampentöpferei wird sie nicht bemerkt». Doch diesen Zeilen schließt Bachofen eine Bemerkung an, die ins Außerhalb des Areals der Lampentöpferei führt und an die Stelle der *Lampe* «eine Gattung kleiner Muscheln» rückt. Die Aufzählung und Erörterung einer Reihe griechischer Wörter, die das «weibliche

Geschlechtszeichen» nennen, schließt Bachofen mit dem Hinweis ab: «Endlich ist noch *choiros* zu erwähnen. So heißt die *pars femina* nach dem Tiere, das Demeters Mütterlichkeit besonders genehm ist und darum in dem eleusinischen Sagenkreis mit Auszeichnung genannt wird. Von *choiros* hinwieder leitet *choírinos* sich ab: eine Gattung kleiner Muscheln, welche die Form der *diaspháx* [Spalt, Riß] wiederholt und darum zur Darstellung des weiblichen Geschlechtszeichens vielfach benützt wird». *Choírinos*, der Name der Muschel wird, Bachofen erinnert daran, von *choiros* abgeleitet. Das Wort nennt, den Wörterbüchern nach, das neugeborene weibliche Schwein, den Frischling, in der Volkssprache und bei den Komikern auch die weibliche Scham. Das Griechische aber verhält *choiros* und *choírinos* so zueinander, wie das Lateinische *porca* und *porcellana*. Unter dem Eintrag *Porzellan* findet sich im *Etymologischen Wörterbuch des Deutschen* die folgende Erklärung: «Ital. *porcellana* ist eigentl. der Name für eine Art Seemuschel, der auf den neuen Werkstoff (wohl wegen des schimmernden Glanzes) übertragen wird. Er ist abgeleitet von lat. ital. *porcella* ‹kleines weibliches Schwein, Ferkel›, Deminutivum von lat. *porca* ‹weibliches Hausschwein, Sau› [...], auch weibliche (jungfräuliche) Scham (womit die Seemuschel wohl verglichen wurde)».

An einer Stelle der *Mummerehlen*, neben der *Lehre vom Ähnlichen* aus der Notiz *Zur «Lampe»* entwickelt, findet sich ein Satz, den Benjamin (so ähnlich) auch einem *Zusatz* zur *Lehre vom Ähnlichen* eingetragen hat: «Die Gabe, Ähnlichkeiten zu erkennen, ist ja nichts als ein schwaches Überbleibsel des alten Zwangs, ähnlich zu werden und sich zu verhalten». Gefolgt von einem Satz, der in der *Lehre* fehlt: «Den aber übten Worte auf mich aus» (IV/1,261). Es ist das *Porzellan*, dies Wort (aus Wörtern), aus Schnitten durch Worte wie Dinge, das die Erfahrung des Ähnlichens, das Innewerden der Entstellbarkeit von allem, was *als* etwas da oder fort zu sein, angebunden oder abgeschnitten scheint, wie das Gefallen an ihr, verdichtet. In seinem Namen, keinem Namen oder *Eigen*namen, und weder Name des Namens noch Name der Namenlosigkeit, sondern *Spalt*, zwischen Wort und Name, weder Wort noch Name, der nichts als unerhörte Spaltbarkeit des beim Namen aufgerufnen Wortes, wie des Horchens, das ganz Ohr ist, vernehmen läßt, allem offen, was – bis heute unerweckt – in ihm schläft, signiert Walter Benjamin *Die Mummerehlen*: «Von allem aber, was ich wiedergab [*wenn ich beim Tuschen saß*], war mir das China-Porzellan am liebsten. Ein bunter Schorf bedeckte jene Vasen, Gefäße, Teller, Dosen, die gewiß nur billige Exportartikel waren. Mich fesselten sie dennoch so, als hätte ich damals die Geschichte schon gekannt, die mich nach so viel Jahren noch einmal zum Werk der Mummerehlen hingeleitet. Sie stammt aus China und erzählt von einem alten Maler, der den Freunden sein neuestes Bild zu sehen gab. Ein Park war darauf dargestellt, ein schmaler Weg am Wasser und durch einen Baumschlag hin, der lief vor einer kleinen Türe aus, die hinten in ein Häuschen Einlaß bot. Wie sich die Freunde aber nach dem Maler umsahen, war der fort und in dem Bild. Da wandelte er auf dem schmalen Weg zur Tür, stand vor ihr still, kehrte sich um, lächelte und verschwand in ihrem Spalt. So war auch ich bei meinen Näpfen und den Pinseln auf einmal ins Bild entstellt. Ich ähnelte dem Porzellan, in das ich mit einer Farbenwolke Einzug hielt» (IV/1,262-263). Die Geschichte aus China, aus Schnitten durch das von buntem Schorf bedeckte *Porzellan*, zielt auf den *Spalt* in ihrem Grund. So war ich, nämlich so, wie der Maler im Spalt der Tür verschwand – und Sie erinnern sich, daß Benjamin das einzige der Wahrheit gemäße Verhalten «ein in sie Eingehen und Verschwinden» nennt, Eingehn in ein *tönendes – tuschendes – Verhältnis* –; so, wie der Maler im Augenblick der Fühlungnahme mit dem Spalt, war ich, weniger Gestalt mehr als Gespalt, entstellt: ich ähnelte dem Porzellan. Das nächste Stück der *Berliner Kindheit – Die Farben* – präzisiert meinen Einzug – mit einer Farbenwolke – in das Porzellan. Es legt lautlose Schnitte durch die Geschichte aus China (Porzellan). Vertieft in das, was Benjamin das *Tuschen* nennt: «In unserem Garten gab es einen verlassenen, morschen Pavillon. Ich liebte ihn der bunten Fenster wegen. Wenn ich in seinem Innern von Scheibe zu Scheibe strich, verwandelte ich mich; ich färbte mich wie die Landschaft, die bald lohend und bald verstaubt, bald schwelend und bald üppig im Fenster lag. Es ging mir wie beim Tuschen, wo die Dinge mir ihren Schoß auftaten, sobald ich sie in einer feuchten Wolke überkam» (IV/1,263). Die Zeilen singen nicht die Ballade von der sexuellen Hörigkeit. Sie sind dem Vernehmen jenes dunklen Lieds der Brandung eingelassen, das in den Sprachen, die wir sprechen, die wir abhören und denen wir anzugehören suchen, unter der Rede vom Sexus, von Sexualität und Sex, einem eigentümlichen Somnambulismus überlassen, schläft. Ein anderes, im sogenannten Exemplar der *Fassung letzter Hand* das letzte, Stück der *Berliner Kindheit* heißt *Erwachen des Sexus*. Es beschreibt, dem Lied der Brandung nah, das schläft, dies Erwachen als Ineinanderschlagen zweier Wellen. Am jüdischen Neujahrstag, verirrt in einer der Berliner Straßen, von allen Angehörigen verlassen, heißt es von dem Kind: «Da überkam mich mitten in meiner Ratlosigkeit mit einem Male eine heiße Welle [die *heiße Welle* wirft das Echo des Feuer und Wasser mischenden Wortes *Brandung*] der Angst – ‹zu spät, die Synagoge ist verpaßt› – genau im gleichen Augenblick aber, noch ehe sie verebbt war, eine zweite vollkommener Gewissenlosigkeit – ‹das alles mag laufen wie es will, mich geht's nichts an›. Und beide Wellen schlugen unaufhaltsam im ersten Lustgefühl zusammen [...]» (VII/1,432). Im Ineinanderschlagen beider Wellen, Wellen aus Worten, Angst und Gewissenlosigkeit, wie im Lauschen auf dies Schlagen und Zerbrechen, zerschellen beide, und öffnen das Kind, von beiden wie von sich verlassen, dem, was Benjamin das erste Lustgefühl nennt. Das – unaufhörliche – Gefallen, zu zerbrechen. Das Erwachen des Sexus führt und findet nicht in die Abgeschnittenheit – *sexus* –, eines Leibs und *Sprach*leibs, aus der Abgefundenheit mit ihm und Zugehörigkeit zu ihm das ein oder andere Verhältnis, auf Ergänzung angewiesen, anzuknüpfen, um die Gespaltenheit für Augenblicke oder dauerhaft vergessen zu machen, sondern das Erwachen findet in die anfangende Erfahrung ununterbindbar unmerklichen Schneidens – *secare* –, wie der Lust an solchen Schnitten durch alles, was gehört worden und also zu gehören (in Besitz genommen), was zu- und angehörig, durch alles, was hörig, unerhört und ungehörig schien, durch jeden sing- und hörbaren Rest. Paul Celan hat dieses immer neu, immer anders anfangende – schneidende – Hören auf Schnitte, noch durch das lauschende Ohr, einer Zeile des Gedichts Weissgrau eingetragen: «Ein Ohr, abgetrennt, lauscht».

BIBLIOGRAPHISCHE HINWEISE

Geschrieben als Beitrag zu einer Konferenz über Walter Benjamin («*NOW* – das Jetzt der Erkennbarkeit. Orte Walter Benjamins in Kultur, Kunst und Wissenschaft») am *Zentrum für Literatur- und Kulturforschung Berlin* im Oktober 2006.

Aus Benjamins Text *Zur «Lampe»* wird, weil *Porzellan* im Herbst 2006 geschrieben wurde, nach Band VII/2, S. 792-794 der *Gesammelten Schriften* (Frankfurt am Main (Suhrkamp) 1989) zitiert. Davide Giuriatos Entzifferung von *Muschel* anstelle von *Mühsal* findet sich erst im vorliegenden Band. Allerdings wirft das *dunkle Lied der Brandung* in *Zur «Lampe»*, das dort, der Version der *Gesammelten Schriften* nach, «in der Mühsal des Jahrhunderts schläft», das Echo einer Stelle im dritten Buch *Zur Geschichte der Religion und Philosophie in Deutschland* (1834) von Heinrich Heine, die nicht nur, hält man sie ans Ohr der Stelle um das *Lied der Brandung* in *Zur «Lampe»*, unter *Mühsal* das Wort *Muschel* nahelegt, sondern die *die großen Seemuscheln* «auf unseren Kaminen» *unter lauter fühllosem Porzellan* nennt; sie wendet *Porzellan* und *Muschel* ineinander: «Während zur Zeit der ersten [Französischen] Revoluzion, die bleyern deutscheste Schlafsucht auf dem deutschen Volke lastete und gleichsam eine brutale Ruhe in ganz Germanien herrschte, offenbarte sich in unserer Schriftwelt die gewaltigste Bewegung. Der einsamste Autor, der in irgend einem abgelegenen Winkelchen Deutschlands lebte, nahm Theil an dieser Bewegung; fast sympathetisch ohne von den politischen Vorgängen genauer unterrichtet zu seyn, fühlte er ihre sociale Bedeutung und sprach sie aus in seinen Schriften. Dieses Phänomen mahnt mich an die großen Seemuscheln, welche wir zuweilen als Zierrath auf unseren Kaminen stellen, und die, wenn sie auch noch so weit vom Meere entfernt sind, dennoch plötzlich zu rauschen beginnen, sobald dort die Flutzeit eintritt und die Wellen gegen die Küste heranwogen. Als bey Euch in Paris, in dem großen Menschenocean, die Revoluzion losflutete, als es dort brandete und stürmte, da rauschten und brausten bey uns die deutschen Herzen

– aber sie waren so isolirt, sie standen unter lauter fühllosem Porzellan, Theetassen und Kaffekannen, und chinesischen Pagoden, die mechanisch mit dem Kopfe nickten, als wüßten sie wovon die Rede sey» (Heinrich Heine, *Historisch-kritische Gesamtausgabe der Werke*, hrsg. von Manfred Windfuhr, Band 8/1, Hamburg (Hofmann und Campe), 1979, S. 106-107).

Zitate aus Bachofens letzter, Fragment gebliebener Schrift, *Römische Grablampen* (1890), nach Johann Jakob Bachofen, *Gesammelte Werke*, hrsg. von Karl Meuli, Basel/Stuttgart (Schwabe) 1958, Band 7, S. 293 und 295. – Zur Semantik des griechischen Nomens *choiros* siehe Pierre Chantraine, *Dictionnaire étymologique de la langue grecque*, Paris (Klincksieck) 1999, S. 1266-1267: «χοιρος: m., f. ‹porcelet› [...] bête toute jeune [...] offerte en sacrifice [...]; ‹porc› en général [...]. C'est aussi, avec plusieurs diminutifs et composés, le terme le plus usité chez les comiques pour le sexe de la femme [...] Dérivés: [...] 4. χοιρινη ‹porcelaine›, *Cyprea europea* [...], coquillage gastéropode dont l'ouverture allongée et étroite a toujours fait l'objet d'une métaphore érotique (voir le rôle de tels coquillages dans la symbolique surréaliste et cf. le terme français lui-même issu de l'italien *porcellana*)». – Zu *Porzellan* heißt es, im *Etymologischen Wörterbuch des Deutschen* (München (dtv) 1993, S. 1029), unmittelbar vor der im Text zitierten Stelle: «n. dichter, weißer keramischer Werkstoff, Tafelgeschirr daraus. Nach Europa gelangt die zunächst in China und Japan hergestellte Töpferware im 15. und 16. Jh. über Italien und nimmt hier die Bezeichnung ital. *porcellana* f. an, die ins Dt. übergeht, zuerst (1477) in einer Übersetzung von Marco Polo *schüsseln von porzelane*».

Paul Celans Gedicht WEISSGRAU, entstanden am 25.10.1963, erschien zuerst in dem Zyklus *Atemkristall* (Paris (Brunidor) 1965), zwei Jahre später in dem Gedichtband *Atemwende* (Frankfurt am Main (Suhrkamp) 1967).

Peter Fenves

Niemands Sache

Die Idee der «Res Nullius» und die Suche nach einer Kritik der Gewalt

I.
Die Idee der Res Nullius (Kant)

In der Mitte eines Bündels aus Notizen, die Kant im Zusammenhang mit dem Vorsatz anlegte, sein Versprechen aus der *Vorrede* zur *Kritik der Urteilskraft* einzulösen, seinem zunehmenden Alter die dazu noch einigermaßen günstige Zeit abzugewinnen, nach Abschluß seines kritischen Geschäfts zum «Doktrinalen» überzugehen, findet sich eine Passage, die ihn zu dem Eingeständnis zwingt, eines der doktrinalen Elemente sei schlechterdings nicht auszuführen: nicht nur ist es schwierig, die erforderliche Aufgabe zu erfüllen; es ist unmöglich. Das infrage stehende doktrinale Element betrifft das Recht oder Gesetz, und die unmögliche Aufgabe liegt im Nachweis darüber, wie etwas Äußerliches ursprünglich, ohne einem anderen gehört zu haben, Eigentum eines Einzelnen werden kann. Der Begriff der *Rechtslehre* bedeutet für Kant keine Theorie des Gesetzes; am Eingang des Textes, den er 1797 unter dem Titel *Metaphysische Anfangsgründe der Rechtslehre* publizieren wird, merkt er an, daß er schlicht *ius* oder das «Recht» selbst bedeutet: eine durch Vernunft erzeugte Reihe von Gesetzen, die Gewaltanwendung rechtfertigen, zum Beispiel im Hinblick auf Wiederaneignung dessen, was zu Unrecht fortgenommen worden war. Weil aber die «Rechtslehre» ihren Ausgang von dem Vorgang nimmt, sich eine äußerliche Sache anzueignen, weckt jeder Zweifel an der Möglichkeit, diesen Vorgang angemessen begründen zu können, Verdacht am Vorhaben der Ausarbeitung einer *Rechtslehre* überhaupt. Unter den ersten Notizen für die *Rechtslehre* findet sich nun eine, in der Kant diesem Verdacht nicht nur eine Stimme leiht; in unzweideutigen Begriffen – und in relativ zugänglicher Form – stellt er fest, daß kein zusammenhängender Gedankengang entwickelt werden kann, der die qualitativen und quantitativen Grenzen eines Besitzes festlegt. Vermieden wird diese Schwierigkeit, wenn der Besitz rechtmäßig aus den Händen eines Besitzers in die Hände eines andern übergeht, denn unter diesen Bedingungen sind die Grenzen des Besitzes bereits festgelegt. Unumgehbar aber wird die Schwierigkeit, wenn der fragliche Besitz keinen vorherigen Besitzer hat und die Sache einfach da ist, um genommen zu werden, als wüßten wir, was «da» in einem solchen Falle heißt. Das Eingeständnis hat folgenden Wortlaut: «Wie Menschen die durch Raum, Zeit und Privatwillkühr getrennt sind doch in Ansehung der Objecte ihrer Willkühr vereinigt werden können ist schweer einzusehen. – Durch bloße Vernunftidee vorgestellt ist das Mein und Dein in Ansehung der Sachen der Personen und des Besitzes einer Person durch die andre gleich als sachen begreiflich und lassen sich auch die Gesetze davon angeben. Aber die Einschränkung des Besitzes auf Raumes- und Zeitbedingungen bringt Schwierigkeiten ja Unmöglichkeit der adäquaten Erfüllung jener Vernunftidee hervor [...]» (23, 305-306). Der letzte Satz verdient, betont zu werden: «[die] Schwierigkeiten ja Unmöglichkeit der adäquaten Erfüllung». Mit diesem «ja» räumt Kant ein, die Vorarbeiten für seine Rechtslehre könnten null und nichtig sein. Die Unmöglichkeit der Festlegung raum-zeitlicher Begrenzungen eines Besitzes bedeutet nicht unter allen Umständen, Eigentum sei Diebstahl, um ein berühmtes Wort von Proudhon zu zitieren; doch sie deutet an, daß am Anfang der Rechtslehre ein ernsthaftes Problem auftaucht. Unter diesen Bedingungen wäre es klug, das geplante Programm beiseite zu legen und weiterzugehen – um zum Beispiel eine revidierte Form des Kantianismus aufzugreifen, die die technischen Probleme, denen Kant im Entwurf seiner Lehre begegnet, umgeht; oder um eine andre Rechtslehre zu entwickeln; oder um die Rechtsidee als eine Verschleierung unterliegender Gewaltverhältnisse zu verwerfen. Doch die Antwort, die Kant gibt, hat etwas Eigentümliches. Denn die *Rechtslehre*, die er zuletzt veröffentlichte, enthält nicht das erwähnte Eingeständnis der Unmöglichkeit – was nicht bedeutet, daß er seinen Text als angemessene Umsetzung der fraglichen Aufgabe betrachtet. Eher im Gegenteil, denn das Vorwort zu den *Metaphysischen Anfangsgründen der Rechtslehre* beginnt über dem Hinweis auf ihren «anfänglichen» Charakter und schließt über dem Hinweis auf deren Unangemessenheit: die späteren Teile, die das öffentliche Recht und insbesondere das internationale Recht betrafen, konnten, aus zwei gegensätzlichen Gründen, wie Kant gesteht, nur ansatzweise bearbeitet werden: einerseits lassen sich diese Teile aus dem bereits Gesagten erschließen; andererseits sind sie «eben jetzt so vielen Discussionen unterworfen und dennoch so wichtig [...], daß sie den Aufschub des entscheidenden Urtheils auf einige Zeit wohl rechtfertigen können» (6, 209). Was den ersten Teil [des Privatrechts] betrifft, läßt Kant keinen solchen Einwand gelten; doch ohne den Engpaß zu verheimlichen. Ein Wortspiel bringt den Kompromiß zum Ausdruck. Am *Ende* der Paragraphen zur ursprünglichen Erwerbung – wo er sich selbst dazu beglückwünschen sollte, eine Lösung gefunden zu haben – unterstreicht er, die Aufgabe sei *immer noch* die «schwerste», weil aber *irgend eine* Erwerbung des Äußeren ursprünglich sein muß, «kann man diese Aufgabe auch nicht als unauflöslich und als an sich unmöglich aufgeben» (6, 26). Er räumt also in der Tat ein, daß die erforderliche Aufgabe, selbst wenn sie aufgegeben würde, nicht als *aufgegebene Aufgabe* angenommen (und beiseite gelegt) werden kann.

Im Kontext dieses bemühten Wortspiels ist Schopenhauers Verdikt, der die *Rechtslehre* aufmerksam gelesen hat, von Interesse: sie hinterläßt, so Schopenhauer, oft den Eindruck, «daß man [...] eine satirische Parodie der Kantischen Manier zu lesen, oder doch wenigstens einen Kantianer zu hören glaubt». Die *Rechtslehre* ist, anders wiederholt, keines von Kants eigenen Büchern, oder nicht ausschließlich ihm eigen. Dieses Verdikt ist zu einem Hauptbestandteil der gegenwärtigen Kantforschung geworden – und zwar so sehr, daß Bernd Ludwig eine ausführliche Untersuchung ihrer Genese und Struktur mit der Abwandlung eines berühmten Satzes aus Marx' Thesen über Feuerbach eröffnet: «Die Philosophen haben die *Rechtslehre* nur verschieden interpretiert», schreibt Ludwig, «es kommt darauf an, sie zu verändern» – was er sogleich in Angriff nimmt, begleitet von der unbegründeten Behauptung, ein Irrtum in der Überlieferung zeichne für den ungegliederten Charakter der Erstveröffentlichung verantwortlich. Für Schopenhauer wie für Ludwig ist das Mißlingen der *Rechtslehre* größtenteils eine Sache der Kontingenz: das Alter ihres Autors für den einen, Nachläßigkeit im

Umgang mit Manuskripten für den andern. Der ungegliederte Charakter des Textes könnte aber auch als Ausdruck eines völlig anderen Mißlingens gelesen und als Anzeichen eines Gelingens angesehen werden: Kant versucht *nicht*, den Folgen seiner eignen Einsicht auszuweichen. Anstatt zuzugeben, daß die der Rechtslehre anfänglich zugewiesene Aufgabe nicht erfüllt werden kann, und es dabei zu belassen, für immer dort, in den «Anfangsgründen», stecken zu bleiben, oder einfach in Schweigen zu verfallen, publiziert er eine mangelhafte Version dieser Doktrin – um die Nachwelt insgeheim zur Ausarbeitung dessen aufzufordern, was es mit der «Rechtslehre» im doppelten Sinn dieser Wendung (mit dem Buch dieses Titels wie mit der durch das Wort bedeuteten Sache) auf sich hat.

In den folgenden zwei Teilen werde ich zwei solcher Versuche genauer in Betracht ziehen: eine Rechts- oder Gesetzeslehre auszuarbeiten, die Kants Einsicht in die Unmöglichkeit eines solchen Unterfangens gegenüber treu bleibt. Einer dieser Versuche, Walter Benjamins, basiert auf großer Vertrautheit mit Kants kritischem Programm, unter Einschluß insbesondere der *Rechtslehre*, und zwar so sehr, daß Benjamin eine Reihe von Notizen, die er im Hinblick auf eine «Arbeit über die Kategorie der Gerechtigkeit» anlegt, über der Revision ihres ersten Postulats eröffnet. Dem zweiten Versuch, den ich erkunden will – er stammt von Franz Kafka – liegt diese Vertrautheit nicht zugrunde; doch geht er zu nicht geringen Teilen von Überlegungen zu dem Problem aus, das in der *Rechtslehre* den Engpaß bildet: wie überhaupt etwas ursprünglich in Besitz genommen werden kann – ein Schiff zum Beispiel, und genauer eine «Barke», die ein «Patron» aus Hamburg trotz der Tatsache erworben hat, daß die Barke (und das ist ein Zitat aus dem sogenannten «Jäger-Gracchus»-Fragment) «ursprünglich keinem Menschen gehört [hat]». Von den «Patronen» behauptet Gracchus, niemand könne ihrem «Gedankengang» folgen. Das mag heißen: es gibt keine schlüssige Erklärung für den Übergang der Barke aus ihrem ursprünglichen Zustand in eine durch den Besitzer erworbene Sache: eine Sache, die den Besitzer überhaupt erst zum Besitzer macht. Es geht also nicht darum, diesem Übergang Schlüssigkeit zu verleihen, oder sein Zustandekommen zu leugnen, sondern seinen Unzusammenhang, die Unterbrechung im «Gedankengang», genauer zu fassen. Diese Fassung gelingt aber nicht durch eine Reihe auseinander hervorgehender Thesen. Der Unzusammenhang der *Rechtslehre* ist, in dieser Hinsicht, ihre äußerste Vollendung.

Noch ein Kommentar, als Einführung in die kommenden Bemerkungen. Die Einsicht, vor der Kant zurückschreckt, liegt, noch einmal, darin: weil Menschen durch Raum, Zeit und Privatwillkür voneinander getrennt sind, taucht die Frage auf, ob eine Erklärung dafür möglich ist, wie etwas außer mir – eine bloße Sache, im Gegensatz zu einer Person – ursprünglich jemandes Eigentum werden kann, was offenbar impliziert, daß alle andern vom Gebrauch derselben Sache ohne Zustimmung ihres Besitzers Abstand nehmen müssen. Ohne eine solche Verpflichtung macht es keinen Sinn, von der Sache als Besitz zu sprechen, außer natürlich wenn eine Person die Sache tatsächlich in der Hand hält, in welchem Fall *Besitz*, in der Sprache des römischen Rechts, «natürlichen Besitz», in Kants Terminologie physischen Besitz oder schlicht *Inhabung* bedeutet. Sobald sie die Hand der Person verläßt, kehrt sie in ihren ursprünglichen Zustand zurück oder, noch einmal im Begriff des römischen Rechts, in den einer *res nullius*, «niemands Sache» – es sei, natürlich, daß Recht und Gesetz herrschen, in welchem Fall, um die fragliche Sache wiederzugewinnen oder zu «vindizieren», Gewaltanwendung gerechtfertigt ist. Infrage also steht, aufgrund welchen Prinzips etwas außer mir aus dem Zustand einer «Niemandssache» in den einer Sache übergehen kann, die Mein oder Dein heißt. Nehmen Sie ein wildes Tier, zum Beispiel eine Gemse, die in den Bergen lebt: ihr Wildsein bedeutet, daß sie niemandem gehört. Unter welchen Bedingungen kann eine solche Sache Eigentum eines Jägers werden, zum Beispiel des Jägers Gracchus, der einer Gemse in den Bergen nachsetzte, als er in eine Schlucht fiel? Justinians *Institutionen* widmen dieser Situation folgende Reflexion: «Man hat gefragt, ob ein wildes Tier, wenn es so verwundet ist, daß es gefangen werden kann, sofort als dein Eigentum anzusehen ist. Manche haben gemeint, es gehöre sofort dir und bleibe solange dein Eigentum, wie du es verfolgst; wenn du aber die Verfolgung aufgebest, höre es auf, dein Eigentum zu sein, und werde Eigentum dessen, der es sich als nächster aneigne. Andere haben angenommen, das Tier werde erst dann dein Eigentum, wenn du es fängst. Wir», so schließt Justinian, «entscheiden uns für die letztgenannte Ansicht, weil oft mancherlei dazwischenkommt und du das Tier doch nicht fängst» (II, 1, 13). Ob Justinians Entscheidung richtig oder falsch ist, ist weniger wichtig als der Umstand, daß er überhaupt entscheiden muß. In diesem Teil der *Institutionen* steht das Recht ursprünglicher Erwerbung auf dem Spiel: das Gefangennehmen wilder Tiere wird zuerst behandelt, weil es «wohl angemessen [ist], mit dem älteren Recht zu beginnen. Älter ist aber offensichtlich das Naturrecht, das die Natur zugleich mit dem Menschengeschlecht hervorgebracht hat. Zivilrechtsordnungen entstanden dagegen erst, als man anfing, Staaten zu gründen [...] Wilde Tiere, Vögel und Fische [...] gelangen, sobald sie von jemandem gefangen sind, nach Völkergemeinrecht sogleich in dessen Eigentum» (II, 1, 11-12). Wenn dies das Recht der Nationen und entsprechend Naturrecht ist, dann sollte sich kein Rechtsstreit erheben; dennoch, wie bald deutlich wird, erhebt er sich, einfach aus dem Grund, weil die Inbesitznahme einer Sache niemanden davon abhält, in den Besitz derselben Sache gelangen zu wollen, selbst wenn sie, wie in diesem Fall, nicht mehr am Leben ist.

Kant ergänzt diese alte Debatte, die Anfang des 16. Jahrhunderts unter Juristen neuerliches Interesse auf sich zog, nicht um neue Aspekte; doch ihre Terminologie erlaubt es ihm, die Forderung zu formulieren, die den Engpaß, auf den er in seinen Vorarbeiten stößt, überwindet – oder besser, passiert –. Diese Forderung taucht in Gestalt dessen auf, was Kant «rechtliches Postulat der praktischen Vernunft» nennt. Es besagt: «Es ist möglich, einen jeden äußern Gegenstand meiner Willkür als das Meine zu haben; d. i.: eine Maxime, nach welcher, wenn sie Gesetz würde, ein Gegenstand der Willkür an sich (objectiv) herrenlos (*res nullius*) werden müßte, ist rechtswidrig» (6, 246). Kurz, etwas muß jemandem gehören können. Und das heißt: die in den Vorarbeiten zur *Rechtslehre* eingestandene Unmöglichkeit muß abgelehnt werden, obwohl diese Ablehnung sich nicht endgültig durchsetzen läßt, weil es möglich sein *muß*, daß äußere Gegenstände Mein oder Dein werden, denn anders – nun, dies «anders» ist Thema der folgenden Seiten. Soviel zumindest kann bereits gesagt werden: wenn äußerliche Dinge weder Mein noch Dein sein können, dann ist auch das darauf bauende Postulat, demzufolge wir alle in rechtsstaatliche Verhältnisse eintreten, hinfällig, und der Begriff des Rechts, der die Distinktion zwischen bloßer Gewalt und rechtmäßigem Zwang erlaubt, hat jenseits der Sphäre seiner unmittelbaren Anwendung keine Geltung mehr. Der Ausblick auf Gewalt erzeugt immer nur den Imperativ der Streuung. In den Worten von Tristram Shandy's Onkel Toby, wie Kant sie an die Studenten seiner Vorlesungen über Pädagogik weitergibt: «Gehe, du böses Thier» – Toby wendet sich hier an eine störende Fliege – «die Welt ist groß genug für mich und dich» (9, 469).

Jeder der drei folgenden Abschnitte ist in vier Teile gegliedert; der letzte jeweils am kürzesten.

1.

Für Kant beginnt die Schwierigkeit am Ende seiner Diskussion der Eigentumsrechte in der publizierten Fassung der *Rechtslehre*, und zwar in den Erläuterungen im Anschluß an den Paragraph mit dem Titel «Deduction des Begriffs der ursprünglichen Erwerbung». *Deduktion*, um das zu unterstreichen (doch sehr viel mehr wäre davon zu sagen), ist seinerseits ein Rechtsbegriff, der auf die Beurteilung der Rechtmäßigkeit und Herkunft eines strittigen Besitzes oder Rechtstitels Bezug nimmt. Kants Vorgehensweise, eine Deduktion ursprünglicher Erwerbung vorzuschlagen, deduziert nichts anderes, als eben den Vorgang der Deduktion – mit ungewissen Resultaten. Denn in der ursprünglichen Erwerbung gehört das erworbene Ding zunächst noch niemandem. Es ist *res nullius* in dem oben angedeuteten Sinn, und in Kants Erwägung kreist das Problem ursprünglichen Erwerbs, aus Gründen, die weiter unten zur Sprache kommen, um eine spezifische *res nullius*: besitzlosen Boden. Kants Kommentare im Anschluß an seine Deduktion ursprünglicher Erwerbung gehen allerdings vom spezifischen Problem der Landnahme zum allgemeinen Problem des Erwerbs von Etwas überhaupt über, das heißt, noch einmal, zur Umbildung von Etwas aus dem juridischen Zustand der *res nullius* zur *res meum*, was alle anderen verpflichtet, Abstand vom Gebrauch der fraglichen Sache zu nehmen, es sei denn, daß ich anders verfüge. Diese Kommentare richten sich gegen eine Art Magie, Sachen in Personen zu verwandeln, die dann ihrerseits mit ihren Besitzern zu einer Vereinbarung über die Konditionen ihres Besitzes kommen: «Daß die erste Bearbeitung, Begränzung, oder überhaupt Formgebung eines Bodens keinen Titel der Erwerbung desselben, d. i. der Besitz des Accidens nicht einen Grund des rechtlichen Besitzes der Substanz abgeben könne [...] ist für sich selbst so klar, daß man jene so alte und noch weit und breit herrschende Meinung schwerlich einer anderen Ursache zuschreiben kann, als der insgeheim obwaltenden Täuschung, Sachen zu personificiren und, gleich als ob jemand sie sich durch an sie verwandte Arbeit verbindlich machen könne, keinem Anderen als ihm zu Diensten zu stehen, unmittelbar gegen sie sich ein Recht zu denken; denn wahrscheinlicherweise würde man auch nicht so leichten Fußes über die natürliche Frage (von der oben schon Erwähnung geschehen) weggeglitten sein: ‹Wie ist ein Recht in einer Sache möglich?›» (6, 268-269).

Weder nennt Kant in diesem Kontext Locke, noch identifiziert er einen Vertreter dieser «alten und noch weit und breit herrschenden Meinung». Er räumt auch nicht ein, selber eine zeitlang daran gedacht zu haben, auf ihrer Grundlage eine *Rechtslehre* zu entwickeln. Kants Kritik in dieser Anmerkung zielt weniger auf die Theorie als auf ihre Konsequenz, die jene, die den Boden zuerst besetzten, ihres Bodens beraubte, wenn jemand käme, etwa ein Europäer, um das Land, in Anführungszeichen, zu «erschließen». Das Recht des ersten Besetzers – über das noch einiges zu sagen sein wird – kann nicht durch Berufung auf Arbeit erschlichen werden. Der Grund? Dieses Recht liegt in Magie begründet: Sachen werden zu «Schutzgeistern» personifiziert, die sich ihrerseits Herren suchen, gewöhnlich «Besitzer» genannt, deren Geschäft darin besteht, die Sachen, über die «Schutzgeister» walten, in Obhut zu nehmen. Sobald Personifizierung sich als das enthüllt, was sie ist – stillschweigende Täuschung –, öffnet sich ein Abgrund, und niemand kann über diesen Abgrund, wie Kant gewissenhaft vermerkt, «leichten Fußes» gleiten. Zuletzt wird die *Rechtslehre* vor dem Fall in diesen Abgrund nur dadurch zurückgehalten, daß sie den Grund für die Umbildung der *res nullius* in *res meum* freizulegen sucht: den festen Boden, über den wir alle immer schon verstreut sind. Wenn dieser Anschein, die feste Erdoberfläche, die es Kant erlaubt, die Idee ursprünglichen Mit-Besitzes vorzutragen, keinen Anhalt böte, dann gäbe es auf die Frage «Wie ist ein Recht in einer Sache möglich?» nur eine Antwort: überhaupt nicht. Und vielleicht um diesen Umstand zu würdigen, die Rettung seiner *Rechtslehre* vor dem Sturz in den Abgrund, den sie so genau freilegt, ehrt Kant den Boden, indem er ihn personifiziert – obwohl er einige Paragraphen weiter unten über alle, die insgeheim Sachen personifizieren, ein energisches Urteil fällen wird: «Wie weit erstreckt sich die Befugniß der Besitznehmung eines Bodens?», fragt Kant, und antwortet sogleich: «So weit, als das Vermögen ihn in seiner Gewalt zu haben, d. i. als der, so ihn sich zueignen will, ihn vertheidigen kann; gleich als ob der Boden spräche: wenn ihr mich nicht beschützen könnt, so könnt ihr mir auch nicht gebieten» (6, 265).

Könnte Kant seine «Anfangsgründe der Rechtslehre» hier, inmitten der Sachen, ihren Anfang nehmen lassen, wo Menschen als Patrone über den Boden wachen, dann könnte vielleicht jeder weitere Schritt «leichten Fußes» erfolgen: das Ziel der Anstrengung ist jedenfalls gewiß. Einige Jahre zuvor, in «Zum ewigen Frieden», hatte Kant es angedeutet: eine weltweite Staatengemeinschaft, republikanischer Natur, die jedem Einzelnen das Recht einräumt, jedes Stück Land auf dem Planeten zu *besuchen* – zu besuchen, nicht zu besetzen, und weniger noch zu kolonisieren –. Doch zuvor muß Kant, sozusagen, Fühlung mit der Erde nehmen. Und das ist nicht so einfach. Die *Rechtslehre* sollte, zumindest ihren anfänglichen Prinzipien nach, für alle Menschenwesen Gültigkeit besitzen, das heißt für jeden Typ endlicher vernunftbegabter Wesen – nicht nur für Erdbewohner in ihrer derzeitigen Verfassung. Die einleitenden Abschnitte der *Rechtslehre*, die natürlich in «Zum ewigen Frieden» fehlen, sind für diesen Zweck ausgerüstet: zur Erde zu kommen [*to get down to earth*]. Wenn das eher phantastisch klingt, sollte man sich daran erinnern, daß Kant obwohl er, meines Wissens, nie über Raumfahrt geschrieben hat, in einer seiner ersten Veröffentlichungen ausführlich die vernunftbegabten Bewohner anderer Planeten beschreibt und zu dem Schluß kommt, die menschlichen Saturnbewohner müßten, obwohl der Saturn von der Erde aus der langsamste Planet scheint, die aufgewecktesten sein, weil die Gehirnsubstanz dieser Wesen aus dem feinsten Stoff des Sonnensystems besteht. Die Erde kann als gemeinsamer Besitz der gesamten Menschheit angesehen werden – nicht, weil sie immer schon Gemeingut war, wie moderne Vertreter des Naturrechts angenommen haben (etwa Grotius), sondern lediglich als eine Vernunftidee, auf deren Grundlage ein allgemeiner oder vereinter Wille vorausgesetzt werden kann: wer immer ein Stück Land in Besitz nehmen will, ist umgekehrt dazu verpflichtet, von Übergriffen in das Grundstück anderer ohne deren Zustimmung abzusehen. Und aufgrund der Tatsache, daß jeder, in die Welt der Erscheinungen ausgesetzt, in ihr Raum einnehmen muß, kann man annehmen, daß jeder ein Stück Land besitzen will. An diesem Punkt wird, auch wenn der Vorgang der Nahme nur einseitig geschieht, eine Verpflichtung erzeugt, eines anderen Grundstück nicht anzutasten, neben dem entsprechenden Recht, eigenen Boden zu besitzen, wenn auch nur provisorisch. Um dieses Recht schließlich zu sichern und die entsprechende Verpflichtung durchzusetzen, hat jedermann auf Erden die Pflicht, einem jeden anderen auf Erden einzuschärfen, den Übergang in einen bürgerlichen Zustand zu vollziehen, wobei die Wendung «auf Erden» wesentlich ist, weil die Endlichkeit des Planeten, neben dem festgelegten Charakter der Person – Menschen können nicht frei wählen, kleiner zu werden – eine Verbreitung *ad infinitum* ausschließt. Wenn dagegen die Verbreitung ins Unendliche ginge oder, umgekehrt, Menschen immer kleiner werden könnten, dann bestünde nicht die Pflicht, eine bürgerliche Verfassung anzunehmen.

Soweit zum *terminus a quo*: ein rechtmäßiges *commercium* zwischen Staaten, auf Grundlage einer Rechtsidee, die zuletzt die gesamte Erdoberfläche umspannt. Auch der *terminus ad quem* kann relativ einfach angegeben werden. Er besteht aus dem einzigen Axiom oder allgemeinen Rechtsprinzip, welches besagt: daß «die Handlung eines von beiden sich mit der Freiheit des andern nach einem allgemeinen Gesetze zusammen vereinigen lasse» (6, 230). Die Schwierigkeit besteht darin, vom Ausgangs- zum Zielpunkt zu gelangen, will sagen: die Sphäre, in der das Rechtsaxiom gilt, auszudehnen, was der Schwierigkeit entspricht, die Person über ihre Leibgrenzen hinaus auszudehnen. In den 1790er Jahren schrieb Kant Entwurf um Entwurf in genau dieser Absicht: nachzuweisen, wie die Sphäre des Rechts über ihren unmittelbaren Anwendungsbereich hinausgeht. Dieser Bereich ist, grob gesagt, begrenzt auf Möglichkeiten, die eine Person im Hinblick auf die Beweglichkeit ihres Körpers wählt, unter der Bedingung, daß diese Wahlmöglichkeiten mit allen andern solcher Wahlmöglichkeiten unter einem allgemeinen Gesetz koexistieren können. Damit die Rechtssphäre über das wechselseitige Gewaltverhältnis hinaus ausgedehnt werden kann, müssen die Personen ausgedehnt werden. In den technischen Begriffen von Kants Kritik bedeutet das: für das Zustandekommen eines spezifisch *metaphysischen* Anfangsgrunds für die Rechtslehre ist ein *a priori* synthetisches Rechtsprinzip nötig – das über den unmittelbaren Anwendungsbereich des Rechtsaxioms hinausgeht oder diesen Bereich ausdehnt. Es erübrigt sich dann, über das Leben zu sprechen – und vor allem darüber, daß die Rechtssphäre auf dem Wunsch baut, den gewaltsamen Tod zu vermeiden. Für Kants Absichten ist es keineswegs notwendig, daß das Rechtssubjekt und also der Rechtsträger sterblich ist – lediglich verwundbar, mit andern Worten möglichen Beeinträchtigungen ausgesetzt. Kurz, es gibt kein Recht auf Selbsterhaltung, und die Gesetzes- oder Rechtssphäre geht nicht aus von diesem vorgeblichen Recht – aus zwei korrespondierenden Gründen: *entweder* ist Selbsterhaltung Zweck, was sie aus der durch den Rechtsbegriff definierten Sphäre ausschließt; *oder* Selbsterhaltung ist Passion, was ebenfalls ihren Ausschluß aus der Rechtssphäre nach sich zieht, in der Gefühlszustände mit Schweigen übergangen werden. In beiden Fällen hat Leben nicht mit der Grundlegung des Rechts zu tun, und wird in der *Rechtslehre* erst im Zusammenhang mit der Diskussion des Erbrechts erwähnt, wo Kant sich um den Nachweis müht, daß im Todesfall der Besitz des Verstorbenen nicht notwendig zur *res nullius* wird.

2.

Was aber, wenn nicht das Recht auf Selbsterhaltung, und kein Anspruch auf irgendwelche Zwecke, wie Glück oder Wohlbefinden, erlaubt es dann der *Rechtslehre*, über ihren *terminus ad quem* hinauszugehn? Die einfache Antwort: der Besitz, also jene Dinge, durch die ich oder eine beliebige Willkür in eine größere Welt entworfen werden. Doch diese einfache Antwort wird von einer Schwierigkeit, ja Unmöglichkeit durchlaufen – von einer Unmöglichkeit, die im Schwanken des Begriffs zum Ausdruck kommt: einerseits bedeutet er, unzweideutig, Besitz, der manchmal auch «natürlicher Besitz» genannt wird, in Kants Worten *Inhabung*; andererseits aber bedeutet er etwas anderes. Die Entwürfe schlagen eine Reihe von Begriffen vor, um diesen Unterschied zu fassen: «virtualen Besitz», «intentionalen Besitz», «rationalen Besitz» und «intelligiblen Besitz». Die beiden letztgenannten finden sich auch in der publizierten Fassung. Nur der «intelligible» oder «rationale» Besitz erweitert die Sphäre, in der das Rechtsaxiom Anwendung findet; leider aber kommt ein Besitz dieser Art im Bereich der Erfahrung nicht vor, denn genau das suchen die Worte «virtual», «intentional», «rational» und «intelligibel» zu fassen. Und hier kommt ein neues Postulat praktischer Vernunft ins Spiel. In Erwiderung auf die Möglichkeit, daß nichtphänomenaler Besitz unmöglich ist, was der Anwendbarkeit des Rechtsaxioms allzu enge Grenzen setzen würde, erhebt das Postulat Anspruch aufs Gegenteil: jeder Gegenstand der äußeren Welt muß jemandem gehören können. Das Postulat lautet, noch einmal: «Es ist möglich, einen jeden äußern Gegenstand meiner Willkür als das

Meine zu haben». Und Kant erläutert diesen Anspruch unmittelbar anschließend unter Bezug auf eine Maxime oder ein objektives Prinzip, das nicht zum Gesetz verallgemeinert werden kann: «d. i.: eine Maxime, nach welcher, wenn sie Gesetz würde, ein Gegenstand der Willkür an sich (objectiv) herrenlos (*res nullius*) werden müßte, ist rechtswidrig» (6, 246).

Die ganze *Rechtslehre* kreist um dies «d.i. [*das ist*]». Kant *demonstriert* das Postulat nicht in Beziehung auf ein Recht, das jeden hindern würde, sich etwas anzueignen; er erklärt nur, was dies Postulat der bloßen praktischen Vernunft besagt, das die drei Postulate der *reinen* praktischen Vernunft, die er in der *Kritik der praktischen Vernunft* identifiziert hatte, ergänzt: die Unsterblichkeit der Seele, die Existenz Gottes, und die Wirklichkeit der Freiheit. Indem er das Wort *Postulat* verwendet, unterstreicht Kant, daß der fragliche Satz nicht von einem entsprechenden Axiom abgeleitet werden kann, denn wenn er abgeleitet werden könnte, wäre er kein Postulat mehr, sondern eher ein Theorem oder vielleicht ein Praktikum. Im übrigen schweigt er sich über dieses Wort aus. Nur in späteren Entwürfen des Textes, insbesondere im Anschluß an die Einsicht, daß die Aufgabe nicht eigentlich erfüllt werden kann, taucht das Wort auf, und sein Auftauchen antwortet auf diese Unmöglichkeit: das Mein einer äußeren Sache kann nicht mit Gewißheit nachgewiesen werden, denn es beruht auf dem Begriff der Freiheit; doch kann es weiterhin *erforderlich* sein im Hinblick auf kommende rechtliche Nachweise. Im Fall der zweiten *Kritik* läßt sich die Quelle der Forderung relativ einfach aufdecken: sie entspringt der Struktur der praktischen Vernunft, die nicht, oder noch nicht, rein ist, und die deshalb unendlich währen muß, um diese Reinheit zu erlangen. Im Fall der ersten *Kritik* ist diese Quelle noch einfacher zu identifizieren – und dies trotz der Komplexität des Abschnitts «die Postulate des empirischen Denkens überhaupt»: die Forderung entspringt der Struktur eines jeden endlichen Anschauungsvermögens, das, anders als Gott, zwischen Möglichkeit, Wirklichkeit und Notwendigkeit unterscheidet, unterscheiden kann und muß. Woher also der Anspruch, daß etwas außer mir mir soll gehören können? Die Antwort auf diese Frage liegt nur in der «bloßen praktischen Vernunft», das heißt im freien Willen: die Sphäre des Mein *muß* die Grenzen tatsächlicher *Inhabung* überschreiten; anders wäre das Mein, und also ein gewisser Bereich der Freiheit, der freie Wille, durch empirische Umstände bedingt. Doch das ist auch die Quelle des Engpasses: eben die Bedingung, die es verunmöglicht, daß ich eine *res nullius* mir aneigne – ihr Dingcharakter, der jede Übereinkunft zwischen ihr und mir vereitelt – schließt aus, daß die Sphäre des Mein sich nur auf solche Dinge erstreckt, über die ich augenblicklich physische Gewalt ausübe.

Die Antwort des neuen Postulats der bloßen praktischen Vernunft verläuft *quer* zu diesem Engpaß oder dieser Aporie. Die *Rechtslehre* wird von einer gewissen Umwegigkeit unterhalten, als eröffnete sich der Zugang zum Begriff des Rechts nur auf dem Umweg über sein Gegenteil, das Un-Recht, nicht zu verwechseln mit dem Unrecht. In einer Reihe früherer Entwürfe hatte Kant versucht, Schemata für rechtsbezogene Begriffe zu entwickeln. Nichts davon, außer dem aus der Geometrie übernommenen Begriff des *Postulats*, und einer parenthetischen Reflexion über die geometrische Herkunft des Wortes *recht*, das nichts anderes besagt als das «Gerade», überlebt im ausgearbeiteten Text. Es lohnt sich, diese Reflexion im Detail zu untersuchen, denn Kant gründet, ohne ein Wort darüber zu verlieren, seine Lehre in der besonderen *Sprache*, die sie vorträgt. Die Voraussetzung dieser Reflexion liegt darin, daß das Recht, streng genommen, in der Erlaubnis der Gewaltanwendung besteht – und zwar so sehr, daß die beiden Begriffe äquivalent sind: wo immer Recht im engern Sinne herrscht, da herrscht Zwang; wo immer Zwang herrscht, herrscht Recht. Eine völlig ausgebildete Rechtssphäre, ein *Rechtsstaat* oder eine «Republik» zum Beispiel, kann in Analogie zum dynamischen Verhältnis beweglicher Körper betrachtet werden: «Das Gesetz eines mit jedermanns Freiheit nothwendig zusammenstimmenden wechselseitigen Zwanges unter dem Princip der allgemeinen Freiheit ist gleichsam die Construction jenes Begriffs» (6, 232). Doch dies ist lediglich, wie Kant unmittelbar hinzufügt, der *terminus ad quem* der fraglichen Lehre; es ist nicht die Konstruktion ihres Begriffs. Für den *terminus a quo*, oder genauer, den Fortgang vom Axiom des Rechts zur weitergefaßten Sphäre seiner Anwendung, bedarf es einer andern Konstruktion: «Dieweil aber diesem dynamischen Begriffe noch ein bloß formaler in der reinen Mathematik (z. B. der Geometrie) zum Grunde liegt: so hat die Vernunft dafür gesorgt, den Verstand auch mit Anschauungen a priori zum Behuf der Construction des Rechtsbegriffs so viel als möglich zu versorgen» (6, 233).

Dies ist, um den Titel einer Erzählung von Kafka zu paraphrasieren, *die Sorge der praktischen Vernunft* – das Verstandesvermögen *so viel als möglich* mit Anschauungen a priori zu versorgen. *Wie viel* als möglich aber, darauf kommt Kant nicht geradewegs zu sprechen. Doch in dem, was folgt, zeichnet sich gleichwohl eine Antwort ab: nicht viel und nicht geradewegs; und ginge es nicht um das Wort *recht*, hätte die Vernunft nichts getan, sich ihrer Sorge zu entledigen. Und was ergänzt dies Wort, *das Rechte*? Im Gegensatz zum *Schiefen* bedeutet es «das Gerade» als «die innere Beschaffenheit einer Linie von der Art, daß es zwischen zwei gegebenen Punkten nur eine einzige, das zweite aber die Lage zweier einander durchschneidenden oder zusammenstoßenden Linien, von deren Art es auch nur eine einzige (die senkrechte) geben kann, die sich nicht mehr nach einer Seite als der andern hinneigt, und die den Raum von beiden Seiten gleich abtheilt, nach welcher Analogie», so fährt Kant fort, «auch die Rechtslehre das Seine einem jeden (mit mathematischer Genauigkeit) bestimmt wissen will» (6, 233). Der Rechtsbegriff ist also als Prinzip der Teilung angelegt, und dies Prinzip erfordert seinerseits das Da eines teilbaren «Mein» und «Dein». Darin liegt, noch einmal, die Funktion des Postulats: einen teilbaren Raum aus Dingen zu erzeugen. Der Grund dieser Erzeugung – ich sage «Grund» und nicht «Prinzip» – kann in der Umschreibung des Begriffs, die Kant zuerst in der *Kritik der reinen Vernunft* gibt, gefunden werden: «[ein Postulat ist] der praktische Satz, der nichts als die Synthesis enthält, wodurch wir einen Gegenstand uns zuerst geben» (A 234; B 287). Der Gegenstand, den wir uns selber geben, um einen teilbaren, von Dingen erfüllten Raum zu erzeugen, ist: das Ding an sich, das Ding, auf das unsre Wahl gefallen ist. Daß wir es uns selber geben, heißt: es gibt kein Prinzip, das diese ursprüngliche Teilung lenkt. Daß wir es uns selber geben heißt, daß wir es, daß wir die *res nullius*, uns selber nehmen. Und das klingt nicht gerade rechtens.

Auch nicht der folgende Satz, ungewöhnlich linkisch, selbst für Kant, der seinen letzten Klärungsversuch darstellt, wie das neue Postulat der praktischen Vernunft zu verstehen sei: «Ein Gegenstand meiner Willkür aber ist das, wovon beliebigen Gebrauch zu machen ich das physische Vermögen habe, dessen Gebrauch in meiner Macht (*potentia*) steht: wovon noch unterschieden werden muß, denselben Gegenstand in meiner Gewalt (*in potestatem meam redactum*) zu haben, welches nicht bloß ein Vermögen, sondern auch einen Act der Willkür voraus setzt. Um aber etwas bloß als Gegenstand meiner Willkür zu denken, ist hinreichend, mir bewußt zu sein, daß ich ihn in meiner Macht habe. – Also ist es eine Voraussetzung a priori der praktischen Vernunft einen jeden Gegenstand meiner Willkür als objectiv mögliches Mein oder Dein anzusehen und zu behandeln» (6, 246). Unter den zahlreichen Seltsamkeiten dieser Passage verdienen zwei hervorgehoben zu werden: erstens, daß ein Gegenstand meiner Willkür als Mein *oder* Dein soll angesehen und behandelt werden können; und zweitens, daß Kant an dieser Stelle die kritische Unterscheidung zwischen *Macht* und *Gewalt* einführt. Die beiden Seltsamkeiten stehen in Verbindung miteinander. Am Ende seiner Darlegung hat sich das Postulat so sehr verändert, daß es jetzt besagt: «Es ist möglich für mich, einen beliebigen äußeren Gegenstand meiner Willkür als Mein *oder* Dein zu haben». Und die Entscheidung «Mein oder Dein» ist eine Sache der *Gewalt*. In einem entsprechenden Entwurf merkt Kant folgendes an, das den Vorzug der Deutlichkeit vor der zuletzt veröffentlichten Fassung hat: «Daher muß der potentiale Besitz vom potestativen unterschieden werden» (23, 312). Nur ein potestativer Besitz ist tatsächlich Mein, nicht Dein; doch das Postulat konstruiert nur «potentialen Besitz», der nur insofern Mein sein kann, als er auch Dein sein kann und deshalb tatsächlich, obwohl *nicht* im Prinzip und *nicht* dem Gesetz nach, weder Mein noch Dein, niemandes Besitz ist. Hingegen ist potestativer Besitz zweifellos jemandes Besitz – doch nur, weil Gewalt ausgeübt worden ist. Damit dies geschieht, muß aber Gewalt gegen jemanden, nicht über etwas ausgeübt werden, und das «gegen» im ursprünglichen Fall ist «gegen» jedermann: sobald eine *res nullius* in meine Gewalt gerät, so daß ich Kontrolle über sie ausübe, ist sie Mein, nicht Dein.

Für Kant leistet *Gewalt*, was Arbeit [*labor*] einst für Locke bewirkte: nicht indem ich Arbeit an etwas wende, sondern nur indem ich es «in meine Gewalt» bringe, eigne ich mir etwas an. Der Unterschied zwischen *Gewalt* und Arbeit liegt darin, daß letztere das Verhältnis zu einem Gegenstand nennt, erstere dagegen ein Verhältnis zwischen Willkürlichkeiten oder Wahlmöglichkeiten nennen *soll*. Im Fortgang der *Rechtslehre* nennt Kant das Postulat, aufgrund dessen das Rechtsaxiom seinen Geltungsbereich ausdehnt, das *Postulat des Vermögens*. Der Unterschied zwischen *Vermögen* und *Gewalt* ist weniger der Unterschied zwischen Möglichkeit und Wirklichkeit oder Potentialität und Akt, als zwischen einem Vermögen und demselben Vermögen, das Anspruch auf sich selbst erhebt: ich kann mir wieder verschaffen, was Mein ist, auch wenn ich davon absehe. Über *Gewalt* im Kontext der *Rechtslehre* ist man versucht zu sagen: sie ist Macht, die immer schon, wenn auch nur *vor*-provisorisch, Recht ist, und sie muß Recht sein, weil es ohne sie keine Ausdehnung des Rechtsaxioms gäbe. Doch *Gewalt* kann so nicht definiert werden, einfach deshalb nicht, weil sie auch, wie Kant später anmerkt, unautorisierte oder schiere Gewalt bedeutet. Deshalb stellt Kant auf der Grenze zwischen Privatrecht und öffentlichem Recht ein weiteres Postulat auf, das besagt: «du sollst im Verhältnisse eines unvermeidlichen Nebeneinanderseins mit allen anderen aus jenem heraus in einen rechtlichen Zustand [...] übergehen. – Der Grund davon läßt sich analytisch aus dem Begriffe des Rechts im äußeren Verhältniß im Gegensatz der Gewalt (*violentia*) entwickeln» (6, 307). Und weil *Gewalt* nicht einfach als die Macht, die immer schon (im) Recht ist, aufgefaßt werden kann, muß das Postulat der praktischen Vernunft in Hinsicht auf das Recht ausschließlich im Sinne derjenigen Macht, die schon Recht ist, verstanden werden – eine Macht, oder bloße Gewalt, die mir an das Ding als Mein, und entsprechend auch als Dein, nur zu *denken* erlaubt. Diese Gewalt ist impotent. Die andere

Art Gewalt dagegen, *potestas*, ist potentiell gewaltsam. Wiederum eine Stelle aus den Vorarbeiten: «*Das in seine Gewalt bringen* muß nun zuerst physisch (bedingt im Raume und der Zeit) verstanden werden dergleichen Besitz man den mathematisch (theoretisch) bestimmten nennt aber nachher muß er» (23, 312) – und hier bricht die Anmerkung, vermutlich der Entwurf für einen Kommentar zum Postulat, ab. Und vermutlich bricht sie an dieser Stelle ab, weil sonst ein für unmöglich gehaltener Übergang eingeräumt würde; «theoretischer» Besitz würde entweder magisch oder gewaltsam in seine «praktische» Entsprechung übergehn; aus «Gewalt» würde, magisch oder gewaltsam, «Kraft»; *Sein* ginge, auf magischem oder gewaltsamem Weg, in *Sollen* über; und eine zweideutige Spur dieser magisch-gewaltsamen Umbildung durchliefe den Begriff, der die ganze Diskussion verdichtet, nämlich *Das Seine*, in dem – wie «is» in «his» – das *Sein* enthalten ist, nur um einen winzigen Zusatz erweitert, vermutlich durch Zufall, wo nicht durch Magie.

3.

Über den gewaltsamen Ursprung eines jeden Staates, unter Einschluß seines eigenen, hat Kant kaum Zweifel; doch er hat auch nicht den Wunsch, seine Zweifel zu bestätigen. Im Gegenteil findet er in der *Rechtslehre* Raum, ein Verbot historischer Forschungen im Hinblick auf den Ursprung des Staates zu formulieren, die dessen Gewaltmonopol infrage stellen würden: «Der Ursprung der obersten Gewalt ist für das Volk, das unter derselben steht, in praktischer Absicht unerforschlich: d. i. der Unterthan soll nicht über diesen Ursprung, als ein noch in Ansehung des ihr schuldigen Gehorsams zu bezweifelndes Recht (*ius controversum*), werkthätig vernünfteln» (6, 318) Ein ähnliches Unterlassungsgebot trifft alle, die den metaphysischen Ursprung der Rechtslehre erforschen: auch die *Gewalt*, auf deren Grundlage das Rechtsaxiom zu einem provisorisch rechtmäßigen Bereich mutiert, soll ein für alle Mal nicht bestätigt werden. Wie es einem Volk verboten ist, den gewaltsamen Ursprung seines Staates zu erforschen, so ist es Philosophen untersagt, den «potestativen» Charakter einer erweiterten Sphäre des Rechts anzuerkennen – mit dem entscheidenden Unterschied: Philosophen können die Pflicht des Volkes formulieren; doch gibt es keine höheren Philosophen oder Weisen, die entsprechend die Pflicht der Philosophen formulieren könnten. Das muß «intern» geschehen, so daß Rechtsphilosophen immer, auf gewisse Weise, von sich selbst geschieden sind, außerstande, ihr Wissen als *ihr* Wissen zum Ausdruck zu bringen. Jede *direkte* Formulierung dieser Pflicht würde deren Verletzung nach sich ziehen, denn sie käme dem Eingeständnis gleich, daß die Erweiterung des Rechtsaxioms nicht ohne Magie oder Gewalt vonstatten gehen kann. Die Verschleierung des *gewaltsamen* Ursprungs der Sphäre der Rechts muß ihrerseits verschleiert werden, und die nachfolgende potenzierte Verschleierung kann nicht schlicht und einfach als solche wahrgenommen werden – als freie Wahl des Autors, zum Beispiel, der, aus Gründen der Klugheit, den Ursprung des erweiterten Selbst im Dunkeln läßt.

Die Philosophen, die das Erbe der Kantischen Kritik antraten, fanden oft Gefallen daran, diese Pflicht zu mißachten, wenn sie, immer raffinierter, enthüllten, daß der Ursprung der Sphäre des Rechts in Missetaten lag – wenn beispielsweise nachgewiesen wird, daß Zwangsarbeit die Bedingungen erschafft, unter denen ihre eigene Kraft den Zustand roher oder bloßer Gewalt überwindet, die der Zwangsarbeit zugrundelag. Und sobald Kant die Theorie, daß Arbeitskraft auf magische Weise Recht schafft, aufgegeben hatte, hätte auch er in diese Richtung gehen können. In dieser Hinsicht ist sein seltsamer Gebrauch von Adam Smith bemerkenswert. Oder er hätte den metaphysischen Ursprung der Sphäre des Rechts mit Schweigen übergehen können. Doch aus zahlreichen Gründen entschied er sich anders – zunächst vor allem vielleicht deshalb, weil er den Endpunkt seiner Darlegung ausgearbeitet, und der Vollständigkeit halber nun auch den entsprechenden Anfangspunkt zu untersuchen hatte. Diese rückwärtsgewandte Untersuchung führt ihn dahin, ein «Postulat des Vermögens» aufzubieten, in dem das Vermögen frei von *Gewalt* bleibt – doch nur für einen Augenblick. Denn wenn das Vermögen, aus etwas Äußerem ein Mein oder Dein zu machen, völlig *gewalt*frei ist, dann können Dinge Mein oder Dein sein, aber nicht einfach Mein und also auch nicht einfach Dein. Aus diesem Grund trägt Kant dem Paragraphen, in dem er das Postulat des Vermögens darlegt, eine Unterbrechung ein – die Jakob Sigismund Beck, den Verfasser des genauesten zeitgenössischen Kommentars zur *Rechtslehre*, zutiefst beunruhigte, und die unlängst die Aufmerksamkeit von Reinhard Brandt auf sich gezogen hat, meines Erachtens der genaueste gegenwärtige Kommentator des einst vernachlässigten Textes. Kants eigene Interpretation des Postulats – denn das ist es, eine «authentische Auslegung» des ursprünglichen Anspruchs auf Recht – lautet wie folgt: «Man kann dieses Postulat ein Erlaubnißgesetz (*lex permissiva*) der praktischen Vernunft nennen, was uns die Befugniß giebt, die wir aus bloßen Begriffen vom Rechte überhaupt nicht herausbringen könnten: nämlich allen andern eine Verbindlichkeit aufzulegen, die sie sonst nicht hätten, sich des Gebrauchs gewisser Gegenstände unserer Willkür zu enthalten, weil wir zuerst sie in unseren Besitz genommen haben. Die Vernunft will, daß dieses als Grundsatz gelte, und das zwar als praktische Vernunft, die sich durch dieses ihr Postulat a priori erweitert» (6, 247).

Ein Erlaubnis*gesetz* macht nur unter der Bedingung Sinn, daß es ein Gesetz gibt, dessen Suspendierung erlaubt wird. So können, wie Kant in «Zum ewigen Frieden» anmerkt, «moralische Politiker» – das ist sein Begriff – von «politischen Moralisten» unterschieden werden, insofern sie bestimmte Erlaubnisgesetze der Vernunft gebrauchen: ohne der Idee der Moral abtrünnig zu werden, und ohne jegliches Interesse an der Rechtfertigung von Ungerechtigkeit, ist es ihnen dennoch gestattet, das, was für eine strenge Rechtslehre eine zeitlang verbindlich gilt, zu mißachten. Zweifellos kann dieses Erlaubnisprinzip als die spezifische Differenz verstanden werden, durch die ein moralischer Politiker als solcher erkannt werden kann: gewiß moralisch, aber immer noch Politiker, und also im Bild über die immense Komplexität der Macht. Anders als politische Moralisten, die Macht um der Macht willen rühmen, ignorieren moralische Politiker zu Zeiten den ungerechten Charakter der Bildung ihres Staates, in der Befürchtung, die überstürzte Anwendung der Rechtsprinzipien könnte die Rechtmäßigkeit dieses Staats infrage stellen, woraus ein Gesetzesvakuum resultieren könnte, das schlimmer ist als jede Schwachstelle. Ein Erlaubnisgesetz der Vernunft ist, in dieser Hinsicht, ein Gesetz, das Gesetze duldet, die nicht streng – man könnte sagen, mathematisch – recht sind, unter der Vorannahme, daß jedes Gesetz, auch ein unausgegorenes, besser als keines ist, oder, in Kants Worten, besser als *Rechtlosigkeit.*

Dadurch, wie er sein eigenes Postulat auslegt, das in der Tat gewisse Dinge für immer im Zustand der *res nullius* belassen würde, räumt Kant sich etwas ein, das er einige Jahre zuvor dem moralischen Politiker gestattet hatte: einen gewissen *Spielraum*, eine leichte Lockerung der Verbindlichkeit. Wann immer allerdings ein solcher Spielraum gewährt wird, kann das Wort *Recht* nicht länger als *exakte* Entsprechung autorisierter Gewaltanwendung angesehen werden; aus diesem Grund unterliegen Rechtsfragen einer gewissen Ambiguität – übrigens genau derselben Ambiguität, die Kant unter den sogenannten Rechten der Notwendigkeit und Billigkeit verdammt hatte, die beide in Kants Auslegung des Postulats am Werk sind: Billigkeit, denn es ist bloß billig, daß zum Beispiel der Jäger, der eine Gemse erlegt, sie auch «haben» soll; Notwendigkeit, denn wenn diese Art von «Habe» unzulässig ist, dann muß der Jäger hungern. Wie der strenge Charakter des Rechtsbegriffs seinen Ausdruck in dem Wort *Recht* findet, so findet die Ambiguität dieses Begriffs, sobald er nicht unmittelbare Anwendung findet, ihren Ausdruck in einem andern deutschen Wort: *Gewalt.* Was die *Rechtslehre* braucht, ist also eine Kritik der *Gewalt* – die von der Anerkennung ihrer Zweideutigkeit ausginge. Anstatt sich einer solchen Kritik zu widmen, bringt Kant *Gewalt* mit dem Prädikat oder der Subkategorie des *habere* oder «Habens» in Verbindung, nur unzureichend von der *Inhabung* unterschieden. Wenn etwas unter meine Kontrolle gerät, kann von mir gesagt werden, daß ich es «habe». Indem er den Begriff derart behandelt, kann Kant die Erweiterung des Rechtsaxioms als «Sorge» darstellen, mit der die Vernunft die Wahrnehmung *a priori* der Herausbildung des Begriffs «ergänzt»; doch aus demselben Grund erscheint *Gewalt*, als wäre sie *zunächst* das Verhältnis zwischen einer Person und einer Sache. Etwas Ähnliches gilt für den *Gewalt*begriff in der dritten *Kritik*, insbesondere im Kontext des dynamisch Erhabenen: *Gewalt* wird vor allem aufgefaßt als ein Verhältnis zwischen Natur und Freiheit, nicht als Selbstverhältnis der Freiheit. Natur*gewalt* ist jene Macht, die Dinge über freie Subjekte ausüben, dergestalt, daß diese Subjekte, solange sie in Sicherheit sind, in der Ohnmacht ihrer Erkenntniskraft ihre eigene vernunftmäßige Überlegenheit über die Natursphäre im allgemeinen fühlen können. Die Gewährleistung der Sicherheit besteht in einer bürgerlichen Verfassung, die garantiert, daß Personen fortfahren können, was sie besitzen, zu «haben». Zusammenfassend kann gesagt werden, daß Kant daran scheitert, *Gewalt* einer Kritik zu unterwerfen, aus der ihre Entzweideutigung resultierte, denn hätte er sie unternommen, dann hätte er die Erweiterung des Rechtsbegriffs über die Sphäre seiner unmittelbaren Anwendung hinaus unterlassen müssen.

4.

Heinrich Heine hat eine berühmte Erklärung für die Postulate der praktischen Vernunft, wie sie in der zweiten *Kritik* Gestalt annehmen, vorgelegt. Die theologischen Konsequenzen der ersten *Kritik* hatten Kants langjährigen Diener Lampe, so Heine, tiefunglücklich gemacht. Nach einigem Überlegen erbarmt sich Kant des alten Mannes und sagt, «halb gutmüthig und halb ironisch [...]: ‹der alte Lampe muß einen Gott haben, sonst kann der arme Mensch nicht glücklich seyn – der Mensch soll aber auf der Welt glücklich seyn – das sagt die praktische Vernunft – meinetwegen – so mag auch die praktische Vernunft die Existenz Gottes verbürgen.› [...] und [...] wie mit einem Zauberstäbchen belebte er wieder den Leichnam des Deismus». Es ist schwer zu sagen, ob Heinrich Heine an seine eigene Geschichte glaubte; es besteht aber kein Zweifel, daß er Lampe, dessen Name die «Lampe» bedeutet, zum Zweck der Illustration wählte: er stellt den Stand der Knechtschaft überhaupt dar: «Hat vielleicht Kant diese Resurrekzion», so fragt Heine, ohne eine Antwort zu geben, «nicht bloß des alten Lampe wegen, sondern auch der Polizey wegen unternommen?» Eine ähnliche Frage kann im Hinblick auf die *Rechtslehre* gestellt werden. In diesem Fall allerdings spielt Kant die Rolle seines eigenen Lampe, bestürzt durch das, was er eben entdeckte: sobald Magie in Ungnade fällt, verharren alle äußeren Dinge im Stand der *res nullius*. Deshalb stellt Kant ein Postulat auf, das er sofort dahingehend kommentiert, ein Prinzip, das jedes Ding «selbst» zur *res nullius*» erklärt, könne nicht verallgemeinert werden. Das ist ohne Zweifel wahr, weil das entsprechende Gesetz kein Vernunftgesetz sein könnte, doch es verfehlt den Punkt, denn auf dem Spiel steht nicht das Verbot, Dinge zu Mein oder Dein zu machen; die Frage ist eher, ob diese momentane Umbildung, in der «wilde» Dinge mit der Sphäre des Rechts in Berührung kommen, ohne *Magie* und ohne *Gewalt* auskommt, ob sie, mit einem Wort, gerecht sein kann. In Erinnerung an die Lehre der *res nullius* im römischen Recht greift Kant eine andere Möglichkeit auf, diese Umbildung zu sichern: es ist der Gedanke an die Zeit, insbesondere an die Priorität des ersten *Nehmers*. Nun ist Kant die Reflexion über Zeit nicht fremd; in diesem Fall aber erweist sein sorgfältig entwickeltes Vokabular sich als unbrauchbar. Aus gutem Grund: er überholt, wie Beck zuerst bemerkt, sich selbst, und setzt voraus, was er ausdrücklich bestreitet, nämlich ein Verbot, Dinge in ein Mein oder Dein zu überführen, ein Verbot, das durch das Postulat, jetzt als Erlaubnisprinzip interpretiert, solange suspendiert wird, bis die Erweiterung der Rechtssphäre mit dem Vorgang der Inbesitznahme herrenloser Dinge Schritt halten kann. Das ist der zirkuläre *Anfang* der *Anfangsgründe*. Die ursprüngliche Erweiterung der Rechtssphäre liegt, wie Kant in den Vorarbeiten anmerkt, in einem *Vorrecht* (23, 281), in der veröffentlichten Fassung durch *Prärogativ* ersetzt: ein aristokratisches «Vor-Recht» oder autokratisches «Privileg», das wir, in Übereinstimmung mit der ursprünglichen Ableitung des Wortes «Postulat» aus dem Bereich der Mathematik, uns selber geben.

Wenn also Kant, indem er sich ein weiteres Postulat praktischer Vernunft gibt, die Grundlage für nachfolgende, deren jedes eine weitere Ausdehnung des Rechts gewährleistet, sich seines eigenen «inneren» Lampe erbarmt, des Hausdieners, der befürchtet, daß der Gedankengang seines Herrn, oder dessen Fehlen, in eine Art Misere mündet, auf die er sich immer, wenn er das lateinische Sprichwort *beati possedentes* («wohl dem, der im Besitz ist») zitiert, bloß negativ bezieht, dann erhebt sich natürlich die Frage: was hieße es, ohne das Postulat auszukommen? Nach Kant würde es *Gewalt* bedeuten, eine Art unblutige, wo nicht sogar «reine» Gewalt, aber Gewaltsamkeit nichtsdestotrotz. Freiheit würde sich selbst Gewalt antun. Sie würde sich insbesondere nicht einer Sache, sondern eines Gebrauchs oder Dienstes berauben. In seiner ersten Erklärung des neuen Postulats der praktischen Vernunft, die ihrer «authentischen Auslegung» vorausgeht, gestattet Kant der folgenden Überlegung den Weg in die publizierte Fassung: «Denn ein Gegenstand meiner Willkür ist etwas, was zu gebrauchen ich physisch in meiner Macht habe. Sollte es nun doch rechtlich schlechterdings nicht in meiner Macht stehen, d. i. mit der Freiheit von jedermann nach einem allgemeinen Gesetz nicht zusammen bestehen können (unrecht sein), Gebrauch von demselben zu machen: so würde die Freiheit sich selbst des Gebrauchs ihrer Willkür in Ansehung eines Gegenstandes derselben berauben, dadurch daß sie brauchbare Gegenstände außer aller Möglichkeit des Gebrauchs setzte, d. i. diese in praktischer Rücksicht vernichtete und zur *res nullius* machte» (6, 246).

Zahlreiche Entwürfe zur *Rechtslehre* enthalten ähnliche Argumente, fast immer unter einer Überschrift wie «der einzige Beweis ist apagogisch». Und zweifellos kann die Passage oben auch als eine *reductio ad absurdum* aufgefaßt werden: die Absurdität gibt in diesem Fall das lächerliche Bild der Freiheit, die sich selbst eines Dienstes ohne «ökonomische» Gründe beraubt. Sie erhält keine Gegengabe, nicht einmal «moralischen Kredit», denn Selbstberaubung hat nichts Tugendhaftes an sich; eher im Gegenteil. Es ist aber – und das mag der Grund sein, aus dem Kant die Worte «apagogisch» und «Beweis» nicht gebraucht – nicht völlig absurd, daß Freiheit sich dessen beraubt, was nicht geradezu *ihr* Eigen ist, sondern eher (ich bitte um Nachsicht für diese Formulierung), Eigentum ihres

Eigentums, nämlich der Gegenstand, den die Willkür, Eigentum der Freiheit, für sich wählt. Es ist nicht völlig absurd, weil die Alternative zwischen Gewalt und Gewalt liegt: zwischen der reinen Gewalt der Freiheit, die sich ihres eignen Eigentums beraubt, und der Gewalt, durch die etwas zu Mein oder Dein wird. Es gibt, mit andern Worten, keine «völlig zufriedenstellende» Lösung, und die Entscheidung für eine Gewalt gegen eine andere ist eben das: eine *Entscheidung*, keine Wahl, eine Entscheidung, *gegen* die Kant sich entscheidet, zugunsten der Möglichkeiten zu wählen. Daß es keine völlig zufriedenstellende Lösung gibt, daß eine Form der Gewalt gegen eine andre steht – das ist der verschwiegene Ausdruck dessen, worum Kant wußte, als er ein Buch voller Lücken, teils ausdrücklich eingeräumt, teils verschwiegen indiziert, veröffentlichte: daß die Aufgabe der Erweiterung des Rechtsaxioms über die Sphäre unmittelbarer Anwendung hinaus, weder ohne Magie, die er unzweideutig ablehnt, noch ohne Gewalt, die er zweideutig in Dienst nimmt, indem er Arbeit durch *Gewalt* ersetzt, erfüllt werden kann.

II.
Auf der Suche nach einer Kritik der Gewalt (Benjamin)

1.

In der Mitte einer Reihe von Notizen, die Walter Benjamin im Zusammenhang mit seiner später zurückgenommenen Entscheidung anlegt, eine Dissertation über Kants Geschichtsbegriff zu schreiben, findet sich eine Passage, die eine einschneidende Revision der Struktur von Kants *Metaphysik der Sitten* vorschlägt. Die *Metaphysik der Sitten* ist in ihrer vorliegenden Gestalt in zwei Teile unterteilt; in eine «Rechtslehre», die *das Recht* mit dem Recht zur Gewaltanwendung gleichsetzt, und in eine «Tugendlehre». Benjamins Vorschlag zielt darauf, an die Stelle der *Rechtslehre* eine «Gerechtigkeitslehre» zu setzen, was sofort vor die Frage führt, unter welchen Bedingungen Gewaltanwendung rechtens ist. Diese Revision der *Metaphysik der Sitten* korrespondiert einem Desideratum, das Benjamin in seinem Essay «Über das Programm einer kommenden Philosophie» von 1917 kurz anreißt, wonach die kommende Philosophie Kants Erfahrungsbegriff verändert, unter Beibehaltung allerdings der «Typik» seiner kritischen Philosophie insgesamt. Im Anschluß an eine Reihe von Notizen zur Frage des Besitzes – auf die ich gleich zurückkomme – faßt Benjamin die Ergebnisse seiner Untersuchung zusammen: «Die angedeuteten Gedanken führen zur Vermutung: Gerechtigkeit ist nicht eine Tugend neben anderen Tugenden (Demut, Nächstenliebe, Treue, Tapferkeit), sondern sie begründet eine neue ethische Kategorie, die man vielleicht nicht einmal eine Kategorie der Tugend, sondern eine der Tugend gleichgeordnete andere Kategorie wird nennen müssen. Gerechtigkeit scheint sich nicht auf den guten Willen des Subjekts zu beziehen, sondern macht einen Zustand der Welt aus, Gerechtigkeit bezeichnet die ethische Kategorie des Existenten, Tugend die ethische Kategorie des Geforderten. Tugend kann gefordert werden, Gerechtigkeit letzten Endes nur sein, als Zustand der Welt oder als Zustand Gottes».

Diese Überlegungen finden sich nicht im siebten Band von Benjamins *Gesammelten Schriften*, sondern in Gershom Scholems *Tagebüchern* unter folgendem Titel: «Aus dem mir geliehenen Notizbuche Walter Benjamins. *Notizen zu einer Arbeit über die Kategorie der Gerechtigkeit*». Einige Wochen bevor Scholem diese «Notizen» kopierte, hatte er ein langes Gespräch mit Benjamin über das Verhältnis von Mathematik und Geschichte geführt. Begeistert durch dieses Gespräch, aus dem einige Fragmente sich im Schlußabschnitt der «Notizen zu einer Arbeit über die Kategorie der Gerechtigkeit» finden, sucht Scholem, die Quelle für die erstaunliche intellektuelle Aufrichtigkeit seines Freundes zu finden: «Benjamins Geist kreist und wird noch lange kreisen um den Mythos, an den er von den verschiedensten Seiten heran will. Von der Geschichte, wo er von der Romantik ausgeht, von der Dichtung, wo er von Hölderlin ausgeht, von der Religion, wo er vom Judentum ausgeht, und vom Recht aus». Hier brechen Scholems Überlegungen ab, ohne jeden Versuch, die Quelle für Benjamins Interesse am Recht zu identifizieren. Dennoch erlauben die «Notizen zu einer Arbeit über die Kategorie der Gerechtigkeit» es uns, Scholems Lücke auszufüllen – und zu sehn, warum die Frage, von wo Benjamins Überlegungen zum Gesetz ausgehn, ihn in Verlegenheit gebracht hätte. Die ersten Abschnitte der «Notizen» gehen aus von Kant; sie gehen so ausschließlich von der *Rechtslehre* aus, daß sie sich, indem sie sich von ihr entfernen, gegen sie wenden können. Der Ausgangspunkt der *Rechtslehre* liegt im Vorschlag eines Postulats der praktischen Vernunft; es dehnt das Rechtsaxiom durch den Anspruch auf Aneignung äußerer Dinge aus, gleichgültig ob ich sie physisch in meiner Gewalt habe oder nicht. Das Postulat fordert, so gesehen, die Ermöglichung dessen, was «Besitz» genannt wird, im Gegensatz zu bloßer «Inhabung». Auf dieses Postulat antwortet Benjamin mit jenen Worten, die Scholems Tagebucheintrag aus dem Oktober 1916 festhält: «Jedem Gute, als in der Zeit- und Raumordnung eingeschränktem, kommt Besitzcharakter als Ausdruck seiner Vergänglichkeit zu. Der Besitz aber, als in der gleichen Endlichkeit befangen, ist immer ungerecht. Daher kann auch keine wie immer geartete Besitzordnung zur Gerechtigkeit führen».

Über diesem Schluß – «keine wie immer geartete Besitzordnung [kann] zur Gerechtigkeit führen» – eröffnet Benjamin seine «Notizen zu einer Arbeit über die Kategorie der Gerechtigkeit». Die Prämisse dieses Schlusses liegt in dem Postulat, über dem die *Rechtslehre* einsetzt: alles in der Natur kann Besitz sein. Damit ist gesagt, daß kein Recht die dauernde «Unbrauchbarkeit» einer vergänglichen Sache erklären kann. Ein solches Recht wäre unrecht. Am natürlichsten wäre es, zunächst die Regeln oder Prinzipien festzulegen, nach denen Sachen tatsächlich in Besitz genommen werden, das heißt so gehalten werden können, daß einem Besitzer oder einer Besitzerin, um die entwendete Sache zurückzuerhalten, Gewaltanwendung gestattet wäre. Kant geht genau auf diese Weise vor: im Anschluß an das Postulat des Rechts ergänzt er, fast als einen Nachgedanken, und ohne Zweifel mit einiger Verlegenheit, man könne dieses Postulat auch «Erlaubnisgesetz» nennen, weil es dem ersten Besitzer einer *res nullius* die Erlaubnis einräumt, sie einseitig in Besitz zu nehmen, so daß alle anderen verpflichtet sind, vom Gebrauch der selben Sache, ohne ausdrückliche Erlaubnis des Besitzers, abzulassen. Ein Gut aus der Perspektive des Besitzers wird so für alle anderen zum Übel, oder zumindest zur Versuchung. An genau diesem Punkt geht Benjamin von Kants Vorgabe aus. Daß ein Gesetz, das Dinge auf Dauer außer Gebrauch setzt, dem Recht widerspräche, bedeutet noch nicht, daß der Besitzanspruch auf beliebige Dinge gerecht ist. Für die Rechtmäßigkeit eines Besitzes muß es ein Prinzip geben, das seinen Übergang von der *res nullius* zur *res meum* unzweideutig regelt, denn Zweideutigkeit in diesem Kontext ist immer nur ein Ausdruck vergänglicher Macht. Das Problem liegt also darin, daß Dinge in Besitz genommen werden können; doch niemand kann sie rechtmäßig in Besitztümer verwandeln. Kant war mit einem Problem dieser Art vertraut: es durchläuft die Notizen seiner Vorarbeiten für die *Rechtslehre*. Benjamins Zugang zu diesen Notizen konnte nur begrenzt sein; doch außer Frage steht, daß er ein leidenschaftliches Interesse an Kants späten Schriften nahm, und die «Notizen zu einer Arbeit über die Kategorie der Gerechtigkeit» fassen eines seiner Hauptargumente zusammen: der endliche Charakter der Dinge erlaubt es Personen, sie zu besitzen, weil Personen über ihre Freiheit verfügen, indem sie so handeln; weil jeder Besitz aber in Endlichkeit befangen bleibt, kann er nicht auf unzufällige Weise aufgeteilt werden. Gewalt ist erforderlich, und diese Gewalt kann nur aufgrund des Gutes, das sie stiftet, gerechtfertigt werden. Unverblümt wiederholt: um eine Besitzordnung rechtfertigen zu können, müssen die Mittel die Zwecke rechtfertigen. Wo von den Zwecken abgesehen wird – und dies Absehn ist im Kontext der Kritik erforderlich – gibt es keine Gerechtigkeit. In Benjamins Worten: «Der Besitz [...] ist [...] ungerecht».

Dieser Schluß bestimmt auch den unvordenklichen Status des Gesetzes. Insofern ein Gesetz oder Recht die Prinzipien enthält, die den Erwerb und die Verteilung von Gütern regeln, ist dieses Gesetz oder Recht außerstande, zur Gerechtigkeit zu führen. Zwischen Recht und Gerechtigkeit tut sich eine «Kluft» auf, die Benjamin in den letzten Abschnitten seiner «Notizen zu einer Arbeit über die Kategorie der Gerechtigkeit» zu überbrücken sucht. Für Benjamin steht dasselbe Problem, das Kant in den Vorarbeiten zur *Rechtslehre* hatte ansprechen wollen, auf dem Spiel: wie ist es möglich, Rechtsbegriffe zu schematisieren, so daß intelligibler Besitz auf wirklichen Besitz (die beide vergängliche Phänomene sind) zurückgeführt werden kann. Kant hatte auf eine Lösung dieses Problems verzichtet. Die einzige Spur zu einer Lösung in der vorliegenden Druckfassung der *Rechtslehre* findet sich in einem dichten Paragraphen, der einer etymologischen Untersuchung des Verhältnisses zwischen dem moralischen Gebrauch des Worts «das Rechte» und dem geometrischen Begriff, aus dem es abgeleitet wird, gewidmet ist. Benjamin geht ähnlich vor – mit einem Unterschied: für ihn ist die Schematisierung unmöglich, und er geht von dieser Annahme zu einer Reflexion über ihren sprachlichen Ausdruck über: «Die empirische einzelne Tat verhält sich zum Sittengesetz irgendwie als (undeduzierbare) Erfüllung des formalen Schemas. Umgekehrt verhält sich das Recht zur Gerechtigkeit wie das Schema zur Erfüllung. Die ungeheure Kluft, die zwischen Recht und Gerechtigkeit dem Wesen nach klafft, haben andere Sprachen bezeichnet: *ius*, *fas*; *themis*, *dike*; *mischpat*, *zedek*.»

An dieser Stelle brechen die «Notizen zu einer Arbeit über die Kategorie der Gerechtigkeit» ab, und Scholems Stimme kehrt in die *Tagebücher* zurück – eine veränderte Stimme, gewiß, denn die *Tagebücher* werden mehr und mehr von der Differenz zwischen *mischpat* und *zedek* in Anspruch genommen, wenn Scholem etwa, unter anderm, eine mathematische Theorie des *Zadek* («des Gerechten») entwirft und eine Lektüre des Buches Jonah entwickelt, die in die folgende Gegenthese mündet: «Gerechtigkeit ist die Idee der historischen Annihilation des Gottesurteils». Und in einem Text unsicheren Datums, der erst vor einigen Jahren veröffentlicht wurde, außerhalb der *Tagebücher*, entwickelt Scholem zehn Thesen über den Begriff der Gerechtigkeit. Die ersten fünf, unter dem Titel «A», diskutieren einige von Benjamins «Notizen». Die zweiten fünf, unter dem Titel «B», beginnen mit der Entgegensetzung zu einer der «Notizen» und schlagen die folgende Ersetzung vor: «Es ist möglich zu urteilen. Dem Urteil des menschlichen Gerichts entspricht, ihm *tranzendent*, eine Exekutive dieses Urteils» – und Scholem ergänzt, völlig zurecht, «(Banal!)». Über die Kluft, die Recht und Gerechtigkeit trennt, hat Scholem nichts zu sagen. Außerdem übergeht seine Diskussion der «Notizen» unter dem Titel «A» die Konsequenz, die Benjamin aus der Analyse dieser Kluft zieht, mit Schweigen. Wiederum in den ersten Abschnitten der «Notizen zu einer Arbeit über die Kategorie der Gerechtigkeit» heißt es: «Daher kann auch keine wie immer geartete Besitzordnung zur Gerechtigkeit führen. Vielmehr liegt diese in der Bedingung eines Gutes, das nicht Besitz sein kann. Dies ist allein das Gute, durch das die Güter besitzlos werden».

Über dies Gute – dem kein Besitzcharakter zukommt und aus dem die Besitzlosigkeit aller Güter resultiert – sagt Benjamin nicht mehr. Das einzige, was mit Sicherheit über seinen Status gesagt werden kann, ist dies: indem er dies Gute behauptet, *dies Gute allein*, affirmiert Benjamin, was die *Rechtslehre* von Anfang an leugnet: daß es keine *res nullius* im «objektiven» Sinne, kein brauchbares, dem Selbst äußerliches Ding geben kann, das durch Gesetz rechtmäßiger Aneignung für immer überhoben wäre. Kants Auffassung nach können zweifellos besondere Gesetze in dieser Hinsicht festgesetzt werden, doch kein Gesetz der Freiheit. Daher rührt der «Alles-oder-nichts»-Charakter von Kants Formulierung: wenn *ein* mir äußerliches Ding Mein sein kann, dann können *alle* Mein sein. Worauf Benjamin mit entsprechender Genauigkeit antwortet: wenn *ein* Gut nicht in Besitz genommen werden kann – ein Gut *allein* –, dann werden alle Güter besitzlos. Nur weil ein Gesetz, das den Zugriff auf eine Sache verbietet, dem Recht widerspräche, ist damit noch nicht gesagt, daß ein solches Ding nicht sein kann: damit ist lediglich gesagt, daß seine Existenz keine Funktion des Gesetzes ist, was auf jeden Fall von Anfang an eingeräumt wäre, weil angenommen wird, daß seine Existenz ein Element der Gerechtigkeit ist. Das Problem der Gerechtigkeit verdichtet sich so in eine einzige Frage: was eigentlich ist dieses Gut *allein*, das nicht in Besitz genommen werden kann?

Anstelle einer Antwort auf diese Frage deckt Benjamin den Irrtum auf, aus dem die Frage auftaucht. Der Irrtum liegt darin, anzunehmen, daß wenn es keinen individuellen Besitzer gibt, es einen gesellschaftlichen oder gemeinschaftlichen geben könnte. «Im Begriff der Gesellschaft», notiert Benjamin, «versucht man, dem Gut einen Besitzer zu geben, welcher seinen Besitzcharakter aufhebt». Keine Rechtslehre, die auf der Annahme baut, die Gesellschaft sei letztendlich der Besitzer, wird je auf die Frage stoßen, ob es ein Gut gibt, das kein Einzelner – und keine Versammlung aus «Einzelnen» – besitzen kann. «Jede sozialistische oder kommunistische Theorie», so fährt Benjamin fort, «verfehlt ihr Ziel deshalb, weil der Anspruch des Individuums auf jedes Gut sich erstreckt. Liegt bei einem Individuum A ein Bedürfnis z vor, das durch das Gut x befriedigt werden kann, und glaubt man daher, ein Gut y, welches gleich x ist, einem Individuum B zur Stillung des gleichen Bedürfnisses gerechterweise geben zu sollen und zu dürfen, so irrt man. Es gibt nämlich den ganz abstrakten Anspruch des Subjekts prinzipiell auf jedes Gut, ein Anspruch, der keineswegs auf Bedürfnisse, sondern auf Gerechtigkeit sich zurückführt, und dessen letzte Richtung möglicherweise nicht auf ein Besitzrecht der Person, sondern auf ein Guts-Recht des Gutes geht». Auf den abstrakten Charakter von

Kants Postulat des Vermögens antwortet Benjamin mit einer noch größeren Abstraktheit – «noch größer» nur, weil er nicht einräumt, daß man irgendwann «auf den Boden kommen» und zugeben muß, das *Vorrecht* oder «Privileg» des ersten Besitzers sei rechtens, wenn auch nur provisorisch.

Das Fehlen dieses Zugeständnisses bildet den Anfang von Benjamins Arbeit über die Kategorie der Gerechtigkeit. Indem er so beginnt, wird unmittelbar deutlich, daß die Forderungen nach Gerechtigkeit nicht erfüllt werden können – wenn Gerechtigkeit tatsächlich gefordert werden kann. Die Forderungen nach Gerechtigkeit sind noch strenger als die Forderungen anderer moralischer Imperative, denn letztere müssen erfüllt werden können, selbst wenn, wie eine berühmte Formulierung Kants weiß, es noch nie geschehen ist, daß eine menschliche Handlung um des moralischen Gesetzes willen unternommen worden ist. Dagegen gibt es keine Bedingungen, unter denen die Forderungen nach Gerechtigkeit – gesetzt, daß Gerechtigkeit gefordert werden kann – erfüllt werden können, weil jedes beliebige Individuum einen Anspruch auf jedes beliebige Gut hat. Der endliche Charakter der Güter macht eine Lösung des Problems, die der Forderung genügt, unmöglich. Ja schlimmer noch: das *Problem*, dem Anspruch jedes Einzelnen auf alle Güter zu genügen, kann nicht einmal formuliert werden. Es bleibt nicht einmal Raum, um zu beginnen: kein Kalkül der Verteilung, seine mathematische Formel mag noch so ausgeklügelt sein. Benjamin macht sich nicht die Mühe, Lockes Behauptung, daß die an eine Sache «verwandte» Arbeit unter bestimmten Bedingungen ein Recht auf diese Sache verschafft, in Betracht zu ziehen. Stattdessen greift er die Behauptung auf, die dieser Bedingung entspringt: über Ansprüche auf Güter kann im Hinblick auf Bedürfnisse entschieden werden – insbesondere im Hinblick auf Bedürfnisse, die durch einen beliebigen Gegenstand aus einer Klasse von Gütern befriedigt werden können. Diese Behauptung bringt das Ideal der Gerechtigkeit nicht näher, sondern wird dem Vorgang endloser Approximation gerecht, in dem Ersatz genügen soll. Das führt nach Benjamin zu dem Schluß, daß es einen Anspruch auf Gerechtigkeit letztlich nicht – weder durch mich noch durch Dich – geben kann. Wie also kommt der Anspruch auf Gerechtigkeit zum Ausdruck? Benjamins tastende Antwort auf diese Frage kreist um die undurchsichtige These – ein *Novum*, meines Wissens –, der Anspruch auf Gerechtigkeit gehe auf ein «Guts-Recht des Gutes», nicht auf ein «Besitzrecht der Person».

Was das letztere angeht, ist Kant so deutlich wie selten: Besitzrecht ist nichts anderes als Besitz. Daß eine Person das Recht hat, etwas zu besitzen, bedeutet einfach, daß sie es besitzt, gleichgültig wo es ist. «Ein Guts-Recht des Gutes» kann entsprechend verstanden werden: es ist das Recht des Gutes, zu sein, was es ist, gleichgültig, wer es beansprucht. Diesem Recht entspricht eine Pflicht: Güter sollen nicht für etwas anderes gehalten werden, etwa für Übel oder umgekehrt für Heiligtümer. Das «Guts-Recht des Gutes» beansprucht, daß nichts heilig oder unrein – oder unkoscher – sei. Es gibt kein *sanctum sanctorum* und kein *treyf*. Das klingt ohne Zweifel eher unjüdisch, vor allem wenn man es mit dem Zitat in Verbindung bringt, über dem Scholem seinen Versuch, den Geist seines Freundes zusammenzufassen, beschließt. An dem Punkt, an dem er den Ausgangspunkt für Benjamins Reflexionen über das Gesetz hätte bestimmen sollen, trägt er das folgende Zitat in sein Tagebuch ein, das er Jahrzehnte später für sein Buch *Geschichte einer Freundschaft* wiederverwenden wird: «Wenn ich einmal meine Philosophie haben werde», sagt Benjamin [Scholem zufolge], «so wird es irgendwie eine Philosophie des Judentums sein». Wo Benjamin in seinen «Notizen zu einer Arbeit über die Kategorie der Gerechtigkeit» aus der Bibel zitiert, stammt das Zitat nicht aus der hebräischen Bibel; es stammt aus den Evangelien. Unter dem Titel «Vaterunser» schreibt er folgendes: «Führe uns nicht in Versuchung, sondern erlöse uns von dem Übel [*mehrere Worte unleserlich*], ist die Bitte um Gerechtigkeit, um den gerechten Weltzustand» (vgl. *Matthäus* 6,13). Wie weit diese Notiz sich vom Geist der *Tagebücher* Scholems entfernt, kann daran abgelesen werden, daß die Herausgeber der *Tagebücher*, die ansonsten außerordentlich findig im Aufspüren von Quellen sind, außerstande bleiben, die von Benjamin diskutierte Passage zu identifizieren, als ginge die Quelle des Vaterunser vor die Ressourcen historischer Philologie zurück. Nicht weniger befremdlich ist der Einschluß der Herausgeberanmerkung «[*mehrere Worte unleserlich*]» – als wäre in dieser Passage, wo Benjamins Stimme in Scholems Tagebücher einbricht, das Lesen untersagt. Glücklicherweise ist Benjamins Exegese des Vaterunser deutlich genug: indem es darum bittet, daß Güter Güter bleiben, plädiert es für Gerechtigkeit.

Benjamins Entwurf eines Weges zur Gerechtigkeit geht gegen eine Tautologie an: Güter sind Güter. In der Sprache des Rechts, obwohl sie für Belange der Gerechtigkeit nicht taugt, wird diese Tautologie zum unerfüllbaren Guts-Recht des Gutes, das durch jegliches Besitzverhältnis verletzt wird, weil es die Bedingungen festsetzt, unter denen aus Gütern Übel werden: wann immer ein Gut zum Besitz wird, wird es für alle, außer für seinen Besitzer, zum Übel. Das trifft offensichtlich auf den Kapitalismus zu, über den Benjamin, vielleicht aufgrund dieser Offensichtlichkeit, in den «Notizen zu einer Arbeit über die Kategorie der Gerechtigkeit» nichts sagt. Sozialismus und Kommunismus dagegen können die Mechanismen, durch die der Kapitalismus Güter in Übel verwandelt, zerlegen; doch auch sie neigen dazu, das Guts-Recht des Gutes zu verletzen: jedes Gut, das kein Bedürfnis befriedigt, läuft Gefahr, zum Übel zu werden – zumindest zur Versuchung, der man aufgrund sozialer Verpflichtung widerstehen muß.

Lasset die Güter Güter sein – in diese Wendung läßt sich das Postulat, das Benjamin anstelle des Postulats am Eingang der *Rechtslehre* vorschlägt, zusammenfassen. Dies Postulat kann nicht durch Aufstellung von Besitzordnungen erfüllt werden; im übrigen bedarf es keiner Erfüllung, weil Güter bereits Güter sind. Das bedeutet für Benjamin, daß Gerechtigkeit zur Durchsetzung von Objektivität im allgemeinen beiträgt. Sie ist nicht nur eine ethische Kategorie; sie ist, in seinen Worten, «die ethische Kategorie des Existenten», insbesondere seine *Gewährleistung*. Die «Notizen zu einer Arbeit über die Kategorie der Gerechtigkeit» münden in diesen Gedanken: die Existenz ist, auf genauer zu fassende Weise, gerecht. Weit entfernt davon, am «Status quo» festzuhalten, unterläuft dieses Postulat, das deutlich an klassische Theodizee erinnert, die Verhältnisse und Satzungen, unter denen aus Gütern Übel werden. Und die Zeit, in der dies geschieht, ist jetzt, denn Gerechtigkeit kennt keine Ansprüche. Und wiederum jetzt wird kein Anspruch, auf welches Gut auch immer, zurückgewiesen; keine Besitzordnung, die auf Verzicht pocht, wird anerkannt; kein Kompromiß im Hinblick auf die Vertagung von Auseinandersetzungen um Güter gewährt. Doch – und hier taucht der Engpaß wieder auf – keines dieser «kein» kann die Form eines Gesetzes annehmen: zum Beispiel eines Gesetzes, das das vermeintliche Guts-Recht der Güter in Schutz nimmt. Das gilt auch für das Postulat «Lasset die Güter Güter sein»: es kann die Form des Postulats nicht annehmen. Entsprechend muß auch das in dem Anspruch, daß kein Anspruch auf ein beliebiges Gut zurückgewiesen werden soll, enthaltene «kein» existieren. Und die Idee eines solchen Guts bringt uns zurück zum Anfang von Benjamins «Notizen». Das Gut, dem kein Besitzcharakter zukommt; in Kants Worten die *res nullius* im «objektiven» Sinn – ist das existierende «kein», durch das alle Güter ihren Gutscharakter wiederfinden, woraus die Erlösung aller Menschen vom Übel folgt.

Allerdings gibt Benjamin an keiner Stelle der «Notizen zu einer Arbeit über die Kategorie der Gerechtigkeit» einen Hinweis auf den Namen oder die Natur des unbesitzbaren Gutes. Dieser Lücke entspricht eine andere: die «Notizen» sagen nichts darüber, wie Auseinandersetzungen um Güter gelöst werden können, wo jede verbindliche Besitzordnung fehlt. Die zweite Lücke kann leicht auf folgende Weise geschlossen werden: etwas *Sprachliches* verbürgt, daß Auseinandersetzungen um Güter lösbar sind. Weil jeder *Anspruch* eine *sprachliche* Seite hat, mag Sprache als das Medium der Lösung angesehen werden – und genauer: der mittelbare Charakter der Sprache bedeutet, daß die Lösung des Anspruchs der tatsächlichen Lösung vorhergeht. Wird die zweite Lücke so gefüllt, kann auch die erste gefüllt werden. Welches ist das Gut, dem kein Besitzcharakter eignet? Sprache als das Medium, in dem die streitenden Parteien zur Verständigung gelangen.

2.

In seinen «Notizen zu einer Arbeit über die Kategorie der Gerechtigkeit» sagt Benjamin nichts über Sprache, außer in der abschliessenden Passage, wo er auf die Bezeichnung der «Kluft» zwischen Recht und Gerechtigkeit in verschiedenen Sprachen hinweist. Zwischen dem Nachmittag, an dem er und Scholem über das Verhältnis der Mathematik zur Geschichte sprachen, und dem Tag, an dem Scholem sich eines seiner Notizbücher auslieh, hatte er allerdings Einiges über Sprache zu sagen. Ausgehend von einem Brief an Scholem zum Verhältnis zwischen Sprache und Mathematik, schrieb Benjamin eine «kleine Abhandlung» (so seine Worte) unter dem Titel «Über Sprache überhaupt und über die Sprache des Menschen». Das dieser Abhandlung unterliegende Argument besagt, kurz gefaßt, Sprache sei ein Medium, kein Mittel der Mitteilung – weshalb nichts (was ich sagen *will*, zum Beispiel) durch Sprache mitgeteilt wird; sondern Sprache teilt sich selbst mit. Dieses Argument, auf das Problem der Konflikt-Lösung bezogen, taucht aus einem Essay, den Benjamin durch Zufall in einer der bedeutendsten soziologischen Zeitschriften seiner Zeit unter einem Titel publizierte, dessen letztes Wort ich aus Gründen, die gleich deutlich werden, nicht übersetze, wieder auf: «Zur Kritik der *Gewalt*».

Dieser Essay von 1921 ist Teil einer Reihe von Notizen und Entwürfen, auf die Benjamin sich als auf seine «Politik» bezieht. Zu ihnen gehört eine Besprechung von Ernst Blochs *Geist der Utopie*, eine längere Abhandlung über Paul Scheerbarts «Asteroiden-Roman» *Lesabendio* und ein Entwurf zum kultischen Charakter des Kapitalismus. An einer Stelle spricht Benjamin von der Gliederung der «Politik» in zwei Teile: neben einem Kapitel «Der wahre Politiker» sollte ein anderes «Wahre Politik» heißen, das einen Abschnitt mit dem Titel «Abbau der *Gewalt*» und einen andern mit dem Titel «Teleologie ohne Endzweck» enthalten sollte. In letzterem geht es um eine Revision von Kants *Kritik der Urteilskraft*, in ersterem möglicherweise um eine Revision von «Zur Kritik der *Gewalt*», die unter anderem durch «Kontrolle» [*control*] übersetzt werden kann. Eine andre Übersetzung ist «Gewalt[samkeit]» [*violence*]. Eine dritte ist «power» wie in «exekutive» oder «Amtsgewalt». Wie immer das Wort übersetzt wird, und wie immer die Gliederung von Benjamins «Politik» ausgesehen hätte, einer ihrer entscheidenden Grundsätze, der aus den «Notizen zu einer Arbeit über die Kategorie der Gerechtigkeit» hervorgeht, ist folgender: es muß möglich sein, Konflikte, insbesondre Auseinandersetzungen *um Güter*, ohne Rückgriff auf Gewalt zu lösen. So beginnt ein entscheidender Abschnitt von «Zur Kritik der Gewalt» mit der rhetorischen Frage: «Ist überhaupt gewaltlose Beilegung von Konflikten möglich? Ohne Zweifel», antwortet Benjamin, um fortzufahren: «Die Verhältnisse zwischen Privatpersonen sind voll von Beispielen dafür. Gewaltlose Einigung findet sich überall, wo die Kultur des Herzens den Menschen reine Mittel der Übereinkunft an die Hand gegeben hat. [...] Herzenshöflichkeit, Neigung, Friedensliebe, Vertrauen und was sich sonst hier noch nennen ließe, sind deren subjektive Voraussetzung. [...] In der sachlichsten Beziehung menschlicher Konflikte auf Güter», schließt Benjamin, «eröffnet sich das Gebiet der reinen Mittel. Darum ist Technik im weitesten Sinne des Wortes deren eigenstes Bereich. Ihr tiefgreifendstes Beispiel ist vielleicht die Unterredung als eine Technik ziviler Übereinkunft betrachtet. In ihr ist nämlich gewaltlose Einigung nicht allein möglich, sondern die prinzipielle Ausschaltung der Gewalt ist ganz ausdrücklich an einem bedeutenden Verhältnis zu belegen: an der Straflosigkeit der Lüge. Es gibt vielleicht keine Gesetzgebung auf der Erde, welche sie ursprünglich bestraft. Darin spricht sich aus, daß es eine in dem Grade gewaltlose Sphäre menschlicher Übereinkunft gibt, daß sie der Gewalt vollständig unzugänglich ist: die eigentliche Sphäre der ‹Verständigung›, die Sprache» (II/1,191-192).

Soviel also kann über das Gut, dem kein Besitzcharakter zukommt, gesagt werden: es kann nicht verboten werden, so daß sein Gebrauch oder Mißbrauch eine rechtliche Antwort autorisierte. Etwas Ähnliches gilt für die *Unterredung* oder «Diskussion». Selbst ein schreiender Mißbrauch der Sprache in Anwendung erzwingt kein gesetzliches Heilmittel. Natürlich kann Lügen verwerflich sein, und ohne Zweifel zerstört es eine der subjektiven Bedingungen der Unterredung, nämlich Vertrauen; doch wird damit nur unterstrichen, worauf es Benjamin ankommt: in einer Unterredung über Güter ist das Gesetz dem Gebrauch *dieses* Guts gegenüber ursprünglich indifferent. Und wie in den frühen «Notizen» das einzige unbesitzbare Gut andere besitzlos macht, so macht, den Ausführungen in «Zur Kritik der Gewalt» nach, Unterredung die Güter, um die es geht, sozusagen «verhandelbar»: anstatt Mein oder Dein oder auch nur Unser zu sein, bleiben sie für Zugriffe offen, solange die Unterredung währt. Jede Unterredung bringt Dinge zurück in ihren ursprünglichen Stand: offen für Zugriffe, aber nicht wirklich ergriffen. In den Worten von Kants *Rechtslehre* bahnt das *Vermögen* nicht der *Gewalt* den Weg.

Dennoch wäre es ein Fehler, die Sprache der *Rechtslehre* auf den Kontext von «Zur Kritik der Gewalt» anzuwenden – zunächst deshalb, weil das Wort *Ursprung* in beiden eine andre Rolle spielt. Wo für Kant, kurz gesagt, *Ursprung* ein logischer Begriff ist – er bezeichnet Bedingungen *a priori* –, ist er für Benjamin historisch: frühere Rechtsformen sind Gegenstand der Unterredung. Das hilft auch zu erklären, warum die Überarbeitung der «Notizen zu einer Arbeit über die Kategorie der Gerechtigkeit» auch eine massive Einschränkung ihres Anwendungsbereiches darstellt: während die «Notizen» von der Logik des Besitzes handeln, ist «Zur Kritik der Gewalt» bestimmten Merkmalen abendländischer Rechtsgeschichte, dem römischen und gegenwärtigen europäischen Recht insbesondere, gewidmet. Doch diese Unterscheidung verdunkelt die kritische Absicht, die Benjamins Essay zugrundeliegt. Und nur im Licht dieser kritischen Absicht kann seine Diskussion des Ursprungs verstanden werden. Die Struktur von Benjamins Essay bezieht sich auf die Struktur der *Kritik der reinen Vernunft*: in beiden Fällen wird gezeigt, daß zwei einander entgegengesetzte Denkschulen auf einem gemeinsamen Dogma bauen, dessen Unhaltbarkeit im Verlauf einer immanenten Kritik des Vermögens der Gesetzgebung ans Licht tritt. Im Fall der ersten *Kritik* handelt es sich um die dogmatische und skeptische Schulrichtung; im Fall von Benjamins Kritik um rechtlichen Dogmatismus und rechtlichen Skeptizismus. Die positive Rechtsschule kann als eine Version rechtlichen Skeptizismus angesehen werden, weil ihre Anhänger bezweifeln, daß der Staat in anderem als in den Normen, die er einsetzt, gründet; die Schule des Naturrechts vertritt die Position rechtlichen Dogmatismus, weil ihre Anhänger behaupten, daß Vernunft, wenn auch nur in Form einer «Logik der Leidenschaften», auf das Feld rechtlicher Erfahrungen angewendet werden kann. Das beiden Schulen gemeinsame Grunddogma taucht aus der folgenden Formulierung auf, die Benjamin am Eingang seines Essays aufbietet: «Gerechte Zwecke können durch berechtigte Mittel erreicht, berechtigte Mittel an gerechte Zwecke gewendet werden». Das Dogma besagt, mit andern Worten, daß *Gewalt*, wenn sie mit bestimmten Prinzipien in Übereinstimmung gebracht wird, die die Unterdrückung jeglicher *Gewalt*anwendung verfügen, entweder gerecht ist oder zur Gerechtigkeit führt.

In Erwiderung auf dieses Dogma legt Benjamin nicht unmittelbar seine eigene Moralphilosophie dar, wie er es am Schluß einiger Notizen über einen kurzen Aufsatz tut, den Herbert Vorwerk 1920 unter dem Titel «Das Recht zur Gewaltanwendung» publiziert hatte. Unter den «Aufgaben meiner Moralphilosophie», schreibt Benjamin in diesem Kontext, findet sich die «Darlegung» des folgenden Standpunkts, den Vorwerk verwirft: dem Individuum allein ist das Recht zur Gewaltanwendung vorbehalten. Und in diesem Zusammenhang, so fährt Benjamin fort, darf «der Terminus Anarchismus sehr wohl für eine Theorie gebraucht werden [...], welche das sittliche Recht nicht der Gewalt als solcher, sondern allein jeder menschlichen Institution, Gemeinschaft oder Individualität abspricht <,> welche sich ein Monopol auf sie zuspricht oder das Recht auf sie auch nur prinzipiell und allgemein in irgend einer Perspektive sich selbst einräumt, anstatt sie als eine Gabe der göttlichen Macht, als *Machtvollkommenheit* im einzelnen Falle zu verehren» (VI,106-107). Anstatt dieser Skizze entsprechend zu verfahren, und direkt eine moralische Doktrin zu formulieren, unternimmt Benjamin eine Kritik. Nicht anders als Kant, der am Beginn der ersten *Kritik* zwei Erkenntnis«weisen» unterscheidet, unterscheidet Benjamin den Bereich der Mittel vom Bereich der Zwecke. Und wie Kant jede Erkenntnisweise in ihre reine Form zerlegt – reine Erfahrung und Kategorien –, so sucht Benjamin im Bereich der Mittel jene, die man «rein» nennen kann. Im Bereich der Zwecke stößt er auf folgenden Einwand: es kann nicht angenommen werden, daß die Sphäre reiner Zwecke menschlicher Einsicht zugänglich ist. Auch darin folgt Benjamin einem Kantischen Vorgang. Wie der Impetus der ersten *Kritik* in einem bestimmten Skeptizismus im Hinblick auf die Behauptungen des Dogmatismus liegt, so beginnt Benjamins «Kritik», indem sie Zweifel am Vermögen der Schule des Naturrechts anmeldet, auf dem Weg moralischer Reflexion die Zwecke zu bestimmen, denen das positive Recht in seiner verwirrenden Komplexität dienen soll. Ohne auf Gründe, auf denen das Recht beruhen soll, zu pochen, und ohne direkt seine eigene Moralphilosophie zu entwickeln, macht Benjamin sich auf die Suche nach bestimmten Situationen, in denen die Vertreter positiven Rechts gezwungen sind, eine Rechtstatsache jenseits der Grenzen rechtlicher Erfahrung anzuerkennen.

Zumindest geht Bejamin *ungefähr* so vor. An keiner Stelle verweist er auf eine Moraltheorie als Grundlage für sein Argument, und im Hinblick auf die Geltung des kategorischen Imperativs als hinreichende Bedingung für moralisches Verhalten insbesondere meldet die einzige gewichtige Fußnote des Essays ernsthafte Vorbehalte an: «Bezweifeln ließe sich», schreibt Benjamin, «an dieser berühmten Formulierung [...], ob sie nicht zu wenig enthält, nämlich ob es erlaubt sei, seiner selbst oder eines andern in irgendwelcher Hinsicht auch als eines Mittels sich bedienen zu lassen oder zu bedienen. Diesem Zweifel ließen sich», so schließt er an, «sehr gute Gründe leihen», doch ohne sie zu nennen. Die wichtigste unter den Konsequenzen, die aus dieser Korrektur von Kants Moralphilosophie gezogen werden können, ist vermutlich die folgende: alle *Arbeitsverhältnisse* werden moralisch suspekt. Vor allem aber unterstreichen die Zweifel, die Benjamin in dieser Anmerkung zum Ausdruck bringt, die anfängliche Distanz, die er zwischen seine eigene Kritik und die Schule des Naturrechts legt, die auf dem Glauben baut, Normen ließen sich durch bloßes Räsonnement bestimmen. Dennoch bezieht sich Bejamin im Kontext dessen, was «staatlich sanktionierte Gewalt» genannt werden kann, auf etwas, das dem moralischen *Gefühl* gleicht. Für die Vertreter positiven Rechts handelt es sich um ein Unding: wenn der Staat ein Mittel rechtfertigt, ist es dadurch «gerechtfertigt» und kann nicht als ein gewaltsamer Akt beschrieben werden. Für Benjamin allerdings enthüllt rechtliche Strafe unter gewissen Bedingungen, vor allem in Fällen der Todesstrafe, sich als das, was sie ist – als ein Dogma, das weder in Vernunft noch in Geschichte gründet, sondern im Schicksal: im Schicksal, das dem durch Zufall gefaßtenVerbrecher widerfährt, und in der Natur der Staatsgewalt, die unausweichlich ist, trotz des Umstands, daß die Ergreifung sich bloß dem Zufall verdankt. Eine solche Einsicht kündigt allerdings, wie Benjamin anmerkt, nur «dem feineren Gefühl sich an, weil dieses sich von Verhältnissen, in welchen das Schicksal in eigner Majestät in einem solchen Vollzug sich gezeigt hätte, unendlich fern weiß» (II/1,188).

«Feineres Gefühl» ist weniger dem «Verstand» entgegengesetzt, der, wie Benjamin hinzufügt, die Untersuchung fortsetzen muß, ungeachtet des Widerstandes, den er weckt, was das «Gerechtigkeitsgefühl» betrifft. Während das «feinere Gefühl» auf das Schauspiel der Erneuerung der Bindung des Rechts an das Schicksal reagiert, wird das «Gerechtigkeitsgefühl» geweckt, wenn eine Art Gesetzeslücke auftaucht – wenn vor allem eine außerrechtliche Gewalt, der das Gesetz einen gewissen Geltungsspielraum einräumt, um ihre «privaten» Zwecke zu verfolgen, imstande ist, bestehende Gesetze zu verändern oder neue zu erzwingen. «Das sollte nicht so sein», sagt das Gefühl, und doch erfährt das Gefühl über seine Mutmaßung hinaus keine Unterstützung durch das Gesetz. Eine außerrechtliche Gewalt findet sich manchmal «im Recht» und schafft Recht einfach dadurch, daß sie ausgeübt wird, das heißt: indem sie ein physisches «Vermögen», das als Rechtsform anerkannt ist, unter eine Form der Kontrolle oder *Gewalt* bringt, die gegen die Staatsgewalt aufgeboten wird. Nichts davon ist in eine unwiederbringliche Vergangenheit projiziert, in der jemand einfach durch Ergreifung dessen, was bislang niemandem gehörte, Recht setzte. Nein, diese Umbildung des Vermögens zur Gewalt, die nicht nur Recht setzt, sondern den Rechtssetzungsvorgang vor Augen führt, geschieht eben jetzt. Und sie beerbt das positive Recht, dessen «Gerechtigkeitsgefühl» dadurch verletzt wird.

Der Fall, um den es geht, ist der Streik, und zwar ein Streik, der, indem er bestehendes Recht nutzt, soviele ökonomische Bereiche lahmlegt, daß seine Forderungen nicht länger in streng vertragliche Form gebracht werden können. So schreibt Benjamin in einer der entscheidenden Passagen der «Kritik»: «im Streik fürchtet der Staat mehr als alles andere diejenige Funktion der Gewalt, deren Ermittlung diese Untersuchung als einzig sicheres Fundament ihrer Kritik sich voraussetzt. [...] Der Streik [...] zeigt, daß [Gewalt] [...] imstande ist, Rechtsverhältnisse zu begründen und zu modifizieren, wie sehr das Gerechtigkeitsgefühl sich auch dadurch beleidigt finden möge» (II/1,185). Indem sie ausgeübt wird, schafft Gewalt Recht, wenn auch nur provisorisch. Die Mitglieder der positiven Rechtsschule werden durch dies Verhältnis verletzt, weil es bedroht, was ihre Schule verteidigen soll, die These nämlich, daß ein berechtigtes Mittel – hier das «Streikrecht», das historische Billigung erlangt hat – gerechten Zwecken dient. Hier liegt das Herz von Benjamins Beitrag zur Kritik der *Gewalt*: in der Freilegung eines Kriteriums für die Analyse der Bedeutung von *Gewalt* als Mittel zu Zwecken. Dieser Analyse zufolge bedeutet das Wort «Recht» nicht nur – um einen Kantischen Begriff zu gebrauchen – «Recht auf Gewaltanwendung»; Gewaltanwendung, deren Anwendung nicht rein ist, sondern auf die Durchsetzung bestimmter Zwecke zielt, ist notwendig *das Recht*, wenn auch nur höchst provisorisch. Illustratives Gewicht bezieht diese Analyse aus Überlegungen, die sie der Gewalt über Leben und Tod widmet; dennoch entspringt sie ausschließlich der Darlegung des Eigentumsproblems, insbesondere des Problems der Bestimmung des Anteils am gesamten Sozialprodukt, den Arbeiter von ihren Arbeitgebern erzwingen können, indem sie nicht länger für sie arbeiten, sondern die Arbeit niederlegen.

3.

Zwei Teile der von Benjamin entworfenen «Politik» sind offenbar vollendet worden, doch gibt es von ihnen kaum oder keine Spuren – ein Essay mit dem Titel «Der wahre Politiker» und eine Besprechung von Ernst Blochs *Geist der Utopie*. Die berühmtgewordene Notiz über die Kategorie der Gerechtigkeit, die Adorno mißverständlich «Theologisch-Politisches Fragment» titulierte, stand vielleicht in Beziehung zu jener Besprechung. Was «Der wahre Politiker» enthielt, läßt sich nur vermuten. Immerhin gibt es einen Hinweis: die Wendung «wahrer Politiker» stammt von Kant, nämlich aus dem ersten Anhang zu «Zum ewigen Frieden». In demselben Anhang trifft Kant eine folgenreiche Unterscheidung zwischen dem «moralischen Politiker», der «die Principien der Staatsklugheit so nimmt, daß sie mit der Moral zusammen bestehen können», und dem «politischen Moralisten [...], der sich eine Moral so schmiedet, wie es der Vortheil des Staatsmanns sich zuträglich findet» (8,372). Über Kants großen Essay von 1795, der nach 1918, aus erklärlichen Gründen, erneutes Interesse auf sich zog, schreibt Benjamin, um den oben zitierten Schluß zu stützen, in «Zur Kritik der Gewalt» folgendes: «[...] es ist doch höchst auffallend, [...] daß selbst in solchen Fällen, wo der Sieger in einen nunmehr unangreifbaren Besitz sich gesetzt hat, ein Friede zeremoniell durchaus erforderlich ist. Ja, das Wort ‹Friede› bezeichnet in seiner Bedeutung, in welcher es Korrelat zur Bedeutung ‹Krieg› ist (es gibt nämlich noch eine ganz andere, ebenfalls unmetaphorische und politische, diejenige, in welcher Kant von ‹Ewigem Frieden› spricht) geradezu eine solche a priori und von allen übrigen Rechtsverhältnissen unabhängige notwendige Sanktionierung eines jeden Sieges. Diese besteht eben darin, daß die neuen Verhältnisse als neues ‹Recht› anerkannt werden, ganz unabhängig davon, ob sie de facto irgendeiner Garantie für ihren Fortbestand bedürfen oder nicht» (II/1,185-186). *Gewalt* setzt, vorübergehend, Recht, selbst wo eine höhere *Gewalt* oder «administrative Gewalt», die das Recht, in Kants Worten, «peremptorisch» machte – oder die, in Benjamins Worten, das bereits «gesetzte» Recht «erhalten» würde –, fehlt. Doch die Unterscheidung zwischen rechtsetzender und rechtserhaltender *Gewalt* bedeutet, daß kein positives Recht für immer erhalten werden kann: eine neue Setzung ist erforderlich, woraus ein historischer Rhythmus sich ergibt, synkopiert durch neue Rechtsetzungen, aus dem kein Entkommen möglich scheint. Das Ziel des «moralischen Politikers» liegt, Kants Ansicht nach, darin, die Bedingungen für einen Frieden zu schaffen, der nicht bloß das zeitweise Aussetzen des Krieges bedeutet.

Das Gesetz, unter dem «moralische Politiker» handeln, ist dreigeteilt: einerseits handeln sie im Licht positiven Staatsrechts, mit all seinen Mängeln; andererseits handeln sie, in Übereinstimmung mit der «Rechtslehre», jene Bestimmung dieser Lehre aus, die die Normen internationalen Rechts begründen. Zwischen diesen beiden rechtlichen «Seiten» – zwischen positivem Recht und Naturrecht, grob gesagt – liegt, was Kant «die Erlaubnißgesetze der Vernunft» nennt, an die der moralische Politiker stillschweigend appelliert, so daß zwei einander widerstreitende Forderungen zum selben Zeitpunkt angetroffen werden können: einerseits die Forderung, die «Rechtslehre» zur Grundlage des Rechts zu machen; und andererseits die Forderung, jedes rechtliche Vakuum, das aus der überstürzten Veränderung der Rechtsstruktur entspringen könnte, also Anarchie, zu vermeiden. Deshalb ist eine unter andern Umständen unrechtliche Verzögerung gestattet, über die der «moralische Politiker» wacht – darin liegt seine besondere Aufgabe –, «bis zur völligen Umwälzung», so Kant, «alles entweder von selbst gereift, oder durch friedliche Mittel der Reife nahe gebracht worden». Mit dieser Anmerkung kommt Kant einem möglichen Beschluß der Sphäre des Rechts nah, indem er zum Anfang ihrer doktrinalen Eröffnung zurückkehrt. Oder genauer – denn «Zum ewigen Frieden» wurde vor der *Rechtslehre* geschrieben –, der Anfang der Ausdehnung des Rechtsaxioms über die Sphäre seiner unmittelbaren Anwendung hinaus antizipiert die kritische Situation, in der dieser Begriff auf die gesamte Erdoberfläche angewendet werden könnte. Wie der «moralische Politiker» an «Erlaubnißgesetze der Vernunft» appelliert, indem er, angesichts der Drohung allgemeiner Anarchie, den Rhythmus angibt, aus dem die Bedingungen für «Ewigen Frieden» auftauchen können, so ist jedem, der Sorge für eine *res nullius* tragen kann, deren Aneignung erlaubt, obwohl Erlaubnis in beiden Fällen dem Eingeständnis gleichkommt, daß, wie Benjamin anmerkt, *Recht* im *Vorrecht* besteht. Angesichts des Verlusts von Benjamins Essay ist es unmöglich zu sagen, in welchem Sinn der «wahre Politiker» der Politik gegenüber Wahrheit beweist, ohne zum «moralischen Politiker» zu verkommen, der versucht, das Fehlen von Gerechtigkeit auf Erden zu verewigen. Soviel aber ist gewiß, denn das geht aus dem einzig erhaltenen Teil von Benjamins «Politik» unzweideutig hervor: für Benjamin gibt es keinen Prozeß politischer «Reifung», nur den «Verfalls»prozeß, insbesondere die Neigung rechtserhaltender Gewalt an Strenge nachzulassen, was eine andere Rechtsetzung zur Folge hat. Aufgrund des teleologischen Urteils, daß der geschichtliche Prozeß fortschreitender Rechtsreform eventuell zur Reife gelangt, Vorteil aus einem Erlaubnisgesetz der Vernunft zu ziehen – dies ist gewiß keine Option für den «wahren Politiker». Vielleicht hat Benjamin aus diesem Grund den letzten Teil seiner «Politik» «Teleologie ohne Endzweck» genannt. Jedenfals liegt eine der dringlichsten Aufgaben dieser «Politik» in der *Ermittelung* dessen, was dem Rhythmus der Rechtsgeschichte Einhalt gebietet, so daß die Bedeutung des Wortes *Friede*, das Kant in seiner Kritik am ewigen Krieg aufbietet, immer noch, wie Benjamin sagt, «unmetaphorisch und politisch» in Betracht gezogen werden kann.

«Moralische Politiker» handeln, nach Kant, wie folgt: in dem potentiell endlosen Streit zwischen Gewalt und Recht schlagen sie sich, verschlagen, auf die Seite des Rechts. Weil «wahre Politiker» vermutlich, durch die Analyse ihrer Bedeutungen, erkennen würden, daß *Gewalt* zuletzt identisch mit «Gesetz» oder «Recht» ist, würden sie sich auf die Seite der *Gewalt* schlagen, unter der Bedingung aber, daß die Gewalt, auf deren Seite sie sich finden, «wahre» oder «reine» *Gewalt* ist, das heißt *Gewalt* diesseits des Zweck-Mittel-Schemas. Benjamin schlägt diese Richtung in den späteren Abschnitten von «Zur Kritik der Gewalt» ein. Durch diese Vorgehensweise löst Benjamin nicht die Aufgabe seiner «Moralphilosophie», auf die er in seinen Notizen zu Vorwerks Essay «Das Recht zur Gewaltanwendung» verweist; er bringt diese Aufgabe überhaupt erst zur Sprache: Gewalt ist nur erlaubt, wo sie weder aufgrund einer institutionellen Gewalt noch eines Prinzips *a priori* gerechtfertigt wird, das nicht nur ihre Anwendung vermittelte, sondern aus ihrer Anwendung genau dies machte: eine Anwendung dessen, was unter Verschluß bleibt. Weil Gott das Walten seiner Gewalt vermutlich nicht in einem von seiner Existenz unabhängigen Prinzip verankert – «vermutlich» bedeutet hier: gemäß einer vieldiskutierten Prämisse, die Benjamin stillschweigend akzeptiert –, kann jede Gewalt dieser Art «göttlich» genannt werden. Und in derselben Richtung, auf der Suche nach einem Vorbild für den «wahren Politiker», würde man vermutlich auf Abraham stoßen – oder besser, auf den Abraham, den eines von Kierkegaards Pseudonymen trotz wiederholter Anstrengungen nicht begreift, weil seine Gewaltanwendung weder durch eine Institution noch durch ein Prinzip vermittelt ist, sondern eher, in Benjamins Worten, «als eine Gabe» verehrt wird. Und wer mag daran zweifeln, daß sie einen historischen Rhythmus unterbricht? Doch selbst wo «Zur Kritik der Gewalt» auf das zuhält, was eine ironische Rechtfertigung göttlicher Gewalt genannt werden mag – «ironisch», weil ihre Rechtmäßigkeit den Rechtfertigungsprozeß verwirft –, kehrt sich die Argumentation dem Problem zu, oder kehrt zu ihm zurück, mit dem die «Notizen für eine Arbeit über die Kategorie der Gerechtigkeit» beginnen: daß Gütern Besitzcharakter als Ausdruck ihrer Vergänglichkeit zukommt.

Das Argument geht so vor. Zunächst ist bereits gezeigt worden, daß gewisse Konflikte ohne Gewaltanwendung gelöst werden können, unter gewissen subjektiven Bedingungen – die «Kultur des Herzens» heißen. Natürlich lassen sich diese Bedingungen nicht garantieren; sie können aber erlernt werden, und so enthält der Essay, in Abbreviatur, einen Großteil von Benjamins frühen Überlegungen zur Erziehungsreform. Das Problem betrifft also vor allem die objektive Bedingung: wenn Konflikte über Güter auch ohne Rückgriff auf *Gewalt* gelöst werden können, so gilt das nicht für Konflikte *zwischen Mensch und Mensch*. Dies ist der Punkt, um den der Essay kreist, worauf Benjamin selber hinweist, wenn er auf die Nähe der *Lösung* zur *Erlösung* anspielt: «Da dennoch jede Vorstellung einer irgendwie denkbaren Lösung menschlicher Aufgaben, ganz zu geschweigen einer Erlösung aus dem Bannkreis aller bisherigen weltgeschichtlichen Daseinslagen, unter völliger und prinzipieller Ausschaltung jedweder Gewalt unvollziehbar bleibt, so nötigt sich die Frage nach andern Arten der Gewalt auf, als alle Rechtstheorie ins Auge faßt» (II/1,196). Die Antwort auf diese Frage nimmt den restlichen Essay in Anspruch und bestimmt seine Umkehr: während der Konflikt um Güter, der zunächst die Untersuchung der Bedeutung «gerechtfertigter Mittel» – nämlich des Generalstreiks – erleichtert hatte, sich als zwang- und gewaltlos erweist, ist der Konflikt zwischen Menschen durchs Mittel eines Gutes lösbar, dem der Besitzcharakter abgeht. Der zur Diskussion stehende Streik heißt jetzt proletarischer Generalstreik im Gegensatz zum politischen Massenstreik, mit dem er leicht verwechselt werden könnte, denn zwischen beiden gibt es keinen erkennbaren Unterschied. Doch gibt es einen unscheinbaren Unterschied: der Generalstreik verwirft jedes Interesse am Erreichen einer Lösung, die den Streikenden einen größeren Anteil am gesamten Sozialprodukt zugestehen würde, selbst wo dieser Anteil das Ganze umfaßt; er ist deshalb nicht länger Mittel zu einem Zweck, sondern eher eine Art Manifestation eines Endes, ähnlich einer Friedensfeier, die, anders als Veranstaltungen, die die Unterbrechung ewigen Krieges darstellen, nicht Ausdruck eines «neuen» Rechts ist. Es ist, als wäre der Bestand aller Güter völlig neu, die gesamte Erdoberfläche da, um genommen zu werden, «rechtmäßig» nämlich, und dennoch wird sie *nicht* genommen – und dies «Nicht-nehmen», das die Form einer Arbeitsniederlegung annimmt, besteht nicht im Verzicht auf Güter, sondern eher in der Leugnung, daß ein *Recht* auf sie jemals erzeugt werden kann, auch dadurch nicht, daß ich für jemanden arbeite, und wäre dieser Jemand ich selbst.

Das seinem eigenen Besitzcharakter entsagende Gut trägt den Namen *Gewalt*. Benjamin sagt es nicht in diesen Worten: er nennt *Gewalt* kein «Gut», aber doch fast. Wie er zu Beginn des Essays, nach einer Untersuchung der Bedeutung von *Gewalt*, anmerkt, wird er seine Untersuchung auf eine Kritik der «Sphäre [ihrer] Anwendung nach ihrem Wert» ausrichten (II/1, 181). Der Essay zerfällt so in zwei Teile: der erste Teil ist eine Analyse, die der Vorgehensweise von Kants «Elementarlehre» folgt, doch der zweite Teil bietet nicht, entsprechend, eine Dialektik, den Täuschungen gewidmet, die aus der sträflichen Scheidung der Elemente resultieren; er stellt eher eine *Bewertung* der zwei völlig unterschiedlichen Weisen dar, in denen *Gewalt* vorkommen kann: als ein Mittel zu Zwecken und unmittelbar. Weil das Dogma, das beide Rechtsschulen teilen, annimmt, daß gerechtfertigte Gewaltanwendung durch etwas vermittelt sein muß – eine historisch sanktionierte Einrichtung im Fall des positiven Rechts, ein allgemein gültiges Prinzip im Falle des Naturrechts –, geht diese Bewertung in eine Über-Wertung über. Im Verlauf von Benjamins «zweiter» Kritik, oder des zweiten Teils seiner «Kritik», taucht *Gewalt* als ein Gut auf – allerdings, *und das ist wesentlich*, weder als ein Gut «für sich», ähnlich dem «guten Willen» in Kants Moraltheorie, noch als ein Gut für etwas anderes, ein «Chock» zum Beispiel, der ein sklerotisches System verjüngt, um das vitalistische Bild eines Syndikalisten wie etwa Sorel zu gebrauchen, den Benjamin zitiert. Sondern *Gewalt* kann ein Gut sein, das der Alternative «für sich» oder «für anderes» nur unter der Bedingung entgeht, daß sie gänzlich *vorübergehend* ist: ihr Erscheinen muß ihrem Verschwinden entsprechen, ihr Zustandekommen ihrem Abbruch. Anders wäre sie nur gut für etwas, das heißt: kein Gut, sondern ein Übel, eine Versuchung, oder ein Heiligtum.

Und dieser Bedingung entspricht die folgende: Gewalt kann, um dieses Gut zu sein, weder *erhalten* noch *gespeichert* werden. Genau daran aber sind institutionelle Gewalt und Prinzipien *a priori* interessiert: sie erhalten und speichern Gewalt, um sie freizusetzen für den Erhalt des Speichers, den sie darstellt. Die Entscheidung für Gewaltanwendung ist jedenfalls zweideutig, vergleichbar, wie Benjamin andeutet, Entscheidungen über «Angemessenheit» und «Unangemessenheit» in werdenden Sprachen. Unmittelbare Gewaltanwendung dagegen, die genau genommen keine «Anwendung» ist, ist unzweideutig: sie hat nichts Zweigleisiges; sie ist eine «Einbahnstraße». Sie mag zum Beispiel eine Manifestation von Zorn sein – und hier ist «Zur Kritik der Gewalt» offenbar Nietzsches *Genealogie der Moral* verpflichtet –, doch nur insofern, als der Gewaltausbruch im Zorn unmittelbar ist, und sich in seiner Manifestation erschöpft; nichts an diesem Vorgang wird zurückgehalten, um später Anwendung zu finden, wenn es die Umstände (das heißt, für Benjamin, wenn es die mythischen Elemente des Schicksals) erfordern. In gewisser Hinsicht also kann *Gewalt* als ein *zweites* Gut betrachtet werden, dem kein Besitzcharakter zukommt – in der Hinsicht nämlich, daß sie «als eine Gabe» verehrt wird, um Benjamins Notizen zu Vorwerk noch einmal zu zitieren, deren Gabecharakter in dem Augenblick entweiht und also zerstört wird, in dem sie «festgehalten» wird. Dieser Gedankengang läßt sich in eine einzige These, die dieselben Notizen enthalten, zusammenfassen: Gerechtigkeit ist unvereinbar mit dem Gewalt«monopol». Versuche in beiden rechtstheoretischen Schulen, eine solche Monopolisierung zu rechtfertigen, begehen denselben Fehler wie sozialistische und kommunistische Theoretiker, die den Besitzer desjenigen einzigen Gutes festlegen, dem kein Besitzcharakter zukommt: eine *res nullius* im «objektiven» Sinn wird etwas anderem als dem einzelnen Mensch zugeschrieben, dem der Zugang zur «Habe», das heißt zum «Erhalt» der Sache versperrt ist, weshalb er den Besitz keiner allgemeinen, mithin «höheren» Gewalt übertragen kann.

All das aber baut auf dem zuvor zitierten Satz: «jede Vorstellung einer irgendwie denkbaren Lösung menschlicher Aufgaben, ganz zu geschweigen einer Erlösung aus dem Bannkreis aller bisherigen weltgeschichtlichen Daseinslagen, unter völliger und prinzipieller Ausschaltung jedweder Gewalt [bleibt] unvollziehbar» (II/1,196). Buchstäblicher ist damit gesagt, daß ohne Gewalt keine *Vorstellung* der Lösung menschlicher Aufgaben zustandekommt. Das ist zweideutig. Einerseits besagt das etwas über den Status der vorgestellten «Sache», in diesem Fall menschlicher Angelegenheiten. Andererseits sagt es etwas über den Status der Vorstellung: solange Konflikte zwischen Menschen vorgestellt werden, kann Gewalt aus ihren Lösungen nicht ausgeschlossen werden. Die Lösung menschlicher

Aufgaben, vielleicht sogar das Entkommen aus dem Bannkreis weltgeschichtlicher Daseinslagen, verlangt also etwas wie eine Gewalt gegen Vorstellung – in welchem Fall das Wort «Gewalt» nicht länger seinen «prägnanten Sinn» ausdrückt, wie es zu Beginn des Essays heißt: eine Ursache, schreibt Benjamin, wird zur Gewalt «im prägnanten Sinne» nur, wenn sie in sittliche Verhältnisse eingreift. Der Grund für die Ambiguität ist das Problem des Besitzes, wie es zuerst in den durch Scholem erhaltenen «Notizen» entwickelt worden war: *ein* Gut kann nicht zum Besitz werden, die Suche nach einer Kritik der Gewalt aber zielt auf *zwei* – Sprache, sofern sie nicht länger als ein Mittel zur Vermittlung von Bedeutungen aufgefaßt wird, und *Gewalt*, sofern auch sie als unmittelbar und also auf gewisse Weise als bedeutungslos gilt.

4.

Das bringt mich – für einen Augenblick, als ein Anhang – zu dem Projekt, in dem Benjamins «Politik» ihre Auflösung findet: zu seinem Essay über Goethes *Wahlverwandtschaften*, an dessen Ende eine gewisse «kritische Gewalt» den Bannkreis des Mythos zerschlägt. Es darf kaum überraschen, daß der Roman in das negative Bild der Gerechtigkeit mündet: ein Verzicht auf jeglichen Anspruch auf jegliches Gut. Was Kant als Folge eines Gesetzes ansah, das etwas zur *res nullius* im «objektiven» Sinn machen würde, nimmt in einer jungen Frau Gestalt an, für die, am Ende, alles «praktisch vernichtet» ist (Kants Worte), wenn sie weder mehr spricht noch ißt. Und es darf kaum überraschen, daß Benjamin in seiner Kritik der *Wahlverwandtschaften* einen «Frontalangriff» (seine Worte) auf Kants *Rechtslehre* unternimmt – keinen Angriff auf den Begriff des Besitzes *an sich*, sondern eher auf einen Begriff, den Kant im Hinblick auf die systematische Geschlossenheit seiner Lehre erfindet – das «Recht auf Menschen ähnlich wie auf Sachen», insbesondere das Recht auf Erwerb einer Frau, deren «Geschlechtsorgane» im Stand der Ehe zum «lebenslangen Besitz» werden unter der Bedingung der Wechselseitigkeit. Der philosophische Text entspricht insofern dem Roman, als der Rechtsbegriff von Menschen wie Sachen sich im physikalischen Begriff einer «Wahlverwandtschaft» spiegelt, wonach das Verhalten von Sachen handelnden Personen gleicht. Was jedenfalls auf dem Spiel steht, ist eine Gestalt des Konflikts zwischen Menschen, die durch Recht oder Gesetz gelöst werden soll, nämlich der «Krieg der Geschlechter» (ein Wort, das beide, Kant und Benjamin, benutzen). Und das Problem liegt darin: wie kann dieser paradigmatische Konflikt «zwischen Mensch und Mensch» gelöst werden? Vor dem Hintergrund von Benjamins «Kritik» sollte die Lösung einfach zu finden sein: nicht durch das Recht, zum Beispiel das Eherecht, sondern durch *Gewalt*, unter der strengen Bedingung, daß diese *Gewalt* sich in ihrer Erscheinung erschöpft – als wäre sie ein jäher Fortriß in die Strömung. Und tatsächlich kommt ein solcher Fortriß, von dem es ausdrücklich heißt, er sei *gewaltsam*, in den *Wahlverwandtschaften* vor: er taucht im entscheidenden Augenblick der Novelle auf, die für Benjamin den Roman zugleich unterbricht und lichtet – eine Novelle nämlich, die um die Lösung eines unerklärlichen Konflikts zwischen einem Knaben und einem Mädchen kreist. Benjamin, dessen Essay über die *Wahlverwandtschaften* nichts so sehr hervorhebt wie den kritischen Einschlag ihrer Novelle, weicht dennoch davor aus, *diesen* Fortriß zu ermitteln – nicht, weil *Gewalt* letzlich das Problem nicht löst, sondern weil das Problem so *nicht länger* formuliert werden kann. Es kann nicht einmal *im allgemeinen* formuliert werden – nicht einmal durch Kant, dessen viel gescholtene Definition der Ehe nach Benjamin «das erhabenste Produkt einer ratio [ist], welche, unbestechlich treu sich selber, in den Sachverhalt unendlich tiefer eindringt, als gefühlvolles Vernünfteln tut. Zwar bleibt der Sachgehalt selbst, welcher allein philosophischer Anschauung – genauer: philosophischer Erfahrung – sich ergibt, beiden verschlossen, aber wo das eine ins Bodenlose führt, trifft die andere genau auf den Grund, wo die wahre Erkenntnis sich bildet». Wo «philosophische Erfahrung» – was immer das sein mag – fehlt, bleiben für Benjamin die Zwillingswerke der Kunst, die preisgeben, wozu philosophische Systeme nicht imstande sind: nicht die Lösung menschlicher Probleme, sondern das «Ideal des Problems» , das, wie Benjamin behauptet, von höherer *Mächtigkeit* als jedes formalisierbare ist. Die Struktur dieses «Ideals» entspricht dem des «einen Guts», über dem die Notizen, die Scholem von Benjamin borgte, einsetzen. Und wie das Wesen des «Ideals des Problems» in keine Frage gefaßt werden kann, so gibt es bis jetzt kein Wort, nicht ein Wort, für das «eine Gut», das alle andern Gütern von ihren Besitzern befreit, ohne in demselben Zug den Unterschied zwischen Menschen und Sachen zu verwischen – so daß die Lösung menschlicher Aufgaben wie ein gewaltsamer Fortriß in strömendes Wasser erscheint.

III.
«Die besitzlose Arbeiterschaft» (Kafka)

1.

Unter den Fragmenten in Franz Kafkas nachgelassenen Oktavheften findet sich eine eigentümliche Beschreibung dessen, was auf den ersten Blick eine utopische Gemeinschaft pflichtbewußter Arbeiter zu sein scheint. Anders als die anderen Notizen und Fragmente, scheint dies eher ein historisches oder soziologisches Dokument als ein literarischer Entwurf oder eine philosophisch-theologische Meditation zu sein. Es zeichnet sich vor allem durch seinen seltsam offiziösen Charakter aus, als wäre es der Versicherungsgesellschaft, die eben erst, aufgrund seiner neu diagnostizierten Krankheit, Kafkas Entlassung bewilligt hatte, gelungen, sich in seine literarischen Überlegungen zu drängen. Kafka nannte das Fragment «Die besitzlose Arbeiterschaft» [ein Titel, den ich fortan, unter Vorbehalt, durch «Workforce without Possession» übersetzen werde]. Möglicherweise im Februar oder März 1918 geschrieben, ist es keineswegs eine Kritik oder Verteidigung der russischen Oktoberrevolution, deren Entwicklung Kafka wohl mit einigem Interesse verfolgte. Auch scheint es wenig Gemeinsamkeit mit andern sozialistischen oder kommunistischen Programmen zu haben, einschließlich solcher unter der Flagge des Zionismus. Während zionistische Gemeinschaften, wie ihr Name anzeigt, auf Zion bezogen sind, kann die Arbeiterschaft, die Kafka im Auge hat, fast überall vorkommen. Die kurze Liste der geduldeten Lebensmittel verzeichnet zwar «Datteln», was vielleicht auf Palästina weist; doch wenn das Fragment die Frage nach dem «Wo?» stellt, bleibt keine Spur in diese Richtung: «dort, wo man helfen kann, in verlassenen Gegenden, Armenhäusern» – was nicht nach Palästina im Jahr 1918 klingt. Kafka ergänzt noch, fast als einen Nachgedanken, das Wort «Lehrer», ohne zu präzisieren, wo die Arbeiter lehren sollen, oder ob die «Arbeiterschaft» ihren Ort dort haben soll, wo sie einen Lehrer findet. Jedenfalls findet sich unter den zwingenderen Gründen, nicht der Versuchung nachzugeben, in Kafkas Entwurf eine sozialistische oder zionistische Gemeinschaft zu sehn, die Gegenwart eines bestehenden Staates, auf den die «Arbeiterschaft» lose bezogen bleibt. Auch handelt es sich nicht um den Entwurf einer kommenden Gewerkschaft, deren Anspruch entweder darauf zielte, einen größeren Anteil am gesellschaftlichen Sozialprodukt zu erhalten, oder die Arbeitsbedingungen überhaupt zu verändern. Und trotz des Umstands, daß das Fragment, aus undurchsichtigen Gründen als «Brotherhood of Poor Workers» [Bruderschaft armer Arbeiter] übersetzt worden ist, hat es nichts mit einer Bruderschaft zu tun. Das «Arbeitsleben» seiner Arbeiter ist zweifellos «eine Angelegenheit des Gewissens und eine Angelegenheit des Glaubens an den Mitmenschen», doch nirgendwo findet sich ein Hinweis auf Brüderlichkeit oder auch nur auf Kameradschaft. Ähnlich – obwohl weniger – abwegig wäre es, die «Arbeiterschaft» als Wiederbelebung oder Wiederkehr einer andern Armutsgemeinschaft, nämlich der Mönchsorden, insbesondere der Franziskaner anzusehen, deren Aufkommen im dreizehnten Jahrhundert eine verwickelte und folgenreiche Diskussion über den Unterschied zwischen dem Besitz von Dingen, der verboten war, und der Möglichkeit, sie zu gebrauchen, auslöste. Nur in gewissen Grenzen kann das Wirken der «Arbeiterschaft» als apostolische Armut verstanden werden: immerhin aber gibt es Glauben, doch nur an den «Mitmenschen», nicht an den Heiland, der von einer andern Welt wäre; und es gibt Vertrauen, doch nur Vertrauen in das Verhältnis, aus dem der Arbeiter als ein bloßer oder reiner Arbeiter, das heißt besitzlos, oder, mit einem lateinischen Wort, als «Proletariat» hervorgeht. Denn wie Kafka im Fragment, am Ende seines ersten Abschnitts, unter dem Titel «Pflichten» hervorhebt, macht das Vertrauen die Vermittelung durch ein Gesetz entbehrlich: «Das Verhältnis zum Arbeitgeber als Vertrauensverhältnis behandeln, niemals Vermittlung der Gerichte verlangen. Jede übernommene Arbeit zuendeführen unter allen Umständen, es wären denn schwere Gesundheitsrücksichten dem entgegen».

So endet der erste Abschnitt des Fragments, unter dem Titel «Pflichten». Unmittelbar anschließend werden zwei entsprechende «Rechte» aufgezählt. Der Vorschlag für die Bildung der «Arbeiterschaft» nimmt so die Form eines Rechtsdokuments an, wo der Erfüllung bestimmter Pflichten Rechte entsprechen und der Genuß der Rechte bestimmte Pflichten generiert. Doch die abschließende Klausel macht unmißverständlich klar, daß die Pflicht, in die alle andern Pflichten münden, negativ ist: im Konfliktfall nehmen beide Parteien Abstand von der Inanspruchnahme gesetzlicher Mittel. Konflikte, insbesondere Konflikte, die den Arbeiter zur Arbeitsniederlegung und zum Streik, wie vereinzelt immer, veranlassen würden, müssen um jeden Preis vermieden werden, und diese Verpflichtung kann unter der Bedingung eingehalten werden, daß die Arbeiter jeder Arbeit, die sie übernommen haben, nachkommen, außer daß sie körperlich außerstande dazu sind, in welchem Fall Gewaltanwendung, um die Vereinbarung einzuhalten, nutz- und wirkungslos wäre. Auf diese Weise setzt die «Arbeiterschaft» das Gesetz außer kraft, ohne das Verschwinden des Gesetzes oder Staates, die sie gründen, zu betreiben: das Vertrauensverhältnis zwischen Arbeiter und Arbeitgeber entbindet von der Nötigung, eine externe und vorgeblich neutrale Gewalt anzurufen, um Abmachungen einzuhalten.

Das den Arbeitern garantierte Recht aber – und das ist einer der entscheidenden Punkte des Fragments – besteht vor allem in der Möglichkeit, die Arbeit niederzulegen. Einerseits – das ist das erste der zwei «Rechte» – ist der Arbeitstag auf sechs Stunden begrenzt, «für körperliche Arbeit vier bis fünf» ergänzt Kafka. Andererseits – das ist das zweite Recht – finden Arbeiter «bei Krankheit und arbeitsunfähigem Alter Aufnahme in staatliche Altersheime und Krankenhäuser». Die «Arbeiterschaft» lehnt den Staat nicht ab, sondern ist Teil seines Wohlfahrtssystems: Besitz, den die Arbeiter vor ihrem Beitritt zur «Arbeiterschaft» erworben haben, ist dem Staat zu überlassen «zur Errichtung von Krankenhäusern, Heimen» – unter Umständen jener Heime und Krankenhäuser, die sie aufnehmen. Und auch wenn die Gerichte sich in das Verhältnis zwischen Arbeitgeber und Arbeiter nicht einmischen dürfen, bleibt dieses Verhältnis auf den Staat bezogen: «Rat», schreibt Kafka und ergänzt in Klammern «(schwere Pflicht) vermittelt mit der Regierung». Weil die «Arbeiterschaft» gerade nicht als eine unabhängige Existenzweise gedacht wird, etwa von brüderlichen Gefühlen unterhalten, einem Gott oder einer ethischen Idee gewidmet, als ein innerweltliches Bild der Erlösung von der Welt, muß sie in ein mittelbares Verhältnis mit etwas außerhalb ihrer eigenen unmittelbaren Verhältnisse treten. Und wenn die «Arbeiterschaft» irgendeinem Prinzip gehorcht, dann vor allem nicht der Arbeit – eher der Faulheit oder Lethargie. Und diese Faulheit oder Lethargie ist sehr viel anspruchsvoller als jene Formen der Arbeitsniederlegung, die auf geschichtliche Resultate angehäufter Arbeitskraft vertrauen – gleichgültig ob sie die rechtliche Form eigenen oder fremden Besitzes annimmt. Der «besitzlose» Charakter der «Arbeiterschaft» erfordert, daß ihre Arbeit umgehend verschwindet – und daß auch von ihr selbst kaum etwas bleibt. Die einzige Spur dieser Arbeit ist die «Arbeiterschaft» selbst; doch auch sie mag verschwinden, denn ihr wird, wie die letzten Worte des Fragments besagen, nicht mehr gestattet als «Ein Probejahr».

Nirgendwo verdeutlich Kafka, was die «Arbeiterschaft» leisten muß, um diesen Test zu bestehen; doch es gibt gute Gründe anzunehmen, daß das Experiment, allen Kriterien für seinen Erfolg zum Trotz, zum Scheitern verurteilt ist. Denn es ist, offen gesagt, zweifelhaft, ob *irgend jemand* der «Arbeiterschaft» beitreten könnte – oder auch nur die Wahl dazu hätte. Der Grund für diesen Zweifel findet sich in der Bestimmung, unmittelbar über der Notiz zur schweren Pflicht, Rat zu geben: «Vorläufig wenigstens Ausschluß von Selbstständigen, Verheirateten und Frauen». Zu den beiden letztgenannten Klassen von Personen, ist möglicherweise wenig zu sagen; im Hinblick auf die erste aber ist die Lage nicht so einfach. Die «Selbstständigen» können auf sich selbst gestellt sein aus zwei Gründen: einerseits leben sie selbstständig, das heißt allein; andererseits sind sie «vermögende» Menschen, insbesondre jene, die sich selbst beschäftigen und dadurch dem Körper keiner «Körperschaft» zuzählen. Wenn also «vermögende» Personen, deren Unabhängigkeit dadurch gewährleistet ist, daß sie sich selbst beschäftigen, der Zugang zur «Arbeiterschaft» nicht gestattet ist, dann kann deren «Arbeitsleben» nicht länger auf Gewissen oder Glauben ruhn; im Gegenteil würde ihr «Arbeitsleben» seinen Grund vor allem, wo nicht ausschließlich, im Bedürfnis haben. Vielleicht könnte man von den Arbeitern noch sagen, daß sie die «Wahl» haben, der «Arbeiterschaft» beizutreten, doch nur so, wie man von arbeitsunfähigen Arbeitern würde sagen können, daß sie die «Wahl» haben, nicht zu arbeiten. Aus diesem Grund bedeutet «die Selbstständigen» vermutlich nicht: «vermögende Personen» oder «Leute, die ihr eigenes Geschäft betreiben». Doch noch weniger bedeutet es wohl jene, die unabhängig, weil unverheiratet leben, denn wäre das der Fall, würde das Gesetz vom ausgeschlossenen Dritten jedem den Zutritt zur «Arbeiterschaft» verwehren. Eines von Kierkegaards Pseudonymen hat einst geschrieben: heirate oder heirate nicht, du wirst beides bereuen. Worauf Kafka zu antworten scheint: gleichgültig, ob du verheiratet oder ledig bist, der Zugang zur «Arbeiterschaft» ist dir nicht gestattet, zumindest jetzt nicht.

Aufgrund anderer Umstände – von denen einige später diskutiert werden – ist deutlich, daß das Fragment für Kafka eine Alternative zur Ehe darstellt: eine Einrichtung, in der einige Männer mittleren Alters, «Fünfhundert Männer, Höchstgrenze», wie er notiert, von ihrer Unabhängigkeit befreit werden können, ohne zugleich der unzumutbaren Rolle des «Hausvaters» anheimzufallen. Doch das Fragment erschöpft sich nicht darin; es stellt auch, und das ist ungleich wichtiger, ein paradoxes «Aggregat» dar, dem niemand, vorläufig, angehören kann – niemand, das heißt, ein Jemand, «er selbst», eine juridische Person sozusagen, deren Unabhängigkeit garantiert, daß sie als einer, der mit sich «steht» und «fällt», identifiziert und gezählt werden kann. Im Kontext des Fragments nennt Kafka keinen Namen für den «Jemand» oder «Niemand», dem die Mitgliedschaft gestattet ist; doch er streift ihn: im Deutschen wäre sein Name der *Un-selbstständige*, ohne darum an etwas oder an jemand anderem zu lehnen. In andern Worten, er – und vorläufig zumindest muß es ein «er» sein –, den das Gesetz vom ausgeschlossenen Dritten nicht betrifft, kann Mitgliedschaft für jenes Aggregat beantragen, dessen Hauptmerkmal im Ausschluß des Gesetzes aus dem Verhältnis, durch das er sich selbst definiert, besteht: eines Arbeiters, der, weil er so wenig wie möglich arbeitet, nicht völlig mit dem, was er *tut*, identifiziert werden kann, aber umgekehrt auch nicht mit dem, was er (selbst) *ist* oder (verglichen mit allen andern) *hat*, von allem abgesehen, was er tut.

2.

Allerdings beruht all dies auf der Vorannahme, daß «Die besitzlose Arbeiterschaft» den Plan für eine besitzlose Arbeiterschaft vorlegt – einen Plan, will sagen eine Art Entwurf für den Aufbau einer bislang unverwirklichten Institution: eine neue Art «privater Einrichtung», sozusagen, die mit andern, ähnlichen, Vereinen und Kollegien in einer bürgerlichen Gesellschaft in Verbindung treten könnte. Daß die Aufnahmeregeln alles andere als ermutigend sind, ist Grund genug für die Annahme, daß dieses Fragment auch anders gelesen werden kann. Und wenn es schwierig ist, wie ich oben anmerkte, den Text als einen literarischen Entwurf oder eine philosophisch-religiöse Meditation zu lesen – diese Kategorien sind zugegebenermaßen unangemessen –, dann kann er doch zumindest als eine Reihe von Notizen zur Kritik eines literarischen Werks gelesen werden, wenn man «Kritik» im Sinne des Entwurfs auffaßt, den Benjamin in seinem Essay über Goethes *Wahlverwandtschaften* skizziert: als die alchemische Flamme, in der das Werk verschwindet; und prosaischer, obwohl nicht weniger undurchsichtig, als Freilegung seines Wahrheitsgehalts. Ein *work in progress*, das Kafka eben diskutiert hatte, kreist, wie sich heraustellt, um eine besitzlose Arbeiterschaft. Hier die Stimme eines gewissen Biber, der als «Lehrer» des Erzählers in den ersten Kapiteln eines Romans auftaucht, den Max Brod im Herbst 1917 schrieb: «Der Boden, auf dem du stehst, ist heiliger Boden. Denn er ist staatenlos». Im Verlauf des Weltkriegs, der ohne Aussicht auf ein Ende dauert, sind in dem «Niemandsland», das die kriegführenden Staaten trennt, einzelne Neutralitätszonen absichtslos geschaffen worden. Inmitten dieser staatenlosen Zonen ist eine Gemeinschaft von Arbeitern gegründet worden unter der messianischen Führung eines Charakters, um den die späteren Kapitel des Romans kreisen. Biber, einer der Schüler, setzt seine pädogische Übung fort: «Sie verlangen eine Erklärung? Nun denn: wir sind auf einem Terrain, das der militärischen Etappenverwaltung nicht mehr angehört und dessen sich die Zivilverwaltung noch nicht bemächtigt hat. Jahrelanger Stellungskrieg hat hier alles verwüstet [...] Hauptsache bleibt: Niemand kümmert sich um uns. [...] So gibt es hier wirklich ein Fleckchen Erde ohne Krieg! [...] Zeitlos leben wir im Raumlosen. [...] Man bringt die Ernte ein. So arbeiten wir und leben von dem, was wir erarbeiten».

Brod publizierte sein *work in progress* zuletzt unter dem Titel *Das große Wagnis*. Der Titel stammt vom Namen eines Spiels, das ein anderer Charakter, eine Pflegerin namens Ruth, erfindet, um Kinder zu lehren, daß jede Wahl, die sie treffen, unschätzbare Risiken birgt. Kinder lernen alles mögliche, erklärt Ruth dem Erzähler, der sich bald in sie verliebt; sie lernen richtig sprechen, richtig gehen, richtig essen, und so weiter: doch was sie nie lernen, ist richtig *wollen*. Das Spiel, das sie erfindet, soll diesen Mangel beheben. Es besteht aus einem labyrinthartigen Spielbrett zahlreicher miteinander verbundener Pappendeckel. Auf dieses Brett wird eine Kugel gesetzt, die den Gefangenen in einem Festungsgefängnis darstellt. Ziel des Spieles ist es, daß die Kugel *ins Freie* kommt. Und dieses Ziel wird nur durch einen einzigen Schritt erreicht. Das Spiel schließt ein gewisses, und tatsächlich großes, Wagnis ein, denn es gibt nur eine einzige Chance zur Befreiung. Wenn der Spieler zögert, oder eine falsche Bewegung macht, «so ist alles verloren», wie sie dem bezauberten Erzähler erklärt. Das ist nicht nur die Spielregel («eine einzige Chance»), sondern auch das Gesetz des Lebens, und besonders, das muß unterstrichen werden, des Ehelebens. Ruth ist die literarische Darstellung der Frau, mit der Brod, ein verheirateter Mann, vor kurzem ein Verhältnis angefangen hatte, und *Das große Wagnis* stellt, unter anderem, eine Bearbeitung der *Wahlverwandtschaften* dar, wo der

Schritt ins Freie – wenn er vollzogen werden kann – zur Befreiung nicht nur aus kriegerischen [*martial*], sondern auch aus ehelichen [*marital*] Konflikten führen soll: «Ja», so erklärt Ruth dem Erzähler, «der *schnelle* Entschluß ist eben das große Wagnis. [...] Es gibt kein [e Zeit zum] Überlegen. [...] mein Spiel ist das nackte Leben». Genau auf diese Passage geht ein Brief Kafkas an Brod im November 1917 ein: «Ist diese Strenge des Spiels eine Selbstquälerei und Quälerei des Geliebten, dann verstehe ich sie, ist sie aber selbstständige Überzeugung, die keinen geraden ursächlichen Zusammenhang mit Ruths oder mit Deinen Lebensverhältnissen hat, dann ist es eine verzweifelte Überzeugung [...] Das ganze ist doch fast ein Kriegsspiel, aufgebaut auf der berühmten Durchbruchsidee, eine Hindenburgangelegenheit. Vielleicht mißverstehe ich Dich», so fügt Kafka mit der ihm eigenen Diplomatie hinzu, «aber wenn es nicht zahllose Möglichkeiten der Befreiung gibt, besonders aber Möglichkeiten in jedem Augenblick unseres Lebens, dann gibt es vielleicht überhaupt keine». Und er schließt, noch um eine Spur diplomatischer – am Rande der Verschlagenheit –: «Aber ich mißverstehe Dich wirklich. Das Spiel wird ja fortwährend wiederholt, durch den augenblicklichen Fehltritt ist mir der Augenblick verloren, nicht alles».

Zwei Möglichkeiten ergeben sich aus Kafkas Kritik an Brods *work in progress*: entweder ist das Wagnis gering, vielleicht sogar verschwindend; oder es gibt kein Wagnis, was gleichbedeutend wäre mit: es gibt kein Spiel – oder das Spiel ist kein Spiel sondern in der Tat «das nackte Leben», wie Ruth sagt, selbst wenn sie etwas völlig anderes zu sagen sucht. Auf das wirkliche Wagnis bezogen, dessen Regeln Ruth freilegen soll, um deren Einsatz Kindern zu erklären, bedeutet das: der «Freistaat Liberia» kann, wenn er überhaupt gegründet werden kann, jederzeit gegründet werden. Wenige Monate nach seiner Kritik an Ruths Spiel, im Januar 1918, teilt Kafka Brod sein Urteil über *Das große Wagnis* mit: als ein Roman ist es von spärlichem Interesse; im Hinblick auf das, was er das «Socialgeistige» nennt, aber ist es «ein großartig offenes Wort [...] Mehr als dieses Konstatieren, als dieses der-Zeit-an-die-Seite-springen ist er vielleicht nicht, aber auch das kann ein großer Beginn sein. Wir [Kafka und Oskar Baum] sprachen in den ersten Nächten von dem Roman wie von einem historischen Dokument, das man verwendete, um dieses oder jenes zu belegen. So war es ja auch mit [Brods früherem Roman, *Schloß*] *Nornepygge*, aber damals war ich noch zu wenig davon berührt». Kurz bevor er diesen abschließenden Kommentar verfaßte, hatte Kafka versucht, Brod einige Empfehlungen über das Romanende zu geben, das davon berichten würde, was nach Auflösung des «Freistaats Liberia», weil keine Arbeit erzwungen werden kann, geschieht. Die Bürger von Liberia verzichten auf ihre eigenen Namen – «Eigennamen sind Eigenliebe, Symbole des Alleinseins», behauptet Biber –, und weil sie sich völlig mit ihren Tätigkeiten identifizieren, tragen sie die Namen dieser Tätigkeiten als ihre eigenen; doch in Wirklichkeit tun sie nichts. Die einzige Ausnahme von dieser Regel ist der Fall des «Kellners», der seinen Pflichten als Kellner nur nachkommt, weil er keine Wahl hat, denn er liegt in Ketten. Am Ende des Romans, wenn Liberia bombardiert wird, versucht der Erzähler zu fliehen; er wird gefangengenommen und als Verräter zum Tod durch Erschießen verurteilt. Seinem Tagebuch zufolge hat Brod den Roman am Weihnachtstag 1917 vollendet. Kafka, der davon offenbar nichts wußte, gibt Brod im Januar 1918 folgende Empfehlung: «Mir [...] ist letzthin bei Vorlesung des Tröltschaufsatzes eingefallen, daß der positive Schluß des Romans eigentlich etwas Einfacheres und Näheres will, als ich zuerst dachte, nämlich die Aufrichtung einer Kirche, einer Heilanstalt, also etwas, was fast zweifellos kommen wird und sich schon im Tempo unseres Zerfallens um uns aufbaut».

Den Schluß, den Kafka vorschlägt, kann man «einfach und schlüssig» nennen aus dem einfachen Grund, weil der Roman ihn bereits einschließt. In einem der ersten Kapitel hatte Biber gesagt – und hier wiederhole ich mich selbst: «Der Boden, auf dem du stehst, ist heiliger Boden. Denn er ist staatenlos». Wo ein heiliges Land fehlt, soll eine *Heilsanstalt* gebildet werden. In den Worten von Brods Roman bedeutet das, daß das Scheitern des «Liberischen» Experiments kein Grund zur Verzweiflung ist, denn das Experiment kann wiederholt werden; es war immer nur ein Anfang, ein «großer Anfang» zweifellos, und die Kirche oder Heilsanstalt, die den Roman beschließen soll, wäre – denen vergleichbar, denen Luther, Troeltsch zufolge, zur Existenz verholfen hatte – das Zeichen für die Bereitschaft, den Sprung in ein neues Liberia zu wagen, sollten die Anzeichen dafür noch einmal günstig sein. *Gegen* Ruth also ist nicht alles verloren, auch der Roman nicht, der trotz seiner literarischen Schwächen als ein historisches Dokument überlebt, das zum Auslöser einer Diskussion über gegenwärtige geschichtliche Zustände werden kann. Doch nichts ist auch «gewonnen», denn die «Kirche» oder *Heilsanstalt*, in die Liberia, wäre Brod Kafkas Empfehlung gefolgt, übergehen würde, ist kein Ort, den man einfach betreten kann oder, genauer, zu betreten *wählen* kann. Dazu bedarf es, Troeltschs Essay legt das nahe, der Gnade, und die Errichtung der *Heilsanstalt* baut auf der Umbildung ihrer Bedeutung: «Die Gnade ist nach der klassischen Formel Melanchthons nicht mehr *medicina*, sondern *favor*». Troeltschs eigene Formulierungen allerdings verraten etwas völlig anderes: das Wort *Heilsanstalt* legt nicht nur eine Institution nah, in der Arznei verabreicht wird; er beschreibt dies neue Sanatorium als einen Besitz, der uns alle in Anspruch nimmt: «die auf jeden Menschen schon bei seiner Geburt Anspruch hat», schreibt Troeltsch im Augenblick der Einführung der *Heilsanstalt*, und «jeden durch die Taufe in Besitz nimmt». Wäre die *Heilsanstalt* allerdings eine Sache eher des *favor* als der *medicina*, dann könnte sie genau so verstanden werden: ohne jede Medizin. Und ein solches Sanatorium sollte umgeben sein von Sanatorien mit Medizin, anders gesagt, von Krankenhäusern und Altersheimen, in die die Insassen der ursprünglichen *Heilsanstalt* übergehen. Darüberhinaus würde diese *Heilsanstalt*, anstatt Allgemeinbesitz zu sein, auf Besitzlosigkeit beruhn. Unter diesen Bedingungen stimmt sie mit dem von Troeltsch angesprochenen Problem überein, selbst wenn es nicht mehr auf «Luther, de[n] Protestantismus und die moderne Welt» eingeschränkt werden kann, um den Titel jenes Essays zu zitieren, den Kafka seinem blinden Freund Oskar Baum vorlas.

Unter diesen Bedingungen kann «Die besitzlose Arbeiterschaft» als eine Ausarbeitung dessen angesehen werden, was Kafka als

Schluß für *Das große Wagnis* nahelegte: sie ist etwas «Positives», eine Kirche oder *Heilsanstalt*, deren Tempo mit dem des Zusammenbruchs Schritt hält: «Ein Probejahr». Daß «Die besitzlose Arbeiterschaft» sich wie eine Art «socialgeistige» Erklärung liest, wenn auch nur in ihren «Anfangs»gründen, hat nichts Überraschendes mehr. Noch ist es erstaunlich, daß sie eine Art «Nachtrest» seines Schreibens von Tag zu Tag darstellt. Die Triester Versicherungsanstalt, *Assicurazione Generali*, für die Kafka arbeitete, versuchte, wie alle Versicherungsgesellschaften, Risiken und Wagnisse zu berechnen und zu minimalisieren. Indem er seinen Roman *Das große Wagnis* nennt, führt Brod die Literatur ins «Versicherungs»geschäft ein. Worauf Kafka reagiert – indem er das Wagnis minimalisiert, wo nicht auf Null reduziert. Dem ist die unleugbare Tatsache hinzuzufügen, daß das fragliche Fragment die Arbeitsbedingungen in Liberia umkehrt: in Liberia arbeitet niemand, der nicht arbeiten will; in Kafkas Fragment ist Arbeit immer nur eine Sache des «Gewissens». Überdies erlaubt Kafkas Rat im Hinblick auf den Schluß von *Das große Wagnis* teilweise Einsicht in die undurchsichtigste Schicht des Fragments: die augenscheinliche Unmöglichkeit, der «Arbeiterschaft» beizutreten, oder beitreten zu wollen. Es ist nicht so, als ob ich oder Du, bloß weil wir Menschen sind und wählen können, in der Lage sind, der «Arbeiterschaft» als Freiwillige beizutreten; und das Beweisstück einiger Kommentatoren, die die «Arbeiterschaft» mit Zionismus oder Judentum in Verbindung zu bringen suchen, ist ein einziges Wort: «Datteln». Nein, die «Arbeiterschaft» geht aus dem Untergang Liberias hervor, mit dem Ergebnis, daß deren Bürger – falls «Bürger» das richtige Wort ist – der «Arbeiterschaft» unter Bedingungen beitreten, die mit Worten wie «Willkür» und «Wahlmöglichkeit» nicht erfaßt werden können. (Darin vielleicht liegt der «jüdische» Charakter der «Arbeiterschaft».) Jedenfalls liegt der «freie Wille» im Streit mit dem «Freistaat» Liberia. Das wird bereits in Kafkas Kritik an Ruths Spiel deutlich, die in den Satz mündet, daß eine Möglichkeit zur Befreiung vielleicht immer vorhanden ist, und es aus diesem Grund keine Wahl geben kann, die diese Chance sichert. «Rat» ist, aus diesem Grund, eine «schwere Pflicht»: es ist nicht einfach so, daß es *keine* «Wahl» gibt, keine Wahl der Arbeit zum Beispiel, oder keine Wahl der Ehefrau, aber die Unvereinbarkeit der Wahlmöglichkeit mit dem Zustand der Befreiung macht jede Wahl «schwierig», selbst wenn eine Wahlmöglichkeit, die der Ehefrau, von Anfang an ausgeschlossen wird. Und welche Aspekte der Staatenlosigkeit Liberias behält die «Arbeiterschaft» bei, so daß sie als deren Fortführung gelten kann? Offenbar und paradoxerweise die Besitzlosigkeit, weil diese -losigkeit das Fehlen jeglicher Amtsgewalt im Raum, aus dem die Arbeiter kommen, darstellt. Für die Mitglieder der «Arbeiterschaft» bleiben Dinge immer *res nullius*, weil sie einer *terra nullius* gehören, die weniger zerstört – denn wie soll Raum zerstört werden können? –, als immer nur «besetzt» ist. Die «Arbeiterschaft» wird deshalb von solchen Orten angezogen, wo ein «Niemandsland» zustande kommen mag, befreit von jeglicher Besatzungsmacht. In Kafkas Worten: «dort wo man helfen kann, in verlassenen Gegenden, Armenhäusern».

Doch Liberia ist natürlich auch der Name eines wirklichen Landes. Wenn Biber zum erstenmal diesen geradezu numinosen Namen ausspricht, insistiert er auf diesem Punkt: «Sie sind in Liberia, Bester! Im Staate der Freiheit! Negerrepublik? Keine Ahnung. Der Name kam unter uns halb im Scherz auf, blieb aber dann bestehen, da wir fanden, daß er eines unserer Hauptprinzipien treffend andeutet, das Prinzip: nicht originell zu sein. Wir hassen die Originalität, wir verfolgen als unseren grimmigsten Feind [...] das Paradox». Bibers Mangel an Originalität mag im Hinblick auf diese Namenswahl Brods eigenen Mangel reflektieren. Gewiß schrieb sein Freund, soviel wir wissen, nie über «Liberia»; doch Kafka hatte kurz zuvor einen seltsamen «Bericht» geschrieben und in Martin Bubers Zeitschrift *Der Jude* publiziert, der seinen Ausgangspunkt in einer Gegend nimmt, die in Liberia liegt: die «Goldküste» von Afrika. Das ist die Heimat des Affen, der den Namen Rotpeter annimmt und «Ein Bericht für eine Akademie» verfaßt. Der Erwerb dieses unoriginellen Namens – über den Rotpeter nicht allzu glücklich ist – hängt mit seinem eigenen Erwerb zusammen, der, aus offenbaren Gründen, *original*, ursprünglich zu sein hatte: er gehörte niemandem an, bis Agenten der Firma Hagenbeck durch zwei Schüsse im Verlauf einer Jagdexpedition Besitz von ihm ergriffen. Der erste Schuß traf ihn; der zweite verwandelte – man könnte sagen, durch Magie – seinen Status: von einer *res nullius* zur *res Hagenbeckeum*. Indem er seine Erbeuter nachäfft, erlangt er ein entsprechendes und entsprechend abgeleitetes Recht, das – dies ist das Ende des «Berichts» – im Erwerb einer halbgezähmten Schimpansin gipfelt, als Ehefrau oder Spielzeug oder als beides zu wechselnden Zeiten, bei Nacht als erstere, bei Tag als letzteres, in Übereinstimmung vielleicht (denn das bleibt unklar) mit seiner Wahlmöglichkeit. (Es ist vielleicht von Interesse anzumerken, daß Brods Ehefrau die Rolle Rotpeters in einer von Brod für sie vorbereiteten Theater-«Veranstaltung» übernahm, obwohl Kafka sie ausdrücklich gebeten hatte, die Rolle nicht zu übernehmen.)

Der «Liberianische» Charakter von Rotpeters Herkunftsort läßt sich aus folgenden Hinweisen erschließen, die zahlreiche Wege allegorischer Auslegung anbieten, wodurch die Leser den ein oder andern Ausweg aus einer Deutungklemme finden und so eine Allegorie in zweiter Potenz produzieren, in der sie selber der Gestalt gleichen, die durch ihre Lektüre in etwas anderes verwandelt wird, als was sie ist, nämlich ein verwundeter und gefangener Affe: «Ich hatte keinen Ausweg», sagt Rotpeter, indem er sich auf seinen Käfig an Bord des Schiffes bezieht, «mußte mir ihn aber verschaffen, denn ohne ihn konnte ich nicht leben. [...] Ich habe Angst, daß man nicht genau versteht, was ich unter Ausweg verstehe. Ich gebrauche das Wort in seinem gewöhnlichsten und vollsten Sinn. Ich sage absichtlich nicht Freiheit. Ich meine nicht dieses große Gefühl der Freiheit nach allen Seiten. Als Affe kannte ich es vielleicht und ich habe Menschen kennen gelernt, die sich danach sehnen. Was mich aber anlangt, verlangte ich Freiheit weder damals noch heute». Viel könnte hier zu dem gesagt werden, was man Rotpeters Theorie der Freiheit nennen könnte, besonders weil er hinzusetzt: «Nebenbei:» – als wüßten die Akademiker, an die er sich wendet, nicht längst, was sie zu hören bekommen, als hätten sie nicht genügend über die dritte Antinomie der reinen Vernunft und die Geschichte der Französischen Revolution nachgedacht – «mit Freiheit betrügt man sich unter Menschen allzuoft. Und so wie die Freiheit zu den erhabensten Gefühle zählt, so auch die entsprechende Täuschung zu den erhabensten». Doch jeder Kommentar dieser erhabenen Passage, die sich wie eine Rousseau-Parodie oder die Parodie eines Rousseau-Kommentators, Kant eingeschlossen, liest, ginge fehl, würde er nicht den Status ihres Autors berücksichtigen: ein Besitz, vermutlich immer noch Hagenbecks. Es ist nicht so, nicht einfach so, als wären für Rotpeter der «Ausweg» und «Freiheit nach allen Seiten» einander *im allgemeinen* entgegengesetzt – darin liegt Kafkas Kritik am Kugelspiel, das Ruth erfindet –; Rotpeters «Ausweg» ist auch der Weg, auf dem die Firma Hagenbeck *ihren* Status als (juristische) Person vervollkommnet.

Solange Rotpeter in Haft gehalten werden muß, kann die Firma nicht beweisen, daß sie ihn wirklich besitzt, und wenn ich «wirklich» sage, dann meine ich natürlich, in Kants Worten, «intelligibel» oder «rational». Rotpeter geht aus dem Zustand der Gefangenschaft in den des Besitzes über, indem er einen Ausweg findet, der rechtlichen Begriffen zufolge den Weg hinein darstellt: genauer den Weg in die Rechtssphäre, im Gegensatz zur bloß physischen Gewalt. Von daher Rotpeters eigene Version des Selbstbetrugs, der in dem folgenden unterbrochenen Gedanken, obwohl der Bruch selten als solcher wahrgenommen wird, zum Ausdruck kommt: «Affen», sagt Rotpeter, «gehören bei Hagenbeck an die Kistenwand – nun, so hörte ich auf, Affe zu sein». Nur insofern Hagenbeck Dinge besitzt, ohne sie tatsächlich gefangenzuhalten, besitzt er sie auch wirklich. Entsprechend ist die Firma Hagenbeck imstande, ihre Freiheit zu beweisen – ein Beweis, der besonders für eine «Firma» wichtig ist, weil ihre Existenz juristisch festgelegt ist –, wenn Rotpeter eine Ausweg aus der Gefangenschaft findet. Deshalb das unscheinbare aber wesentliche «Auch» in der folgenden Passage, das Rotpeters Meditation über die Freiheit beschließt: «Oft habe ich in den Varietés vor meinem Auftreten irgendein Künstlerpaar oben an der Decke an Trapezen hantieren sehen. Sie schwangen sich, sie schaukelten, sie sprangen, sie schwebten einander in die Arme, einer trug den anderen an den Haaren mit dem Gebiß. ‹Auch das ist Menschenfreiheit›, dachte ich, ‹selbstherrliche Bewegung.› Du Verspottung der heiligen Natur! Kein Bau würde standhalten vor dem Gelächter des Affentums bei diesem Anblick» .

3.

In den *Institutionen* findet sich eine durch Justinian autorisierte Formulierung, die bei mehr als einem Kommentator Spott ausgelöst hat. Sie betrifft Tiere, die einen Sinn oder *animus* dafür haben, zurückzukehren: «Für die Tiere aber, die nach ihrer Gewohnheit sich entfernen und immer wieder zurückkehren, ist die Regel anerkannt, daß sie so lange als dir gehörig gelten, wie sie den Willen haben zurückzukehren [*animum revertendi habent*]. Wenn sie nämlich den Willen zur Rückkehr aufgegeben haben, hören sie auch auf, dir zu gehören, und sie werden Eigentum dessen, der sie sich als nächster aneignet. Den Willen zur Rückkehr haben sie offenbar dann aufgegeben, wenn sie die Gewohnheit dazu verloren haben» (II,1,15). Vielleicht war Kafka diese Passage aus den Lehrveranstaltungen über Römisches Recht vertraut. Einer seiner Professoren, Ludwig Pfaff, hatte die Wiederveröffentlichung des berühmten *Lehrbuchs der Pandekten* von Karl Ludwig Arndts von Arnesberg mitherausgegeben. Ein anderer seiner Rechtslehrer, Emil Pfersche, hatte seine Abschlußarbeit über Verbotsgesetze, auf denen der Begriff des Besitzes gründet, verfaßt. Bei Arnesberg, wie bei zahlreichen anderen Juristen auch, findet sich der Hinweis, daß die Diskussion über den Erwerb von Dingen, die niemandem gehören, in der Erwerbslehre einen unverhältnismäßig umfangreichen Raum einnimmt, denn es ist eher selten, daß solche Dinge erworben werden; fast jede Erwerbung, insbesondre solche, die auf Rechtsmittel angewiesen ist, wechselt lediglich den Besitzer. Selbst in den *Institutionen* gibt diese Unverhältnismäßigkeit Anlaß für einen kurzen Hinweis: «Eine Insel, die im Meer entsteht», erklärt Justinian, und ergänzt unmittelbar, «was nur selten geschieht, wird Eigentum dessen, der sie sich zuerst aneignet. Denn man nimmt an, daß sie niemandem gehört» (II,1,22). Trotz ihrer Seltenheit verlangen solche Vorkommnisse dennoch einen gewissen Grad an Diskussion, denn sie stellen eine grundsätzliche Umbildung des Rechts dar: was außerhalb der Rechtssphäre lag, tritt in diese Sphäre ein, so daß ein rein physisches Verhältnis, gesetzt, es läßt sich überhaupt herstellen, und sei es durch einen Affen, für die Einschätzung des jeweiligen Falles nicht ausreicht. Weniger selten als das Auftauchen einer neuen Insel aus dem Meer ist das Auftauchen wilder Tiere im Blickfeld von Jägern; doch die Sache ist dieselbe: eine Möglichkeit, die Sphäre des Rechts auszudehnen. Ihrer relativen Häufigkeit wegen wird die entsprechende Diskussion um ursprünglichen Erwerb – die nach 1492 aus bekannten Gründen an Bedeutung gewann – im allgemeinen die Lehre der *feriae bestiae* genannt: «Wilde Tiere, Vögel und Fische, also alle Lebewesen, die es auf dem Lande, im Meer oder in der Luft gibt, gelangen», so erklärt Justinian, «sobald sie von jemandem gefangen sind, nach Völkergemeinrecht sogleich in dessen Eigentum. Denn was vorher niemandem gehörte, steht nach natürlicher Vernunft demjenigen zu, der es sich zuerst aneignet. [...] Man hat gefragt», so fährt er fort, «ob ein wildes Tier, wenn es so verwundet ist, daß es gefangen werden kann, sofort als dein Eigentum anzusehen ist. Manche haben gemeint, es gehöre sofort dir und bleibe solange dein Eigentum, wie du es verfolgst; wenn du aber die Verfolgung aufgebest, höre es auf, dein Eigentum zu sein, und werde Eigentum dessen, der es sich als nächster aneigne. Andere haben angenommen, das Tier werde erst dann dein Eigentum, wenn du es fängst. Wir entscheiden uns für die letztgenannte Ansicht, weil», so schließt Justinian recht rätselhaft, «oft mancherlei dazwischenkommt und du das Tier doch nicht fängst» (II,1,12-13).

Unter den vielen Zufällen, die eine Jagd unterbrechen können, mag einer paradigmatisch heißen, denn er taucht aus dem Wort auf – ein Zufall nämlich, bei dem der Jäger fällt. Das ist der Fall eines Jägers, dessen Schicksal Kafka in einer Reihe von Fragmenten untersucht: ein Jäger, der zufällig zu Fall kommt, während er eine Gemse jagt. Als eine Wildziege besitzt die Gemse bereits einen zweideutigen rechtlichen Status, weil Ziegen im allgemeinen zahm sind; eine Wildziege untersteht der Lehre von den *ferae bestiae* nur unter der Bedingung, daß die Wild*ziege* hinter der *Wild*ziege zurückbleibt. Was den Namen des vom Zufall gefällten Jägers, Gracchus, angeht, haben Kommentatoren wiederholt dessen Ähnlichkeit mit dem lateinischen Wort *graculus* (mit einem «c») unterstrichen; aus dem Wort wird englisch *grackle* abgeleitet; seine tschechische Entsprechung ist *kavka* («Dohle»). Gestützt wird diese Deutung, die «maßgeblich» genannt wurde, wahrscheinlich weil sie oft genug wiederholt worden ist, durch den Hinweis, Kafka habe den Ort, Riva, in dem das erste Fragment handelt, zweimal besucht, das zweite Mal auf seinem Weg in ein Sanatorium, in dem ein österreichischer Offizier sich selbst erschoß. Doch auch Gracchus (mit zwei «c») ist zurecht ein guter Name, ein sehr guter sogar. Unter den ehrwürdigen Gracchen findet sich vor allem einer, Tiberius Sempronius Gracchus, der dem Namen zum Beiwort radikaler Gesellschaftsreformen verhalf, indem er eine Reihe von Agrargesetzen verfocht, die sogenannte *lex sempronia agraria*, die eine beispiellose Verteilung großer Landstücke an arme, nein, an besitzlose römische Soldaten vorsah. Die Durchsetzung dieser Gesetze kam nur durch das zustande, was später «Generalstreik» genannt werden sollte. Und Tiberius war nur der erste in einer Reihe von Gracchen, die sich der Sache radikaler distributiver oder re-distributiver Gerechtigkeit verschrieben. Der Name Gracchus war mit dieser Sache so eng verbunden, daß sie dem letzten und vielleicht radikalsten Vertreter der Französischen Revolution, «Gracchus» Babeuf zugeschrieben wurde, der in der sogenannten «Verschwörung der Gleichen» [*conspiration des égaux*] ums Leben kam.

Von andern Gracchen unterscheidet sich der Jäger Gracchus, selbst wo er noch unzweideutig lebt, dadurch, daß er als ein Jäger – im Gegensatz zum Soldaten oder Bauern, ganz zu schweigen von einem Sozialreformer – auf sich, und zwar auf sich allein, gestellt ist. Diese Einsamkeit wird als Folge seines Unfalls verewigt, was nicht nur *ihn* in eine unbestimmte Region entläßt, sondern – und das ist der springende Punkt – auch die Gemse, die er verfehlte, betrifft:

auch sie taucht in eine neutrale Zone ein. Der Jäger ist weder richtig lebendig, noch auch richtig tot; gewiß, die Gemse gehört dem Jäger nicht, und dennoch ist es so, daß sie dem Jäger nicht einfach *nicht* gehört, sie könnte also in den Besitz eines andern wechseln. Solang der Jäger Gracchus *Jäger* Gracchus bleibt, gemäß der *alten* Lehre von den *ferae bestiae*, die Justinian durch ein imperiales *fiat* annulliert, *könnte* die Gemse ihm gehören, denn er hatte sie zumindest vor Augen; doch seit er tot ist, obwohl «gewissermaßen» immer noch am Leben, kann er den Fang nicht dadurch zum Abschluß bringen, daß er die Sache «in seine Gewalt» bringt. Und keineswegs steht außer Frage, daß die *alte* Lehre außer kraft gesetzt ist, denn gegen Ende des zweiten, längeren Fragments – das durch Zufall unmittelbar in die erste Version der Erzählung von Rotpeter mündet – wird deutlich, daß der Unfall sich im vierten Jahrhundert zutrug, also lange vor Justinians Kodifizierung. Deshalb ist es möglich, daß die Gemse Gracchus weder gehört noch Gracchus nicht gehört, und dies Weder-Noch entspricht der positiv gewendeten Auskunft: hier endlich liegt eine *res nullius* im «objektiven» Sinne vor, wenn auch nur der Möglichkeit nach. Die Gemse könnte «praktisch vernichtet» werden, um Kants vielsagendes Wort zu gebrauchen, solange auch Gracchus praktisch (aber nur praktisch) vernichtet bleibt. Wenn es für eine Sache allerdings *möglich* ist, *res nullius* im «objektiven» Sinn zu sein, ohne daß ein besonderes Gesetz den Erwerb der fraglichen Sache verstellt, dann ist es fortan für alles, für jede *äußere* Sache, unmöglich, jemandem zu gehören – denn diese Frage kann nie befriedigend beantwortet werden: gehört diese Sache, die jemand sich aneignet, tatsächlich niemandem? Im Licht dieser Frage könnte man den Jäger Gracchus, trotz seiner anfänglichen Zurückhaltung, für den radikalsten aller Gracchen halten: Tiberius Gracchus wollte nur das Land abwesender Großgrundbesitzer enteignen und dieses Land nichtseßhaften römischen Soldaten geben; «Gracchus» Babeuf wollte Gleichheit für das Volk seiner Nation nur im Hinblick auf den Genuß von Gütern; aus dem Fall des Jäger Gracchus dagegen taucht versehentlich die Möglichkeit auf, daß niemand irgendetwas besitzen kann.

«Lache nicht.» – sagt Gracchus in jedem der beiden längeren Fragmente, in denen er vorkommt. Das zweitemal, weil er sich als den Schutzpatron der Schiffsleute beschrieben hat, zu dem die Besatzung voller Furcht während eines Sturmes betet. Sein Gesprächspartner leugnet, überhaupt gelacht zu haben; doch Gracchus hat gute Gründe, Verdacht zu schöpfen: denn wie sollte er auch nur dem kleinsten Kajütenjungen helfen können, er, der auf einer Barke liegt und nichts tut, «praktisch vernichtet», seit fünfzehnhundert Jahren? Was um den Hinweis ergänzt werden könnte, daß er, anders als seine Namensvettern, Tiberius und Babeuf zum Beispiel, nie etwas tat – nicht nur, weil er ein literarischer Charakter ist (als gälte das nicht auch, gewissermaßen, für Tiberius und Babeuf, deren Wirklichkeit natürlich nicht geleugnet wird, deren Gracchen-Charakter aber zu nicht geringen Teilen aus der Literatur politischer Geschichtsschreibung stammt), nicht also einfach deswegen, sondern auch, und vor allem, weil er nicht, um eine stehende Wendung zu gebrauchen, «sein eigener Herr» ist. Teilweise hängt er von Kafka ab (oder von Max Brod) (Brod publizierte ihn); mehr noch aber ist oder war er abhängig von seinem Patron. Und das Gespräch, das er im zweiten großen Fragment führt, ist fast genau dieser Frage gewidmet – «fast», weil an dem Punkt, an dem diese Frage unausweichlich wird, der Gesprächspartner seine eigene Untersuchung anknüpft: «Gracchus, eine Bitte. Sage mir zuerst kurz aber zusammenhängend, wie es eigentlich mit Dir steht». Gracchus aber ist an etwas anderem interessiert – an anderem als an sich selbst und seiner zweideutigen Identität: er denkt über den seltsamen Status der «Patrone» nach. «Wer ist der Patron?» fragt der andere, und Gracchus antwortet: «Der Besitzer der Barke», um sogleich zu ergänzen: «Diese Patrone nämlich sind ausgezeichnete Menschen. Ich verstehe sie nur nicht». Außerdem stellt sich heraus, daß *sein* Patron, der Besitzer der Barke, eben in Hamburg starb – was natürlich die Frage aufwirft, ob die Barke noch einen Besitzer hat oder nicht, denn das rechtliche Besitzverhältnis erlischt mit dem Tod und so, ist anzunehmen, das der Patronage. Über das hinaus, was Gracchus über die Patrone sagt, worauf wir gleich zurückkommen, gibt das Wort, das aus der Frage auftaucht, nur soviel zu erkennen: Patron, von *pater* abgeleitet, ist der Beschützer oder *Schutzherr*, und sein Schutz ist, über zwanglose und Ergebenheitsverhältnisse hinaus, nur in einer Reihe bestimmter Situationen angemessen, insbesondere aber im Kontext der Seeschiffahrt, wo der Kapitän eines Schiffs dessen «Patron» genannt wird, denn seine Aufgabe besteht darin, das Schiff vor feindlichen Elementen (natürlicher und menschlicher Art) zu schützen. Wenn Kant, gegen seine eigene ausdrückliche Ablehnung der Personifizierung von Dingen, an die Arbeit verwandt wird, in der *Rechtslehre* den Boden personifiziert, so erfaßt er schlagend und konzis das Patronatsverhältnis: «wenn ihr mich nicht beschützen könnt, so könnt ihr mir auch nicht gebieten» (6, 265), worauf er unmittelbar anschließt: «Darnach müßte also auch der Streit [zwischen Grotius und Selden] über das freie oder verschlossene Meer entschieden werden; z. B. innerhalb der Weite, wohin die Kanonen reichen, darf niemand an der Küste eines Landes, das schon einem gewissen Staat zugehört, fischen, Bernstein aus dem Grunde der See holen u. dergl. –». Diese Entscheidung geht über Land und Meer hinaus: *alles*, was in jemandes Besitz gelangt, kann man sagen hören – selbst wenn man mit Kant darin übereinstimmt, daß Dinge nicht sprechen und Personifizierung stillschweigende Täuschung ist –: «ich gehöre Euch, solang Ihr mich beschützen könnt». Mit dem Tod ihres Patrons finden Gracchus und die Barke sich in derselben Lage: frei, so könnte man sagen, doch in demselben Zug auch schutzlos ausgesetzt.

Ausgesetzt, unter anderem, auch einer befremdlichen Fragestellung: einer Fragestellung, die sich eher um Gracchus allein als um Gracchus *und* die Barke dreht. «Für die Patrone», so läßt Gracchus den Fragenden im kritischen Augenblick des Fragments wissen, «stehen die Dinge so: die Barke hat doch ursprünglich keinem Menschen gehört». Mehr wird über die Patrone nicht mehr gesagt, zumindest nicht in den uns zugänglichen Texten. Diese Feststellung verlangt eine Erklärung. Wie konnte der Patron erwerben, was ursprünglich keinem gehörte? Wie konnte die Barke den Weg vom Niemandsding zum Jemandsding zurücklegen? Der Patron hat seine Arbeit offenbar nicht mit dem Holz der Barke, in Lockes Worten, «vermischt», und hat, das ist noch offensichtlicher, von der Barke auch nicht durch Besetzung Besitz ergriffen: der Patron lebte in Hamburg, ausgerechnet, und Gracchus, der «gewissermaßen» lebt, hat die Barke über tausend Jahre lang besetzt, sehr viel länger als die ein zwei Jahre, die das römische Recht für ein *dominium* unter dem Titel der *usucapion* vorschreibt. Trotz all dieser Zeit, aus der man vielleicht das Recht ableiten könnte, die Barke eine neue Insel zu nennen, besonders weil ein Millenium auf See nichts ist, verglichen mit der Dauer, die sie auf See verbringen soll – für immer: trotz alledem gehört die Barke, diese Quasi-Insel, Gracchus nicht. Gewiß, er ist ein Patron, doch nur ein *Schutzgeist*, zu dem der Kajütenjunge vergebens betet: das ist (kurzgesagt) bloße Phantasie, die in Kontrast zur Wirklichkeit des Besitzverhältnisses steht, das ihm für immer verschlossen bleibt. Wenn je eine *lex sempronia* um Hilfe angerufen worden ist, selbst wenn sie nicht die Form einer *lex agraria* annahm, dann hier, im Fall der Barke des Patrons. Und auf diesen Fluchtpunkt richtet Gracchus seine Aufmerksamkeit: die Macht der Patrone, die irgendwie imstande sind, eine *res nullius* zu erwerben, ohne Arbeit und Besetzung. Und im Hinblick auf den Schutz, den sie den Dingen, die sie besitzen, vorgeblich gewähren, mag das nicht phantastischer oder lächerlicher sein als der Schutz, den Gracchus dem Kabinenjungen in einer stürmischen Nacht auf offener See anbietet. Doch wie die Gemse Gracchus in einen Abgrund lenkt, lenkt der Fragende seine Aufmerksamkeit vom Problem der Patrone ab und richtet sie auf seinen eigenen zweideutigen Status – was darauf anspielt, für mich zumindest, daß Fragen über die undurchsichtige Natur des Selbst («wer bin ich wirklich?») nicht viel mehr als Kniffe sind, um *nolens volens* die Aufmerksamkeit von jenen Fragen abzulenken, die Gracchus eben angefangen hatte aufzuwerfen: wie kommt so etwas wie «ursprünglicher Erwerb» überhaupt zustande? Wie fiel die Barke dem Patron in Hamburg in die Hände? Und was geschieht jetzt, nach dem Tod des Patrons, mit ihr? «Ich verstehe sie nur nicht», sagt Gracchus von den Patronen, nachdem er sie gelobt hat, und fährt fort: «Ich meine nicht ihre Sprache, wiewohl ich natürlich auch ihre Sprache oft nicht verstehe. Aber dies nur nebenbei. Sprachen habe ich im Laufe der Jahrhunderte genug gelernt und könnte Dolmetscher sein zwischen den Vorfahren und den Heutigen. Aber den Gedankengang der Patrone verstehe ich nicht». Wenn Gracchus auch nach mehr als tausend Jahren den *Gedankengang* der Patrone nicht nachvollziehen kann, dann besteht guter Grund für die Annahme, daß er unter keinen Umständen verstanden werden kann; er ist, mit einem Wort, *ungangbar*. Aufgrund dieser Voranname kann geschlossen werden, daß das Verhältnis, das die Patrone als Patrone einsetzt – der Besitz von Niemandsdingen – irrational und deshalb ungerecht(fertigt) ist.

Die vorliegenden Texte allerdings verbieten einen solchen Schluß: es gibt nicht den geringsten Hinweis auf Unrecht – ja auf Schuld, denn Gracchus leugnet ausdrücklich jede Schuld, weil er ist, was er ist, ein Jäger; eine entsprechende Frage im Hinblick auf Unrecht taucht aber im Fall seines Patrons nicht auf. Ohne den Gedanken an Unrecht, wenn auch bloß in der unausdrücklichen Form des Zorns, kommt keine Bewegung zustande, der an der Restitution des *status quo ante* liegt: der Weg zurück zum ursprünglichen Zustand der Dinge, der auch ein Weg vorwärts zu einem rechtmäßigen Besitzverhältnis wäre, ist verstellt. Alle Schwierigkeiten, die sich um die Lehre der *res nullius* wölken, verdichten sich ins Bild der Barke, die Gracchus' Patron erwarb, ohne zusammenhängenden Grund, die aber aus demselben Grund auch nicht in Besitz genommen werden kann: Inkohärenz, das Fehlen eines «Gedankengangs», dem man rechtschaffen folgen könnte. Die Intensität dieser Verdichtung geht über die Dimension der Lehre von den *res nullius in bonis*, von wilden Tiere und neuen Inseln und ähnlichen Dingen, die nur durch Zufall niemandem gehören, aber jemandem gehören könnten, hinaus; sie schließt auch jene Dimension der Lehre ein, die Güter *ausnahmslos* jenseits möglichen Besitzes plaziert und sie für «herrenlos» oder, mit andern Worten, zur *res nullius* aufgrund ihrer Natur erklärt: «Niemandem gehören», so erklärt Justinian, «die sakralen, religiösen und sakrosankten Sachen. Was göttlichen Rechts ist, steht in niemandes Vermögen» (II,1,7). Nur die mittlere dieser drei Sachen kann ohne staatliche oder kirchliche Billigung zustande gebracht werden: «Einen religiösen Ort», so stellen die *Institutionen* fest, «kann jedermann nach seinem Willen dadurch schaffen, daß er auf seinem Grundstück einen Toten bestattet» (II,1,9). Die Ironie dieses Gesetzes ist unausweichlich, denn sobald jemand ein Stück Land erwirbt, kann es so eingerichtet werden, daß sein Erwerb für jedermann, den Käufer des Landes eingeschlossen, unrecht ist. (Dieses «religiöse» Gesetz geriet übrigens nicht in Vergessenheit. Es wird hier und da erinnert – wie zum Beispiel im zentralen Kapitel von Goethes *Wahlverwandtschaften*, wo ein Disput über die Gesetzmäßigkeit der Verwandlung eines Friedhofs in eine Parklandschaft den ersten Teil des Romans mit dem zweiten verknüpft.)

Trotz der Klarheit des Gesetzes, das einige makabre Entscheidungen auslöste, läßt sich sein rechtlicher Status nicht leicht fassen. Es ist nicht Teil des Privatrechts; und weder internationales noch Naturrecht; es kann auch nicht Vernunftgesetz heißen, denn es gibt keinen zusammenhängenden Gedankengang, der ausgehend von der Existenz einer Leiche zur allgemeinen Verpflichtung führt, vom Erwerb des Grundstücks, unter dem die Leiche liegt, Abstand zu nehmen. Und mehr: das Gesetz, unter dem etwas zur *res religiosa* wird, ist auch nicht einfach «göttlich» – zumindest nicht göttlich im Sinn jener Gesetze, die *res sanctae* und *res sacrae* betreffen, denn sie beide sind Ausdruck staatlicher oder pontifikaler Autorität. Jeder, der imstande ist, ein Stück Land zu erwerben; wer immer *sui juris*, «sein eigener Herr» ist, kann mit Hilfe einer Leiche einen Teil dieses Grundstücks zwischenmenschlichem Handel entziehen. In diesem Fall, und vielleicht einzig und allein in diesem Fall, haben Beziehungen zwischen Menschen und Göttern nichts mit öffentlichen oder priesterlichen Verlautbarungen zu tun, die zweifellos irren können, sondern sind lediglich durch die Gegenwart einer Leiche vermittelt, die nicht irren kann – den singulären Fall von Gracchus natürlich ausgenommen, dessen Leben darin besteht, für immer zu irren. Das Gesetz der *res religiosa* stellt die Kehrseite des Gesetzes der *ferae bestiae* dar; unter letzterem wird aus etwas, das niemandem gehört, jemandes Besitz; unter ersterem wird aus einer besonderen Sache, nämlich Land, das jemandem gehört, Niemandsland. Der singuläre Fall von Gracchus erlaubt es, dieses Gesetz zu verallgemeinern, denn wo immer Gracchus mit Erlaubnis des jeweiligen Landesherrn, zum Beispiel des Bürgermeisters von Riva, anlandet, wird ein Stück des Landbesitzes *herrenlos*, ohne irdischen Gebieter, und folglich «religiös», religiös allerdings nicht in dem Sinn, der einem Kult korrespondiert, der Dinge in Besitz nimmt oder sie zumindest seinem Schutz, der Macht seiner Hüter, seien das Priester oder Päpste, unterstellt. Sondern bloß – religiös.

4.

«Lachen Sie nicht». Zum erstenmal sagt Gracchus diesen Satz, nachdem er den weiten Umkreis seiner Wanderungen beschrieben hat: «Aus dem Jäger», so schließt er, «ist ein Schmetterling geworden». Der Gesprächspartner in diesem Fall, der Bürgermeister von Riva, leugnet abermals, gelacht zu haben; doch für Gracchus, noch einmal, gibt es Gründe, Verdacht zu schöpfen: er, bloß eine Leiche, hat kaum das *Aussehn* eines flatternden Schmetterlings, und es scheint, was vielleicht noch wichtiger ist, nur so, als habe ein Schmetterling, eines schönen Tages, die Freiheit zu fliegen, wohin er will. Gracchus dagegen wird immer gezogen, gleichgültig wohin er geht. Allein aus diesem Grund ist er – auch wenn der Patron, über den in diesem Fragment nichts gesagt wird, fehlt – nicht «sein eigener Herr», er ist nicht einmal sein eigenes Tier. Er ist, mit andern Worten – aus dem Fragment, mit dem ich diesen Vortrag begann – nicht «selbstständig» oder, in rechtlichen Begriffen, *sui juris*. Allerdings berechtigt ihn die fehlende Unabhängigkeit zum Eintritt in jene Institution, die Kafka kurz danach skizziert, möglicherweise angestiftet durch Brods düsteren Roman: eine besitzlose Arbeiterschaft, die jene ergreift, die außerstande sind zu ergreifen, was dem Anschein nach in unzweideutigen Begriffen darlegt, daß sie frei sind. Besser noch: Gracchus nimmt alles vorweg, was Erlaubnis zum Eintritt in diese «Arbeiterschaft» erhalten könnte: jemand, der, gewissermaßen, auch niemand ist, *kein Mensch*, um sein Wort zu gebrauchen. Weil er niemand ist, provoziert er die Frage, die sein Gesprächspartner stellt: «Sage mir zuerst kurz aber zusammenhängend, wie es eigentlich mit Dir steht». Insofern er aber niemand ist, kann von ihm gesagt werden, daß er der Vorbesitzer der Barke seines Patrons ist, denn sie gehörte, wie er sagt, ursprünglich *keinem Menschen* – was nicht unbedingt bedeutet, sie habe, bevor sie dem Patron in die Hände fiel, einem Gott gehört (was es allerdings auch bedeuten könnte). Gracchus macht die Länder, die ihn willkommen heißen, «religiös», zu Niemandsländern, doch so, daß dies Zugehörigkeitsverhältnis durch keine Priesterschaft vermittelt werden kann, die sich selbst die Pflicht oder das Recht zuschreibt, die Landesgrenzen zu bestimmen. Das Verhältnis ist immer nur eins zu eins (jemand zu jemandem) oder eins zu keins (jemand zu niemandem). Und das Verhältnis der «besitzlosen Arbeiterschaft» kann entsprechend verstanden werden: der Arbeitgeber, der *sui juris* ist, steht in unmittelbarem Verhältnis zum Arbeiter, der nicht da ist, um zu arbeiten, in welchem Falle er sein eigner Stellvertreter wäre, sondern in seiner Eigenschaft als Mitglied einer «Arbeiterschaft», deren Arbeiter so wenig wie möglich arbeiten sollen. Man mag das «Depersonalisierung» oder gar «Entfremdung» nennen – doch keines dieser Worte erfaßt das Ausmaß, in dem jemand, der dieser Arbeiterschaft beitritt, zum «Niemand» wird, dem die Dinge ursprünglich gehörten, die durch die Mitglieder der Arbeiterschaft, aufgrund ihrer Rechte und Pflichten, nicht in Besitz genommen werden können, sondern die sie lassen müssen, wie sie sind: ihre Dinge, gewiß, doch nur insofern als sie es unterlassen, zu nehmen, was ihnen gehört, denn nähmen sie sie, wären sie nicht länger sie selbst, sondern wären selber *Jemand*, etwa Patrone, die zu schützen behaupten, was sie besitzen. Ihre Arbeit ist also weniger durch das bestimmt, was sie tun, vermittelt durch den Staat, und weniger noch durch das, was sie haben, nämlich wenig, als durch das, was sie *machen*, wo immer sie sind: sie machen, wie Gracchus, Dinge «religiös», wann immer sie von Landesherrn in deren Land empfangen werden: «religiös» nicht im modernen Sinn und vielleicht nicht im römischen (denn worin liegt dieser Sinn beschlossen), sondern nur im Sinn der einen *res nullius*, die ohne Priester oder Päpste – nur durch Besitzer – zustandekommt: nämlich «religiöse Dinge», hier nicht bestimmt durch eine Leiche, sondern mithilfe der besitzlosen Arbeiterschaft.

Bibliographische Hinweise

Niemands Sache – No One's Thing – ist eine leicht überarbeitete Fassung der im November und Dezember 2006 an der Princeton University gehaltenen *Christian Gauss Lectures*. Aus dem Amerikanischen von Thomas Schestag.

Außer im Fall der *Kritik der reinen Vernunft*, wo auf die Erstausgabe von 1781 unter «A», auf die zweite, hin und wieder verbesserte Auflage von 1787 unter «B» verwiesen wird, beziehen sich Angaben in Klammern auf Band- und Seitenzahl von Immanuel Kant, *Gesammelte Schriften*, hrsg. von der Königlich-Preußischen [später Deutschen] Akademie der Wissenschaften zu Berlin, 29 Bände bisher, Berlin (Reimer; später de Gruyter) 1900–. Das Schopenhauer-Zitat (aus *Die Welt als Wille und Vorstellung I*) nach Arthur Schopenhauer, *Werke*, 5 Bände, hrsg. von Ludger Lütkehaus, Zürich (Haffmanns) 1994, (Band 1, S. 668). Das abgewandelte Zitat aus Marx' *Thesen über Feuerbach* findet sich bei Bernd Ludwig, *Kants Rechtslehre*, Hamburg (Meiner) 1988. Zitate aus Justinians *Institutionen* folgen der Ausgabe von Okko Behrends/Rolf Knütel/Berthold Kupisch/Hans Hermann Seiler (Hrsg.), *Corpus Iuris Civilis. Die Institutionen*, Text und Übersetzung, 3. überarbeitete Auflage, Heidelberg (C.F. Müller Verlag) 2007 (die römische Ziffer verweist auf das Buch, die erste arabische auf den Titel, die zweite arabische auf den Abschnitt). Das Zitat um Kant und Lampe, in Heines *Zur Geschichte der Religion und Philosophie in Deutschland* nach Heinrich Heine, *Historisch-kritische Gesamtausgabe der Werke*, hrsg. von Manfred Windfuhr, Band 8/1, Hamburg (Hoffmann und Campe) 1979, S. 89. Der beste zeitgenössische Kommentar zu Kants *Metaphysik der Sitten* stammt von Jakob Sigismund Beck, *Commentar über Kants Metaphysik der Sitten*, Halle (Rengersche Buchhandlung) 1798; bei der im Text erwähnten Studie von Reinhard Brandt handelt es sich um «Das Erlaubnisgesetz, oder: Vernunft und Geschichte in Kants Rechtslehre», in *Rechtsphilosophie der Aufklärung*, Berlin (de Gruyter) 1982, S. 233-275.

Zitate aus Schriften Walter Benjamins nach *Gesammelte Schriften*, 7 Bände, hrsg. Rolf Tiedemann und Herman Schweppenhäuser, Frankfurt am Main (Suhrkamp) 1972-1991 (römische Ziffern geben den Band, die erste arabische den Teilband, die zweite arabische die Seitenzahl an). Benjamins «Notizen zu einer Arbeit über die Kategorie der Gerechtigkeit» in Gershom Scholem, *Tagebücher nebst Aufsätzen und Entwürfen bis* 1923. *1. Halbband 1913-1917*, unter Mitarbeit von Herbert Kopp-Oberstebrink hrsg. von Karlfried Gründer und Friedrich Niewöhner, Frankfurt am Main (Jüdischer Verlag) 1995, S. 401-402; die Notiz zu «Benjamins Geist» in demselben Band, S. 391. Scholems Gegenthese, «Gerechtigkeit ist die Idee der historischen Annihilation des Gottesurteils», in Gershom Scholem, *Tagebücher nebst Aufsätzen und Entwürfen bis 1923. 2. Halbband 1917-1923*, hrsg. von Karlfried Gründer, Herbert Kopp-Oberstebrink und Friedrich Niewöhner unter Mitwirkung von Karl E. Grözinger, Frankfurt am Main (Jüdischer Verlag) 2000, S. 527. Scholems «Thesen über den Begriff der Gerechtigkeit» wurden zum erstenmal publiziert in Eric Jacobson, *Metaphysics of the Profane. The Political Theology of Walter Benjamin and Gershom Scholem*, New York (Columbia University Press) 2003, S. 177-180. Das Benjamin-Zitat um «eine Philosophie des Judentums» in Gershom Scholem, *Walter Benjamin – Die Geschichte einer Freundschaft*, Frankfurt am Main (Suhrkamp) 1975, S. 45.

«Die besitzlose Arbeiterschaft» wird zitiert nach Franz Kafka, *Nachgelassene Schriften und Fragmente I*, hrsg. von Hans Gerd Koch, Frankfurt (Fischer) 1993, S. 105-107; Zitate aus den sogenannten Jäger-Gracchus-Fragmenten nach Franz Kafka, *Nachgelassene Schriften und Fragmente II*, Frankfurt am Main (Fischer) 1992, S. 305-313 und 378-384; «Ein Bericht für eine Akademie» wird zitiert nach Franz Kafka, *Drucke zu Lebzeiten*, Frankfurt am Main (Fischer) 1994, S. 299-313; Zitate aus Briefen Kafkas an Max Brod folgen den Ausgaben: Max Brod/Franz Kafka, *Eine Freundschaft. Briefwechsel*, hrsg. von Malcolm Pasley, Frankfurt am Main (Fischer Verlag) 1989; und: Franz Kafka, *Briefe. April* 1914-1917, hrsg. von Hans-Gerd Koch,

Frankfurt am Main (Fischer) 2005. Zitate aus dem Roman *Das große Wagnis* nach Max Brod, *Ausgewählte Romane und Novellen*, Band 6, Leipzig und Wien (Kurt Wolff) 1918. Ernst Troeltsch, «Luther, der Protestantismus und die moderne Welt (1907/08) in ders., *Gesammelte Schriften*, Band 4 (Aufsätze zur Geistesgeschichte und Religionssoziologie), hrsg. von Hans Baron, Tübingen (Verlag von J.C.B. Mohr (Paul Siebeck)) 1925, S. 202-254 (die zitierten Passagen auf S. 213 und 208).

Thomas Schestag

Philologische Gedichte

Der vollkommene Poet muss auch ein Philol[og] sein. –
Friedrich Schlegel, *Literarische Notizen 1797–98*

Lebewohl ist ein vertrautes Wort. Es kommt nah und ist zur Hand, fast ein Gemeinplatz, als ein Wort, das vom Gehn und Fortgehn handelt. Es weckt Vertrauen als das – zusammengesetzte – Wort, das jedesmal, wo es aufgegriffen und ausgesprochen oder aufgeschrieben wird, die Möglichkeit endgültigen Abschieds der Grüssenden voneinander einschließt. Aus diesem Wort kehrt, wo es wiederkehrt, in das Wort verkapselt, die Möglichkeit endgültiger Trennung, unwiderruflichen Auseinandergangs der Grüßenden voneinander, die Möglichkeit unmöglicher Wiederkehr, wieder. Je öfter dies Wort – *Lebewohl* – aber wiederkehrt, desto deutlicher, so scheint es, tritt in ihm die Möglichkeit des Ausbleibens nicht nur der Grüßenden, ihres unumkehrbaren Fortgangs voneinander, sondern auch das mögliche Ausbleiben dieses Worts, das die Möglichkeit des Ausbleibens, Fernegehns und Fehlens noch dieses Wortes aufwirft, in den Hintergrund. Fast unvorstellbar, anderes als Vertraulichkeit von diesem Wort ausgehn, im Umgang mit diesem Wort gelegen zu sehn, das von der Unterbrechung vertrauten, vertraulichen Umgangs der Grüßenden miteinander nicht nur handelt, diesen Bruch nicht nur bespricht, sondern auslöst und verantwortet. Der vertraute Umgang mit ihm legt noch den Abbruch vertrauten Umgangs der Grüßenden als eine vertraute, verbindliche Erfahrung nah, die den Schnitt, oder Riß, überspielt. Das Wort wird gegen den Trennungsschmerz, den es bewirkt, gegen die Wunde, die es reißt, als ein Antidot aufgeboten.

Eigentümliches Befremden spielt, bei näherem Hinsehn, im vertrauten Umgang mit dem Wort. Ein Gedicht Eduard Mörikes, *Lebewohl*, ist diesem Wort und dem Hinblick, der Verunheimlichung in den vertrauten Umgang mit ihm einträgt oder aus ihm auftauchen sieht, gewidmet: der Hinwendung zu einem Wort, das zur Abkehr der Grüßenden voneinander aufruft:

Lebewohl

«Lebe wohl» – Du fühlest nicht,
Was es heißt, dieß Wort der Schmerzen;
Mit getrostem Angesicht
Sagtest du's und leichtem Herzen.

Lebe wohl! – Ach tausendmal
Hab' ich mir es vorgesprochen,
Und in nimmersatter Qual
Mir das Herz damit gebrochen!

Der Titel – *Lebewohl* – bringt weniger den Namen des Gedichtes nah, bei dem es auf- und in Erinnerung gerufen wird, sondern seinen einzigen Gegenstand: ein Wort. Die beiden vierzeiligen Strophen halten, als gereimte *Glossen*, die *philologische* Auseinandersetzung mit diesem Wort fest. Die Distanz, die das Gedicht zwischen das Titelwort und seine abweichende Wiederholung in der ersten Zeile legt, zeugt von einer Abstandnahme, die das Titelwort außer Gebrauch setzt, verdinglicht und auftrennt: auseinanderschreibt: «*Lebe wohl*». Das Grußwort *Lebewohl* wird so aufgerufen, daß es – aufgeschrieben – auf der Schwelle zur Hand, die es in Gebrauch nimmt, auf der Schwelle zur Handlung des Abschiednehmens, die das Wort begleitet und verantwortet, innehält, und in diesem Augenblick – weder bloß *im Gebrauch* noch bloß *außer Gebrauch* – Abschied nimmt von sich: auseinandertritt. Der Aufbruch, den das verschliffne Abschiedswort, eins mit sich selbst, gemeinhin in den Sprechenden, die das Wort anwenden, provoziert, dringt, ausgelöst durch die Pause, die das *Lebewohl* umgibt, in das verschliffne ein, das auseinanderbricht: «*Lebe wohl*».

Dieser Auseinanderbruch wird aber nicht dergestalt vollzogen, daß das zusammengesetzte Wort in seine Bestandteile und der Bestand dieser Teile zerfällt; nicht dergestalt, daß vollendeter Ruin, der endgültige Abschied vom Abschiedswort, und also nichts anderes als die Unzerstörbarkeit des Abschiedsworts am und als Horizont seiner Vernichtung wiederkehrt; sondern die Wiederholung hält einen Augenblick im Auseinanderbruch der verschliffnen Wendung fest und erinnert daran, daß das *Wort* einen *Satz*, der Satz aber eine Aufforderung, einen Befehl, eine Bitte enthält: *Lebe wohl*. Die Anführungszeichen halten, als Klammern, die Spannung zwischen Wort und Satz, den Sprung, der durch das *Lebewohl* geht, fest. Sie setzen das Wort, auf der Schwelle zur Unbrauchbarkeit, auseinander und eröffnen die im Gedicht verzeichnete Auseinandersetzung damit, *was* dies Wort (aus Worten) *heißt*. Zugleich erinnern sie aber auch an das Abschiedswort *im Gebrauch*: so, daß der ins Wort verkappte Satz in den Vordergrund rückt und die Frage nach dem Verhältnis der Aufforderung, *wohl zu leben*, zum Vorgang des Abschiednehmens aufwirft. Das Verhältnis zwischen dem Titelwort und seiner – abweichenden – Wiederholung, die das Wort zum Satz auftrennt und eine *philologische* Auseinandersetzung über das Abschiedswort eröffnet, hält aber auch eine zwischen Ich und Du verhaltene *Szene*, das Echo oder die gespenstische Reprise eines Dialogs im Augenblick der Trennung fest: das Titelwort, den *Vorwurf* des Gedichts, spricht ein Du im Augenblick des Abschieds arglos und gelassen, *mit getrostem Angesicht* aus, während das Gedicht, von einem Ich verantwortet, dem das *Lebewohl* galt, in seiner ersten Zeile diesen Augenblick der Trennung (des Du vom Ich, aber auch des Titelwortes vom Gedicht) um den Abschied, den das Wort von sich nimmt, öffnet und das Abschiedswort zu einem *Wort der Schmerzen* präzisiert. Der *philologischen*, von der Liebe zum (teilbaren) Wort getragenen Tendenz des Gedichts ist eine *pathologische*, ein eigentümliches Leiden am Wort, eingeschrieben. Die Neigung zum Wort – *Lebewohl* –, die das verschliffene beim Wort nimmt; die den Riß, der durch das Abschiedswort geht, festhält, und den Augenblick des Abschieds in Verzug zu *sich*, zum Vollzug der Trennung setzt; legt das auf-, auseinanderbrechende Wort als ein *Wort der Schmerzen* nah, von dem es heißt, an ein Du gerichtet, das im Augenblick des Abschieds vom (kommenden) Ich des Gedichts ganz eins mit sich wie mit dem *Lebewohl* (und einig noch mit dem apostrophierten Ich über den Vollzug der Trennung) zu sein sucht: «Du fühlest nicht,

/ Was es heißt, dieß Wort der Schmerzen». Das Gedicht hält den Abschied, nicht nur des Du vom Ich, sondern des Titelwortes *Lebewohl* vom Gedicht, das auf den ersten Blick dies Wort als Namen oder *Eigen*namen trägt, auf den zweiten aber an diesem Wort trägt, ohne es ablegen zu können oder zu wollen, auf, und verhält Ich und Du wie alle kommenden, innehaltenden Leser, die das Gedicht zu grüßen, für Augenblicke bei ihm zu verweilen und dann Abschied von ihm zu nehmen suchen, um das Abschiedswort, uneins mit sich, und um die Ungewißheit darüber, *was* dies Wort *heißt*. Der Ort, den das Gedicht im Abschiedswort eröffnet, verhält die Neigung zum Wort – *philein* –, das Leiden am Wort – *pathein* – und die Frage des Lesens – *legein* – zueinander.

Das Gedicht hält inne über einem *Abschiedswort* und hält beide, den *Abschied*, den das Wort bedeutet, wie den Abschied vom *Wort*, das ihn bedeutet, auf. Dem abschiednehmenden Du wird jegliches Gefühl für das, was dies Wort der Schmerzen heißt, abgesprochen: das abschiednehmende Du, angewiesen auf Zugang zum Abschiedswort, ist vom Gefühl für das, was das Abschiedswort sagt und besagt, abgeschnitten. Der Vorwurf, den das ins Gedicht verkappte Ich an das ins *Lebewohl* verkappte Du, an den *Vorwurf* des Gedichts richtet, besagt: Du kannst nicht Abschied nehmen, weil Du vom Gefühl für das Wort, das den Abschied sagt (und Abschied nimmt von sich), abgeschieden bist. Dies Wort – *Lebewohl* –, ein Satz – *Lebe wohl* –, heißt im Gedicht *dieß Wort der Schmerzen*, von dem das Ich im Gedicht dem Du am Gedichtrand gegenüber nicht nur weiß, *daß* es *et*was, sondern *was* genau es heißt, ohne Auskunft darüber zu geben, *was* genau das Wort, dies Wort der Schmerzen, und was *Wort der Schmerzen*, heißt. Das Gedicht enthüllt, daß es, *was* dies Wort – *Lebewohl* – heißt, nicht enthüllt. Unter diesem Winkel wahrgenommen, gibt das Gedicht, fast ironisch, vom Titel her, jedem Du, das Zugang zu dem, was Abschied heißt, sucht, den Abschied: es wehrt den Zugang zur Abgeschiedenheit des Wissens über das, was *Lebewohl* heißt, ab: nimmt – oder hält – also den Abschied, den es gibt, zurück. Durch die abwehrende Geste geht ein einladender Zug: den Abschied, auseinandergeschrieben, anders wahrzunehmen: *Lebe* *wohl.* Und die Wendung, die Zugang zum Wissen über das, was *Lebe wohl* heißt, bahnt, liegt beschlossen in dem Wort *dieß Wort der Schmerzen.*

Wie aber kann ich fühlen, daß Du nicht fühlst, was es heißt, dies Wort der Schmerzen? Die beiden letzten Zeilen der ersten Strophe deuten an, wie es zu dieser Deutung kommt: «Mit getrostem Angesicht / Sagtest du's und leichtem Herzen». Deinem Gesicht war anzusehn, in Deinem Angesicht hab ich gelesen, daß Du das Wort *getrost* –; und daran, *wie* Du es gesagt hast, habe ich gemerkt, daß Du es *leichthin,* ohne das Wort Dir zu Herzen zu nehmen –; ausgesprochen hast. Du hast das Wort wie einen *Namen,* nicht den *Satz,* in den es auseinandertritt, gesagt: Du hast *Lebewohl,* nicht *Lebe wohl* gesagt. Ich habe gefühlt, daß Du die Pause zwischen *Lebe* und *wohl* nicht fühlst. Ich fühle, daß Du kein Gefühl hast für die Pause – ein *mutum,* eine Zumutung –, zwischen *wohl* und *Lebe.* Ich fühle, daß Du fühllos bist für das, was fast fühllos – lautlos – durch das *Lebewohl* geht und das getroste Wort – eins mit sich selbst – aufstört. Es ist kein Wort, das noch (oder schon) gefühlt werden könnte, sondern – fast fühllos, stumm –, was das *Lebewohl* wortlos auftrennt, das den Weg zum *Wort der Schmerzen* bahnt.

Was genau aber *heißt dieß Wort der Schmerzen,* und was heißt: *Wort der Schmerzen?* Dies Wort der Schmerzen *heißt:* im *Heißen* spielen zwei Deutungsansätze. Der eine sieht im Heißen ein Synonym des Bedeutens: eine in die Wendung *Wort der Schmerzen* verschlossene – offenbarbare – Bedeutung. Der andre nimmt im Heißen ein Fordern oder Ansinnen wahr: einen Anspruch, den der Satz *Lebe wohl* erhebt. Im ersten Fall liegt eine aus Vergangenheiten übertragene Bedeutung vor, im zweiten ein in die Zukunft entworfenes Gebot oder Gebet. Das *Heißen* aber verwischt, genau genommen, die Grenze zwischen beiden Zeiten: jedes Wort, das *heißt,* also Bedeutung beinhaltet, um sie vorzutragen oder vorzuenthalten, *heißt* immer nur: es erhebt Anspruch auf Bedeutungsfülle oder -leere. Jedes Wort entwirft die Forderung nach seiner aus Vergangenheiten überlieferten Bedeutung in die Zukunft: aus ihr die Bestätigung dafür, *daß* etwas war, wie für das, *was* und *wie* es war – *wahr* war –, zu erwarten. Im *Heißen* entspringt die Differenz zwischen *Nicht-mehr-* und *Noch-nicht-da*, zwischen Vergangenheit und Zukunft so, daß die Gewähr für die Gegenwart des Heißens, für das *Da* dessen, was Heißen heißt, ausfällt. Jedes Wort *heißt*, oder heischt, (so oder so) zu *heißen*. Durch jedes geht, ins *Heißen* verdichtet, der Riß zwischen Anspruch auf Erfüllung und Erfüllung des Anspruchs, zu *heißen*. Jedes Wort ist – *ist* aber heißt, genau genommen: *heißt* –, weil und insofern es (zu heißen ver-) *-heißt*: *Wort der Schmerzen*.

Dieses Wort, nämlich der Satz *Lebe wohl*, heißt Wort *der Schmerzen*. *Was* genau aber dies: *Wort der Schmerzen* heißt, bleibt, aufgrund der Unausrichtbarkeit des Heißens, undurchsichtig; undurchsichtig zumal auf die ein oder andere Bedeutung der Wendung. Oder anders: dies Wort heißt, so gut wie jedes, Wort *der Schmerzen*, weil jedes Wort, insofern es *heißt*, zu heißen verheißt oder beansprucht, an der Ungewißheit darüber trägt, was Heißen heißt. Die Zeile «Was es heißt, dieß Wort der Schmerzen» legt also ein undurchsichtiges Verhältnis zwischen dem *Heißen* und (dem, was) *Schmerzen* (heißt, oder heißen) nah. Dies Wort – *Lebe wohl* – heißt *Wort der Schmerzen*, weil das Geheiß zu heißen, einen *Namen* (*einen*, mehr als einen, oder keinen) oder *Bedeutung* (*eine*, mehr als eine, oder keine) zu tragen, Schmerzen auslöst. Die Forderung, zu *heißen*, wäre *Über*forderung, deren Abbruch Schmerzen generiert. Die Wendung *Wort der Schmerzen* heißt oder bedeutet also: Wort, das Schmerzen verursacht. Der Weg zu diesem Schluß wird aber dadurch abgeschnitten, daß der Grund für die Verwicklung ineinander, von Wort und Schmerzen, in der Ungewißheit über das *Heißen* und *Bedeuten* – und *Nennen* – zu suchen ist.

Auch der *Genitiv*, in den die Wendung *Wort der Schmerzen* das Verhältnis zwischen Wort und Schmerzen legt, hilft nicht weiter. Denn der Genitiv, der Auskunft über generative, über Besitz- und Abhängigkeitsverhältnisse geben soll, zerfällt die Verbindlichkeit, die er in das Verhältnis zwischen Wort und Schmerzen einträgt. Der *casus genitivus* knüpft nichts als ein Netz rissiger Verweise. Er läßt offen, ob das Wort Schmerzen verursacht oder durch Schmerzen verursacht wird, ob die Schmerzen ausgelöst werden durch das

Wort – *Lebe wohl* –, oder ob das Wort von Schmerzen zeugt, die es hervorrufen; und offen bleibt, ob die Schmerzen – als Mittler – das Wort von anderswoher als aus dem Bereich der Schmerzen bringen, oder ob das Botenwort die Schmerzen von anderswoher als aus dem Bereich der Worte zuträgt: ob das Wort zwar *unter Schmerzen* –, die Schmerzen zwar *zu Wort* –, beide, in beiden Fällen, aber von anderswoher kommen, oder nicht.

Der epistemologische Zugang dazu, *was* es heißt, dies Wort der Schmerzen, ist verwehrt, weil Gewißheit über die *Bedeutung* des Wortes auf der Gewißheit baut, zu wissen, was es heißt, dies *Heißen*. Wenn die Gewißheit darüber, was Heißen heißt, in der Schwebe bleibt, dann taucht jedes Wort, weil ins Heißen, nämlich in die Frage, *wie* es heißt, nicht weniger als in die Suche danach, *was* das Wort bedeutet, kompliziert, in Schmerz verwoben auf. Es ist, als riefe die Wendung *Wort der Schmerzen* die Nähe – im Griechischen – von Wort – *logos* – und Schmerz – *algos* – in Erinnerung: das Verhältnis von Wort und Schmerz kennt keinen *Algo*rithmus. Doch auch durch diesen Wink geht eine eigentümliche Schwebe. Was das Ich des Gedichts dem ins leichtfertige Sagen des Wortes *Lebewohl* verflochtenen Du am Gedichtrand zum Vorwurf macht, Fühllosigkeit, kann also nicht schlicht Unvermögen sein, beim Sagen dieses Wortes – *Lebe wohl* –, um einen Wortbruch (eine Pause) in ihm offen, Schmerz zu empfinden. Denn die Schmerzen sind Schmerzen der Ungewißheit darüber, was Schmerzen heißen, oder heißt. Schmerzungewisse Schmerzen. Ungewisse Ungewißheit.

Die zweite Strophe, die über dem wiederholten, wiederholt abweichenden Heißen des Wortes – *Lebe wohl!* – einsetzt, intensiviert die Auseinandersetzung um *dieß Wort der Schmerzen* dadurch, daß sie den Abschied, ausgelöst durch ein von einem Ich abschiednehmendes Du, aber aufgehalten durch jenes Ich dadurch, *wie* es am Abschiedswort festhält, in das innehaltende Ich, ins Gedicht verlegt. Den Riß, den das stockende, dem Wort geneigte Ich in der ersten Strophe durch das Abschiedswort gehn sieht, der das verschliffene zum Satz auftrennt, legt jenes Ich in der zweiten Strophe, indem es sich das – gebrochene – Wort ununterbrochen vorspricht, durch sein Herz, das es sich *damit* bricht:

> Lebe wohl! – Ach tausendmal
> Hab' ich mir es vorgesprochen,
> Und in nimmersatter Qual
> Mir das Herz damit gebrochen!

Im Herz liegt das Leben, ein Inbegriff des Lebens bloß. Das *gebrochene* Herz legt also auch durch das Leben einen Bruch. Es ist aber kein Du, nicht Du bist es, nicht Dein Abschied, nicht der ausgesprochene Vollzug Deiner Trennung von mir ist, was mein Herz in tausend Stücke bricht, sondern ich habe mir *dieß Wort* – «Ach, tausendmal» –, auf der Grenze zwischen Zählbarkeit und Zahllosigkeit, zwischen Kalkül und Unkalkül, vorgesprochen, und «Mir das Herz damit gebrochen». Was den Bruch des Herzens, Risse durch einen Inbegriff des Lebens auslöst, ist ein Wort, aufgetrennt zum Satz, das einen aufs Leben gemünzten Vorsatz lanciert: *Lebe wohl!* Das der Forderung – *Lebe* – beigestellte *wohl* trägt dem Verhältnis zum Leben, der Frage, *wie* zu leben sei, das *Wollen* und *Wohlwollen*, Liebe zum Leben ein: *wolle leben*. Das zwischen Wunsch und Befehl offene Wort wird im Augenblick des Abschieds, eines Du vom Ich, ausgesprochen. Was *heißt*, was bedeutet, worum bittet dieses Wort? *Wie* verlangt es, gehört, vernommen oder aufgenommen, aufgefaßt zu werden? Wie dies Wort, das eine Trennung zu besiegeln sucht, willkommen heißen? Wie unter allen Deutungen, *An*deutungen, die dieses Wort anschneidet, die im Hören auf dies Wort anbrechen, wählen? Das Abschiedswort verlangt, so scheint es, dem *Wollen* nah, eine *Wahl*, die das Leben betrifft: das Leben zu lieben. Das Wort wird aufgeboten im Augenblick des Abschieds. Es sagt nicht nur: ich zwar, ich gehe (fort aus Deinem Leben, aus dem Leben mit Dir, aus dem Leben), Du aber lebe (ohne mich) so, daß Du leben wollest: lebe fort, überlebe mich. Das Wort besagt auch: nimm meinen Abschied vom Leben (mit Dir) als Teil Deines Lebens, als – entscheidenden – Teil des Lebens überhaupt an. Lebe so, daß Du an allem, was *als* etwas in Erscheinung, was ins Leben – nicht nur in *Dein* Leben – tritt, an allem, was Dein Leben als ein In-Erscheinung-treten betrifft, Abschiedlichkeit wahrnimmst. Der Inbegriff des Lebens liegt im *Lebewohl.* Es ist der Abschied, den das Leben jeden Augenblick von sich, vom Leben nimmt. Wenn das Selbstverhältnis des Lebens aber im Abschied liegt, den das Leben jeden Augenblick (gerade auch in dem, in dem es sich mit sich zum Leben zu vereinen sucht) von sich nimmt, dann ist das Leben nicht eines, nicht eins (mit sich), und *heißt* vielleicht nicht *Leben*, sondern bleibt, jeden Augenblick (anders), in die Frage, *was* Leben heiße und *wie* wohl zu leben sei, verwickelt. Die Bindung des Augenblicks der Trennung an die Wendung *Lebewohl*, als Apostrophe von Lebenden, die auseinandergehn, nicht nur ans Leben des andern, an den Andern am Leben, sondern (des Lebens) ans Leben, legt nah, daß die Teilnahme der Lebenden – wie des Lebens – am Leben nicht durch Ergänzung der Teile zu Teilen eines Ganzen gekennzeichnet ist, sondern durch nichts als durch unausrichtbare (ungelenke) Teilbarkeit dessen, was *als* Teil – teilnehmendes Leben, Teilnahme am Leben, Leben als Anteil (am Leben) – wahrgenommen wird. Der Inbegriff des Lebens liegt in der Erfahrung der Teilbarkeit des Anteils, den das Leben am Leben nimmt[1].

Das Gedicht aber legt den Akzent nicht auf die durchs Wort *mit*-geteilte Teilbarkeit des Lebens, nicht auf das *Lebewohl*, sondern auf

---

1 Die Oberfläche des Wortes *Lebewohl* changiert nicht nur in den Satz *Lebe wohl*, sondern der Imperativ, der dem Anteil (des Lebens) am Leben Abschiedlichkeit, dem Leben also Teilbarkeit des Anteils, den das Leben am Leben nimmt, einträgt, changiert in den Imperativ *meireo* – empfange als Anteil – des griechischen Verbs *meiromai* – ich empfange, erhalte als Teil oder Anteil –, dem die Nomen *meros* – Teil, Los, Erbanteil … –, *moira* und *moros* – Schicksal, Tod – entsprechen. Der Imperativ *meireo* aber nimmt am Namen *Mörike* so teil, daß er ihn, unter Auslassung des *k*, anagrammatisch entstellt, wiederholt: aussetzt: *Moeri.e*: knapp unter der Wortoberfläche durchläuft ein Moiré des spaltbaren Namens – *Mörike – dieß Wort der Schmerzen.*

das Sondern: auf Sonderung des Worts vom Wort: auf *dieß Wort der Schmerzen*, dies aufgetrennte: *Lebe wohl.* Abschiedlichkeit trägt das Gedicht weniger dem Leben als dem Abschiedswort ein. Es setzt die Möglichkeit des *mit*geteilten Abschieds, der *mit*geteilten Separation (die auf Indivisibilität des Abschieds*wortes* pocht), dadurch aufs Spiel, daß es das Abschiedswort teilt, am geteilten aber kein Genügen findet: «Ach tausendmal / Hab' ich es mir vorgesprochen, / Und in nimmersatter Qual / Mir das Herz damit gebrochen». Damit scheint gesagt, und *aus*gesagt, daß ich, durch tausendmaliges Vorsprechen des Abschiedswortes mir, mir das Herz gebrochen habe. Aus dem Vorsprechen des gebrochenen Worts resultiert das gebrochene Herz. Nimmt das Gedicht die Umakzentuierung, vom teilbaren Leben aufs teilbare Wort, dadurch zurück, daß es zuletzt den Weg vom Wort zurück zum Herzen bahnt? Dieser Schluß oder Rückschluß, auf Abgeschlossenheit der Brechung – gleichgültig ob aufs Wort oder aufs Herz bezogen –, wird aber aufgehalten durch Einschub der Wendung von der *nimmersatten Qual.* Das Immerhungrige, Nimmersatte, Unersättliche der Qual tut dem vollzognen Bruch des Herzens Abbruch. Die *nimmersatte Qual* ist nicht Mittel, den Bruch des Herzens zu erwirken, sondern das gebrochene Herz ist bloß eine Wirkung, *Neben*wirkung der *nimmersatten Qual*, die das *Wie* des Hörens auf das immer wieder vorgesprochne Wort in Worte faßt.

Das *Lebewohl* bedeutet und erinnert für das Ich des Gedichts nicht einfach die Komplizität von *Leben* und *Sterben*, verdichtet in ein einziges – zusammengesetztes – Wort. Fände das Gedicht an dieser Einsicht Genügen (und Gefallen), dann wäre ihm das Wort – *dies* Wort – nicht *Wort der Schmerzen*, sondern bloß Bedeutungs- und Erinnerungsträger, mnemotechnischer Zusatz, der an die Lebendigkeit, oder anders wiederholt, an die Sterblichkeit des Verhältnisses von *Leben* und *Sterben*, und also an die Verwicklung der Lebendigkeit des Erinnerungsvermögens in die Sterblichkeit des Erinnerungsvermögens – erinnern hilft. Doch schon unter diesem Winkel, der Restriktion der Einsicht auf die *Sterblichkeit* des Lebens, stellt das *Lebewohl* eine seit der griechischen Antike geläufige Auffassung von der Unsterblichkeit des Gedächtnisses – *athanatos mneme* – infrage.

Von dieser Frage- und Infragestellung ist aber der Weg zum *Wort der Schmerzen*, wie der Weg zur Einsicht, den das *Wort der Schmerzen* bahnt, nicht weit. Denn die Infragestellung der Unsterblichkeit des Gedächtnisses stellt, genau genommen, *Sprache* als Milieu der Verunsterblichung alles Erinnerten infrage.

Der Auseinanderriß des *Lebewohls*, im Gedicht, also desjenigen Worts, das die Trennung der Lebenden voneinander, der Lebenden vom Leben, wie des Lebens vom Leben bedeutet; der Auseinanderriß des *Lebewohls* zum *Lebe wohl* legt einen – deutungs*offenen*, *-losen* – Riß durch den bedeutenden wie den bedeuteten Riß. Eine Zäsur, die nicht nur, *einerseits*, zwei Hälften eines zusammengesetzten Worts erkennen läßt und die Möglichkeit ihrer Wiederanbindung skizziert; die nicht nur, *andererseits*, in den zwei Hälften des aufgetrennten Worts zwei Satzteile, in der Wortzusammensetzung einen Satz wahrzunehmen erlaubt; sondern die Zäsur bahnt einer irritierenden Ein- und genauer Aussicht – ohne Horizont – den Weg: der unausrichtbaren Aussicht auf regellose Teilbarkeit beider, des Abschiedswortes wie des Satzes – *Lebewohl* und *Lebe wohl* – allenthalben. Es ist die Wendung von der *nimmersatten Qual*, die das anbrechende Innewerden einer unverwahrbaren Zäsur, nicht nur zwischen *wohl* und *Lebe*, sondern in und zwischen allen Silben, in und zwischen allen Lettern, vor den Anfang – nicht nur dieses Wortes – zurück, über das Ende – nicht nur dieses Wortes – hinaus, zur Sprache bringt. Was die *nimmersatte Qual* zur Sprache bringt, ist das anfangende Hören auf eine wandernde Zäsur. Das Innewerden einer unverortbaren Pause, die das eine Wort – *Lebewohl* –, die den einen Satz – *Lebe wohl* – jeden Augenblick anders detailliert und jedes Detail jeden Augenblick anders auftrennt, wehrt das Gedicht nicht ab. Es entspringt der Einsicht in die Unabsehbarkeit und Undurchsichtigkeit der Risse durch das aufgetrennte Worte, durch den aufgefundnen Satz. Einsicht in Undurchsichtigkeit: so wenig das Gedicht das Innewerden der unverortbaren Zäsur abwehrt, so wenig findet es sich mit der Undurchsichtigkeit der Einsicht ab. Die *nimmersatte Qual* durchläuft, was sich nicht abspeisen läßt. Sie legt den Akzent auf das Unaufhörliche, anfangende Unstillbarkeit im Hören auf das immer wieder (anders) aufgefaßte, *vorgesprochne* Wort. Das Hören auf *dieß Wort der Schmerzen* durchbricht die Komplizität zwischen *Leben* und *Sterben*, die das Gedicht auf den ersten Blick mitteilt, in eine bodenlose Schicht ununterbindbarer Erfahrung der *Teil*barkeit des mitteilenden Worts wie des mitgeteilten Sachverhalts. Das Unverwahrbare dieser Erfahrung liegt in der Wendung *Wort der Schmerzen* so zutage, daß in ihr weder Worte im Namen der Schmerzen noch Schmerzen im Namen des Worts entziffert werden können, sondern ein bewegliches Geflecht aus *Wort* und *Schmerzen*, um das Innewerden jener Zäsur verhalten, das Augenmerk teilt.

Die *nimmersatte Qual* sagt den Bezug zum *Wort der Schmerzen*. Sie legt nicht nur den Wahrnehmungs-, den Reizschutz brach, der im Hören aufs vorgesprochene Wort die Entzifferung der *Mit*teilung von der Erfahrung ihrer *Teil*barkeit abzuspalten sucht, sondern sie setzt – unersättlich, unstillbar – das Hören der Vertiefung in die Lust, *Wol*lust am *Wort der Schmerzen* aus. An Rissen, die oft unmerklich – fast zärtlich – durch das *vorgesprochne* gehn. Im *Nimmersatten* spielt, bei genauerem Hinsehn, das *pathein* oder Leiden am Wort, und Trauer um das zerbrochene, in ein *philein* oder Gefallen am – zerbrechlichen, brechenden – Wort und Wortbruch(stück). Das *Nimmer*satte der Qual entbindet das Hören der Sättigung und Übersättigung, dem Ekel am Wort. Die *nimmersatte Qual* hat das Wort nicht satt, weil sie die Erfahrung seiner Teilbarkeit (die dem Wort nicht *eignet*), die Unverwahrbarkeit des Worts zur *Habe*, nicht abwehrt (sondern begrüßt). Der Weg, den das Adjektiv *satt*, aus dem Lateinischen *satis* – genug, ausreichend – herkommend, durch das aengl. *saed* – überdrüssig – und das engl. *sad* – traurig, ernst, bedrückt – nimmt, trägt dem Nimmersatten das Nimmertriste, ein eigentümliches Gefallen am Ungenügen, Sorglosigkeit ein. In dies *Nimmersatte* (der Qual), des Bezugs zum *Wort* (der Schmerzen), verkapselt das Gedicht *Lebewohl* die *Philologie*, der es entspringt. Ein anderes Gedicht Eduard Mörikes bricht diese Kapsel auf: *Nimmersatte Liebe*.

*

Nimmersatte Liebe

So ist die Lieb'! So ist die Lieb'!
Mit Küssen nicht zu stillen:
Wer ist der Thor und will ein Sieb
Mit eitel Wasser füllen?
Und schöpfst du an die tausend Jahr',
Und küssest ewig, ewig gar,
Du thust ihr nie zu Willen.

Die Lieb', die Lieb' hat alle Stund
Neu wunderlich Gelüsten;
Wir bissen uns die Lippen wund,
Da wir uns heute küßten.
Das Mädchen hielt in guter Ruh',
Wie's Lämmlein unter'm Messer;
Ihr Auge bat: nur immer zu,
Je weher, desto besser!

So ist die Lieb', und war auch so,
Wie lang es Liebe gibt,
Und anders war Herr Salomo,
Der Weise, nicht verliebt.

Das Nimmersatte der Qual, die den Bezug zum – teilbaren – Wort, zur Teilbarkeit (nicht nur) des Wortes (*Lebewohl*) sagt, schreibt *Nimmersatte Liebe* der Liebe zu. Aus der Erinnerung an *Lebewohl* wirft die Liebe, ergänzt um das Beiwort *nimmersatt*, das Echo der Liebe zum Wort: *Philologie*. Während *Lebewohl*, dies Wort, einem Bezug ausgesetzt war, dessen *Wie* das Gedicht an einer Stelle in die Wendung *nimmersatte Qual* verdichtet, hat *Nimmersatte Liebe* kein Wort unter Worten zum Vorwurf, den Bezug zu diesem Wort zu klären, sondern diskutiert, unter dieser Wendung, das *Wie* des Bezugs zu Worten überhaupt. Dem *Patho*logischen der *nimmersatten Qual* entspricht das *Philo*logische der *nimmersatten Liebe*. Was beide Weisen des Bezugs (nicht nur zu Worten) teilen, ist das *Nimmersatte*. Es wendet *Qual* und *Liebe* ineinander. Wie also ist es um das *Wie* desjenigen Worts bestellt, das das *Wie* des Bezugs (nicht nur) zu Worten überhaupt sagt? Die Frage nach der Beziehungsweise, nach dem *Wie* des Verhältnisses zu Worten, findet in der *Liebe* insofern, als auch die Liebe zum Wort noch an der Liebe als an einem Wort festhält, keine Antwort. Deshalb die Ergänzung beider, der *Liebe* wie der *Qual*, um das Wort *nimmersatt*, das nicht die Antwort auf die Frage nach dem *Wie* des *Wie* beistellt, sondern die Unmöglichkeit der Sättigung im Selbstverhältnis desjenigen Wortes streift, das den Bezug zum Wort ins Wort fassen soll. *Nimmersatt* ist das Wort dafür, daß das Wort für das *Wie* im Selbstverhältnis desjenigen Wortes, das das *Wie* des Bezugs zu allen Worten sagen soll, fehlt. *Nimmersatt* sagt, genau aus diesem Grund, das *Immense*, Inkommensurable im Verhältnis zu allem, was *als* etwas wahrgenommen wird. Das Wort *nimmersatt* betrifft dies *als*. Mit einem andern Wort, das *Wie* des *So*.

Wie also ist die Liebe? Der Titel des Gedichts hält das *Wie* des *Wie*, der *Liebe*, fest: *Nimmersatte Liebe*. Die drei Strophen gehn mit diesem *So* einerseits wie mit einer Antwort auf die Frage, *wie* die Liebe sei, um. Sie bestätigen es bloß: «So ist die Lieb'! So ist die Lieb'!» Andererseits unterstreichen sie dadurch, *wie* sie dies *So* glossieren, die Erklärungsoffenheit der Erklärung. *Wie* ist die Liebe? *Nimmersatt*. *Wie* aber – die *nimmersatte*? Das Oszillieren zwischen Erklärungsunbedürftigkeit und -offenheit verdichtet die erste Zeile der ersten Strophe im *So*. Denn die beiden Sätze können einerseits als Wiederholung ein und desselben *So* – unisono –, andererseits als Korrektur oder Infragestellung des ersten *So* durch Intervention eines andern, zweiten *So*, aufgefaßt werden. (Ja:) *So* ist die Lieb'! (Nein:) *So* ist die Lieb'! Nicht so, sondern so. (Aber auch:) So ist die Lieb': nämlich anders als bloß so oder so. *So* – anders. Daß die Liebe *so*, nämlich *nimmersatt* ist, schließt die Unfeststellbarkeit des *So* nicht aus, sondern ein. *Nimmersatt* heißt: weder so noch so (zu befriedigen). *So* ist die Lieb': weder so noch so. Und mehr (oder weniger) als das: denn nicht um jeden Preis liegt die Überwindung eines Mangels als Ziel der Liebe in dem Adjektiv *nimmersatt* vor Augen. Nimmer*satte* Liebe erhebt nicht unbedingt Anspruch auf *Sät-*

tigung, sondern der Akzent im Selbstbezug wie im Bezug auf alles andere, der Liebe, kann durchaus auf dem *Nimmer*satten, im Anspruch auf *Unersättlichkeit* liegen. Die erste Strophe, im Anschluß an den eigentümlichen *Refrain* der ersten Zeile, die Brüche durch das *So*, Brüche durch den Anspruch auf semantische Sättigung des *Nimmersatten* legt, entfaltet, zwischen *nicht* und *nie* gespannt, das *Nimmer* unter zwei verschiedenen Aspekten, deren Verschiedenheit dadurch, daß die Worte, die den einen wie den andern Schauplatz bevölkern, interne Reime bilden, auf der Grenze zur Vergleichgültigung spielt: die Liebe ist mit Küssen nicht zu stillen; ein Sieb mit Wasser nicht zu füllen. Der Vergleich der *Lieb'* mit einem *Sieb* legt auf den ersten Blick nah, daß ein Tor sei, wer sie mit Küssen stillen wolle. Daß, wer küßt, sich in der Wahl der Mittel vergreift, das Ziel der Liebe, Stillung eines Verlangens, zu erreichen. Diese Deutung aber muß blind für die Liebe, deren Inbegriff im *Nimmersatten* liegt, zu werden suchen. Die Lieb' ist wie ein Sieb, und sie verlangt, was im Fall des Siebes töricht scheint, die *Küsse*, eben weil die Küsse – die keine Brüste sind –, den Hunger oder Durst der Liebe nicht stillen. Die Liebe ist fassungslos wie ein Sieb, und nur das Wasser hilft, die Fassungslosigkeit des Siebes, nur Küsse helfen, die Fassungslosigkeit der Liebe zu erfahren, nur sie entsprechen der *nimmersatten*: *unstillbaren*. Die Frage «Wer ist der Thor und will ein Sieb / Mit eitel Wasser füllen?» schlägt keinen Wechsel in der Wahl der Mittel vor, die Liebe stillzustellen, sondern hebt hervor, daß es töricht wäre, das *Wie* der Liebe in der Sättigung eines Verlangens zu suchen. Ein Sieb ist nicht da, um gefüllt, und Liebe nicht, gestillt zu werden. Die letzten drei Zeilen der siebenzeiligen ersten Strophe legen im *Nimmer* – Unfüllbarkeit des Siebes, Unstillbarkeit der Liebe – den Horizont der Zeit und noch der Ewigkeit (den Inbegriff der *Form*, Form *überhaupt*, in der Liebe Fassung finden könnte) brach: «Und schöpfst du an die tausend Jahr', / Und küssest ewig, ewig gar, / Du thust ihr nie zu Willen». Wer das *Sieb* mit einem *Schaff* verwechselt, und an die tausend Jahre *schöpft* – ein Verb, das zwischen dem Entnehmen einer Flüssigkeit mithilfe einer Kelle, dem Erschaffen als schneidend-schnitzendem Fertigen einer Hohlform, und dem Schöpfen als Inbegriff des Schöpfergottes schwankt –; wer ewig, also *immer*, immer und ewig küßt; wer *in* der Zeit, wie unerschöpflich immer, zu schöpfen –; wer *in* alle Ewigkeit zu küßen sucht –; verfehlt das *Nimmer*, das die Liebenden teilen und das die Liebe teilt, die den Anspruch auf das Währen beider – Zeit und Ewigkeit – aussetzt.

Wozu aber sind *Siebe* gut? Wozu – die *Liebe*? Siebe sind engmaschige, teils durch-, teils undurchlässige Geflechte, zwischen dem Anspruch auf Füllung und Filterung offen. (Das rückt sie in die Nähe eines andern Wortes, einer andern Sprache: *textus*. Und legt das *Wie*, das die Liebe – nicht zuletzt auch zu *Texten* – knüpft, als ein *Weben* nah, das offen läßt, ob es auf ein *Ge*web und in ihm auf Durch- oder Undurchlässigkeit, auf das Gehn in seine Maschen oder durch die Maschen, zielt.) Dieser Ansatz aber, den Eindruck semantischer Füllung des Siebes zu verbreiten, wird nicht nur durch die *Sieben*zahl der Zeilen, die die erste Strophe bilden, sondern auch durch die *Siebensachen*, die im 17. Jahrhundert unter anderem, halb durch-, halb undurchsichtig, die *pudenda* nennen, deren Echo sich im *Sieb* verfängt, ohne zu verfangen, aufgehalten. Das Sieb begegnet in der ersten Strophe der Frage, *wozu* es gut sei, ausweichend. Es stellt das *Wie* des Bezugs zu allem, was *als* etwas mit ihm in Berührung kommt, ohne zur Entscheidung zwischen Durch- und Undurchlässigkeit zu führen, aus. Und die *Liebe*? Die Neige im Vergleich der *Lieb'* mit einem *Sieb* wird dadurch ausgelöst, daß Wasser in ein Sieb zu schöpfen mit dem Anspruch, es zu füllen, unverzeihlich töricht scheint, während Küsse den Anspruch auf Unersättlichkeit der Liebe zu erfüllen scheinen. Wenn aber die Küsse der Liebe einerseits genügen, Du der Liebe aber – «Und küssest ewig, ewig gar» –, andererseits, «nie zu Willen [...] thust», nie genügst: was tut dann der Liebe *wohl*? Und *wie* tun Küsse der *nimmersatten* Liebe, ihrem *Nie*, zu Willen? Der eine Weg durchs *Nimmersatt* der Liebe, der Sättigung am und als Horizont der unersättlichen, wie entzogen immer, sich abzeichnen sieht, verliert in der ersten Strophe an Kontur. Nicht aber so, als begnügte, als vergnügte Liebe – negativ – sich mit dem Ungenügen. Sie findet auch am Ungenügen kein Genügen, sondern im *Nimmersatt* der Liebe spielt das Gefallen am Unterwegs in eine irritierende Abstandnahme: *nie mehr satt.*

Es ist die zweite Strophe, die – dem *Wie* des Küssens gewidmet – Spuren aus dem Unterwegs in dies, in diesem Unterwegs verzeichnet:

Die Lieb', die Lieb' hat alle Stund
Neu wunderlich Gelüsten;
Wir bissen uns die Lippen wund,
Da wir uns heute küßten.
Das Mädchen hielt in guter Ruh',
Wie's Lämmlein unter'm Messer;
Ihr Auge bat: nur immer zu,
Je weher, desto besser!

In dem an *Stand* und *Stunde*, am Stillstand und Stundenschlag orientierten Zeitverlauf findet die Liebe keinen Anhaltspunkt, der sie – *von Stund an* –, *selbst*genügsam, Einkehr bei sich halten ließe. Sowenig wie die Zeit *selbst*, denn *alle Stund* heißt: jedesmal, wenn die Zeit innehält, alle *Stund* (zur *vollen* Stunde), und zu *Stand* kommt, nämlich in den Stand gesetzt wird, auf den Zeitverlauf – wie auf alles, was *in* der Zeit vor- und vergeht –, auf Zeit *selbst* zu reflektieren, setzt die Zeit, Zeit*messung* aus, und findet sich bei sich nicht wieder. Aber nicht nur findet Zeit nicht nur alle *Stund* sich bei sich nicht wieder, sondern – wie die Liebe – jeden Augenblick nicht: *alle* Stund. Denn *alle Stund* heißt auch: immerfort, ununterbrochen: *zu keiner Stund*. Die Lieb' ist nimmer*stat*: un*stet*. Nicht aber ist sie *immer* unstet, denn das hieße ja: *beständig* unbeständig. Und nicht: *Die Lieb'*. Sondern, genauer: «Die Lieb', die Lieb'». Die Lieb' ist, weil sie «alle Stund / Neu wunderlich Gelüsten» hat, nicht die Lieb' (ohne sie einfach *nicht* zu sein), sondern das Gedicht lädt, wo es auf sie (uneins mit sich) zu sprechen kommt, zum *Refrain* ein: *Die Lieb', die Lieb'*. Anders als die Liebe scheint die Zeit, die alle *Stund* einsteht, und stockt, die aus dem Zeitverlauf ausfällt, um auf sich selbst zu reflektieren, ohne sich bei sich zu finden, auf *Stundung* aus. Das Wesen der Zeit, ihr Versprechen, scheint in der *gestundeten*, im Aufschub der zu*stand*gekommenen zu liegen. Die Lieb' ist nicht auf Stundung der Klärung ihres Selbstverhältnisses (dem der Anspruch auf Einlösung eines Versprechens einwohnt) aus, sondern hat *alle* Stund, nämlich immerfort, hat jeden Augenblick, jede *Sekunde*, «Neu wunderlich Gelüsten». *Alle Stund*: eine Wendung, die zwischen Ununterbrochenheit und Unterbrechung offen bleibt, die nicht einfach Zeit anzeigt, nicht die Stunde des Umschwungs im Gelüsten der Liebe prophezeit, ohne – umgekehrt – einfach von *Un*zeit und *Un*stund zu sprechen, sondern die eine Unbeständigkeit zur Sprache bringt, die zwischen Stand und Stund und Unbestand, unfeststellbar und unberechenbar, vagabundiert. Und dennoch rückt die Wendung *alle Stund* Lieb' und Zeit in ein eigentümliches Verhältnis zueinander. Der Zeit*punkt*, und Zeit*stand*punkt, den die (volle) *Stunde* nennt, taucht aus der Wendung *alle Stund* verstümmelt auf. Nicht anders als die *Lieb'* aus dem Refrain. Die *Lieb'* ist wie die *Stund*: apokopiert. Und zwar so, daß zwischen dem Versprechen der Ergänzung beider Wörter um ein terminales *e* zum *ganzen* Wort und der Lust an fortgesetzten Schnitten durch das aufgetrennte die Entscheidung ausfällt. Die *Lieb'*, apokopiert, apokopiert: ihr immer anders, immer neu, wunderlich Gelüsten scheint in der Unausrichtbarkeit der Schnitte durch ihr Selbstverhältnis wie durch alles (durch jedes beliebige Wort), womit sie in Beziehung tritt, zu liegen. Die *Lieb'* ist, wie die *Stund*, beschnitten, aber anders als die Stund, nicht beschnitten, um Restitution der *Stunde*, unbeschnitten, zu versprechen, sondern ihre Lust und Wollust liegt – *alle Stund* – im *Schneiden*, gleichgültig, ob die Schnitte der *nimmersatten* durch Beschnittnes oder Unbeschnittnes gehn. Die Lieb' trennt noch den Zeit*punkt*, noch den Augenblick, noch die *Sekunde* auf, *in* denen ihr Gelüsten neue, wunderliche Züge annimmt. Sie schneidet – *secare* –, der *Sekunde* wie dem *sexus* nah, nicht nur in die *Sekunde*, die den Stundenschlag als Zeitmaß unterhält, sondern auch in das, was durch Schnitte zum Schlag und Geschlecht – *sexus* – umrissen scheint, ein.

Das Ein- und Auseinanderschneidende der Lieb' betrifft in der zweiten Strophe den gelippten Ort: «Wir bissen uns die Lippen wund, / Da wir uns heute küßten». Das *wunder*lich Gelüsten der Liebe greift in die Liebenden so ein, daß sie einander den Mund wund beißen. Das *Nimmersatt* der Liebe erhält durch diese Bisse neue Nahrung. Denn den Bissen entspringen keine Bissen. Zwischen *Wunder*, *wund* und *Wunde* offen, versehrt die Lieb', ohne ihn zu verzehren, weniger den *Mund*, der die Nahrung beißend in Bissen zerlegt, die den Hunger stillen sollen, als die *Lippen*, die in mehr als einer Sprache die *Sprache*, nämlich den Ort beim Namen nennen, der das Nennen als ein- und auseinanderschneidendes Verlauten von Klangausrissen und Klangbissen verantwortet. Die Lieb' versehrt, ohne sie zu verzehren, *Sprache*: «die Lippen wund». Ihre zärtlichen Exzesse zielen weder auf Etwas noch auf Nichts. Ihr liegt weder an der Vernichtung noch am Erhalt von Sprache. Das Inein*ander* von *Lieb'* und *Lippen*, *wund* und *Mund*, *Küssen* und *Bissen*, unterstreicht das. Die Lieb' greift – schneidend – in den Ort ein- und auseinanderschneidenden Verlautens, Verstummens und Verzehrens ein. Sie zielt aber weder auf Verausgabung noch auf Einverleibung, sondern trennt den gelippten Saum zwischen Ein- und Aus-, unaufhörlich, auf. Das Zisive der Lieb' greift die Auszeichnung der Schnitte zu Mitteln für Zwecke an. Ihr wunderlich Gelüsten an Schnitten in den Ort, der für Schnitte verantwortlich zeichnet, legt die Lust, *Wol*lust am Zweck- und Mittellosen von Zisionen bloß, die weder in der Auslegung zu *Zirkum*zisionen, noch in der Auslegung zu *Ex*- und *In*- und *De*zisionen aufgehn. *Liebe* ist aber nicht der unversehrte Name für ein den Ort des Ein- und Auseinanderschneidens von Lettern Silben Worten versehrendes und also Lettern Silben Worte auftrennendes Verfahren. Die *Lieb'* – apokopiert, versehrt – nimmt an den Schnitten, *Quer*schnitten, die sie provoziert, so teil, daß sie als Name, *Eigen*name für die zweck- und mittellose Lust an Schnitten nicht nur nicht taugt, sondern die Augen für das *Nimmersatt* der Liebe *in der Liebe*, die auf den ersten Blick bloß für die Liebe *selbst* steht, öffnet. Die *Lieb'* («[...] die Lieb'») hat an der *Liebe* kein Genügen. An keinem Wort, das *für* die Liebe steht –: sondern schneidet noch ins Für- und Vorwort ein, trennt beide, Nomen und Pronomen, die für die Liebe stehn und einstehn, auf. Die Lieb' nimmt weder mit der *Liebe* noch mit der *Lieb'* vorlieb.

Die Liebenden finden nicht *im Namen* der Liebe oder Lieb' einander, sie haben am Namen kein *Maß* für das *Wie*, Woher und Worumwillen der Risse durch die Bisse in die geliebten liebenden Lippen; sie finden im Kosen keinen Grund, keine *causa*, der das Kosen entspringt. Wozu die zweite Strophe in der zweiten Hälfte findet, ist ein *Messer*, das den Vorsatz, im *Nimmersatten*, *Immerzu* der Liebe ein *Maß* (und sei das ein *Un*maß), ein *Metrum*, einen *Messer* – oder Zähler und Erzähler, der den Takt schlägt – zu entziffern, zum Echo seiner Vergeblichkeit entstellt. Die vier Zeilen, die den zweiten Satz, vielfach gebrochen, der zweiten Strophe bilden, trennen den Schauplatz, Ort und Zeit *par excellence*, der Idyllendichtung des 17. und 18. Jahrhunderts auf: die *Schäferstunde*: «Das Mädchen hielt in guter Ruh', / Wie's Lämmlein unter'm Messer; / Ihr Auge bat: nur immer zu, / Je weher, desto besser!» Die *gute Ruh'*, durch das apokopierte *e* in leise Unruh' versetzt, in der *das Mädchen hielt*, und innehielt, spielt auf das im Schwäbischen vertraute Stellen des Pendels *in die Ruhe*, auf die Unterbrechung des Stundenschlags und Aussetzen der Zeit, Zeit*messung* an. Durch die *Ruh'* des *Mädchens* geht das Echo von *Rädchen* und *Uhr*, und *Unruh'*; erregtes Atmen und Stocken. Was aus der *Ruh'*, in guter Ruh', auch auftaucht, ist die Erinnerung an das griechische Nomen *eroe*, das nicht nur das Echo von *Eros* wirft und nicht nur Rast und Ruhe nennt, sondern auch das Quellen von Blut aus einer Wunde [*Ilias* 1,303; *Odyssee* 16,441]. Dieser Riß durch das Wort *Ruh'*, der das Wort *Ruhe* rötlich färbt, spielt schon in den Vergleich, den die nächste Zeile nennt: «Wie's Lämmlein unter'm Messer». Es ist aber nicht nur die zwischen erotisch und rötlich changierende rissige *Ruh'* – *eroe* –, die den Vergleich des Mädchens mit einem Lämmlein unterm Messer auslöst, sondern ein anderer Schnitt durch die *Ruh'*, aus der unmerklich Worte über Worte quillen, der einen andern Namen für das Lämmlein freilegt. In der Ruhe, mittelhochdeutsch buchstabiert – *ruowe* –, weidet, vom *r* gelöst, das mittelhochdeutsche Nomen *ouwe*, das in oberdeutschen Dialekten noch unter dem Wort *Aue* vorkommt, und Lamm und Schaf nennt.

Das *Lämmlein unter'm Messer* wirft aber noch ein anderes Echo. Es ist der Vorgang des *Schöpfens* von Wasser, aus einem Sieb wie aus einem *Schaff*, in der ersten Strophe, das nicht nur an das *Schaffen* im *technischen* Sinn schabenden, schneidenden, spaltenden Verfertigens hölzerner Hohlformen, und nicht nur an das Schaffen im *physischen* Sinn generativen, ja göttlichen Zeugens erinnert, sondern auch an das *Schaf*, dessen Name, denselben Verben des Schneidens und Scherens entsprechend, aus der *Schur* entspringt. Im *Schöpfen* der ersten Strophe gehn das Echo von *Schaf* und *Messer* ineinander über; in die Wendung vom *Lämmlein unter'm Messer* wandert die Lust, *Wol*lust der Lieb' an Schnitten in beide Orte, in die Lippen des ein- und auseinanderschneidenden Munds (dem Sprechen und Küssen, Verstummen und Essen und Trinken zugrund: offen), wie in die wunderlichen Lippen beider Geschlechter, die durch Ausgeschnittenheit – *sexus* – gekennzeichnet scheinen, so ein, daß der Vorsatz, die schneidende Lieb' entweder der *téchne* oder *physis*, der Kunst oder Natur zuzuschlagen, die *nimmersatte* zu verorten und zu verantworten, verlorengeht. *Wie* genau das Lämmlein unterm Messer *hält*, wie dies Halten und Verhalten und Verhältnis, wie genau also dies *Wie* aufzufassen sei, und ob es überhaupt Halt bietet, geht aus der Zeile, die den Vergleich bringt, nicht hervor. Zwischen *Wolle* und *Wollen* und *Wollust* offen, aber auch, unter der Allusion aufs Opferlamm, zwischen *Messe*, *Messer* und *Messias*, flicht die Zeile ein teilbares Vlies, dem die Augen nicht auf den Grund kommen.

Doch auch der Augenblick, der Blick in Augen, in ihr *Auge*, findet keinen Grund: «Ihr Auge bat: nur immer zu, / Je weher, desto besser!» Das Auge läßt, an dieser Stelle, aus mehr als einem Grund sich nicht ins Auge fassen. Aus dem Wort *Auge* tauchen an dieser Stelle Worte auf, die den Augenaufriß teilen und im Auge den Blick auf eine *Augenweide* öffnen: unter dem Wort *Aue* kehrt aus dem *Auge* das Lämmlein wieder, aber auch die *Au* und *Aue*, flaches feuchtes Wiesenland, und nicht zuletzt ein Echo dessen, worum ihr Auge bat: «Je weher, desto besser»: das mittelhochdeutsche Wehwort *ouwe* flicht die Silbe *ou* – au – und das Adverb *we* – weh – zum Homonym der *Aue*, von Lamm und Schaf, die im Mittelhochdeutschen *ouwe* heißen, ineinander. *Ouwe*, einem teilbaren Mal gleich, das schon die *Ruh' – ruowe –* auftrennt, setzt *ou* und *we* unter der Bitte *Je weher, desto besser*, abweichenden Steigerungen aus, denen kein Zuhöchst Einhalt gebietet. Worum ihr Auge bat, ist eines, dem sie, so sehr es in sie dringt, die Spitze nimmt. Ins *Auge*, das nicht eines bleibt und bildet, verdichtet das Gedicht an dieser Stelle das *Immerzu* der *nimmersatten* Liebe. Es ist, genau genommen, unter anderm auch das *Auge*, das die *Lieb'* zum teilbaren Wort – *Philo:logie* – verdichtet. Eine am *Weher*, nicht am *Weh*, orientierte, unausrichtbare und grundlose, im Saum der brechenden verhaltende, Augenlust und -*wol*lust, die den Drang zum *Wehesten* weniger verwehrt als verweht: versehrt.

Das *Immerzu* – «nur immer zu» –, worum ihr Auge bat, ist das *Nimmersatt* der Liebe. Die Bitte folgt nicht der Logik des *Je-mehr-desto-weniger*, ist nicht Bitte um Aufschub der Sättigung im Namen der Unersättlichkeit, die durch Abbruch des Anspruchs auf Sättigung den Anspruch auf Sättigung vor Abbruch zu schützen und zu maximalisieren sucht: auf ein *Je-weniger-desto-mehr* zielt. Worum ihr Auge bat, erhebt nicht Anspruch auf Mehrung von Etwas – *Gut* oder *Weh* –, sondern bittet – weher, nämlich besser – um ein *Immer-mehr-nie-mehr-satt*. Ihr Auge setzt den Anspruch auf Sättigung (der Liebe) Verwahrlosungen aus. Die Einführung des *Immerzu* ins *Nimmersatte* schließt ins *Nimmer* ein *Immer*, ein *Mehr* an *Nie*, *Mehr* als *Nie*, ins *Mehr* des *Nimmer* ein (abweichendes) *Mehr* (mehr) so ein, daß durch das *Nimmer* Risse gehen und das Nimmersatte weder am *Nie* noch am *Satten* mehr Halt findet. Das ins *Mehr* des Nimmer(satten) einschneidende *Mehr* des Immer(zu) trennt das *Wie* der Liebe, trennt die nimmersatte, um mehr als mehr, um mehr als *ein* Mehr auf: *Immer-mehr-nimmer-mehr*. Der Diminutiv Mäd*chen* und der diminuierte Diminutiv Lämm*lein* deuten an, worum genau: um ein unmerklich winziges Mehren: Mehr*chen*, Mehr*lein*, Mehr*ike*: immerzu andre (unter andern, mäandernden) Signaturen der *Nimmersatten Liebe.*

Dies *Mehr*, kaum mehr wahrnehmbar (das ins Nimmersatte weder im Namen des Verkleinerns noch Vergrößerns eindringt, aus dem Nimmersatten weder im Namen des einen noch des andern

Namens wiederkehrt) bildet keine Maßgabe, nicht das Maß, die Mensur oder den Messer der *nimmersatten Liebe*, und nicht den Eigennamen des Gedichts. Es ist das zuammengesetzte *Messer*, in der Zeile um das *Lämmlein unter'm Messer*, das Abstand von der Anmaßung, dies *Mehr* zum Maß (aller Dinge) und Maßstab (der Liebe) aufzurichten, nimmt. Das *Messer* zerfällt in zwei alt- und mittelhochdeutsche Nomen, *maz* – Speise – und *sahs* – Schneide –, aus denen es, verschliffen, resultiert. Die Schneide, *ser* oder *sahs*, trifft auf das *Mes* oder *maz*, die Speise oder Mahlzeit so, daß nicht nur beide, der vermeinte Zeit*punkt* und das bereitete *Mahl*, dies *eine* Mal (Gemisch aus Zeit und Speise), versehrt erscheinen: *Mes-*, sondern auch die Schneide: *-ser*. Das Wort *Messer* öffnet, auseinandergeschrieben, die Augen für den winzigen Schauplatz einer *Szene*, in der Augen, von der *kritischen* Absicht getragen, ins Mal – eines Wortes – einzudringen, um das in mundgerechte Bissen zerlegte, essbarer Schrift gleich, dem Verzehr – oder Verstehen – zuzuführen, innehalten, weil sie der unausrichtbaren Teilbarkeit beider, von Schneide und Speise, *maz* und *sahs*, *Mes* und *ser* innewerden. Die Augen, für das auseinandergehende Wort – *Messer* – offen, sehn aus dem Anspruch auf Sättigung (hermeneutischen) Hungers das unmerkliche, ins *mer* der *nimmersatten Lieb'* eingelassne *mer* des *Immerzu* auftauchen: ein *un*eins, im absichtsvollen Sehn anbrechendes, vom absichtsvollen *ab*zusehn anfangendes *philein*. Den Schattenriß, kaum ein Portrait, der *Philologie*.

Die zweite Strophe vergrößert im *Nimmer* der *nimmer*satten Liebe ein *Immer*: «nur immer zu». In allem, was *Mal* und *Ein*mal, was *als* Mal und ein für alle Mal *gegeben* scheint, ein zwischen Gebet und Gebot, zwischen Schmerz und Lust und *Wol*lust spielendes *Mehr*mal: *un*eins mit sich. Sie präzisiert das *So* der Antwort auf die Frage, nicht nur *wie* die Liebe – weniger ein *Wort-* als *-bruch* –, die das *Wie* des Bezugs (nicht nur zu Worten) überhaupt zum *Refrain* verdichtet, sondern wie das *Wie* der Liebe, wie die *nimmersatte* sei: *immer zu nie mehr satt*. Die *Lieb'* durchläuft, apokopiert, nicht nur die drei Strophen des Gedichts, sondern berührt in jeder der drei Strophen den Aufriß der Zeit, aus drei Gegenwarten, so, daß die Zeit, am Mal für Mal einer unversehrten Kette aus Jetztpunkten orientiert, der *Lieb'* nicht habhaft wird, die jedes Mal, jedes *Zeit*mal, jede *Mahl*zeit auftrennt. Die erste Strophe entwirft die Vergeblichkeit der Sättigung der Liebe nicht nur in kommende Gegenwarten, sondern über alle kommenden hinaus, in alle Ewigkeit; die zweite Strophe, im *Heute* gelegen, hält die Verkapselung des Heute zum Datum durch Einschluß des *Immerzu* ins Nimmersatt der Küssenden auf; die dritte aber intarsiert das *Immerzu* noch dem, was *war*: sie hält, ein drittes Mal, den Anspruch alles Dazumal, vergangner Gegenwart auf Abgeschlossenheit, in Atem:

> So ist die Lieb', und war auch so,
> Wie lang es Liebe gibt,
> Und anders war Herr Salomo,
> Der Weise, nicht verliebt.

Die Liebe, deren *Nimmersatt*, durch Verzettelung ins *Immerzu*, das aus ihm auftaucht, nicht zum negativen Mal eines *Nie*mals umrissen werden kann, sondern (nur) immer (zu) anders *Nie* (mehr satt) heißt, findet auch am vertausendfachten Nie kein Genügen. Das Zahlwort *Tausend* wird unter der ungefähren Wendung *an die tausend Jahr'* in der ersten Strophe, zwischen Zahl und *Un*zahl, zwischen zähl*bar* und zahl*los* offen, aufgeboten; es spielt, ungenannt, in den Küssenden der zweiten Strophe; und taucht aus der dritten Strophe in *Salomo* verwickelt auf, dem der Sage (oder *Mär*) nach tausend Frauen zu Willen waren. Der König war darum aber nicht, anders als andere, dem *Nie* der Liebe – «Du thust ihr nie zu Willen» – überhoben. Die dritte Strophe variiert, fast als ein Ritornell, dies *anders* [...] *nicht*. Nie anders war *Herr Salomo* als (immer zu) nur so verliebt, daß er der Lieb' zwar *nie* zu Willen tat, ihrem *Nie* (mehr satt) aber immer (zu nur) anders (als so oder so oder anders). Anders, auf keine andre Weise, war auch der Weise, «Herr Salomo, / Der Weise, nicht verliebt».

Aus *Salomo* kehrt aber noch ein Tausendmal, das Tausendmal – «Ach tausendmal» – des vorgesprochnen, immer anders gebrochnen

Wortes *Lebe wohl* wieder: der Gruß *Schalom.* Der Gruß im Namen weckt die Erinnerung daran, daß *-mer-*, die Signatur des *Nie* der Lieb', nur aus der Pause zwischen *wohl* und *Lebe*, nur aus der Pause, die durch jeden Gruß geht, lebt.

Bibliographische Hinweise

Geschrieben im Winter 2007/2008.

Die zwei Gedichte Eduard Mörikes, *Lebewohl* und *Nimmersatte Liebe*, werden zitiert nach der Ausgabe der Gedichte von 1867; wiederabgedruckt in Eduard Mörike, *Werke und Briefe*, Band 1/1, hrsg. von Hans-Henrik Krummacher, Stuttgart (Klett-Cotta) 2003, S. 59 und 66. – Zur Kennzeichnung der Sprache (nicht zuletzt auch der Gedichte – *poiemata* –) als *athanatos mneme* – unsterbliches Gedächtnis – siehe die Rede der Diotima in Platons *Symposion* (208d und 209d); die Aufgabe der Sprache als unsterbliches Gedächtnis liegt, so wird dort ausgeführt, darin, unsterblichen Ruf oder Ruhm – *kleos athanatos* (209d) –, mit einem andern Wort den *unsterblichen Namen* (in Friedrich Schleiermachers Übersetzung) und also die Unsterblichkeit des Namens oder, genauer, den Anspruch auf Verunsterblichung des Namens zu verbreiten. Die Wendung *kleos athanatos* nimmt eine aus den Homerischen Epen, insbesondere aus der *Ilias* überlieferte Formel, *kleos aphthiton* – unverwelklicher Ruf, Ruhm, Name – auf. Zur Verflechtung beider Formeln, in Platons *Symposion* wie im 9. Gesang der *Ilias*, beide Male an die Erinnerung an (den sich erinnernden) *Achill* gebunden, siehe Th. Schestag, «Achills Keren», in Oswald Egger (Hrsg.), *Nichts tun*, Hombroich/Wien (Das böhmische Dorf) 2009, S. 29-53; außerdem «‹It [the poem] loves – even like Love –›. Notiz zu Poesie und Eros», in Christian Steinbacher (Hrsg.), *Für die Beweglichkeit*, Linz 2005, S. 33-48.

Philippe Lacoue-Labarthe

Vier Texte und ein Nachwort

Phantomphilosophie

Ich bin hierhergekommen, vor allem, um zu hören.

Die koloniale Erniedrigung habe ich wohl empfunden, wie ein Europäer sie empfinden konnte: nämlich so, daß für mich, der ich, seit Beginn meiner Beschäftigung mit Philosophie (im letzten Jahr des Algerienkrieges), die Möglichkeit von Ethik, heute, für unendlich problematisch halte, die einzige ur-ethische Regel, an der ich blind und verbissen festhalte, in der Weigerung liegt, Erniedrigungen zuzulassen, in der Bemühung und Sorge darum, nicht zu erniedrigen. Die koloniale Erniedrigung, alles, was ich von ihr ahne oder weiß, verbietet mir, dem Europäer, hierher zu kommen – einmal mehr –, um Antworten zu geben oder – aber das wäre dassselbe – Lektionen zu erteilen.

Ich weiß ein wenig, durch das, was ich gestern hörte, durch meine afrikanischen Freundschaften, durch mein Gespräch – seit mehr als zwanzig Jahren – mit zahlreichen afrikanischen Studenten, um Ihre politischen, das heißt politisch-philosophischen Probleme. Und ich weiß, denn Ihre Wunde liegt noch immer offen, wie delikat es ist, und schwierig, gewisse Fragen anzuschneiden.

Dennoch will ich versuchen, freimütig zu sprechen.

Im Hinblick auf das, was uns hier, an diesem Ort, vereinigt – nennen wir es, wenn Sie wollen, das Philosophische –, bin ich davon überzeugt, daß ich nicht «von außerhalb» komme, daß uns keine Demarkationslinie, auch die flüchtigste nicht, trennt. Wir sprechen streng genommen hier, an diesem Ort, dieselbe Sprache. Und insofern wir dieselbe Sprache sprechen, bin ich, der Europäer, Ihnen, den Afrikanern, gegenüber, zur Freimütigkeit verpflichtet. Das ist eine Sache der Redlichkeit.

Die Frage ist: «Afrika am Horizont 2000: was vermögen die Philosophen?» Aus den Gründen, die ich angedeutet habe, werde ich mich an die Frage halten: ich werde die Frage befragen. Und wenn ich mich, unterwegs, gezwungen sehe, einige Thesen aufzustellen (und sei es einfach in Form einer Erinnerung), dann bleiben diese

Thesen – diese Erinnerungen –, das sollte man keinen Augenblick vergessen, problematisch.

Gestellt wird also hier, heute, und in dieser Sprache (im Französischen, das wir alle sprechen) eine Frage. Und zwar wahrscheinlich eine der ältesten, vielleicht sogar eine der Philosophie angeborne Frage, über sich und an sich selbst gerichtet. Eine Frage der Philosophie an die Philosophie, konstitutiv und reflexiv, fast gleichursprünglich mit der Frage: «Was ist das, die Philosophie?»

Die Frage kommt nicht von außen: sie wird nicht von andern (Staatsmännern oder Händlern, Handwerkern oder Schiffsleuten, Künstlern, Bauern, Priestern, Kriegern usf.) gestellt. Für sie alle besteht kein Zweifel daran, daß die Philosophen, denn es gibt Menschen, die sich so nennen und die für sich in Anspruch nehmen, dieses Metier auszuüben, – philosophieren. Die Philosophen treiben Philosophie wie die Staatsmänner Politik, die Händler den Handel, die Schiffer die Seefahrt, die Künstler das Handwerk und Krieger die Schlacht. Doch diese Frage, obwohl sie nicht von außen an die Philosophie gerichtet wird, drängt sich gleichwohl von ihrem Außen her, je nachdem, welche Unabhängigkeit dieses Außen jeweils von der Philosophie beansprucht, der Philosophie auf. Als wäre die Philosophie, die immer nachträglich und zusätzlich erscheint (das ist die bekannte List der «*Eule der Minerva*»), die keiner der genannten Praktiken oder Funktionen entspricht, sondern sich anschickt – oder sich darin erschöpft –, sie alle zu denken, zu nichts gut, oder als hielte sie sich von vornherein nur ihr eigenes Vermögen zugute. Also das Vermögen eines bestimmten Sprachgebrauchs, der das Denken zu sein beansprucht, und das Vermögen eines eingeschränkten Typs von Wissen, des «Wissens überhaupt».

Der Ursprung dieser Frage läßt sich, wie Sie wissen, sehr genau angeben: sie ist zum erstenmal als solche, in diesem Namen oder unter dem Namen «Philosophie» in Griechenland, in Athen gegen Ende des klassischen Zeitalters aufgekommen, als das Wort gebildet wurde und die Philosophie im eigentlichen Sinne sich durchgesetzt hat und zur Institution wurde.

Wenn also zutrifft, daß die Philosophie, im eigentlichen Sinn des Worts, eben aufgrund dieses Ursprungs, eine besondere wo nicht *die* Weise des europäischen (abendländischen) Denkens nennt – und Genauigkeit verlangt, sich an diese Bestimmung zu halten, selbst wenn ihre Infragestellung notwendig bleibt –, wenn wir die Frage wiederholen: «Was vermögen die Philosophen?» und sie an uns Philosophen hier, heute und in dieser Sprache richten, will sagen:

1. auf diesem Kontinent und also im Horizont einer Zivilisation – wenn es denn *eine* ist –, deren Minimaldefinition sie als außereuropäisch ausweist (aber «Kontinent», «Zivilisation», «Europa» sind aus dem Spätlateinischen auftauchende *Begriffe*);

2. in Erwartung des Jahres 2000 – also im Bannkreis des Gregorianischen Kalenders;

3. in jener Sprache der Romania, aus der, zwischen Montaigne und Rousseau, die moderne Philosophie auftauchte; – dann tun wir nichts anderes als das griechische Erbe, durch Rom gefiltert, zu versammeln und die Sprache Europas zu sprechen: die Sprache derjenigen Zivilisation, die sich, wie man einräumen muß, dem Begriff der *potestas* oder der *possibilitas* verschrieben hat, und sich, aus diesem Grund, als *die* Zivilisation und im wesentlichen ohne alle Skrupel (die sich, mit Las Casas und Montaigne, erst nachträglich einstellten) aufgezwungen hat.

Mit all dem soll gesagt sein, daß die gestellte Frage – die Frage, die wir uns stellen – unausweichlich *auch* die Frage jenes *Zwanges* ist, den wir hier, heute, und in dieser Sprache – der französischen als Hinterlassenschaft der Kolonialisierung –, nicht außer acht lassen können.

Was vermögen Philosophen? Oder, allgemeiner, was vermag Philosophie?

Auf diese Frage gibt es – sehr schematisch, doch meines Erachtens nicht unzutreffend – drei typisierte Antworten, die sich oft überschneiden, die man aber unterscheiden kann, allein schon deshalb, weil sie aus verschiedenen Epochen stammen.

Die ursprünglichste Antwort in dem Sinn, in dem sie wahrscheinlich die älteste ist, aber auch die dem Grund der Philosophie zunächst gelegene, ist zugleich die dem Anschein nach bescheidenste

Antwort. Ich habe sie anfangs erwähnt: die Philosophie, weil sie nur sich selbst vermag – das bloße Geschäft des Denkens, ja das Denken des Denkens – vermag nichts; die «Macht» ist ihrem Wesen fremd, sie kann nicht handeln, sie ist wirkungslos. Sie ist, um Heideggers Worte aus dem *Brief über den Humanismus* (1946) zu wiederholen, dem *Handeln* und *Wirken* entzogen. Sie ist, in der Sprache von Hegel und Marx, nicht Teil der *Wirklichkeit*.

Diese Bescheidenheit der Philosophie ist, wohlgemerkt, spätestens seit Sokrates, ihr maßloser Stolz. Die Philosophie erklärt, per definitionem, den gesamten Bereich der Wirklichkeit, aller vorliegenden Kenntnisse (der *technai*), die *Praxis*, für null und nichtig. Wenn Aristoteles sagt, *théôria* sei die höchste und reinste Form der *praxis*, dann ist damit alles gesagt. Und alles ist gesagt in den Apologien des Erstaunens, des Fragens, der Kritik, der Offenbarkeit des Seins gegen die Geschlossenheit der Bedeutungen, usw. Damit ist gesagt, daß *possibilitas* und *potestas* überhaupt wesentlich vom Philosophischen – seinem Urteil unterworfen – dependieren, das die Wahrheit über sie verfügt und billigt. Und in diesem Sinn wird bekanntlich von Herrschaft oder Königsherrschaft, von philosophischer *basileia* gesprochen. Heidegger hat 1936, indem er Platon kommentierte, daran erinnert, daß eine solche *basileia* nicht bedeutet, die Philosophen sollten Zugang zur Führung des Staates haben, die Nähe zur Macht suchen – oder gar die Macht ergreifen –, sondern daß es, unter philosophischer Perspektive, zum Wesen des Staats, der Gemeinschaft in der *polis* gehört, sich von der Erscheinung des Seienden als solchen in seiner Gesamtheit, das heißt durch die *aletheia* (die Wahrheit selbst) führen zu lassen.

Deshalb entspricht diese archaische und (un)bescheidene Antwort unmittelbar – Platons Schicksal stellt das vor Augen – einer zweiten Antwort in Form einer permanenten Versuchung für die Philosophie, das heißt gelegentlich der Philosophen: zumindest als Berater des Archonten oder Prinzen zu fungieren, wo nicht, unter welcher Gestalt auch immer (deren Variationen auch Lenin einschließen), selber Archont oder Prinz zu sein. (Die seit einem Jahrhundert so genannten «Intellektuellen» sind, in diesem Sinne, Philosophen.)

Hinter dieser Versuchung steckt die Vorstellung, Philosophie könne und müsse, eben weil sie im «Meta»-Bereich liegt, die Aufsicht über die Aufsicht, die Ausrichtung der Richtung und die Regierung der Regierung übernehmen. Heidegger sagte 1933: die *Führung* der *Führer*. Diese «Führung» kann wohlgemerkt immer «geistig», «intellektuell» und «theoretisch» sein oder zu sein beanspruchen; sie kann immer an das Denken, an das Gewissen oder, in Zeiten der Opposition, an den kritischen Durchblick appellieren. Was nicht verhindert, daß diese Führung sich früher oder später immer als Macht [*pouvoir*] behaupten wird; keine Macht aber, geschichtliche Erfahrung hat das gezeigt, ist grauenhafter, als die der Idee, der «*einzigen Idee*», wie Hannah Arendt sagte. Alle revolutionären, das heißt alle philosophischen Erhebungen der letzten zweihundert Jahre sind, ob von links oder von rechts, in Tyrannei umgeschlagen. Es gibt eine Macht der Philosophie, die schlicht und einfach Terror heißt – man sollte das niemals vergessen.

Doch es gibt noch eine dritte Antwort, deren Umriß seit Descartes programmatische Gestalt annimmt und die sich später voll entfaltet hat, entweder als Feststellung – teils mit Befriedigung (Hegel), teils mit Bedauern aufgenommen (Nietzsche, Heidegger) – oder als Projekt: Auguste Comte, Marx, aber auch (wiederum) Nietzsche, zumindest einer seiner Nachkommen. Diese dritte Antwort hält dafür, die Philosophie könne alles, weil sie seit ihrem Ursprung zu allem fähig ist: fähig zur Übernahme, Gründung und Herausbildung in Wahrheit, sodann zur Freisetzung der Wissenschaften, das heißt des Mathematischen im allgemeinen: fähig zur Anverwandlung, Übersetzung und Überarbeitung fremder Kenntnisse (Ägypten, Naher Osten: man denke nur daran, wie zuerst das Judentum, später das Christentum europäisch wurden); fähig, jedem Bereich, der an Kenntnisse geknüpft war, das heißt jedem Bereich, der von einer *téchne* zeugte: Recht und Medizin, Rhetorik und Strategie, Kunst und Politik, Pädagogik und Psychagogik, Ethik, kurz allem, was als *praxis* im Rahmen eines politisch organisierten Gesellschaftslebens, das heißt im – ausschließlich urbanen – Rahmen der *polis* oder der *civitas* zur Geltung kam, ihre Begriffe und ihre Logik – ihr Lexikon, ihre Grammatik, ihre Syntax – aufzuzwingen; fähig zur Anerkennung, militärisch und administrativ eingebunden, der makedonischen Könige (die Aristoteles beriet) zuerst, sodann des *Imperium Romanum*, seiner potentiellen Universalität und folglich seiner zivilisatorischen Aufgabe (vergessen wir nicht, daß außerhalb des Nahen Ostens ein großer Teil der sogenannt arabischen Welt und ganz Europa bis zu seiner ersten Blüte im christlichen Mittelalter das Produkt einer Kolonisierung sind, mit oder ohne Vermittlung durch Religion); und schließlich fähig, auf dem Umweg über den durch sie ausgelösten Aufschwung der *Techno-Wissenschaft*, zur fortschreitenden und brutalen Globalisierung [*mondialisation*] des dergestalt aufgerichteten Zivilisationsideals, um den Preis der möglicherweise radikalen Destruktion – auch im Innern Europas – jeglicher «Kultur», die sich diesem Vorbild nicht fügte.

«Abendland» ist der Name für die aus dem philosophischen Projekt hervorgergangene Politik, und also Zivilisation.

Und wenn wir am Ende – oder nahezu – dieses Verlaufs, genau am Ende dieses zweiten Jahrtausends den Versuch unternehmen, seinem Ursprung, also dem uns zuzuwenden, was sein Kontinuum, allen Brüchen und Lücken, Mutationen und Irrtümern zum Trotz (und trotz allem, worauf Heidegger uns in seinen Untersuchungen verweist) ermöglicht hat, dann können wir anfangen, den Verdacht ernstzunehmen, daß das Geheimnis dieser beispiellosen Macht und dieses unumkehrbaren Geschichtsverlaufs – denn genau das nennen wir Geschichte – in der griechischen Bestimmung des Wissens, der *téchne* nistet, die wahrscheinlich, die Tragiker (vor allem Sophokles) bezeugen das, vor Platon und die Geburt der Metaphysik zurückgeht, von Philosophie aber in Beschlag genommen und auf entscheidende Weise abgewandelt worden ist.

Es ist, wenn Sie so wollen, und um es kurz zu machen, nichts Erstaunliches daran, daß eine aus der Reflexion über die *téchne* (sagen wir über das *Savoir-faire* als *Pouvoir-faire*, über das *Wissen* als *Macht*) entsprungene Form des Denkens, wo ihre Aufgabe erfüllt ist, sich über der Affirmation des Willens zur Macht schließt. So daß es auf die Frage, die unserer Frage zugrundeliegt, «Was vermag die

Philosophie?», im Grunde hier, heute, in der Sprache, die wir sprechen, nur eine Antwort gibt: sie vermag, genau genommen, was sie macht oder vermag, mit einem andern Wort, zuletzt, die Macht, die sie immer schon gewollt hat.

In diesem Sinn, und weil es naheliegt, variiere ich einen berühmten Titel und spreche von «Phantomphilosophie», dem Andenken an Michel Leiris zu Ehren. In der Globalisierung ist die Philosophie – das abendländische Denken – allenthalben. Sie sucht, unheimlicher als das Gespenst des Klassenkampfes, von dem Europa, Marx zufolge, im vergangenen Jahrhundert heimgesucht worden war, die Welt heim. Selbst wenn man willens wäre oder es für denkbar hielte, heute, sie abzulehnen, würde sie wiederkehren (ein Phantom kehrt immer wieder), und wäre es nur in Gestalt der Sprache, die man zu sprechen gezwungen ist. Sie ist überall hier gegenwärtig, wir werden sie nicht los.

Sie werden verstehen, warum ich unter diesen Umständen – auch die Thesen, die ich gleich skizziere, bleiben sehr schematisch – folgendes annehme:

1. Es gibt keine afrikanische Philosophie. So wenig wie es – *per definitionem* – eine aztekische oder Maya- (indo-amerikanische) Philosophie, eine chinesische, japanische, hinduistische Philosophie gibt.

Das heißt nicht, daß hier (in Afrika, wenn es denn *ein* Afrika und identifizierbar ist), heute (auf der Schwelle zum dritten Jahrtausend, in einer Zeit, für Sie, politischer Befreiung, die gleichwohl zur Unterwerfung unter Technik nötigt), und in der ein oder andern vom abendländischen Kolonialismus hinterlassenen Sprache, nicht auch Philosophen – wenn sie denn überhaupt noch auftauchen können – in Erscheinung treten könnten, unter welcher Gestalt auch immer. Doch es werden abendländische Philosophen sein.

Damit soll auch nicht gesagt sein, daß es kein afrikanisches *Denken* gibt – oder gegeben hat, denn die Zerstörung in diesem Bereich ist, das gilt für die gesamte Welt, wahrscheinlich unheilbar –; es gibt auch ein sehr großes indo-amerikanisches, chinesisches, japanisches, hinduistisches Denken, aufbewahrt in den «Mythen» oder in dem, was man mit einem ungefähren Wort «Weisheiten» nennt.

Damit soll einfach gesagt sein, daß nicht jedes Denken notwendig die Form philosophischen Denkens hat.

2. Es gibt, im Gegensatz zu der von Heidegger traurigerweise gestützten Fabel, keine bäuerliche oder ländliche Philosophie, auch keine Kriegerphilosophie. Solche Gesellschaften können oder konnten großartige Dinge leisten, in der Kunst, Dichtung und Mythologie. Doch nicht in der Philosophie. Wenn es wahr ist, daß das nahöstliche Denken und das früheste griechische Denken (noch nicht kontinental) ungefähr zur gleichen Zeit aufgetaucht sind (zwischen Mesopotamien und Kleinasien, Palästina und Ägypten) und daß «zur gleichen Zeit» ungefähr das Ende des Neolithikums bedeutet, dann geht die Geschichte – des Abendlandes *als* Philosophie – mit der Emanzipation der Agrikultur, sodann ihrer forschreitenden Zerstörung, mit der Verflüchtigung ruraler Gesellschaften bis zur Herrschaft der «Ernährungsindustrie» zusammen. Es ist bekannt, daß zum europäischen Wortschatz um Ausschluß und Verdächtigung, nach dem «Barbaren» der Griechen (dem, der nicht griechisch spricht) und dem «Wilden» der Römer (der außerhalb jeder Kultur in den Wäldern wohnt), auch der «Bauer» gehört. Das Abendland *als* Philosophie ist eine städtische Erfindung, dem Politischen, Zivilen und Zivilisierten verschrieben.

Mir scheint, das sollte den Philosophen – nicht nur den afrikanischen –, die in Sorge um afrikanisches Denken und afrikanische Identität sind, und die dazu neigen, von «afrikanischer Philosophie» zu sprechen, zu denken geben.

3. Was ich hier vorbringe, sind nicht Ansichten eines Philosophen: aus mehr als einem Grund nehme ich von diesem Titel Abstand, den ich im übrigen für unumkehrbar und endgültig verfallen halte. Doch es sind Ansichten von jemandem, der – das ist sein Metier – mit der Philosophie und im Bereich der Philosophie arbeitet, ohne sich noch mit dem philosophischen Projekt solidarisch zu fühlen. Von jemandem, der, anders gesagt, aufgrund der sehr tiefgreifenden kritischen Bewegung innerhalb der Philosophie, seit Kant, nicht nur denkt, daß die Philosophie (in Gestalt der Globalisierung) an ihr Ende [*terme*] stößt, sondern der es für dringlich hält, die Globalisie-

rung, angesichts der durch sie ausgelösten Katastrophe, überall und in allen Bereichen, zu «destruieren» [*déconstruire*], wie Heidegger sagte, und wie es, im Anschluß an ihn, Derrida sagt. Das ist einer der Gründe, nicht der geringste, für meine Anwesenheit hier.

Dekonstruieren – immer noch eine Form der Destruktion, das heißt dessen, was Hegel zuletzt die «Arbeit des Negativen» nannte: es ist die Logik, sie ist unvermeidlich, des Wiedergängers [*revenant*] –, Dekonstruieren besagt nicht, am Grund wiederzufinden, was verloren worden war: der Verlust ist endgültig. Es besagt auch nicht, das Gebäude von außen, mit einer andern Sprache zum Einsturz bringen, um etwas anderes zu rekonstruieren: wir haben nicht, niemand hat mehr, die dafür notwendige Macht über ein Außen, auch nicht über eine andre Sprache. Es handelt sich deshalb darum, das Gebäude zu bewohnen, denn zum Wohnen gibt es keinen andern Ort. In ihm zu wohnen, um es von innen her – ungefähr so, wie der Maulwurf bei Marx – zu untergraben [*miner*] oder, vielleicht ist der Vergleich genauer, es zu höhlen [*laminer*], bis die ein oder andre Wand – diaphan – das flüchtige Bild eines Außen ahnen läßt.

Das heißt:

4. Es ist nicht zu leugnen, daß Afrika – das Afrika zumindest, das ich ein wenig, das ich kaum, habe kennenlernen können, habe durchscheinen sehn – eine der letzten geographischen Regionen ist, wo noch etwas von dem, was vor die Globalisierung – oder vor das, was Sie Entwicklung nennen – zurückgeht, zu sehen ist.

Aufgrund all dessen, was ich vorgetragen habe, denke ich weder, daß dies *Etwas* [*quelque-chose*] «geschützt» werden muß, wie die Kulturindustrie es mit ihren Gütern hält, noch auch daß es «analysiert» werden muß, mithilfe eines philosophischen Codes, philosophischer Axiomatik und Verfahrensweisen, oder mithilfe der Wissenschaft (Kulturanthropologie, Ethnologie), was nichts anderes hieße, nichts anderes heißt, als sie bereits zerstört zu überliefern. Doch dies *Etwas* ist vielleicht nicht zu vergessen, ich wage nicht zu sagen: in Erinnerung zu behalten.

Hier, heute – aber nicht in dieser Sprache. Nicht in der Sprache der Philosophie. Es ist unmöglich, in More, in Fon oder Yoruba *philosophisch* zu denken. Was nicht heißt, daß man in More, in Fon oder Yoruba nicht *denken* und sich nicht erinnern kann. Das gilt, ausnahmslos, für *jede* Sprache.

Dankrede

Herr Präsident, meine Damen und Herren,

Die Ehre, die Sie mir erweisen, hier und heute, ist immens. Eine solche Formulierung heißt, mit gutem Recht, «angemessen» [«*consacré*»]. Ich gebrauche oder zitiere sie in Kenntnis dieses Sachverhalts. Um mich «den Umständen anzupassen» [«*sacrifier à l'usage*»], gewiß, und um nicht von den Spielregeln abzuweichen, denen ein Zeremoniell, wie es uns hier versammelt, seit langem gehorcht. Aber nicht ausschließlich: keine rituelle Formel ist sinnlos, sie birgt immer eine Wahrheit, so vergessen sie sein mag. Immens heißt: maßlos. Ich möchte das Buchstäbliche dieser Formel zu Gehör bringen: die Ehre, die Sie mir erweisen ist meinem Verdienst inkommensurabel. Hier ist nicht falsche oder wirkliche Bescheidenheit im Spiel: es handelt sich um eine Tatsache, offenbar: ich beherrsche Ihre Sprache nicht so gut, um mich in ihr an Sie zu wenden und Ihnen zu danken, wie es sich schickte. Schon dieses Paradox ist immens: der Preis, den Sie mir verleihen, belohnt die *Vermittlung deutscher Kultur im Ausland*. Welche Art *Vermittlung* ist wohl eine *sprachlose Vermittlung*?

Jede Auszeichnung verpflichtet: das ist das Grundgesetz für die Ökonomie der Gabe. Mir war alle Freiheit gelassen, den Preis, den Sie mir verliehen haben, anzunehmen oder abzulehnen. Von dem Augenblick an aber, da ich ihn angenommen hatte – ich nenne gleich die Gründe –, wußte ich, daß ich würde antworten, Ihnen meine Dankbarkeit zum Ausdruck bringen müssen. Ich tue das, aus freien Stücken, aber nicht ohne das – maßlose – Bedauern, an der Sprache eine Grenze zu finden. *Danken*, einige unter Ihren größten Denkern oder Ihren größten Dichtern haben daran erinnert (einen unter ihnen haben Sie, vor fünfunddreißig Jahren, auf denkwürdige Weise ausgezeichnet): *danken* gehört einem semantischen Feld mit erstaunlicher Resonanz an: es setzt nicht weniger als das Denken überhaupt – *denken, andenken* usw. – aufs Spiel. Anders liegt der Fall des französischen «remerciement», ein Wort, das bekanntlich dem Wortschatz des Handels zugehört (*merx*, im Lateinischen die Waren; *merces*, Lohn); und der religiöse Euphemismus des Begriffs («merci» aufgefaßt als «Gnade», «Gunst», «Wohlwollen», «Mitleid») verbirgt nur unzulänglich seine harte ökonomische Realität. «Penser» [Denken] aber bedeutet «peser» [Lasten, Hängen]. Unsre romanische Zugehörigkeit ist nicht nur Zugehörigkeit zu einer juridisch-theologischen, also politischen Ordnung, sondern auch zu einem Markt, dessen Form diese Welt angenommen hat.

Diese Welt wird wüst genannt [*On dit ce monde immonde*], man stellt, wofür es gute Gründe gibt, die Waren an den Pranger. Hingegen gibt es vielleicht keine oder weniger gravierende Gründe, den Tausch anzuklagen, allen voran den Gedankenaustausch oder -handel. Denken findet immer nur in einer Sprache statt. Was immer auch heißt: in einer Vielheit, oder, wenn man das vorzieht, in ihrer tatsächlich ursprünglichen Teilung, der Sprache. Die Herkunft von *pretium* – Preis – ist dunkel: seine Wurzel unbekannt. Das Wort hat, das ist die einzige Auskunft unserer Linguisten, mit dem Wort *interpres* zu tun, das unmittelbar in unsre Sprache gelangte, und an den Handel gebunden ist – an Merkur, und weiterhin an Hermes –, das aber auch, wie Ihr deutscher *Vermittler*, den «intermédiaire», der «einen Durchgang freihält» bedeuten kann. Ein Interpret ist Fährmann, Übersetzer, Hermeneut. Ich spreche Ihre Sprache nicht, oder nur schlecht, doch ich übersetze sie, ich lese und interpretiere sie, nicht ohne Schwierigkeiten, aber beharrlich, oder genauer verbissen. Das bildet, zu einem Großteil, mein Metier. Aber es geht dabei auch, so glaube ich, um eine Leidenschaft, über die ich mich heute, vor Ihnen, genauer erklären möchte. Das wird, aus gegebenem Anlaß, mein aufrichtigster Dank sein.

Gestatten Sie mir aber zuvor, meine Damen und Herren, mich einer doppelten Aufgabe zu entledigen. Es nicht zu tun, käme einem Mangel an Aufrichtigkeit – und Offenheit – gleich.

Die erste hat die Form eines Bekenntnisses: der Name Friedrich Gundolf, dessen Andenken dieser Preis ehrt, ist mir seit langem, wenngleich nur mittelbar, vertraut, und zwar, genau genommen, durch eine Vermittlung – die Vermittlung Walter Benjamins, dessen großer Essay über die *Wahlverwandtschaften* die Autorität einer vernichtenden Kritik von Gundolfs Goethebuch für sich in Anspruch nimmt. Ich habe Gundolf nicht gelesen, weder dieses Buch noch auch – was unentschuldbar ist – sein Buch über die Romantiker. Ich bitte Sie folglich, einfach, um Entschuldigung. Mein Verhältnis zur deutschen Kultur impliziert eine Wahl, eine Position. Es wäre unangebracht, das zu verbergen.

Der zweiten Aufgabe liegt eine Erkenntlichkeit zugrunde. Ihre Geste, die beiden der Vermittlung gewidmeten Preise unter denen, die Sie jedes Jahr vergeben, hier in Straßburg zu verleihen, ist eine politische Geste im höchsten Sinn dieses Begriffs. Man muß sie bewundern, ein halbes Jahrhundert nach dem Desaster, das ganz Europa, wie niemals zuvor, erschüttert hat; und man muß Ihre Wahl einer Stadt gutheißen, die lange, wie Sie wissen, den Namen einer Freien Stadt für sich in Anspruch genommen hat, die aber, am Kreuzpunkt vieler Sprachen, und nachdem sie Gegenstand der erbittertsten staatlichen und nationalen Kämpfe der Neuzeit gewesen war, eine Entscheidung für den Frieden emblematisiert. Ich bin nicht aus Straßburg gebürtig, ich komme aus dem «Inland», *de l'«intérieur»*, wie man hier sagt, wo man weiß, daß hier Übergang und Zuflucht ist. Doch ich habe mich entschieden, hier zu wohnen, genau aus diesem Grund; ich erkenne mich als Bürger dieser Stadt der Mitte wieder; und wende mich an Sie auch in dieser Eigenschaft – als Hüter der Namen, denn auch das ist mein Metier, die diesen Ort erhellen: Voltaire und Rousseau, Herder und Goethe, Lenz und Büchner, unter vielen andern …

Ich habe also das Wort «Passion» gesagt. Ich habe es gewagt, dies Wort vor Ihnen auszusprechen, weil in Wirklichkeit dies Wort im Augenblick, da derjenige, der heute die Laudatio gehalten hat, und dem natürlich mein Dank gilt, zum erstenmal auf diesen Preis zu sprechen kam, in mir sich ausgesprochen – aufgedrängt – hat. Es war, offen gesagt, das Wort meiner Panik. Natürlich war eine *Dankrede* vorgesehen: wie würde ich sie schreiben können? Und selbst wenn es mir gelingen sollte, mich übersetzen zu lassen, wie würde ich sie (vor)lesen können, schlicht und einfach? Mein Unvermögen wog zu schwer, der Schwindel wäre eklatant: wie viele andere, auch hier, hatten nicht größere Verdienste, nicht mehr Anspruch auf eine solche Ehrung? Was, wenn nicht eine angeborne *Blödigkeit* – ich borge dieses Wort von Hölderlin –, verbot mir, abzulehnen, hielt mich im Ungesagten? Und warum war die Wahl auf mich gefallen, wo ich die Arbeit, hier in Straßburg, seit mehr als fünfundzwanzig Jahren, die Sie heute anerkennen, nicht nur zu einem Großteil nicht allein getan habe, sondern auch wenn ich allein gewesen wäre, nicht – zumindest nicht so – geleistet hätte? Nichts als mein sprachliches Unvermögen hätte mich daran gehindert, ich habe darauf hingewiesen. Diese fünfundzwanzig Arbeitsjahre sind fünfundzwanzig Jahre inniger ununterbrochener Zusammenarbeit mit Jean-Luc Nancy. Gestatten Sie mir, meine Damen und Herren, daß ich die Auszeichnung, mit der Sie mich heute, über alle Maßen, ehren, auch als an diese Arbeitsgemeinschaft gerichtete entgegennehme.

Daß das Wort «Leidenschaft» [*passion*] sich aufgedrängt hat, ist nicht überraschend. Ich habe dieses Wort immer dem Verhältnis vorbehalten – wenn es denn ein Verhältnis ist –, das ich zu meiner Sprache unterhalte: ich erleide sie, unter Ausblendung einer jeden andern, sie ausschließlich leitet mich, unablässig unnachgiebig, bis in mein Schweigen, dessen obstinater Baß sie ist, ununterscheidbares Gemurmel, oder auf dem Weg durch diese lange, hoffnungslos anfangende, inchoative Phrase, die, so unbestimmbar wie für jeden einzelnen, meine Eksistenz bestimmt. Der Quell des Unvermögens, das ich nannte, unheilbar – und aus Notwendigkeit –, liegt genau da. Ich habe eine Vorliebe für das Hören anderer Sprachen, als wären sie eine Musik – wo nicht die Musik –, und für das Übersetzen, weil ich dann die Erfahrung einer Dichte und Undurchlässigkeit mache, die mich buchstäblich ent-stellt [*ex-termine*]. Es ist die Sprache, die Erfahrung. Jedenfalls ist das mein Dämon.

Doch die «Passion» kommt auch von anderswo.

Als ich von der Verleihung erfuhr, hatte ich ein Buch bei der Hand, auf das ich mich in meinem Unterricht bezog – ein großartiges Buch: *Une passion allemande* [*Eine deutsche Passion*]. (Die Passion, von der es handelt, ist die «Passion des Absoluten»; es enthält fünf Kapitel: Luther, Kant, Schiller, Hölderlin, Kleist). Es lag da, vor meinen Augen, neben einem andern, in der Nähe, dessen Titel ebenfalls in mir wie ein Echo von weither anschlug: *Dieu est mort en Allemagne* [*Gott ist in Deutschland gestorben*]. Daher also kam das Wort, mit einem andern Wort diese ungeklärte Auskunft [*énoncé*]: Deutschland, eine Passion.

«Passion», hören wir dieses Wort immer noch im lateinischen und griechischen Sinn: was hat mich, so plötzlich, denken lassen, daß ich Deutschland erlitten, daß ich von Deutschland, der Ausdruck ist nicht übertrieben, heimgesucht [*hanté*] worden war –, daß Deutschland mich also «bewohnte» (*hanter*, *to haunt*, kommt vom alten *heim*, ein Wort, das Ihnen und das uns, hier, vertraut ist)? Es ist, in der Tat, ein Streit um *Heimat*. Nicht um das «Vaterland», wie man fahrlässig übersetzt, auch nicht um das «Land», sondern eher um die «Bleibe» oder, wenn dieser Barbarismus mir erlaubt ist, um das «Mutterland»: etwas Mütterliches, nicht weniger als Sprachliches. Warum also diese Heimsuchung, mit allem was das unmittelbar an Gespenstischem und Wiedergängerischem, an Phantomatischem und an Phantasmen, Geistern aufruft? Und aufrief. Ich wußte es, im Bruchteil eines Augenblicks: es ging da um nichts Geringeres als um meinen «*Familienroman*», wie Freud sagt, oder um das, was Lacan den «*Individualmythos*» (des Neurotikers, wohlgemerkt) genannt hat, indem er sich von Theodor Reiks großer Arbeit über die elsässische Episode aus *Dichtung und Wahrheit* inspirieren ließ (Reik, der exilierte Autor von *The Haunting Melody*, einer der großen Texte in meiner «katakustischen» Ökonomie).

Während meiner ganzen Kindheit, und auch später lange noch, hatte ich drei Bilder vor Augen, die mir so vertraut, so *heimlich* geworden waren, daß ich sie nicht mehr sah oder sie erst an dem Tag zu sehen anfing, wo sie die Wohnung meiner Großmutter verließen, um, wie Ikonen, ihren Platz an der Wand des Zimmers meiner Mutter einzunehmen, und mich daran zu erinnern, daß sie seither, entfernt, verschwunden sind. Drei Bilder – ich will Freud nicht überbeanspruchen, doch diese Ziffer ist immerhin die der Parzen, oder Grazien; sie bilden, wie er sagt, ein «Motiv»: das eine Bild, eine Bleistiftzeichnung, war ein Portrait von Quinet (ein Vermittler, wie kaum ein anderer, und den ich, das drängt sich auf, im Paris der 40er Jahre des vergangenen Jahrhunderts mit Heine und Marx assoziiere); das erste der beiden andern, zwei Radierungen, war Mays Portrait von Goethe aus dem Jahr 1799, das zweite (das dritte...), das berühmte Schillerdenkmal in Weimar, wo Schiller vorauszugehen scheint und einen Schritt vollzieht, den Goethe unterläßt, oder den zu tun er sich hütet (oder vor dem er sich scheut). Diese drei Bilder stammten aus dem Besitz meines Großvaters, den ich nicht gekannt habe und von dem ich wußte – doch nur schattenhaft, so sehr verbot der schweigsame Witwenstand meiner Großmutter, in dem sie verharrte, jede Frage –, daß er 1915, während der Schlacht an der Somme verschwunden war. Und über den ich, sehr viel später, aus einem lakonischen Satz, den ich noch im Ohr habe, erfuhr (ich hatte meiner Mutter die Übersetzung von Hölderlins Übersetzung der *Antigone* von Sophokles geschenkt), daß er «*Deutschlehrer, Sozialist und Pazifist à la Jaurès*» gewesen war und «*an einer Doktorarbeit über Schiller saß*». Dies zur Kenntnisnahme, buchstäblich und in jedem Sinn des Worts.

Was über unser Schicksal in «dunklen Zeiten» entscheidet, Thomas Mann hat mit diesem Gedanken eine Hommage an Freud entrichtet, ist die Wiederholung, ohne unser Wissen, einer beispielhaften, schematischen oder typischen Existenz. Man mag das, in der Tat, das Unbewußte nennen; ich spreche nicht von Passion, um das zu leugnen. Goetheaner, geheilt – wie er sagte – von der schwarzen Romantik, ohne Gehör zumindest – er, der «Musiker» – für den uralten, unvordenklichen Anruf, der wiederkehrte aus der «*wilden Welt der Toten*», der Ausdruck stammt von Hölderlin, setzte er seine ganze zerbrechliche Hoffnung auf die Verwandlung der Wiederholung in ein Zitat aus freien Stücken, des erlittenen Lebens in eine aufgeführte Existenz, des Pathos in eine Rolle, der dämonischen Passivität in daimonische Affirmation – Nietzsche war daran gescheitert. Und er sprach von Ironie oder appellierte an einen kommenden Humanismus, der nicht vom dumpfen Drang der Vorsilbe *über* in der nietzscheanischen und mit Gewißheit meta-physischen

Bestimmung des menschlichen Wesens ausging. Im übrigen wußte er, daß er träumte: ist nicht sein *Doktor Faustus*, der letzte große *Künstlerroman*, das präzise Emblem dessen, was ich (auch da sucht mich ein Buch heim) National-ästhetizismus habe nennen müssen, eine kaum verhohlene Nietzschebiographie?

Ist damit gesagt, die Passion sei unbehandelbar? Ich stelle diese Frage, Sie haben es bereits geahnt, nicht im Hinblick auf mich: ich habe von meinem unheilbaren Unvermögen gesprochen und ich weiß, nach allem, was ich von Heilung habe in Erfahrung bringen können, daß man sie nicht wollen soll. Ich stelle diese Frage und erwähne hier, mit Thomas Mann, die Krankheit und Genesung, weil ich an die «*große Gesundheit*» Nietzsches und an den «*Philosophen als Arzt der Kultur*» denke; oder an Freud, *Zeitgemäßes über Krieg und Tod* (auch von 1915), und sein *Unbehagen an der Kultur*, das natürlich eine Antwort auf die Frage gab. Diese Obertöne habe ich in der Wendung, die sich mir aufgedrängt hat, schwingen hören: Deutschland, eine Passion.

Was bleibt, ist am schwierigsten zu sagen, doch ich muß es sagen.

Deutschland, meine Damen und Herren, Deutschland ist ein Schmerz. – Ich höre die Stimme des Dichters, auf den ich vorhin anspielte: *Der Tod ist ein Meister aus Deutschland*; und die erschütterte, verzweifelt prosaische Stimme dessen, der mit dem ins Französische gewendeten Anagramm seines Namens unterschrieb, Jean Améry. Zwei in den Suizid Getriebene. Ich spreche nicht von den Verlusten und Verletzungen, den Verwüstungen und Morden, nicht von all den Feindschaften und Kriegen, selbst den entsetzlichsten, die uns zerteilt und zerrissen haben, von denen wir aber jedesmal – und auf Dauer, wie ich hoffe, – genesen konnten, indem wir Energie und Mittel in uns fanden, um *Trauerarbeit* – auch dieser Begriff stammt, ich kann nichts dafür, von 1915 – zu leisten und sie zu vollenden. Ich spreche von dem, was Blanchot «*Ereignis ohne Antwort*» nennt, von der Zäsur, Synkope oder Elision, ohne Maß und ohnegleichen, im Verlauf [*phrase*] der Geschichte, das uns wohl für immer heimsuchen wird – ich sage *uns*, aber im Licht fast völliger Lichtlosigkeit um diese Erinnerung, eine Anamnese, die keine Amnestie duldet, und ich gestehe meine Furcht, oft nicht zu wissen, wer wir sind, um «wir» zu sagen.

Dennoch, meine Damen und Herren, ist *Deutschland* ein Schmerz. Wenn ich diesen Namen, Deutschland, nenne, dann bezeichne ich gewiß, vor allem anderen, ein Denken: und unter genau diesem Namen, ein Wort dieses Denkens. In der zuweilen obligaten Wortwahl meines Metiers ist Deutschland, bis in seine Dichtung und Literatur, ein Philosophem; kein Philosophem unter andern, sondern das Philosophem par excellence, von dem ausgehend das deutsche Denken – seit Luthers «hartem Wort», an das die *Phänomenologie des Geistes* erinnert: *Gott selbst ist gestorben* – sich als ein Denken des Schmerzes, der «völligen Zerrissenheit» entwickelt. *Die deutsche Not*, beständig und allenthalben gegenwärtig, und ein *Leitmotiv* noch heute, ist nicht der bloße Vorwand für eine haltlose Klage oder eine mürrische Leier (über den Mangel an Vaterland, Land, Volk oder Nation, Staat, kurz über den Mangel an Identität). Sie ist das melancholische Geheimnis des deutschen Genius, des Wagemuts, der, ich zitiere wieder Hegel, «*dem Negativen ins Angesicht schaut*»: «*Der Tod*, sagt er in einem berühmten Satz, *wenn wir Jene Unwirklichkeit so nennen wollen, ist das Furchtbarste, und das Tote festzuhalten das, was die größte Kraft erfordert*». Was immer dieser Satz bewirkt hat – und es ist, wie man weiß, was den Willen zum Wissen und zur Macht, zur Beherrschung und Überlegenheit, zur forcierten Selbstgewißheit und -bestätigung, zur Zwangsherrschaft angeht (ah! das Wort *festhalten*), das Übelste –, man kann ihn keinesfalls, es sei denn man verfälscht ihn, verantwortlich für das Verbrechen machen. Das Verbrechen (*Arbeit macht frei*) war seine Verfälschung, und auch das ist noch ein Schmerz.

Kein anderes Denken – ich unterstreiche dieses Wort – hat die Erfahrung des Schmerzes in diesem Maß gemacht, kein anderes hat in diesem Maß ihr Risiko in Kauf genommen oder sich seiner Gefahr ausgesetzt. Wir sind nicht quitt, sind nicht zurand mit diesem Denken: es ist fortan, das ist meine Überzeugung, endlos. Ist das Denken deshalb eine Passion? Ohne Zweifel, und dieser Passion schulde ich, was sich in mir, in meinen Grenzen, «Deutschland» nennt: *L'Allemagne*. Erlauben Sie, daß dieser Dank, durch Sie hindurch, an sie gerichtet ist: *à elle*.

Das okzidentale Grauen

Am Ursprung dieses Beitrags findet sich ein unbedachter Satz, eine Art Erklärung, wie sie sich zuweilen aufdrängt. Und dennoch eine wirkliche, seit langem gehegte Überzeugung: *Im Herz der Finsternis* [*Heart of Darkness*] ist einer der größten Texte der abendländischen Literatur. Die Formulierung hat etwas «Ätzendes». Und Emphatisches. Aber ich habe sie so verwendet. Es ist nicht der Augenblick, das zu bedauern.

(Der Anlaß für diese Erklärung war eine Adaption dieses Textes fürs Theater, eher eine Lektüre, die Nüchternheit der aufgebotenen Mittel hätte strenger nicht sein können: David Warrilow, der Lieblingsschauspieler des späten Beckett, nun selber am Ende seines Lebens, von einer schweren Krankheit gezeichnet, erzählte einfach, im Stehen, am Bühnenrahmen lehnend, Conrads *tale*. Auf Französisch. In jener Sprache also, die Conrad fast gewählt hätte. Und es war überwältigend: mit einmal konnte man diesen *immensen* Text vernehmen, wie keine abgeschiedene und schweigsame Lektüre, und sei sie noch so aufmerksam, ihn zu Gehör hätte bringen können. Man verstand ihn, in seiner ganzen Weite und Tiefe. Warrilows schüttre Stimme, auf souveräne Weise *detachiert*, hat eine Erschütterung des Denkens ausgelöst, die ich, noch heute, unvergleichlich nennen kann. Nach der Vorstellung habe ich Pierre Lagarde getroffen. Wir haben einige Worte gewechselt. Und unterm Eindruck dieser Offenbarung habe ich diese unbedachte Erklärung abgegeben.)

Ich möchte heute abend, vor Ihnen, versuchen, mich zu rechtfertigen. Ohne zu wissen, wie sehr das, was ich sagen werde, mit Ihren gegenwärtigen Fragen übereinstimmen oder sich im Aufriß der allgemeineren Problematik, die Sie beschäftigt, wiederfinden wird. Ich weiß auch nicht, ob es mir gelingt, eine Erklärung für das zu finden, was für mich eine Art Faszination bleibt. Diese Art Vorhaben ist, Sie wissen das, gewagt. Meinem Beitrag wird also etwas Experimentelles anhaften. Ich bitte Sie im voraus, mir das nachzusehen.

Wenn ich sage: *Im Herz der Finsternis* ist einer der größten Texte der abendländischen Literatur, dann denke ich, zugleich und unscheidbar, an zweierlei: an sein *mythisches* Vermögen und an das, was aus ihm ein *Ereignis des Denkens* macht: der abendländische Mythos, den diese Erzählung rekapituliert (indem sie unterstreicht, daß das Abendland ein Mythos ist), *ist* buchstäblich das abendländische Denken: das Abendland «erzählt» in ihr, was es von sich selber denken muß: daß es das *Grauen* ist – Sie wissen das, Sie haben diese Seiten gelesen.

Dennoch muß ich, die Rücksicht auf Darstellung verlangt es, unterscheiden. Ich verfahre dabei so ökonomisch wie möglich.

Was in diesem Text, vom ersten Lesen an, am meisten überrascht, ist die Ökonomie seines Kommens zu Wort [*énonciation*]: die eigentliche «Erzählung» (die Fahrt auf dem Kongo, flußaufwärts, bis zum Aufenthaltsort von Kurtz, des rätselhaften Helden der Fabel oder des *mythos*) übernimmt fast ausschließlich Marlow, eine Figur, von der man praktisch nichts weiß, außer daß sie, einem Gesetz zufolge, das Blanchot einst formuliert hat, der Sprecher (das «Er») ist oder war, dem Conrad (das «Ich») seinen Eintritt in die Literatur verdankt. Denkbar spät, wie man weiß. In der Tat ist die Erzählung zu großen Teilen autobiographisch (1899 geschrieben, nimmt sie Bezug auf eine Reise, die Conrad zwischen Frühling und Winter 1890 unternommen hatte); Conrad hat das nie verheimlicht. Man hat es also offenbar mit einem Dispositiv zu tun, das unter Rückgriff auf eine seit Platon kanonische Terminologie «mimetisch»– das heißt, ich denke an die Inszenierung von Jouanneau und an die Vorführung von Warrilow, gleichsam «theatralisch» genannt werden könnte: der Sprecher delegiert, was er zur Sprache bringt, der Autor spricht nicht in seinem Namen, er «fabuliert». Doch so einfach ist es nicht: bevor Marlow zu erzählen anfängt, erzählt ein anonymes «Wir», Marlow habe im Verlauf eines Gesprächs unter Freunden, auf dem Deck eines Schiffs, in der Themse vor Anker, in Erwartung des Gezeitenwechsels, der es ihm erlauben sollte, London zu verlassen, in Gedanken an die Kolonisierung Englands durch die Römer versunken, den Entschluß gefaßt, auf sein afrikanisches Abenteuer zurückzukommen. Der «Roman», wenn es denn einer ist, nimmt die Zeit des Wartens auf die abebbende Flut in Anspruch –, doch deren Rückfluß, der die Ausfahrt gestattet hätte, wird aufgrund von Marlows Eloquenz zuletzt versäumt –; und die letzten, schwindelerregenden Zeilen werden, von der Erzählerstimme Conrads (des wirklichen «Ich» also), die man zuvor kaum, nur zweimal (sehr kurz), verstohlen hatte hören können, übernommen. Ich zitiere: «Ich hob den Kopf. Die offene See war durch eine schwarze Wolkenbank verstellt, und das träge Wasser, das bis in die entlegensten Gegenden der Erde führt, floß trübe unter einem tristen Himmel – es schien ins Herz einer immensen Finsternis zu führen [*I raised my head. The offing was bared by a black bank of clouds, and the tranquil waterway leading to the uttermost ends of the earth flowed sombre under an overcast sky – seemed to lead into the heart of an immense darkness*]». Wenn man hinzufügt, daß auch Marlows Erzählung einmal zumindest von einem seiner Zuhörer unterbrochen wird, dann wird die narrative Komplexität unübersehbar. Dieser «Roman» ist keine Erzählung, auch nicht einfach die Erzählung von einer Erzählung. Er setzt sich zusammen, wenn Sie mir den Gebrauch platonischer Kategorien gestatten (wir haben in Wirklichkeit keine anderen), aus einer winzigen *Diegesis* – gehalten vom «Wir» der drei ersten Seiten und vom «Ich» (Conrad), auf dessen seltenes Auftauchen ich eben hinwies –, auf mimetische Weise mit einer neuen *Diegesis* verknüpft, die ihrerseits von mimetischen Passagen unterbrochen wird. Das Ganze verbindet zwei, genau genommen drei, Dinge miteinander: eine Nachtwache im Hafen von London, eine Initiationsreise ins Herz von Afrika – und das Geschick des Abendlandes insgesamt.

Ich hoffe, Sie verzeihen mir das flüchtige Innehalten über formalen Erwägungen (man müßte hier in Wirklichkeit eine genauere Untersuchung durchführen). Sie sind nicht überflüssig. Aus zwei Gründen.

Bei diesem Dispositiv handelt es sich, das ist der erste Grund, um das Mythendispositiv, zumindest in seiner abendländischen (oder, noch einmal, platonischen) Version (durch Gewohnheit oder Notwendigkeit an diesen Rückbezug gebunden). Mythos bedeutet hier, über die angesprochenen formalen Erwägungen hinaus: ein Wort [*parole*] (weder bloß Rede noch bloß Erzählung), das, indem es sich auf *Zeugen* stützt, das Sagen der Wahrheit für sich in Anspruch nimmt. Einer unverifizierbaren Wahrheit, die jedem Nachweis, jedem logischen Protokoll vorausgeht. Zu verwickelt für das unumwundne Sprechen. Zu schwierig, zu schmerzhaft. Und vor allem zu undurchsichtig. Für Conrad ist sie, offenbar, das Dunkel selbst: die Finsternis, das Grauen. Diese Wahrheit ist es, Wahrheit des Abendlandes, von der er auf so komplexe Weise Zeugnis abzulegen sucht. Conrads Vorhaben besteht darin, einen Zeugen zu finden für das, was er zu bezeugen sucht. In der Antike wurden Götter angerufen. Conrad erfindet Marlow. Doch um der selben, oder zumindest einer vergleichbaren, Wahrheit willen.

Der zweite Grund folgt einfach aus dem ersten: Conrads «Roman» enthält keine einzige Person (ich sage nicht: keine einzige *Figur*), bloß *Stimmen*. Marlow ist offenbar nur eine Stimme: die Stimme dessen, der «erzählt». Seine Zuhörer, auf dem Schiffsdeck («wir», «ich»), sind so gut wie stumm: sie horchen. Die «Personen», von denen Marlow sagt, er sei ihnen begegnet (zum Beispiel den Russen, oder die «Braut» von Kurtz, am Ende seiner Erzählung), kennen wir nur durch das, was sie gesagt haben. Ein Oratorium (möglicherweise die eigentliche Form dieses Werks, doch ich kann das hier nicht ausführen) würde ihrem Auftauchen wenigstens zwei Arien widmen. Tatsächlich ist alles, absichtsvoll, um die Entgegensetzung zweier Stimmen angelegt: die des unbestimmten «Ausrufers» der Wilden (der Chor) und die Stimme, *bien entendu*, von Kurtz – die *Figur* dieses Mythos oder der Held dieser *Fiktion*.

Man muß hier näher zusehn.

Mehr noch als Marlow, ist Kurtz nichts als eine Stimme. Zunächst, weil Marlow ihn so – sozusagen einzig und allein so – in Erinnerung ruft: «*Der Mann erschien als ein Stimme* [*The man presented himself as a voice*]»; «*Eine Stimme. Er war kaum mehr als eine Stimme* [*A voice. He was very little more than a voice*]». Marlow sagt das vor der Begegnung mit Kurtz, in der Verzweiflung darüber, ihm vielleicht nicht zu begegnen. Obwohl er zugibt, ihn immer «*mit einer Art von*

Tätigkeit in Verbindung gebracht zu haben [*connect him with some sort of action*]», obwohl er an die Legende erinnert, die ihn umgibt (der Abenteurer, der Elfenbeindieb, der cholerische Despot oder der rätselhafte «König» eines unterworfenen, terrorisierten Stammes, usw.), ohne auch nur einen Augenblick an ihrer Wahrheit zu zweifeln, hält er, unter allen diesen Gaben, nur eine fest: «*seine Sprechbegabung, seine Worte – die seltsame, leuchtende Ausdruckskraft* [...] *die Flut pulsierenden Lichts oder das täuschende Strömen aus dem Herz eines undurchdringlichen Dunkels* [*his ability to talk, his words – the gift of expression, the bewildering, the illuminating* [...], *the pulsating stream of light or the deceitful flow from the heart of an impenetrable darkness*]». Und tatsächlich wird Kurtz im Verlauf der Erzählung diese Stimme bleiben – vom Augenblick seines sehnlich erwarteten (oder vorbereiteten) Auftauchens an: die «*tiefe erschöpfte Stimme* [*deep voice* [...] *faintly*]», bis zum Augenblick seines Todes, im letzten Atemzug, der alles offenbart: «*Das Grauen! Das Grauen!* [‹*The horror! The horror!*›]»; und noch bis in die lange Trauerarbeit, die Marlows Erzählung anschließend beherrscht («*Die Stimme war verschwunden* [*The voice had gone*]».), wo das verschwiegene Echo des letzten, fortan untersagten Wortes, endlos nachklingt.

Doch Kurtz ist nur deshalb eine Stimme, worüber Marlow sich im klaren ist, weil er im Grund – seiner Natur, seinem Wesen nach – ein *Mann des Wortes* ist. Ich verstehe darunter ein *mythisches Wesen*, *mythisch* durch und durch. Und ich gebrauche diese *zweideutigen* Formulierungen hier, wie Sie hören, mit Absicht.

Wiederholt kommt Marlow auf die offensichtlichste Begabung von Kurtz, auf seine Eloquenz zu sprechen. Und streift auch seine Talente als Schriftsteller: er erwähnt nicht nur den («*bemerkenswerten*») Bericht [*a beautiful piece of writing*] über die Kolonisierung, den Kurtz auf Bitten der «Internationalen Gesellschaft zur Unterdrückung wilder Bräuche» [*the International Society for the Suppressions of Savage Customs*] verfaßt hatte (dessen Manuskript, Sie erinnern sich, diesen entsetzlichen, auf die letzte Seite gekritzelten Satz enthält: «*Alle diese Bestien sind auszurotten!* [‹*Exterminate all the brutes!*›]»), sondern er spielt auch auf Gedichte an, von denen man ansonsten nichts erfährt. Überhaupt spricht er von ihm wie von einem Künstler. Das heißt, wie von einem Genius: ein außerordentlich begabter Mann, noch in der «*Aktion*» (oder in dem Abenteuer), auf die seine Wahl zuletzt fällt. Es liegt übrigens nah, das Schicksal von Kurtz dem Schicksal von Rimbaud – an den Conrad vielleicht dachte – zu vergleichen: der Verzicht auf die Literatur, der Handelsverkehr, die Vorliebe für Geld und Macht, das gewollte Exil (ohne Heimkehr), das errungene «Königtum», zuletzt der Status eines «Halbgotts» (eines Helden, *stricto sensu*). Das ergibt zusammen die Figur des *verfemten Künstlers*, vielleicht der Hauptmythos des XIX. Jahrhunderts (und also, zu einem großen Teil, des XX. Jahrhunderts).

Was ist ein Künstler? Was ist ein Genie? Der Künstler oder das Genie ist, wie man von Platon, Diderot und Nietzsche, aus der abendländischen Tradition überhaupt (will sagen: aus der abendländischen Überlieferung, insofern sie weiß, daß der Künstler die *Gestalt* par excellence des Abendlandes ist) erfahren kann, von der Natur (*physis*) mit der Gabe – der angeborenen Gabe, dem *ingenium* – begabt, alle Gaben zu besitzen, die seine eigene Begrenztheit überspielen (also zu besitzen, was die Griechen *téchne* nannten), allen voran die Gabe aller Gaben: Sprache. Das besagt im Grunde, der Künstler oder das Genie sei eigentlich überhaupt allem eigen; oder sei, anders gesagt, imstande, ohne selber auch nur eine Eigenschaft zu haben (außer jener rätselhaften Gabe), sich alle Eigenschaften anzueignen. Diderot hat das, auf kanonische Weise, am Beispiel des großen Schauspielers nachgewiesen. «*Der Mann ohne Eigenschaften*», der Musils Hauptwerk den Titel gibt, ist der Künstler oder das Genie.

Kurtz «ist» genau das. Er wird nicht nur als eine Art «*Universalgenie*» vorgestellt, als ein «*Extremist*» – vergleichbar den russischen Anarchisten, also den «Nihilisten», die zu allem fähig sind. Er wird vorgestellt, als wäre er *selbst* – *nichts*. Oder *niemand*, man denke an Odysseus. Seine Beredsamkeit wird systematisch an das «*unfruchtbare Dunkel seines Herzens* [*the barren darkness of his heart*]», an sein «*hohles Herz*», an die Leere in ihm oder an die Leere, die er genau genommen selber «ist», gebunden. Eben deshalb ist er bloß eine Stimme. Deshalb aber auch, nach Maßgabe der eigentlichen Kunst, wie der Kunst zu herrschen (oder der politischen Kunst, wenn man will), unterjocht und fasziniert Kurtz, er zieht an, verführt (löst sogar Zuneigung aus) und unterwirft: er ist absolut *souverän*. Indem er nichts ist, ist er alles. Seine Stimme ist allmächtig.

Daraus ergeben sich zwei Konsequenzen:

1. im Hinblick auf die Entgegensetzung oder den *Agon* zweier Stimmen, der Marlows Erzählung gliedert: das undifferenzierte wilde Heulen und die Stimme von Kurtz. Die Stimme der Natur (*physis*) und die Stimme der Kunst (*téchne*), schlicht und einfach. Ein Satz beschreibt ihr Verhältnis zueinander: «*Das Flüstern der Wildnis warf ein geräuschvolles Echo in ihm, denn er war im Innern hohl* [*It echoed loudly within him because he was hollow at the core* ...]». Darin liegt einerseits die Erklärung für die tiefe Traurigkeit des Geheuls, hinter seiner offenkundigen Wildheit und Gewalt, das regelmäßig aus der Erzählung auftaucht und ihren Verlauf skandiert: es ist eine *Klage* (und ich denke, mehr noch als an den Schmerz der Ausbeutung und Sklaverei, die gleichwohl gegenwärtig sind, an den berühmten Satz von Benjamin: daß alle Natur zu klagen begönne, wenn Sprache ihr verliehen würde; die koloniale Ausbeutung ist zunächst Ausbeutung der Natur); darin liegt aber andererseits auch die Erklärung, daß das *Grauen*, unter dessen Taumel Kurtz zusammenbricht, das Grauen, von dem man im Grunde nichts weiß (Was hat er gesehen? Was erlitten? Wovon spricht er?), weniger das «wilde» Grauen ist, als das durchs Echo des Geheuls in ihm (in seiner «intimen» Leere) enthüllte Grauen: sein «eigenes» Grauen, und genauer das Grauen über das Fehlen jedes Eigentlichseins. Alles, was man im Namen des Wilden, der Prähistorie, der reinen Gewaltherrschaft, der Abscheu und des Unverständlichen, eines namenlosen Mysteriums, einer Grausamkeit, der Macht der Finsternis imaginieren kann; alles dies, was Kurtz (und mit ihm alle, die er faszinierte) in den Taumel reißt und bis zur Ekstase treibt, dies «schwarze Loch», das «Herz der Finsternis», ist «er» – seine Leere – als wäre es außer ihm. Ich würde sagen, wenn Sie gestatten, daß ich Lacans Termino-

logie verwende, wo er vom Tragischen spricht (ich denke an sein Seminar über *Ethik in der Psychoanalyse*), daß das Grauen *la Chose – thing* oder *Ding* (ein Name für das Sein, und also für das Nichts, das «Nichts an Seiendem», bei Heidegger, von dem Lacan die Wendung borgt); oder daß das «Herz der Finsternis», wenn Sie das vorziehen, das *Extime* ist – Augustins *interior intimo meo*, oder Gott, doch im Innern ausgeschlossen. Vielleicht das Böse … Ich lasse diese Frage in der Schwebe. Zumindest vorläufig.

2. Wenn gesagt wird, «er», Kurtz, sei das Grauen, dann ist damit gesagt, daß *wir* das Grauen sind. Ihnen wird aufgefallen sein, daß die Faszination des Grauens auf alle, die sich ihm auf die ein oder andere Weise genähert, die es *vernommen* haben, ansteckend wirkt: auf Marlow, gewiß, doch auch auf den Russen (den Buffo, den lächerlichen Doppelgänger von Kurtz: eine *Gestalt*, sie mag Don Quixote, Rameau oder der Herr von Jacques dem Fatalisten, Zarathustra *oder anders* heißen, tritt vielleicht immer in Begleitung eines Buffo auf), und sogar noch auf die «Braut» von Kurtz. Es ist kein Zufall, wenn alle diese Personen, der Faszination der *Sache* [*la Chose*] erlegen, sich dadurch zur Wehr setzen, daß sie *Gegenstände* handhaben: Nieten und Bleiweiß, ein Handbuch über Navigation, Strickzeug oder ein Klavier. Die Antwort auf den durch *téchne* ausgelösten Taumel ist die Beschäftigung mit *Technischem*. Und möglicherweise hat Kurtz versucht, «sich» im Elfenbeinhandel und in der Kolonialherrschaft zu verlieren, um das Grauen (der Kunst) zu beschwören. Doch das ist der eigentliche *Köder*: der abendländische Köder, wenn das Abendland – und Conrad wußte, was das hieß: *im Angesicht des Abendlandes* – immer vor dem Entsetzen des Wissens [*savoir*] (das Wort übersetzt den ganzen Bedeutungsspielraum des griechischen *téchne*) zurückgewichen ist, um Zuflucht in der «Geschicklichkeit», im «*savoir-faire*» zu suchen. Und wenn das Abendland immer das Etwas-zu-nehmen-imstand [*la capacité*] (die Gabe) mit Herrschaft verwechselt hat.

Im philosophischen Denken der Moderne tritt diese Einsicht mit Nietzsche zutage, der die Gabe (der Kunst) den «*Willen zur Macht*» nennt, und unter diesem Namen das Wesen des Menschen als Subjekt denkt. Er hat nicht verhindern können, daß «Macht», die «Etwas-zu-nehmen-imstande» (nämlich schlicht «Genie») bedeutet, an den «Willen» gebunden, zur Verwechslung mit «Herrschaft» geführt hat: zur Verwechslung von *potentia* mit *potestas*. Man weiß, was daraus folgte (und Nietzsche als erster hat es gefürchtet). Erstaunlich ist, daß Conrad, von dem ich nicht weiß, ob er Nietzsche gelesen hat oder nicht (was relativ belanglos ist), es so genau – am Beispiel der Kolonisierung – hat kommen sehn. (Sie wissen, um das am Rande zu erwähnen, daß dieses Buch einen Skandal ausgelöst hat und daß Gide, in den zwanziger Jahren, die größten Schwierigkeiten hatte, ihm in Frankreich zur Veröffentlichung zu verhelfen.) Das Zurückweichen vor dem Grauen ist die abendländische *Barbarei*, denn sie ist einfach die Rückseite der Faszination, die von der Sache ausgeht: bis zum Ende macht Kurtz ihre buchstäblich *unmögliche* Erfahrung, indem er jeglicher *potestas* und *potentia* spottet. Wenn er daran stirbt, zugleich zum Heiligen verklärt und verfemt (man müßte das im Detail untersuchen), ist das Übel geschehn: Afrika ist zerstört – und die Abendländischen (*wir*) kommen davon nicht mehr los.

Die schreibende Inanspruchnahme durch dieses verwickelte Denken erklärt die außerordentliche Arbeit, wie man sagt, der Conrad sich unterzog, der wußte, daß er da eine der mächtigsten *Figurationen* des Abendlandes schuf. (Malraux, fast ein genaues Anagramm von Marlow, wird sich, zumindest von *La Tentation de l'Occident* bis zu *La Voie royale*, daran erinnern.) Ich kann hier nicht mehr dazu sagen, sondern möchte nur die beiden, offensichtlich rätselhaften, Stellen [*énoncés*] erwähnen, an denen Conrad seinen *tale*, seinen *Mythos* also, und sich selbst, wie seinen Helden, «hohl» nennt. Ich begnüge mich damit, sie zu zitieren, bevor ich versuche, einen Schluß zu ziehen, um Anschluß an das zu finden, was vor allem Sie beschäftigt:

«*Seemannsgeschichten sind von einer entwaffnenden Simplizität, ihr Sinn hätte in einer Nußschale Platz. Doch Marlow war nicht typisch (außer daß er Gefallen am Geschichtenerzählen fand), für ihn lag der Sinn einer Begebenheit nicht im Innern, etwa einer Nuß, sondern außen, indem er die Geschichte* [tale], *die ihn hervorgerufen hatte, umhüllte, wie ein Licht Dunst hervorruft, einem jener nebligen Lichthöfe ähnlich, die in der spektralen Illumination des Mondes manchmal zu sehen sind [The yarns of seamen have a direct simplicity, the whole meaning of which lies within the shell of a cracked nut. But Marlow was not typical (if his propensity to spin yarns be excepted) and to him the meaning of an episode was not inside like a kernel but outside, enveloping the tale which brought it out only as a glow brings out a haze, in the likeness of one of these misty halos that, sometimes, are made visible by the spectral illumination of moonshine*]».

«*Kein Anzeichen dieser bestürzenden Geschichte* [tale], *die mir weniger in Worten mitgeteilt, als durch trostlose Ausrufe, ergänzt durch Schulterzucken, unterbrochne Sätze, und Winke, die in tiefe Seufzer ausliefen, nahegelegt worden war, lag auf dem Antlitz der Natur [There was no sign on the face of nature of this amazing tale that was not so much told as suggested to me in desolate exclamations, completed by shrugs, in interrupted phrases, in hints ending in deep sighs*].»

Das Kapitel über die «Kannibalen» in Montaignes *Essays* hat eine lange (zumindest bis zu Lévi-Strauss und Pierre Clastres reichende) Tradition in der modernen Literatur ausgelöst, die sich, auf dem Umweg über die Frage, was das Abendland – den «andern» – *antut*, der Frage stellt, was das Abendland *ist*. Im Grund (doch dieser Grund ist grundlos, Abgrund) vom Taumel über das Vermögen *unendlicher* Zerstörung, die ihm eigen ist, vom Taumel über seinen Hang zur Extermination ergriffen. Conrad schreibt sich dieser Tradition ein. Mit dem Unterschied, darin liegt seine Originalität, daß er genau diesen Taumel zum Gegenstand macht.

Vom ersten Augenblick der Erzählung an – Evokation der Begegnung des Römischen Reichs mit den «finsteren» Barbaren oder Wilden des späteren England («‹*Auch das,*› sagt Marlow unvermittelt, *‹ist eine der finstern Gegenden der Erde gewesen›* [*‹And this also›, said Marlow suddenly, ‹has been one of the dark places of the earth›*].») –, von Anfang an ist sozusagen klar, daß das Abendland eine gigantische Kolonie bildet. Das war, lange vor Rom, der Fall der Griechen. Und daß *unter* dieser Kolonie das *Grauen* liegt. Doch dieses Grauen ist weniger das Grauen, *de facto*, vor den Wilden, als die gewaltige Faszination, die es auf die «Zivilisierten» ausübt, die in ihm plötzlich die «Leere» wiedererkennen, auf der ihr Wille, das Grauen zu beschwören, ruht – ohne zur Ruhe zu kommen –. Was das Abendland verschwinden lassen will, ist das ihm eigene Grauen. Daher sein Tötungs- und Zerstörungswerk, das von ihm ausgelöste und bis an die äußersten Enden der Erde verbreitete Unheil – bis in die «weißen» Flecken der Afrikakarten, die anfangs auf Marlow, das heißt auf Kurtz, eine unwiderstehliche Anziehung ausüben. Das Abendland exportiert sein intimes Unheil: es zwingt seine *Extimität* auf. Das ist sein Fluch; und das ist der Ruin, dem es die ganze Erde unterwirft: Schmerz, Trauer, endloses Klagen, eine Trauer, deren Überwindung keine Arbeit jemals leisten wird.

Im Herz der Finsternis ist eine Art «saison en enfer» oder Abstieg ins Totenreich, nach dem Vorbild der Homerischen *Nekyia*. Die Anspielung auf die Parzen, wenn Marlow am Sitz der Firma durch strickende Frauen empfangen wird, ist deutlich und gewollt. Und Anspielungen auf die Hölle finden sich allenthalben. Die abendländische *Hybris*, Übertreibung oder Überschreitung, ist der eigentlich metaphysische Wille, den Tod zu durchlaufen. Marlows Reise ist eine Initiation(sreise). Ihr Einsatz, alle materialen Details unterstreichen das, ist die Enthüllung einer *Technik des Todes* – das ist, wenn man der Formulierung ihre Zweideutigkeit läßt (das zweideutige Wort «Technik» wie den zweideutigen Genitiv), die beste Definition des abendländischen Willens zur Macht. Den Riten der «Wilden», die vielleicht ein *Wissen* um den Tod sind, kann Kurtz, der Künstler (der gescheiterte Künstler) immer nur eine Totentechnik, Tötungstechniken entgegensetzen. Marlow, dem Künstler wider Willen oder *per procura*, dem *Mythomanen*, den das Schicksal von Kurtz wirklich mit Grauen erfüllt (der einen Blick ins Grauen wirft), bleibt bei seiner Rückkehr nichts übrig als das Artefakt der «frommen Lüge»: der «Verlobten» gegenüber wird er nicht zu sagen wagen, was die letzten Worte von Kurtz waren, durch Liebe wird er den Furor der Überschreitung kaschieren und schminken, er wird das Werk der Heiligung vollenden, die den abendländischen Blick von seiner Böswilligkeit ablenkt.

Die Mythen, sagt Schelling, sind nicht «allegorisch»: sie sagen nichts anderes, als was sie sagen, sie haben keinen andern Sinn als den überbrachten [*que celui qu'ils énoncent*]. Sie sind, mit einer Kategorie, die Schelling von Coleridge entlehnt, *tautegorisch. Im Herz der Finsternis* bildet keine Ausnahme von dieser Regel. Es ist keine Allegorie, zum Beispiel metaphysisch-politisch. Es ist die Tautegorie des Abendlands. Das heißt der Kunst (*téchne*). Daß diese Kunst gelegentlich Literatur ist, nämlich der eigentlich *mythische* Gebrauch jener ursprünglichen *téchne*, Sprache, läßt eine Frage offen, auf die die skizzenhafte Analyse, die ich Ihnen vorgelegt habe, keine Antwort zu geben behauptet.

Ich halte also inne hier. In der Hoffnung, daß diese kurzen Bemerkungen – die nur anreißen, ich bin mir darüber im Klaren, was auszuführen bleibt – die flüchtige Wahrnehmung dessen erlauben, was es mit dem Grauen, nämlich mit der Grausamkeit in uns, auf sich hat.

GEBURT IST TOD

in Erinnerung an Sarah

«Leben ist Tod, und Tod ist auch ein Leben.»
Hölderlin, *In lieblicher Bläue*

Es gibt Urszenen: seit Freud, spätestens, ist das bekannt, zumindest anerkannt. Sie sind matriziell: wiedererinnert, wiedererarbeitet oder rekonstituiert, also schlicht und einfach, aufgrund einer Art rückwärts gewandter Projektion, erfunden – erarbeitet also –, prägen oder lenken sie das Geschick Einzelner oder von Gemeinschaften. Ein Lebenslauf, wie eine Zivilisation, ist die Wiederholung – ist Reaktion, im strengen Sinn des Worts – dieser anfänglichen, und genauer, unerinnerbaren Szenen, wenn man diese Bestimmung sagen läßt, was sie sagen soll: älter als das Erinnern selbst, setzt mit ihnen die Möglichkeit zu erinnern, genau genommen überhaupt erst ein. Jede Existenz – das Faktum, da zu sein – erinnert, wovon es, per definitionem, keine Erinnerung gibt: die Geburt.

Diesen Mechanismus unvordenklicher Szenen haben Mythographen und Ethnologen immer wieder freigelegt: er *zitiert* mythische Abläufe oder Schemata, die als Vorbilder für das Leben und Verhalten angesehen werden. Doch man sollte nicht vergessen, daß die gesamte klassische Moral, antik oder modern – von Plutarch bis zu Montaigne oder Nietzsche – auf die Meditation von Beispielen («berühmter Menschen») gegründet war; und daß die christliche Ethik, die ihre Autorität aus dem «Leben der Heiligen» bezog, sich zuletzt zur *Imitatio Jesu Christi* zusammenzog. Die Autobiographie des Propheten vom Tod Gottes heißt nicht ohne Grund *Ecce homo*.

Es ist gewiß nicht überzogen zu vermuten, dasselbe Phänomen sei für die Literatur schlechthin konstitutiv. Auch der Ursprung der Literatur wäre demnach unerinnerbar. Bis auf den Unterschied, gleichwohl, daß sie ein noch unmöglicheres Andenken [*souvenir*] erinnert, obwohl es genau die Kehrseite der unmöglichen Erinnerung an die Geburt darstellt: Erinnerung an den Tod.

Davon hat – auf *exemplarische* Weise, so scheint mir – Artaud Zeugnis abgelegt. Der Artaud des berühmten Vortrags im *Théâtre du Vieux-Colombier*.

Zwei «Urszenen», so steht zu vermuten, beherrschen das Abendland. Und seine Literatur. Oder das Abendland *als* Literatur.

Beide werden – unvordenklich – durch die Homerischen Gedichte eingeführt. Die Szene um den Zorn (Achill, *Ilias*); und die Szene, buchstäblich, der *Erfahrung*: das Durchqueren einer Gefahr (Seenot) [*péril*] – der Begriff stammt aus der Seefahrt, wie man weiß (Odysseus, *Odyssee*). Das Abendland ist zornerfüllt und waghalsig, experimentell, selbst wenn es christlich wird und, ganz gegen den griechischen Mythos, das Grollen des biblischen Gottes (und der Propheten) in den Vordergrund rückt. Oder wenn das Schicksal des Geistes, den es als sein Schicksal – wo nicht als das Schicksal überhaupt – ansieht, Durchzug durch die Wüste und Heimkehr heißt: zu sich finden, bei sich sein (Ithaka ist ein Gelobtes Land). Oder auch Passion, Tod und Auferstehung. «*Wo aber Gefahr ist, wächst / Das Rettende auch*»: das Wort stammt von Hölderlin, der in Kant «*den Moses* [seiner] *Nation*» sah. Diesen Satz hätten auch Hegel und Schelling, für die Philosophie (das abendländische Denken) von Anfang an «*die Odyssee des Bewußtseins*» war, unterschreiben können. Sie alle waren Erben von Luthers Wissen: «*Gott selbst ist gestorben*». Ich komme darauf zurück.

Die Szene um den Zorn steht in Beziehung zur Rechtsprechung und also zum Gericht: zum letzten, in der Perspektive jüdischer und christlicher Eschatologie. Artaud führt diese Szene wieder auf, indem er den Märtyrer (den beispielhaften Zeugen), auf den seine Wahl gefallen war, anruft: Van Gogh, «*der Selbstmörder durch die Gesellschaft*». Er nennt das, unzufällig, *Pour en finir avec le jugement de Dieu* [*Um mit dem Gottesurteil Schluß zu machen*]. Wohlgemerkt: es gibt ein Urteil (und Gericht), doch um das Urteil (und Gericht) auszusetzen. Das letzte Gericht des letzten Gerichts, Erweis der Zwecklosigkeit eines Reichs der Zwecke. Artaud erhebt Protest und verlangt, wie Achill (oder Hiob), Wiedergutmachung. Das ist der Versuch, durch Aufruhr und Revolte – «heiligen Zorn» – dem theologisch-metaphysischen Raub der Seele ein Ende zu setzen. Dieser Zorn ist vergleichbar dem Zorn Nietzsches, nicht weniger schmerzhaft und leidenschaftlich. Doch vielleicht tiefer. Gefordert wird das Ende – ein für alle Mal – der Enteignung und Enteigentlichung. Nietzsche jubilierte, Artaud erleidet ein Martyrium. Er fragt nicht: wer bin ich?, auch nicht: lebe ich noch? (Das sind im Grund infantile, narzißtische Fragen.) Er fragt: Warum hat man mich gezwungen, zu sein? Warum bin ich *gezwungen* worden [*forcené*]? Das ist die Frage des Todes – der Geburt.

Die *Erfahrung* des Odysseus ist nicht einfach eine Schiffsreise: nicht einmal die Versessenheit, heimzukehren. Sie kulminiert in der Durchquerung des Todes, im Abstieg zu den Toten – ein seither für die große (abendländische) Literatur, von Vergil und Lukian über Dante zu Joyce und Broch obligatorischer *Topos*. Das Stück trägt den technischen Titel *Nekyia*: der Held betritt das Reich der Toten – der «*Schritt ins Jenseits*» wie Blanchot sagt –, er überquert «*ce peu profond ruisseau calomnié, la mort* [*dies verleumdete, untiefe Rinnsal, Tod*] (ein Satz von Mallarmé): Styx, Acheron. Er kehrt wieder. Er kehrt wieder, doch davon, daß er von den Toten wiederkehrte, kehrt er nicht zurück. Er spricht (erzählt), er schreibt aus diesem Grund: er weiß, daß er tot ist, das ist der Inbegriff des *Wissens*. Nichts anderes besagt der Mythos um Orpheus, die Mythe vom Ursprung der Dichtung: der Kunst.

(Halten Sie das nicht für bloße Abstraktion, der literarischen und philosophischen Wiederverwertung vorbehalten. Auch die Geschichte gehorcht diesen Schemata: de Gaulle, 1940, das war ein Zorn; und Mitterand, 1981, der Abstieg zu den Toten. Der Zwangscharakter des Symbolischen duldet keine Lücken.)

Diese Erinnerung an Elementares beruft sich lediglich auf die Lektüre der drei Notizhefte Artauds für seinen Vortrag im *Vieux-Colombier*, am 13. Januar 1947. In einem der drei Hefte, die Artaud aus diesem Anlaß bei sich trug, ist zu lesen, wenn man der von Paule Thevenin vorgelegten Transkription vertrauen darf, daß Artaud vor zweitausend Jahren, gekreuzigt auf Golgatha, gestorben ist. Artaud war Christus: «Gott selbst ist gestorben». Das ist eine «Wahnvorstellung», zweifellos. Doktor Ferdière, der ihn «pflegt», sagt es ihm. Ich zitiere:

« – *(Dies,* geflüstert*) Wissen Sie, Herr Artaud, wie man die Wahnvorstellung nennt, sich für eine große historische Persönlichkeit zu halten, deren Individualität man angenommen hat?*

– Bist Du verrückt geworden, schwachsinniger Psychiater, und woher weißt Du, daß ich mich für Jesus-Christus hielt? Ich habe Dir lediglich gesagt und wiederhole es, daß ich, Antonin Artaud, fünfzig Jahre Kittchen, mich an Golgatha erinnere. Ich erinnere mich daran, so wie ich mich daran erinnere, in der Anstalt von Rodez im Februar 1943 unter Einwirkung eines Elektroschocks, dem ich gegen meinen Willen ausgesetzt worden war, gestorben bin.

– Wenn Sie tot wären, wären Sie nicht mehr da.

– Ich war tot, wirklich tot, und mein Tod ist medizinisch festgestellt worden.

Doch dann bin ich wiedergekehrt *wie ein Mann, der aus dem Jenseits wiederkehren würde.*

Und ich erinnere mich an dies Jenseits.»

Die Szene paßt ohne Rest in den skizzierten Rahmen: es ist die früheste und älteste. Artaud kommentiert sie so (sozusagen ohne in Sätzen zu sprechen, murmelnd: «*Ohne die Stimme zu erheben*», wie er sagt):

«*Am dritten Elektroschock bin ich gestorben.*

Ich war schlecht eingeschlafen unter dem Stromstoß und ich erinnere, mich für unbestimmte Zeit verstört im Kreis gedreht zu haben wie eine Fliege in meiner eigenen Kehle, dann habe ich mich bersten und emporschießen fühlen über meinen eigenen Balg, doch ohne mich völlig von meinem Körper trennen zu können.

Ich trieb in der Luft wie ein Fesselballon und fragte mich, auf welcher Seite die Straße verliefe, und ob mein Körper mir wohl folgen würde […].

An diesem Punkt der Verhandlung, durch plötzliches Ausklinken, fiel ich zur Erde und erwachte in dem Zimmer, in dem mich der Elektroschock zerrissen hatte.

Danach erfuhr ich, daß Dr. Ferdière, der mich für tot hielt, zwei Krankenpflegern Anweisung gegeben hatte, meinen Körper ins Leichenhaus zu bringen, und daß bloß mein Erwachen in diesem Augenblick mich gerettet hatte.»

Artaud führt die gesamte Szene wieder auf. Er führt sie alle wieder auf, will sagen: alle Toten. Die Szene um Montaigne, der vom Pferd fällt (*Essais*, II,6, «De l'exercitation»); die Szene um Rousseau, der sie wiederholt (*Rêveries du promeneur solitaire*, II), die Szene um Chateaubriand (*Mémoires d'outre-tombe*); und um Rimbaud (*Une Saison en enfer*), oder Mallarmés, der erklärt: «*Zerstörung war meine Beatrice*», und seinem Freund Casalis gesteht: «*Jetzt kann ich sagen, daß ich völlig tot bin*». Und wie viele andere, bis zu Blanchots *L'Instant de ma mort*. Die unmögliche Erfahrung des Todes ist die *Autorisierung* der Literatur, und kein Schriftsteller, dem es um sein Wesen geht, der nicht immer schon gestorben wäre. Was hätte er sonst Wichtiges zu sagen?

Schreiben heißt, zu sagen, wie man gestorben ist. Das Denken erstaunt nicht darüber, daß «ich bin», sondern erfährt die Erschütterung, «daß ich nicht mehr gewesen bin». Der Tod ist, als wäre er der kategorische Imperativ des Denkens, der Literatur. Hegel hat aus dieser Notwendigkeit ein System gemacht, doch Artaud hat sie in den äußersten Schmerz getrieben, der Dichtung heißt.

Nachwort

[Dieser letzte Text wurde um den 15. Januar 2007 geschrieben, wenige Tage, nachdem Philippe aus seinem zweiten Koma erwacht war. Die Zeilen, zunächst unter dem Titel «Nachwort» entworfen, erscheinen posthum. Sie waren für die Publikation einer Jugendschrift mit dem Titel *La Disparition* [*Das Verschwinden*] (1968-1969) geplant.

Für dieses Projekt hatte Philippe eine Titelseite vorgesehen: «Préface à la Disparition» [«Vorwort zum Verschwinden»], eine Widmung an Gérard Genette, zwei Motti von Maurice Blanchot, aus *L'Instant de ma mort* und *L'Écriture du désastre*. Und dieses Nachwort, in das kleine Notizheft geschrieben, das er im Krankenhaus bei sich hatte. Auf meine Frage: «Erlaubst Du mir, den Text bei Deiner Beerdigung zu lesen?» hatte Philippe geantwortet: «Warte, laß ihn mich noch einmal durchsehn». C. N.]

Zweimal, also, bin ich gestorben. Im Zeitraum weniger Monate: 25. Mai 2006, 29. Dezember desselben Jahres. Jedesmal, unter Einsatz gewaltsamer Mittel, hat man mich wieder zu Bewußtsein gebracht – das ist die geläufige Wendung –, das heißt zur Welt schlechthin, die ist, weil sie *erscheint*, ausnahmslos. Doch beide Male hatte ich die leise Ahnung, daß das, was sich als Welt darbot, war, bevor sie *existierte* (vor den Eindruck, *daß* sie gegenwärtig war, zurück), eine Existenz, die der erfüllten Existenz von allem unwahrnehmbar vorausging.

Das war die Kehrseite des Verschwindens. Die Verwischung der Bedingung, zu existieren – schiere Unmöglichkeit. Zuletzt, wenn auch flüchtig, war mir das Unmögliche möglich («... *un éclair, puis la nuit* ...») [«... *ein Leuchten, dann Nacht* ...»]; und an diesem Zeichen erkannte ich mit einmal die Bedingung für die dichterische Existenz. Sie durchquert nicht die Welt der Erscheinungen (es gibt, genau genommen, keine Erscheinungen), sondern geht das Wagnis ein, sich am Ort [Punkt] des Ursprungs des Erscheinens, das alles ist, zu halten. Metaphysischer Seiltanz ohne metaphysischen Aufseher. Oder anders: *entleerte* metaphysische Erfahrung, dem Nicht-end [*néant*] [seiner rückhaltlosen Zurückhaltung] ausgesetzt.

BIBLIOGRAPHISCHE HINWEISE

Aus dem Französischen von Thomas Schestag.

Phantomphilosophie. – Vortrag im Rahmen des Kolloquiums «L'Afrique à l'horizon 2000, que peuvent les philosophes?» (Afrika am Horizont 2000, was vermögen die Philosophen?), Universität von Benin, Cotonou, 1991.

Dankrede. – Anläßlich der Entgegennahme des *Friedrich-Gundolf-Preises für die Vermittlung deutscher Kultur im Ausland* der *Deutschen Akademie für Sprache und Dichtung*, Straßburg 1995; zum erstenmal erschienen in *Revue alsacienne de littérature* n° 52, Dezember 1995, S.6-11. Bei den beiden Büchern, deren Titel Lacoue-Labarthe zitiert, handelt es sich um Emmanuel Terray, *Une passion allemande*, Paris (Seuil) 1994, und um Jean-Marie Paul, *Dieu est mort en Allemagne*, Paris (Payot) 1994.

Das okzidentale Grauen. – Vortrag, gehalten im Rahmen des Seminars *Psychiatrie, Psychothérapie et Culture(s)*, organisiert von der Vereinigung *Parole sans frontière*, 1995-1996. Zum erstenmal erschienen in den Akten dieses Seminars, *Au réel de la frontière*, hrsg. von P.-S. Lagarde, B. Piret und K. Khelil, Straßburg (Association Parole sans frontière & Conseil de l'Europe) 1996, S. 161-170.

Geburt ist Tod. – Der Text erschien ursprünglich in *Pleine Marge*, n° 27, Paris (Peeters), Mai 1998.

Nachwort. – Zuerst erschienen, mit der hier vorangestellten Einleitung von Claire Nancy, in Heft 22 (Mai 2007) der Zeitschrift *lignes*, hrsg. von Michel Surya (S. 253); zwei Jahre später, aus dem Nachlaß ediert von Jean-Christophe Bailly, als *Nachwort* in dem Band: Philippe Lacoue-Labarthe, *Préface à* La Disparition, Paris (Christian Bourgois) 2009, S. 45-46. – Das Zitat («... *un éclair, puis la nuit* ...») stammt aus dem Gedicht *À une passante*, von Charles Baudelaire:

«Un éclair… puis la nuit! — […]» (in der Übersetzung Walter Benjamins: «Ein Blitz, dann Nacht! […]»). – Für die Erlaubnis zum Abdruck der vier Texte und des Nachworts von Philippe Lacoue-Labarthe im vorliegenden Band sei Claire Nancy und Michel Surya, sehr herzlich, gedankt.

Autoren

Walter Benjamin, 1892–1940. *Gesammelte Schriften* in 7 Bänden, hrsg. von Rolf Tiedemann und Hermann Schweppenhäuser (1972-1991); *Gesammelte Briefe* in 6 Bänden, hrsg. von Christoph Gödde und Henri Lonitz (1995-2000). Seit 2008 erscheinen *Werke und Nachlaß. Kritische Gesamtausgabe*, in 21 Bänden.

Peter Fenves, geb. 1960. Joan und Serepta Harrison Professor für Literatur an der Northwestern University, Evanston (USA). Professor für Germanistik, Vergleichende Literaturwissenschaft, Philosophie und Judaistik. Veröffentlichungen, u.a. : *A Peculiar Fate: Metaphysics and World-History in Kant* (1991); *Chatter: Language and History in Kierkegaard* (1993); *Arresting Language: From Benjamin to Leibniz* (2001); *Late Kant: Towards Another Law of the Earth* (2003) [eine Übersetzung ins Deutsche erscheint unter dem Titel *Später Kant. Für ein anderes Gesetz der Erde* im Frühjahr 2010]; *The Messianic Reduction: Walter Benjamin and the Abstention from Philosophy* (2009).

Davide Giuriato, geb. 1972. Wissenschaftlicher Mitarbeiter am Institut für Deutsche Sprache und Literatur II der Goethe-Universität Frankfurt am Main. Veröffentlichungen, u.a.: *Mikrographien. Zu einer Poetologie des Schreibens in Walter Benjamins Kindheitserinnerungen (1932-1939)* (2006).

Philippe Lacoue-Labarthe, 1940-2007. Von 1988 bis 2002 Professor für Ästhetik an der Université Marc Bloch in Straßburg. Zu seinen wichtigsten Veröffentlichungen zählen *La poésie comme expérience* (1986); *La fiction du politique* (1987) und *musica ficta (figures de Wagner)* (1991), sowie der Essay «Typographie» (1975 in dem Sammelband *Mimesis des articulations* erschienen), außerdem die Bände *Le sujet de la philosophie – Typographies I* (1979) und *L'imitation des modernes – Typographies II* (1986). *Ein work in progress*, seit den

70er Jahren, erschien als Buch im Jahr 2000 unter dem Titel *Phrase*. Mehrere Publikationen gemeinsam mit Jean-Luc Nancy (insbesondere *L'absolu littéraire*, 1978). Übersetzungen aus dem Deutschen (Hölderlin, Nietzsche, Freud, Benjamin, Heidegger). Zuletzt erschienen *La Vraie Semblance*, aus dem Nachlaß hrsg. von Leonid Kharlamov (2008), *Préface à* La Disparition (2009) und *Écrits sur l'art* (2009).

Thomas Schestag, geb. 1956. Privatdozent für Germanistik und Allgemeine und vergleichende Literaturwissenschaft an der Goethe-Universität Frankfurt am Main. Gastprofessuren in den USA und in Europa. Veröffentlichungen, u.a.: *para- Titus Lucretius Carus, Johann Peter Hebel, Francis Ponge – zur literarischen Hermeneutik* (1991); *Parerga: Friedrich Hölderlin; Carl Schmitt, Franz Kafka; Platon, Friedrich Schleiermacher, Walter Benjamin; Jacques Derrida. Zur literarischen Hermeneutik* (1991), *Mantisrelikte* (1997); *Die unbewältigte Sprache. Hannah Arendts Theorie der Dichtung* (2006); *Gefallende Urteile* (2010).

PHILO : XENIA, erste Folge, Dezember 2009
herausgegeben von Thomas Schestag

Gestaltung Marcel Schmid Basel, gesetzt aus der Minion
Druck Těšínská Tiskarná in Český Těšín, Tschechien

ISBN 978-3-938767-74-0

http://www.engeler.de